狩猎愉快
世界推理小说简史

褚盟 著

图书在版编目（CIP）数据

狩猎愉快：世界推理小说简史 / 褚盟著. —杭州：浙江文艺出版社，2022.11（2023.6重印）
ISBN 978-7-5339-6872-4

Ⅰ.①狩⋯ Ⅱ.①褚⋯ Ⅲ.①世界文学—推理小说—小说史—研究 Ⅳ.①I106.4

中国版本图书馆CIP数据核字（2022）第094269号

责任编辑	於国娟	营销策划	邱建国
责任印制	张丽敏	营销编辑	汪心怡
数字编辑	姜梦冉	装帧设计	吕翡翠

狩猎愉快：世界推理小说简史

褚盟 著

出版发行	浙江文艺出版社
地　址	杭州市体育场路347号
邮　编	310006
电　话	0571-85176953（总编办）
	0571-85152727（市场部）
制　版	杭州天一图文制作有限公司
印　刷	浙江新华印刷技术有限公司
开　本	880毫米×1230毫米　1/32
字　数	302千字
印　张	10.875
插　页	5
版　次	2022年11月第1版
印　次	2023年6月第2次印刷
书　号	ISBN 978-7-5339-6872-4
定　价	68.00元

版权所有　侵权必究

序言　　该死的悖论

从1841到2022，推理小说181岁了。

推理小说是什么？

悖论。

一名凶手，聪明到可以想出一个无人能够破解的诡计，却傻到只会用犯罪来解决问题。

一名侦探，聪明到可以洞穿世间所有的骗局，却傻到只会依靠一桩桩极其危险的委托来养家糊口。

一名作家，聪明到可以创作出一部传世经典，却傻到只会撰写这种向来被主流文学鄙视的快消作品。

一名读者，每每声称一切诡计都存在致命漏洞，绝逃不过自己的眼睛，却一次次捧着推理小说如痴如醉，赞叹这个彻头彻尾的诡计真是完美无缺。

推理小说就是悖论，无论戏里戏外，都充斥着徘徊在悖论中的疯子和傻子——而且，这群疯子和傻子，还觉得自己是世界上最聪明的人。

又是一个悖论。该死的悖论。

可是，这丝毫不影响我们喜爱推理小说。

回溯到20世纪40年代。

当时的媒体上充斥着战争的消息，每个人除了与政府和领袖共同进退，似乎已经没有了别的生活方式。在这个特殊时期，一组在平时看来有些不伦不类的消息，出乎意料地受到了民众的高度关注，其引发的争议，甚至差点儿改变世界的命运。

第一条消息来自美国。有人撰文称，名扬天下的大侦探夏洛克·福尔摩斯并不是英国公民，而是"山姆大叔"的同胞。这位作者列举了很多证据，并总结性地说道："每一个美国公民都欢迎夏洛克回家。"据说，罗斯福总统也是夏洛克的粉丝，他强烈支持这个观点。

消息传递的速度丝毫不逊于战争情报。三天之后，一个英国人在报纸上公开发表观点："盟友的言论是不负责任的。福尔摩斯是英国人的事实在50年前就已经得到了证实。任何企图把大侦探'据为己有'的行为都必将失败！"这个论点得到了丘吉尔的支持。在这位爱抽雪茄的首相眼中，"抢夺"福尔摩斯的行为几乎等同于希特勒对本国领土的空袭，完全不能容忍。

美英民众立即被这一系列言论吸引，福尔摩斯的归属问题似乎已经影响到了反法西斯同盟的关系和第二战场的开辟。

表现欲极强的法国人也来凑热闹。他们表示："无论伟大的福尔摩斯先生的故乡在大西洋哪一端，有一点是可以肯定的——他永远都是法国人民最好的朋友！"法国人就是这样，为抢美国和英国的风头，即便做出一些毫无意义的事情，也在所不惜。

于是，三个国家的福尔摩斯学家在各种场合展开论战，他们唯一的目的是争夺一位虚构人物的"版权"。著名推理小说作家雷蒙德·钱德勒曾写道："万幸，德国人和苏联人正在斯大林格勒玩游戏，不然，希特勒和斯大林也一定会加入这场争论。"

夏洛克·福尔摩斯是谁？

一个小说中虚构的人物；

一个推理小说中虚构的人物；

一个推理小说中虚构的伟大人物。

推理小说当真是魅力无穷，可以让两位伟人"斤斤计较"，可以让民众暂时忘却"国仇家恨"，转而热衷于一个毫无实际意义的话题。

时空转换，推理小说在变，但不变的是人们对这一类型文学的喜爱。

为什么？

因为推理小说符合人类的本性。

人类是一种喜好窥视的动物。这种窥视有一个高大上的名字——好奇心；还有一个庸俗化的说法——窥私欲（更多人将其理解为"八卦"，这也没什么错——君不见，任何一个"狗仔"都有着福尔摩斯一般的坚韧和智慧）。人类不停地窥视着宇宙，窥视着自然，窥视着身边的方方面面。正是这种欲望的存在，让我们不断认识世界。

伴随而来的另一种本性，叫作"控制"。作为高等动物，你看到了一切，自然希望洞悉一切，控制一切；你认识了世界，自然希望改造世界，驾驭世界。

可是，窥视是有限度的，越过限度就什么也看不到了；控制是有界限的，没有人可以驾驭一切。一边是规则难逾，一边是本性难移。

怎么办？选择很多，看一本推理小说则是其中性价比很高的一个选择。

它能满足人类所有的好奇心，在一桩桩匪夷所思的事件里，把令你怦然心动的人物的所有隐私展示给你看——只展示给你一个人看。

看过之后，它会留给你充足的空间，让你尽情施展自己的控制欲。去猜吧，去找吧，去推理吧！在谜底揭晓之前，你会觉得自己就是夏洛克·福尔摩斯，自己掌控着每个故事、每个人物的命运，自己是这个世界上最聪明的人，自己可以在最后喊出那句最有存在感的台词："真相只有一个，你就是凶手！"

重要的是，说错了没有任何不良后果，只会让你心甘情愿掏钱去买下一本推理小说。

几十块钱，两三百页，一个下午，满足人类两大本性需求。

这种东西永远不会被淘汰，对吧？

既然是一种不会被淘汰的文学类型，必然会有人去阅读，也就必然会有人去研究。很多年前，笔者属于前一类人；还是在很多年前，笔者开始从事后一项工作。八年的出版工作，使得笔者有机会接触到了几十位世界顶级推理小说作家，编辑出版了超过400部推理小说；之后的几年，因为参与了众多推理影视剧和综艺的编剧，得以更加立体、全面地看待这种类型文学。

有朋友建议笔者写一部关于推理文学的理论书,笔者毫不犹豫地表示拒绝。理由很简单,读者很聪明,聪明人百忙之中去阅读一部推理小说,却有人跑过去指指点点"传授"相关理论,这明显是一种打翻友谊小船的做法。推理小说是一种娱乐形式,笔者从骨子里反对任何形式的"上纲上线"和说教。

不过,想针对推理文学写点儿什么,这样的念头倒是一直存在。

推理小说是通俗文学,有着和武侠小说类似的问题——作品众多,鱼龙混杂。在这样的前提下,如果读者完全随机性选择阅读,很可能第一次捧起的是一本质量很差的推理小说,并由此对这一类型文学产生深深的恐惧与厌恶,自此与之绝缘。这种情况是笔者最不愿意见到的——作为编辑和编剧,可以接受受众不喜欢,但很难接受受众因为认识上的误差敬而远之。

于是,就有了这本书。

这不是一部枯燥乏味的理论作品,而是一部轻松的、普及性的简史,是对于推理文学历史、流派、作家、作品的系统性梳理。它很初级,目的仅仅是给那些对推理小说有些兴趣的读者提供一点儿便利。它简单梳理了180年的推理文学史,明确了一些推理范畴的概念,给一些作者和作品做了初级定位——仅此而已。它没有涉及高深晦涩的理论,那不是笔者的初衷,更不是笔者的能力和学识可以做到的。笔者希望通过这部小书,让更多的人喜欢上推理小说,并在选择阅读的过程中有的放矢。至于之后的事,就交给读者吧——聪明的读者,自然会通过自己的方式了解到更深层次的东西。

在推理小说日渐繁荣的今天，如果它能让读者略有所得，那么毫无疑问，笔者将受宠若惊。

名不正则言不顺。开卷之际，我们先要明确一组概念——侦探和推理。

"侦探"一词在英语世界最早出现于1194年，当时写作"sleuth"，含义是足迹、踪迹，对象可以是人类，也可以是其他动物。到了15世纪，这个词有了"狗追踪目标"的含义，例如现在的"猎犬（sleuth-hound）"，便是由此引申而来。在19世纪，这个词的名词形式正式有了"侦探"的意思，动词形式则表示"搜查、调查"。而在今天，"sleuth"则指代推理小说中所有的调查行为和解决事件的主人公（也就是侦探）。我们现在更多使用的"detective"一词要年轻得多，是19世纪中叶才出现在英国大文豪（也是推理小说先驱人物）查尔斯·狄更斯的作品中的。

最初只有"侦探"这个词，被用来特指美国人埃德加·爱伦·坡创造的这种文体。这个词在欧美一直被沿用到今天，尽管其外延已经扩大了很多。19世纪末，侦探小说流入日本，迅速被日本读者接受——尽管在最初的半个世纪里，其发展速度并不是很快。到了20世纪20年代，侦探小说在日本有了质的转变，真正属于日本人自己的侦探小说应运而生。日本的创作者和研究者为了自我激励，也为了和西方的侦探小说区分，便创造出了"推理"这个词，用以特指日本人创作的侦探小说。最早提出"推理"一词的,是日本著名评论家、编辑水谷准。不过,推理小说的提法在初期并没有得到太多人的认可。这主要是因为这个时期的日本作品和西方侦探小说差别不大,没有刻意加以区分的必要。

到了20世纪50年代,随着社会派推理小说的确立,日本的推理文化逐渐拥有了自己的特色,"推理小说"的提法被越来越多的读者接受。经过30年的磨砺,到了20世纪末,日本已经成为无可争议的世界推理文化中心,很多读者甚至把欧美的侦探小说也称为"推理小说",颇有些"数典忘祖"的味道。

在这本书里,笔者选择"后发优势",统一使用中国读者更熟悉的"推理"或"推理小说"来称呼这类作品。

大幕拉开,名侦探登场。

以推理之名,为您效劳。

目录

序言 该死的悖论

欧美篇

一 启蒙运动
1. 从圣经时代到工业革命 003
2. 坡的游戏 009
3. 进化论 019

二 神探夏洛克
1. 福尔摩斯先生 027
2. 医生与神父 040
3. 追随者 047

日本篇

一 奇异的味道
1. 西学东渐 161
2. 大宗师 167
3. 先行者 175
4. 四大奇书 183

二 本格至上
1. 本格泰斗 194
2. 战后五人男 202
3. 孤高作寡 209

彩蛋
中国的推理文学 317

结语
狩猎愉快 323

三 黄金时代	1 最好的时代 056
	2 女王,万岁! 062
	3 逻辑"女皇"(Queen) 076
	4 众神 084
	5 戒律 094

四 大革命	1 心灵优于大脑 105
	2 黑色革命 110
	3 破坏者 118

五 多元世界	1 黄金余晖 128
	2 冷酷到底 138
	3 存在即合理 148

三 岛国黑雾	1 清张革命 217
	2 人性群像 225
	3 地下城 234
	4 国民作家 242

四 名侦探的逆袭	1 精神领袖 249
	2 掌门 258
	3 团队 266
	4 信徒 273
	5 二次进化 281

五 大无限	1 畅销君 290
	2 直木,执着 298
	3 大无限 308

附录

世界知名推理文学大奖通览　326

推理小说200部推荐　330

欧美篇

一　启蒙运动
二　神探夏洛克
三　黄金时代
四　大革命
五　多元世界

一　启蒙运动

1　从圣经时代到工业革命

与诸多文明的起源一样，推理小说的起源一直以来都存在着两种观点。一种认为在官方警察机构和私家侦探出现之前，是没有推理故事的；另一种则认为早在《圣经》和希腊神话中，便纠结着各式各样的调查与反调查，那就是早期的推理小说。

按照第一种说法，推理小说应该始于1841年。这一年，美国作家、诗人、评论家埃德加·爱伦·坡创作了第一篇推理小说——《莫格街凶杀案》。毫无疑问，以今天的观点看来，这篇小说存在着这样或那样的缺陷，但不可否认它已经具备了推理小说的三个最基本的元素——侦探、谜和推理；同时，小说的气氛渲染也做得相当成功。不过，这里存在一个问题：如果赞同此种说法，那么推理小说似乎就成了不符合进化论的"怪胎"——任何一种新生的文学类别都没有"横空出世"的道理。因此，即使埃德加·爱伦·坡在1841年发表《莫格街凶杀案》可以看作推理小说诞生的标志，我们还是要追溯这种类型文学的史前史。

《圣经》被很多人看作西方文化（特别是西方文学）的源头，推理小说也不例外。《圣经》在开篇便为我们讲述了两桩罪案——金苹果疑案和该隐杀弟案。第一桩罪案中，夏娃触犯了人类最早的律法，而这条律法是由上帝制定的。完全无辜的亚当被赶出伊甸园，终身劳作以求温饱；更严重的是，当时还未出世的亚当和夏娃的孩子——今天的人类——受到牵连，从此世世代代与天地苦斗。而且，不管后世子孙多么优秀，多么崇敬上帝，也无法得到生命之果，无法拥有和神一样的永恒生命。在第二桩罪案中，残忍的该隐因为"羡慕、嫉妒、恨"，杀死了更讨上帝喜欢的弟弟亚伯——这是人类历史中第一桩谋杀案！不管上帝对这两桩罪案的判决是否公正，至少可以确定，这类"非常事件"自人类诞生之日，就以一种别无选择的姿态陪伴着我们。我们可以认为，"犯罪"与"救赎"是人类与生俱来的命题。如此一来，日后出现的推理小说便有了无限的用武之地。

在被看作欧洲文明起源的希腊神话中，这样的事件也随处可见。两场家族阴谋使得众神的统治稳定下来——先是克洛诺斯颠覆了老爸乌拉诺斯的统治，尔后宙斯变本加厉地让父亲品尝到了祖父不久之前的失落。此后，神界、人界、海界以及冥界便都在宙斯——这个暴戾、专横、淫虐的主神——制定的律法之下悲惨地运转着。所以，我们会无限尊敬盗取天火的普罗米修斯，会为赫拉克勒斯的丰功伟绩喝彩，会对第一智者奥德修斯将众神戏耍得团团转喜闻乐见。由此可见，后来推理小说中的"惩恶扬善"，是有着悠久传统和反抗精神的。

当然，文学不可能总是停留在传说和神话阶段，文学中人物的反抗也不应该停留在简单粗暴的层面——那样就轮不到侦探大显身手了。

历史进入了复兴与启蒙的时代。

思想家伏尔泰在他的小说《查第格》中讲述了这样一个故事：王后的狗和国王的马不见了。查第格说自己没有看到它们，却知道母狗长了一对长耳朵，左前腿瘸了，而且最近怀了小狗；马则有五尺高，马蹄很小，尾巴有三尺半长。他还说，马的蹄掌是用银子做的，而那用金子做的嚼子上还有装饰物。当他坚持说自己从来没有看到过狗和马时，国王和王后因为无法相信而鞭打了他。在狗和马被找到之后，查第格的推理被证明是正确的。母狗下垂的耳朵和乳房在沙子上留下了记号，而且一只脚留下的脚印比另一只深；马吃光了五尺高的拱廊上的叶子，尾巴扫过的灰尘有三尺半长，石头上留下的记号则说明了马嚼和蹄掌的情况。伏尔泰撰写这个精彩片段的目的并不是想说明推理的力量，只是表达一种无可奈何的讽刺。不过，站在推理的角度上看，一方面，国王和王后的律法"蛮不讲理"，另一方面，推理的效用立竿见影地体现了出来。

《一千零一夜》里的很多故事都存在着诡计和谜团，通常是以"利用机智摆脱困境"的例子而出现。乔叟的《修女和牧师的故事》里，一只公鸡被狐狸抓住，它说服狐狸张开嘴巴，然后逃走。类似的故事我们在另一本脍炙人口的经典《伊索寓言》中更是屡见不鲜。在意大利作家薄伽丘的《十日谈》和英国人的骄傲莎士比亚的一些作品中，与罪犯斗智的桥段堪称生动深刻，其中典型的案例是莎翁喜剧《威尼斯商人》中对那个吝啬鬼的惩戒。

在漫长而黑暗的中世纪里，恶魔披上了宗教与法律的外衣，肆无忌惮地蚕食着人类的心灵；而文学作为当时最为先进的"生产力"，试图摆脱这种阻碍与束缚。这样看来，后来推理小说的出现及繁荣，也就显得水到渠成了。

资本主义时代如约而至，但在其初级阶段，我们千万不要被什么"自由、民主、博爱"的口号蒙蔽。在资本主义制度建立的初期，这个制度可以说是漏洞百出的。君主、贵族、教会等特殊阶级依然拥有特权，经济层面则呈现野蛮生长的状态。所谓新制度下建立的新型刑侦机构，几乎是维护特权阶级、自以为是的"走狗部门"。因此，由特权阶级制定、由"走狗部门"执行的所谓新型法律是何等货色，也就可想而知了。

　　这里仅举一例。著名推理小说作家阿瑟·柯南·道尔曾受人之托调查过一桩冤案。一个牧师因为是有色人种，一贯受到歧视和非议。一个雨夜，牧师所在村子的一匹马被杀，警察马上逮捕了牧师。他们粗暴地把一块从马的尸体上割下来的肉和从牧师家找到的一件雨衣放在了一个袋子里，因此得出了牧师的衣物上有血迹的结论；他们把牧师的皮鞋按在现场留下的鞋印上，得出了足迹完全一致的结论……就这样，牧师被判定有罪！在判决引起公众强烈不满，人们纷纷要求重审此案时，政府竟然委任当时力指牧师有罪的一个人作为"中立人物"负责重审此案！要知道，这桩奇事可是出现在维多利亚时代！由此可知，在资本主义制度建立之初，所谓法律，究竟是何等模样。

　　不过，另一方面，我们又必须看到，尽管资本主义制度逐步确立的过程令人啼笑皆非，但最重要的是，随着时间的推移，各项制度逐步得到完善。

　　首先，私有制被承认，个人权利高于一切，私有财产得到国家的认可和保护，任何试图威胁他人的行为被明令禁止。这使得犯罪行为变得"不可饶恕"，为推理小说的出现奠定了思想基础和法理依据。

　　其次，伴随着一个叫瓦特的英国人改良了蒸汽机，资本主义世界的生产力空前发展，民众有了更多财富。新兴阶级（特别是中产阶级）的壮大，让这个主流群体产生了一个共识——这样的时代最好永远存在下去，这样的秩序最好永远不要被破坏。因此，当他们毫无悬念地被罪犯盯上后（因为富足），必须依靠某种力量的帮助才能活命，才能保持当下的生活现状，而这为推理小说的出现创造了客观环境和存在价值。

　　再次，司法制度的完善使得侦探的工作合法化，福尔摩斯们可以告别罗宾汉、红花侠、梁山好汉等"法外行走"的窘境，以绅士的姿态正大光明地出现在调查中。而且，侦探们获取的证据，也可以通过合规的程序提交官方，最大限度地发挥其作用。这样一来，侦探的出现变得普遍而合乎情理，也为推理小说中人物和情节的塑造提供了无限宽广的空间。

最后，工业革命的成果推动了科学技术的发展，这成为推理小说诞生的必要条件。化学检验、血型检测、指纹鉴定等许多今天大家耳熟能详的技术，在那个年代里成为侦探们的撒手锏，使他们的推理有了切实证据，令罪犯无所遁形。可以说，没有科学技术领域的突破，侦探所有的推理就只是自说自话，不会产生任何实际功效。如果这样，推理小说将被视为"幻想小说"，从而失去进一步发展的可能。

可以说，推理小说诞生在资本主义时代绝非偶然。这种文体符合人类天性，从未被文学领域忽略；它是资本主义初级阶段的矛盾产物——既得益于各项制度的完善，又因为制度还存在种种漏洞而显得非常必要。当然，以上只谈到了推理小说诞生的社会基础，还有一些更为具象的原因也不应忽略，比如生活素材和灵感来源。因此，我们不得不谈一谈人类历史上第一个侦探——尤金·弗朗索瓦·维多克（Eugène François Vidocq，1775—1857）。

这个法国人是一位与众不同的人物。他并不是一位作家，也不是某部作品中虚构的人物，而是一个真实存在的、对推理小说的发展起到重大作用的传奇人物。

维多克曾经是一个罪犯。我们对维多克早年的犯罪经历知之甚少，只知道他在十多岁的时候便偷了母亲2000法郎。后来他参了军，六个月里参与了15次决斗。22岁时，他被判刑八年。"为了当一个诚实的人"，他决定做警方的线人。他写信给巴黎专区的地方长官，表示愿意为他效力。他回忆说，自己曾经在监狱里待了21个月，之后让警方安排自己越狱，以此获取罪犯的信任。由于表现出色，维多克在1811年当上了保安局局长——恐怕只有分不清危险和浪漫的法国人才会成全维多克。同时，他还揽了一些私活儿，开办了一家名为"包打听"的侦探事务所。

一开始,维多克只有四名手下,后来增加到28人。他的手下几乎都蹲过监狱。不断有流言传出,说他们中一些人——甚至包括维多克本人——策划抢劫案,然后摇身一变再去处理案件。他们这么做也是因为制度的驱使——他们没有工资,但抓到罪犯却可以获得报酬。因此,这些行径完全是有可能的,只是从来没有得到证实。

因为引起了巨大的争议,上司不得不免去维多克的职务。之后,维多克一度官复原职,但很快又因为手下无法无天的行径被再次免职。最后,由于当局不断给维多克制造麻烦(当然,他也没少让当局费心),事务所终于关门大吉。在最后的20年里,维多克依旧承揽了一些侦探事务,工作之余则为自己传奇的一生著书立说。

维多克对侦探领域的贡献不容忽视。他首创了许多调查方法,如形体观察、足迹鉴定、乔装易容、逻辑推理等。他还是第一个建立犯罪档案索引的人,为后来的追随者省去了很多麻烦。维多克在其《回忆录》(这部书几乎被后世所有推理小说作家视为经典)中写道:"我经常光顾那些臭名昭著的房屋和街道,采用不同的乔装方式。的确,迅速改变的衣着和行为方式都说明了一个人渴望隐藏起来,不被警察发现,直到我每天都遇到的流浪汉和小偷坚信我和他们是一伙的。"诚然,维多克在本质上是一个罪犯和英雄的混合体。他的这种属性直接影响到后世推理小说的创作和侦探的塑造。夏洛克·福尔摩斯在某种程度上便是维多克的化身——一个经常为维护正义而犯罪的英雄。大文豪巴尔扎克是维多克最好的朋友。他在自己的作品中经常通过某个人物影射维多克,《高老头》中的沃特林(又名杰克斯·柯林)便是其中之一。

可以说,维多克在最恰当的时间以最恰当的姿态出现在西方世界里。那些为推理小说准备好了一切,唯独缺少灵感的创作者们,几乎原封不动地把现实中的维多克搬进了虚拟世界,令其成为这类作品的主人公。维多克就是那根导火索,他引燃了推理小说,使其最终形成燎原之势。

可以说，人类的历史就是一幕充满矛盾的闹剧，而矛盾最极端、最戏剧化的体现，无疑就是犯罪。因此，在圣经时代，对犯罪的描绘是人类天性的写照；在黑暗年代，对犯罪的描绘是人性深处的呐喊；在工业革命时代，对犯罪的描绘则成了精神领域不可或缺的宣泄。于是，到了后工业革命时代，所有零散的描绘最终系统地形成了一种全新的文学类型，并被固化下来，也就成了一种必然。

忽略1841年之前的历史，孤立地思考推理小说的出现，显然是不科学的。不过，从另一个角度看，任何事物的出现总需要一个标志性事件和一位标志性人物，因为具体的工作总是要由具体的人来承担。因此，我们还是要把推理小说的诞生定位在1841年。这一荣誉的拥有者——美国人埃德加·爱伦·坡——将是下一节的主人公。

2　坡的游戏

谁是埃德加·爱伦·坡？

推理小说的创造者，天使与魔鬼的矛盾体。

大文豪萧伯纳曾经说过，美国文学史上只有两位大师——马克·吐温和埃德加·爱伦·坡。

埃德加·爱伦·坡（Edgar Allan Poe，1809—1849）出生在美国波士顿。他曾在一封信里声称自己的家庭是"波士顿最古老、最体面的家庭"。坡的祖籍在爱尔兰，祖父是一位纺车制造商。和千千万万爱尔兰同胞一样，他带领全家在新大陆打拼，并且在独立战争中有出色的表现。当地人习惯称呼这位老人为"坡将军"。年幼的坡一直视祖父为传奇人物，虽然老人在他七岁那年便已离世。从坡后来的经历中不难看出,祖父的冒险精神和反抗精神毫无保留地传到了他的身上。

坡的父亲大卫是家中第四个男孩,自幼接受了良好的教育。然而,大卫的性格与父亲完全不同,他腼腆、忧郁,甚至还有几分怯懦。20岁时,大卫违背父亲的意愿,加入了弗吉尼亚的一家剧团,试图实现自己的演艺之梦。在剧团里,他结识了同为演员的霍普金斯。两人的感情迅速升温,并在1806年结为伉俪。之后的几年里,长子亨利、次子埃德加和女儿罗莎莉相继出生。

大卫·坡胸怀大志,但他的演艺天赋远远不能匹配这样的志向。几经挫折,生活愈发窘困的大卫失去了目标,最终堕落为一个酒鬼。1810年,他抛下了无助的妻子和三个孩子,不知所终。母亲霍普金斯原本是一位颇有前途的演员,但是家庭的压力榨干了她最后的生命。1811年,积劳成疾的霍普金斯撒手人寰。可怜的坡在不到两年的时间里,相继失去了父爱和母爱。同时,父亲敏感脆弱的性格和酗酒的嗜好,也沁入了坡的骨髓。

祖父的勇气、父亲的敏感和母亲的才华都在坡的身上得到了体现。如果在一个正常的环境中成长,他很可能成为一名"温良恭俭让"的学者。可惜,现实无情地抛弃了坡,使他变得极度阴郁。日后,这位苦难的天才屡屡展现出矛盾的两面性——一方面,他才华横溢,具有冒险和反抗精神;而另一方面,他骨子里极度自卑,很容易因为挫折而迅速堕落。

可怜的坡被爱伦夫妇——一对苏格兰商人——收养。也正是在这个节点,他把"爱伦"加到名字里。不过,他始终不肯放弃"坡"这个姓氏。于是,"埃德加·爱伦·坡"这个伟大的名字就这样诞生了。

养父母一度把他送往英国接受教育,一段时间之后又让他回到了美国。养母很疼爱坡,但养父却对他十分苛刻。养父是个典型的商人,希望把儿子打造成自己的翻版。可是,从任何角度来看,这都只能是养父的一厢情愿。养父的专横和坡的叛逆产生了激烈的碰撞,两个人无法进行任何有效沟通，最终公开决裂。若干年后，坡在信中对养父说："我决定离开你……在这个世界上终于没有人像你一样对待我了。"

就这样，坡离开了家庭，一个人走上了社会。值得注意的是，即便到了这种地步，坡也没有把"爱伦"从自己的名字中拿掉，就像当初他不肯放弃自己的姓氏一样。可以说，坡的本性是单纯而善良的，但不幸的经历却让他无法正常地处理和别人的关系——而这正是他一生最大的悲剧。

埃德加·爱伦·坡之后的经历可以用一个词来形容——离经叛道！

1826年，考入弗吉尼亚大学，成绩优异；1826年年底，在学校酗酒，欠下高额赌债，被退学。

1827年，在商行当学徒；仅仅几个月，被商行认定"游手好闲"，遭到除名。

1827年5月，更改年龄，使用化名参军；不到一年，要求养父资助自己出版诗集，被养父拒绝。

1830年，加入了鼎鼎大名的西点军校；1831年，军事法庭毫不犹豫地开出一纸判书，让这个无心学业、屡犯校规的学员走人。

不难看出，埃德加·爱伦·坡是一个完全无法融入现实社会的人。如果他是个寻常之辈，很可能就此成为"社会不安定因素"，无所事事终老一生。还好，他不是寻常之辈。骨子里的才华将其引入了一个虚幻的世界，以文学的形式为其提供了最后的避难所。这也可以解释为什么坡终其一生从未放弃对文学的追求——只有在这个世界里，他才能找到自己的价值，才能开心地存在下去。

1827年，坡自费出版了一本名为《帖木儿及其他诗》的诗集（未署真名），这是他正式出版的第一部作品。但是，除了耗尽了坡仅有的一点儿积蓄之外，诗集没有给他带来任何好处。1829年，第二部诗集出版。到了1831年，《埃德加·爱伦·坡诗集》出版，坡终于获得了一些实质性的收益。他意识到，文学创作才是属于自己的领域，从此收敛起"玩票"心态，全身心投入其间。

埃德加·爱伦·坡意识到诗歌的受众是有限的，于是开始创作小说。凭借几篇优秀的作品，坡声名鹊起，展现出与众不同的才华。1835年，他在里士满出任《南方文学信使报》(*Southern Literary Messenger*)的助理编辑，由于业绩突出，很快便升职为编辑——这似乎是坡第一次得到组织的认可。

其间，除了编辑报纸和创作小说，埃德加·爱伦·坡还解决了终身大事。他和不满14岁的小表妹弗吉尼亚秘密结婚（这在当时并不算离经叛道或违法）。妻子对他非常体贴，坡第一次感觉到了家庭的温暖和生活的富足。然而，天才的两面性注定了他不会平庸。很快，埃德加·爱伦·坡的酒瘾又让他失去了理性。他经常大醉数日，报纸因此不得不推迟出版。老板最终忍无可忍，让这位天才卷铺盖走人。

1838年，坡举家迁到费城。1839年，坡在《伯顿绅士杂志》(*Burton's Gentleman's Magazine*)担任编辑。随后，杂志几经易主，最终更名为《格雷厄姆杂志》(*Graham's Magazine*)。1841年，坡被新老板看中，在新杂志继续任编辑。记住，1841年，美国费城，《格雷厄姆杂志》，编辑埃德加·爱伦·坡——好戏开始了。

1841年4月，《格雷厄姆杂志》刊登了埃德加·爱伦·坡的新作——短篇小说《莫格街凶杀案》。小说讲述了在一间门窗紧锁的阁楼小屋里，一对母女被杀害，现场惨不忍睹。谁是凶手？凶手为什么对现场大量现金视而不见？凶手又是怎么从密闭空间里逃脱的？警察束手无策，这时，一个奇妙的人物登场了……

需要指出的是，坡从来都没有将这篇小说看作"推理小说"，他将此类作品称为"游戏"。我们之所以将其视为推理小说的开山之作，主要因为这是第一篇具有三大推理基本元素的小说。

第一，侦探第一次成为作品的主人公。在《莫格街凶杀案》中，埃德加·爱伦·坡塑造了文学史上第一位侦探——法国贵族奥古斯特·杜宾。杜宾生于一个没落的贵族之家，和朋友租住在阴暗的别墅里，过着与世隔绝的生活。这个怪异的贵族昼伏夜出，除了怪异的谜题和书籍，没有什么事情可以引起他的关注。杜宾头脑敏捷，学识渊博，没有任何情感，冷酷得犹如一架推理机器。即便在说出真相的一刻，凶手的穷途末路、警方的无地自容、被害者的悲惨命运，都不能令这位侦探的内心荡起一丝波澜。他只在乎逻辑是否严谨，因为只有这样，"游戏"才显得公平而有趣。后来的侦探都有或多或少的"冷血"基因，这完全是拜祖师爷杜宾所赐。

坡对杜宾这个人物非常钟爱，在后面创作的《玛丽·罗热疑案》和《失窃的信》中，两次安排杜宾作为主人公登场。这种安排，也成为后来推理小说的一种固定模式，即同一位侦探在不同的故事中出现的"系列模式"。我们熟悉的"福尔摩斯系列""布朗神父系列""大侦探波洛系列""神探伽利略系列""御手洗洁系列"等经典作品都是如此。

第二，谜题第一次成为作品的主体。正如上一节里提到的，早在圣经时代，便有种种稀奇古怪的谜题出现。不过，很明显，这些谜题充其量只是引子和道具，借以展现人物的某种性格、作者的某种思想，或讽刺某种现象。在《莫格街凶杀案》中，凶手是谁、怎么做的以及为什么这么做成了主体，人物和情节无不围绕这一主体展开，整篇文章就是一道逻辑思考题。作为推理小说的发轫之作，坡这样处理无疑最大限度地突出了这种类型小说的特质。

第三，推理第一次成为作品的主导。在《莫格街凶杀案》之前，西方世界较为流行的是带有哥特式风格的小说——埃德加·爱伦·坡正是这类作品的集大成者，其代表作品为《怪异故事集》。这类小说大都有着匪夷所思的情节，而结局对于情节的解释，则更加令读者瞠目结舌——僵尸、吸血鬼、恶魔往往是诡异情节的始作俑者，故事的表象和结论之间完全没有逻辑可言。而在坡的这篇小说里，前半部分的情节同样阴森而诡异，令读者感觉绝对是一桩灵异事件，但后半部分笔锋一转，借杜宾之口，将科学合理的真相条理分明地推理出来，让读者信服。这个推理过程，是建立在当时科学技术飞速发展、逻辑分析被普遍接受的基础上，因此被读者毫无障碍地接受了。而这种主导小说风格和走向的逻辑推理，也成了推理小说的不二特征。

日本推理作家岛田庄司曾不止一次提道："如果埃德加·爱伦·坡把故事的解答写成'恶魔的游戏'，那么《莫格街凶杀案》充其量只是一篇很好的哥特小说，不会取得什么突破。但是，他很科学地解释了一切，这样世界上才有了'推理小说'。"作为一位非常成功的哥特小说作家，坡在不经意间突破了自我，为后世创造出了一种崭新的、更有技术含量的新型作品。

当然，在当下的推理小说中，上述三个基本元素已经没有了严格的限定，越来越多的创作者喜欢将其模糊化；但不管怎么说，在1841年，埃德加·爱伦·坡通过《莫格街凶杀案》确立的这三个元素，毫无争议地标志着推理小说的诞生。此外，《莫格街凶杀案》还为推理小说确立了很多模板式的东西。

小说里塑造了故事的讲述人——侦探助手"我"，从而解决了推理小说"叙述困难"这一原则性难题。可以想象，如果以侦探的视角讲述故事，逻辑推理的思路和真相会过早暴露，结局会早早失去悬念；如果以"上帝"的全视角描述，又会使得读者缺乏代入感和参与感，降低小说的可读性。坡天才地解决了这个难题。他以侦探的朋友"我"的第一视角撰写故事，既可以最详尽地了解侦查进展，又可以很好地保持故事的悬念性。"我"就像千千万万普通读者，热心参与，却能力有限；"我"代替读者查看现场，获取第一手资料，感受谜团的诡异；"我"试图按照自己的理解得出结论，结果却是南辕北辙，只能起到映衬同伴的作用。这些不正是每个读者阅读推理小说时呈现出的必然状态吗？坡创造的这种"天才侦探+糊涂助手"模式被后世无数次运用,屡试不爽。

小说里营造了令人窒息的氛围:偏僻的小巷里,耸立着破旧的房屋;房屋的主人横死在里面,女儿被塞进烟囱,母亲几乎被撕成碎片……这种气氛几乎从一开始就使读者欲罢不能。之后的推理小说,创作者总是千方百计地营造气氛,试图令读者沉迷其中,这无疑也是追随坡的脚步。

另外,《莫格街凶杀案》里创造了一种令所有读者如醉如痴的谜题模式——密室杀人!母女死于屋内,门窗从里面反锁,凶手却从容逃脱!这是一种从理论上不可能实现的犯罪,即"不可能犯罪"。我们今天看到的不在场证明、足迹消失等谜团,都属于这个类型,而其中最具吸引力的,无疑是被称为"不可能犯罪王冠上的钻石"的"密室杀人"。可以说,坡从一开始,就让推理小说达到了一个令人仰视的高度。

之后的几年里,埃德加·爱伦·坡陆续创作了四篇推理小说(当然,他自己依然把这些称为"游戏")——1842年的《玛丽·罗热疑案》,1843年的《金甲虫》,1844年的《就是你》和1845年的《失窃的信》。加上《莫格街凶杀案》,坡一生只创作了这五篇推理小说,却几乎确立了这种类型文学的所有模式。

《玛丽·罗热疑案》取材于一桩真实的案件。神探杜宾足不出户,仅仅依靠报纸上刊登的消息,便把真相推理得分毫不差,还顺便嘲弄了一下糊涂的警局和无良的媒体。这种完全依靠二手资料的推理模式被称为"安乐椅模式",是最纯粹、最原生态的推理,也最能够彰显侦探的伟大。小说发表之后,原型案件有了一些实质性进展,其中不少真相竟然和坡的推演分毫不差!

《金甲虫》是一篇典型的密码解析类的推理小说。主人公无意间发现了一张藏宝图,图上满是乱七八糟的符号。主人公开动脑筋,展开合理大胆的推测,最终破解了密码,找到了旧时海盗隐藏的宝藏。坦白地说,坡在这篇小说里运用的破译密码的方法,在今天看来是最基础、最简单的一种,却开启了一种全新的推理模式。后来小说中出现的种种匪夷所思的密码、死亡留言等等,全部是《金甲虫》的衍生品。柯南·道尔几乎原封不动地照搬了《金甲虫》,创作了脍炙人口的福尔摩斯故事——《跳舞的人》。值得注意的是,坡本人对破解密码几近疯狂,曾经在报纸上刊登广告,承揽相关业务。

《就是你》是一个辨别真凶的故事。在这篇小说里,坡对情节的把控十分精妙:所有的线索都指向了嫌疑人A,结尾时刻,B却突然成了真凶,所有人惊讶不已。在推理小说中,误导和逆转是非常重要的桥段和技巧,而真凶的意外性则直接关系到作品是否成功——关于这些,《就是你》无疑指明了方向。

《失窃的信》是和《莫格街凶杀案》齐名的经典作品。王室发生了大事件,贵妇人的私人信件落到了大臣D先生手中。如果贵妇人的丈夫看到了信里的内容,后果将不堪设想。她私下委托警察厅厅长做了所有尝试,都无法从老奸巨猾的D先生手中取回书信。万般无奈,厅长只能委托杜宾出马……

这篇作品有两个不可磨灭的贡献。

第一,巧妙地利用了人类的心理盲区。"人总是格外关注远在天边的大事,对于眼皮底下天天看得到的小事,却总是不屑一顾的。"杜宾的台词很恰当地解释了"心理盲区"的存在。广义地讲,所有的推理小说都是在利用心理盲区制造谜团。真相往往近在眼前,而且非常明显;但当局者总是被凶手制造出的种种光怪陆离的假象迷惑,放弃真相,纠结于虚无缥缈的表象——推理小说正是在这个基础上存在并发展的。

第二,塑造了推理小说中第一个真正意义上的反面角色。D先生出现的意义不亚于杜宾的登场。试想,如果推理小说是一种侦探独大的类型文学,还会有今天的地位和成就吗?有了等量级的对手,侦探的价值才能得到最大化的体现,推理小说中才会出现一幕幕经典的斗智斗勇。对于反面人物的着力刻画,在今天依然是文学创作的必修课。这一点,坡同样走在了前面。

五篇，只有五篇。埃德加·爱伦·坡只用了五篇游戏之作，便为推理小说确立了这么多无法超越的模式。那么，他是怎么做到的？或者说，为什么是坡而不是另一个人创造了推理小说？性格即命运。某种程度上，推理小说就是埃德加·爱伦·坡性格最好的写照。

推理小说是一种充满了矛盾的悖论。把这样的评价放在埃德加·爱伦·坡身上，同样是恰当的。

一方面，坡是个极度自信的天才。这种天分和自信使得他乐于创作这样的"小游戏"，用以验证自己的研究成果，并带有很明显的炫耀成分。只要看看杜宾对于当局的蔑视与不屑，就不难理解坡是何等的骄傲。另一方面，爱伦·坡因为种种悲剧经历和刺激，产生了很强的自卑心理。父母的离去、养父的轻视、社会的否认、工作的挫折……种种遭遇让坡觉得自己已经被世界抛弃，甚至觉得自己的精神已经不太正常了。在这种情况下，他需要一种证明和宣泄的途径，一边证实自己的头脑依旧正常（不但正常，还远比那些轻视自己的人更聪明），一边将所有挫败感发泄出去。于是，推理小说就成了再适合不过的途径。

我们会看到，坡的小说中充满了喋喋不休的论述——论述逻辑学、论述犯罪学、论述法医学、论述文学、论述神学……毫不夸张地说，坡的每篇推理小说都可以衍生出若干篇学术论文。读者读起来非常吃力，但创作者却乐此不疲。其实理由很简单，坡并不在意别人怎么看待这些作品，他只是在证明自己的头脑依然非常缜密，没有出任何问题，并以此掩饰极度的自卑。有人说推理小说是一种略带病态的小说类型，这可以从它的创造者身上找出蛛丝马迹。

除了以上提到的五篇作品，埃德加·爱伦·坡还创作了《厄舍府的倒塌》《威廉·威尔逊》《丽姬娅》《红死魔的面具》《黑猫》《泄密的心》等不朽作品。这些作品并不是推理小说，却从方方面面为推理小说提供了基础元素，包括气氛的渲染、叙述的技巧、人物的设定、情节的逆转等等。坡主张"为艺术而艺术",他的作品大多不具备现实性,而这恰恰是推理小说一个最重要的标识。

在今天,我们将埃德加·爱伦·坡视为推理小说的鼻祖,但在当时,这五篇作品并没有为坡带来什么特殊的荣耀,更没有改变坡的命运。

在《格雷厄姆杂志》任编辑的日子并没有持续多久。1842年,爱伦·坡离开了费城,职务被一个叫格里斯沃尔德的朋友接替。他四处辗转,换了几份工作;同时继续文学创作,并四处推广自己的理念。但是,在冷酷的命运之神面前,这些挣扎都是徒劳的。

1847年,坡挚爱的妻子弗吉尼亚在与病魔抗争了五年之后,终于离他而去。和母亲与哥哥亨利一样,妻子只活了24岁。作为坡在世上最后的亲人,妹妹罗莎莉却是个先天智力低下的孩子。坡非常疼爱妹妹,因此内心无比痛苦。

终于,埃德加·爱伦·坡支撑不住了。1849年10月3日,又一次喝醉的坡陷入昏迷,被送进医院。10月7日,他高呼"上帝保佑我",之后永远闭上了眼睛,享年40岁。[①]

埃德加·爱伦·坡死后,前面提到的那个格里斯沃尔德成了他的遗嘱执行人。坡很信任这个人,却不知道因为业务上的分歧,对方一直怀恨在心。这个人修改了坡的手稿和遗嘱,还撰写文章诬陷坡,把他说成了一个卑鄙无耻、嫉贤妒能、嗜酒如命的小人,甚至还是个瘾君子!这些谣言给埃德加·爱伦·坡的名誉造成了重大影响,以致很多年后还有人不能公正地看待坡和坡的成就。

[①] 坡去世之后,妹妹继承了他的部分遗稿,从此,变卖坡的作品成了罗莎莉唯一的收入来源。1879年,罗莎莉猝死。最后一刻,她的手里攥着一封来自出版商的回信,里面装着50美元。

这就是埃德加·爱伦·坡的一生。他是推理文学的鼻祖，一个为艺术而生的矛盾体，一个从头到尾充满了争议的天才。

正是他诸多天才的创造，推理小说的星星之火才渐成燎原之势。我们甚至可以说，推理小说的"气场"，在某种程度上，就是埃德加·爱伦·坡的性格和气质。当今推理文学领域的最高荣誉，就是以这位天才命名的"埃德加·爱伦·坡奖"。"在推理小说的小路上，我们总能看到埃德加·爱伦·坡的脚步出现在前方。"创造了夏洛克·福尔摩斯的推理小说家柯南·道尔这样评价坡，足见其不可忽视的历史地位。

我们必须铭记，推理小说带给我们的所有乐趣，都是从埃德加·爱伦·坡开始的。

3 进化论

无可否认，推理小说的创造者埃德加·爱伦·坡是一位天才；不过，天才往往是天使和魔鬼的结合体，而这一点在他创作的小说中体现得非常彻底。这些作品固然可以被称为经典，但就阅读效果而言，似乎并不能令每位读者满意。

上一节已经提到了，推理小说基本上可以看作是坡的"炫耀帖"，里面充斥着大量"令人发指"的内容。比如，《莫格街凶杀案》一开头，坡就针对"逻辑推理"这个概念展开了长篇大论，一系列纯理论的阐述枯燥无味，而且很难被理解。坡可能意识到了这个问题，于是他举了一个下棋的例子来证明自己的理论——但问题在于，这个事例比理论更加晦涩，令读者更加崩溃。

来到故事中，神探杜宾俨然是一架冷血的推理机器，没有情感，不食人间烟火。本来并不复杂的推理，到了杜宾先生那里，就会被蒙上一层高深莫测的外衣，让人读来有一种想要撕书的冲动。总之，与其说这是一篇小说，不如说是一篇学术论文，里面的推理故事仅仅是坡引用的一个事例。

毫无疑问,埃德加·爱伦·坡并不觉得这样做有什么不妥;但站在读者的角度,有多少人会买一本厚厚的"学术著作",耐心地把它读完,然后怀着受益匪浅的心情期待下一本"著作"的上市?这样做的结果,就是在坡之后相当长的一段时间里,推理小说仅仅停留在"理论"层面,几乎谈不上什么发展。

在这个节点上,大洋彼岸的几个推理小说爱好者站了出来。他们各尽其能,不断进化着埃德加·爱伦·坡的创造,让这一类型文学避免了在诞生伊始便被唾弃的命运,进而迸发出了新的活力。这批爱好者人数众多,这里没有空间和必要一一列举,我们只关注其中最知名,也是贡献最大的三个人。

第一位的名气如雷贯耳。他是一代文豪、19世纪英国最伟大的文学家、批判现实主义大师查尔斯·狄更斯(Charles Dickens,1812—1870)。他对于推理小说的最大贡献在于从思想性、文学性和人文主义层面对其进行了全方位的升华。

很多读者并不知道,这位大师对于推理小说有一种特殊的喜好;同时,因为所处位置和创作角度的关系,狄更斯对于推理小说有着更深刻的思考,不断用纯文学的标准来衡量并改造推理小说。因此,他的一些带有推理色彩的作品,体现出了更强烈的思想性和文学性。

在狄更斯之前的很多作品里(比如巴尔扎克的小说),罪犯往往具有传奇色彩,而警察往往愚蠢又腐败。随着体制的发展和健全,这种模式的作品几乎消失。侦探作为正义和秩序的守护者,逐渐取代了罪犯,成为故事的主人公。

狄更斯对侦探这个新兴职业大加赞扬。他在文学周刊《家常话》(Household Words)上发表了几篇文章,将现实中的几名侦查员塑造成了英雄。对于犯罪,狄更斯则表现出了一种复杂的情感,可以说是既着迷又抵触。这种情感延伸到对罪犯心理的关注。他认为，描述犯罪，对心怀恶意的人有着很深的吸引力，而这种人在所有读者中占了绝大多数——因为每个人的内心深处都隐藏着这样或那样的阴暗面。

狄更斯是当时为数不多的对于犯罪有着深层思考的作家之一。埃德加·爱伦·坡仅仅把推理小说当成一场"猫鼠游戏"，这使得作品难免变得肤浅；狄更斯则把更多的社会意义和思想融入其中，一下子让这种文学体裁深刻起来。作为一种典型的通俗文学，创作者和阅读者都没有必要过分强调推理小说的深刻性，但是，"不过分"不等于"不需要"。推理小说也是一种艺术形式，没有适度的深刻，没有"灵魂"，必然不能长久地存在。对于这一点，埃德加·爱伦·坡没有（也不想）意识到，而狄更斯的尝试无疑是必要的。

创作于1853年的《荒凉山庄》是狄更斯的代表作之一。这部作品算不上推理小说，却对推理小说的发展起到了非常重要的作用。主人公巴克特探长熟悉那些犯罪者，对他们的习惯了然于心。更重要的是，他对于犯罪者有着一种人文主义关怀，并因此得到了这个群体的尊重。毫无疑问，他的推理能力比起杜宾先生差了不止一个档次，但他更人性化，更能被读者接受。

狄更斯在晚年创作了一部真正意义上的推理小说，名为《艾德温·杜德鲁疑案》。小说只在杂志上连载了六期，就由于狄更斯的辞世而终止，故事的结局也成了千古悬案。

狄更斯的好友、英国人威尔基·柯林斯（Wilkie Collins，1824—1889）同样贡献良多。相比狄更斯，柯林斯对于推理小说的帮助要更具象一些，从实用主义角度上看也更重要一些。让柯林斯青史留名的是创作于1860年的《白衣女人》和1868年的《月亮宝石》。前者更像一部犯罪小说，而后者则是不折不扣的推理小说。

埃德加·爱伦·坡认为，推理小说里要有严谨的逻辑；查尔斯·狄更斯则强调纯技术范畴的推理并不是唯一的目的，应该注重作品的人文色彩。如此一来，柯林斯面临的首要问题是：怎样在篇幅有限的作品里，既体现出技术性，又体现出思想性？

柯林斯给出的回答是——讲好故事。前面已经说过，推理小说不是学术论文，作者的思想和情怀是不能直截了当地嘶吼出来的。读者购买的是一部小说，故事性是首先要考虑的问题——故事讲好了，技术性和思想性自然可以体现出来。

柯林斯具体的做法是——扩充小说的篇幅。于是，《月亮宝石》成为第一部公认的优秀长篇推理小说。实际上，案件的主线只有那么多，想把四万字的短篇写成40万字的长篇，这似乎需要一些技巧。还好，柯林斯处理得不错。

《月亮宝石》的故事并不复杂：月亮宝石是一颗世代相传的印度宝石，一个英国军官从印度佛寺掠走了宝石，于是，宝石辗转来到了英国。此后，受到诅咒的宝石夺走了一个又一个持有者的生命……

换作埃德加·爱伦·坡，这样的故事五万字绝对可以搞定；还好，柯林斯使用了一些全新的方式，让整个故事丰满起来。作者采用多视角叙述模式，身份不同、立场不同的人物从自己的角度讲述所见所闻，进而展开案情。读者无法在短时间内了解案件全貌，暂时得到的只是一块块零散的拼图。只有跟紧作者，才能把拼图完整地还原成真相。

这种模式在今天看来稀松平常（尤其是在日本推理小说中，可以说比比皆是），但考虑到这是诞生在100多年前的作品，我们就不得不对作者肃然起敬了。这样的处理使得情节变得更加复杂而有趣，读者需要面对更多谜团（至少看上去是这样），作品的吸引力有了保障，逻辑的严谨性和思想的深刻性落实到了故事上，不再是空中楼阁。

柯林斯对于推理小说情节架构的贡献影响深远。阿加莎·克里斯蒂每部作品的结构，都有《月亮宝石》的影子。试想，如果一种类型小说没有长篇作品，或者长篇作品非常糟糕，那么这类小说的下场应该不难预料。从这个角度讲，柯林斯的尝试绝对不是可有可无的。

当然，这种模式的弊端也在《月亮宝石》中体现出来——情节过于拖沓，每个人物都如同祥林嫂一般，对于读者心知肚明的线索依旧唠唠叨叨，令人生厌。但是，瑕不掩瑜，谁又能要求柯林斯在那个年代把推理小说的所有问题一次性解决？

除了对于情节的贡献，柯林斯在《月亮宝石》中对于人物的塑造同样意义深远。在这部作品里，读者结识了一位名叫卡夫的探长。这位探长出现的最大意义在于，他是推理文学史上第一位现实主义侦探。

在卡夫之前，推理小说中的主人公无不弥漫着一股浪漫主义气息；说得直白一点儿，就是种种表现都相当地"装"——典型的代表自然是埃德加·爱伦·坡笔下的奥古斯特·杜宾。而卡夫探长"则可以视作为对浪漫主义的修正"[①]，在他身上体现出了柯林斯所追求的"一丝现实"。

卡夫探长身材挺拔，有着一双银灰色的眼睛，仿佛可以窥视每个人的内心世界。他喜欢顾左右而言他，喜欢漫不经心地四处走动，有着超乎寻常的洞察力。柯林斯在《月亮宝石》中这样描述自己的主人公——

> 我刚到门房那儿，从火车站来的一辆轻型马车就驶到了门口。车里走出一位头发花白的老头，骨瘦如柴，好像身上哪一个地方都割不下二两肉来。他全身穿着古板的黑衣服，脖子上扎着一条白领带，一张瘦削的脸，皮肤又黄又干，就像秋天枯萎的树叶。可他那银灰色的眼睛，要是抓住了你的目光，就会让你张皇失措，好像能把你肚子里的事儿全都看透似的。他步子轻快，声音却令人伤感。他那过于瘦长的手指，弯曲起来就像鸡爪子。他本该是位牧师或是

[①] 西蒙斯.血腥的谋杀：西方侦探小说史［M］.崔萍，刘怡菲，刘臻，译.北京：新星出版社，2011.

殡仪馆老板,或者是其他什么人,而不是像他真正的身份那样。①

我们不难发现,卡夫探长的影子出现在后来绝大多数侦探身上,包括那位夏洛克·福尔摩斯先生,其影响可见一斑。

艾略特评价《月亮宝石》是"英国第一部最长的,也是最伟大的推理小说"。是不是"第一部",研究界一直存在着争议,例如查尔斯·菲利克斯(Charles Felix)创作的《诺丁山谜案》在1862年就开始连载,不少人认定这才是第一部长篇推理小说;不过,毋庸置疑的是,《月亮宝石》的成就和影响远远超过其同时代所有长篇推理作品,"最伟大"这个称谓可以说当之无愧。

当然,之前已经不止一次提到,谜团的设置和解谜的过程是推理小说最基本的特征,自然需要后来人不断进化。在这一点上,一个法国人起到了表率作用。

这个法国人名叫埃米尔·加博里奥(Emile Gaboriau,1835—1873)。威尔基·柯林斯对加博里奥倍加推崇,他的《月亮宝石》很明显地受到了加博里奥作品的影响,尤其是后者创作的《勒鲁菊血案》。这部作品在报纸上连载了很久,使得加博里奥成为第一位推理文学领域的畅销作家。

加博里奥对警察工作颇感兴趣,不仅对保安局的运作情况了如指掌,还对法官和地方警察的职能一清二楚。因此,他的作品中有了之前的推理小说中不具备的元素——丰富的方法论。这些方法论在《勒鲁菊血案》中的主人公塔巴勒老爹身上就有所体现,而最极致的展现,无疑是创作于1868年的《勒考克先生》。

勒考克是第一位掌握了科学侦查方法的侦探。他擅长观察(注意,

---

① 柯林斯.月亮宝石[M].陈登颐,译.北京:群众出版社,2004.

是观察，不是看），擅长易容，对于追踪术也有着独特的理解，获取指纹、脚印等蛛丝马迹更是手到擒来。不可否认，这个人有些自大，但他的确有这样做的理由——其高超的侦查技巧屡屡令罪犯无所遁形。

勒考克之前的侦探，推理能力固然高超，但仅仅停留在理论阶段。如果拿不出切实的证据，推理小说也就失去了存在的意义。可以说，勒考克的出现是里程碑式的，他为逐步建立起来的推理世界观找到了相应的方法论，保证这一新兴的文学类型可以用科学的方法体面地存在下去。

读过福尔摩斯的读者应该记得，我们的大侦探曾经对两个人不屑一顾——一个是侦探鼻祖杜宾，另一个就是加博里奥笔下的勒考克。

> 勒科（考）克是个成事不足的蠢货。他只有一个优点，就是他的精力。那部作品简直让我恶心，不过是弄清一名罪犯的身份，这个问题我能在一天之内解决，可是勒科（考）克却用了六个月。这么长的时间，真应该给侦探们写一本教科书，告诉他们不要去做什么。①

福尔摩斯毫不掩饰对于勒考克的蔑视，但在得出某种结论前，我们不妨看看勒考克的调查方法。一次，在查看了旅馆外雪地上的足迹后，勒考克声称——

> 当凶手正在和两个女人谈话时，他的同伴或是帮凶——我认为我可以称其为"他"——在这儿等凶手。他是一个中年男子，很高，戴着软帽，穿着一件蓝色的羊毛大衣。他大概结婚了，因为在他右

---

① 道尔.福尔摩斯探案全集［M］.丁钟华，等，译.北京：群众出版社，1981.

手的小指上戴着结婚戒指。①

　　似曾相识吧？是不是和福尔摩斯先生的口吻完全一致？尽管对于勒考克的方法颇为不屑，但不可否认，福尔摩斯很多成名绝学，完全是拜这位前辈所赐。福尔摩斯的创造者柯南·道尔更是不止一次说过，在创作推理小说前，自己反复阅读了三个人的作品——埃德加·爱伦·坡、威尔基·柯林斯以及埃米尔·加博里奥。

　　可以说，加博里奥的出现，从侦查方法层面进一步优化了推理小说，为其在下一个时期的大发展奠定了坚实的基础。

　　在埃德加·爱伦·坡之后，推理小说能"撑到"那个黄金年代，诸多天才的贡献是不可抹杀的。查尔斯·狄更斯让它变得更具文学性和思想性；威尔基·柯林斯奠定了情节布设的模式和技巧；埃米尔·加博里奥则提供了行之有效的调查方法，让侦探们从空谈家变成了实干家。从1841年开始，天才们的探索持续了将近半个世纪，目的只有一个：让推理小说不断进化，日臻完善。在种种模式都被确立以后，推理小说有了发展和腾飞的基础和条件。

　　读者期盼着，有没有这样的推理小说——它承袭了埃德加·爱伦·坡的奇幻色彩，有着狄更斯的深刻，情节比柯林斯更完美，推理比加博里奥的勒考克更精妙……如果有这样的作品，全世界的读者一定会将其奉若神明，推理小说也必将被引入一个空前繁荣的层面。

　　会有这样的推理小说吗？

　　当然！在1887年，有个叫"夏洛克·福尔摩斯"的家伙出现了……

---

① 曹正文. 世界侦探小说史略［M］. 上海：上海译文出版社，1998.

二 神探夏洛克

1 福尔摩斯先生

1819年5月24日，一个女婴在伦敦呱呱坠地，父亲为她取名亚历山德丽娜·维多利亚。这个女孩是不幸的，出生几个月后，父亲就因肺炎去世；这个女孩又是幸运的，在1837年6月20日，年仅18岁的她得到了伯父——英国国王威廉四世——留下的王位，成为大英帝国的最高统治者。1876年，她加冕为印度女皇，成为第一位拥有"大不列颠及爱尔兰联合王国女王和印度女皇"头衔的人。直到1901年去世，在漫长的64年里，这位女士统治着空前繁荣的帝国。人们习惯称她为"维多利亚女王"，称她统治的帝国为"日不落帝国"。

1688年，英国资产阶级和新贵族推翻了国王詹姆斯二世的统治，成功阻止了封建权贵和天主教势力的复辟，确立了君主立宪制政体。英国人骄傲地称这次革命为"光荣革命"，它标志着这个国家正式进入了资本主义时代。

随着资产阶级逐步掌握国家权力，一场更加伟大的革命——人们称其为"工业革命"——随即展开。1733年，一名叫约翰·凯伊的机械师发明了飞梭，大大提高了生产效率；1765年，工人哈格里夫斯发明了珍妮纺纱机，机器第一次代替了纯手工劳作。此后，各个领域里都出现了机器，但因为能源的限制（当时人们主要依靠风力、水力等原动力控制机器），这些先进的设备无法被大规模应用。不久，伟大的瓦特改良了蒸汽机，动力问题被解决，机械化和工业化不可阻挡。之后，美国人富尔顿和英国人斯蒂芬孙发明了蒸汽轮船和蒸汽机车，彻底改变了这个世界的面貌。

光荣革命和工业革命的完成，让英国拥有了当时全世界最先进的上层建筑和最强大的经济基础。两者相互作用，最终创造出了人类历史上最辉煌的篇章。到了维多利亚时代，这一辉煌达到了巅峰。在1887年，英国举行了盛大的庆典，庆祝女王登基50周年。在那一年，全球有四五亿人口（相当于当时全球人口的25%）接受大英帝国的统治；其领土面积约3000万平方公里，是全球陆地总面积的20%；从英国本土出发，包括冈比亚、纽芬兰、加拿大、新西兰、澳大利亚、马来西亚、新加坡、缅甸、印度、乌干达、肯尼亚、南非、尼日利亚、马耳他以及无数岛屿在内，地球上24个时区里都有大英帝国的领土。

当时，英国的GDP大约占全世界的70%，贸易总额则是其他国家总和的数倍。在1848年，英国钢铁产量超过其他国家总和，煤产量占世界总量的三分之二，棉布则占二分之一以上。在1851年，英国GDP为5.23亿英镑，而到了1870年则增至9.16亿英镑（当时英镑的购买能力远远高于当下）。就收入而言，在19世纪中叶，英国人均收入为32.6英镑，同时期的法国为21.2英镑，德国为13.3英镑。

伴随着领土的扩张和经济的垄断，英国的理念、文化和生活方式也被全世界接受。司法制度、个人权利、中产家庭、仆人等级、社交规则、艺术创作、阅读习惯、下午茶……我们今天很多习以为常的东西，都是在维多利亚时代定型的。可以说，那是英国历史上一个不可复制的黄金时代。

不过，这些和推理小说有什么关系呢？

在某种程度上，推理小说是资本主义的产物，是英语世界的产物，是新兴资产阶级在衣食无忧的前提下用于消遣的东西。它是智力游戏，依托于逐渐成熟的法律意识和司法制度，捍卫的是个人权利和新兴阶级的利益——在推理小说中，任何试图破坏这个阶级安定现状和既得利益的犯罪行为，都被视为洪水猛兽。推理小说的基础就是其所处的时代，其辉煌必须建立在所处时代的辉煌之上——这一定律贯穿了推理小说发展的全部历程。那么，在这一节里，我们既然要说到推理小说历史中最辉煌的一幕，自然需要了解其辉煌的时代背景。

伴随着维多利亚时代的辉煌，大英帝国的国徽被全世界熟知。国徽左右两边被两只"神兽"占据——左边是一头雄狮，而右边是一只独角兽。雄狮象征着绝大多数大英子民，现实、忠诚、勤奋、勇敢、协作、务实、固执、循规蹈矩、自尊心强、不容亵渎；独角兽则和雄狮相反，非现实、聪慧、敏感、高傲、超然、有预见性、极具叛逆精神。雄狮和独角兽共同守护着一面盾牌，盾牌四周写着一句格言——"心怀邪念者可耻"。

多少年来，英国人总想为雄狮和独角兽寻找一对恰如其分的代言人，以彰显维多利亚时代的精神和荣光。最终，这个问题被一位半路出家的推理小说创作者解决了。

这位作家名叫阿瑟·柯南·道尔，他创造出了不朽的侦探夏洛克·福尔摩斯和助手约翰·华生——他们是亲密无间、相爱相杀的搭档，前者是那只独角兽，后者则是那头雄狮。他们守护的那个信条——"心怀邪念者可耻"——正是推理小说存在于这个世界上的最大意义。

这完美契合的一幕，绝对不是偶然。

阿瑟·柯南·道尔（Arthur Conan Doyle，1859—1930），英国人，夏洛克·福尔摩斯的创造者，最伟大的推理小说作家。

1859年5月22日，阿瑟·柯南·道尔出生在苏格兰爱丁堡。道尔家是一个人丁兴旺的天主教家族。他的祖父约翰·道尔是知名的政治讽刺漫画家，笔名"H.B."。约翰有七个孩子，其中有两个很早就夭折了。在其余的五个孩子中，安妮是唯一的女孩，另外三个男孩詹姆斯、理查德和亨利都成了艺术家，最小的儿子查尔斯·道尔并没有走上艺术道路，一生不得志，过得颇为坎坷。不过，他的儿子阿瑟·柯南·道尔却成了这个世界上最知名的作家。

柯南·道尔早年在当地一所学校就读。在很小的时候，他便将大量时间花费在阅读上。在自传《回忆与冒险》中，他写道："据说，图书馆委员会曾经为我的事情开了一个特别会议，会上通过了一项内部规定，要求借阅者每天换书不得超过三次。"同时，他也喜欢街头的粗野生活，经常打架，而且总能成为胜利者。母亲不希望自己的孩子受到不良环境的影响，因此虽然生活并不宽裕，她还是决定将儿子送进一所更好的学校。父亲查尔斯则要求儿子必须进入天主教会学校。最终，柯南·道尔在1868年进入了斯通尼赫斯特。

斯通尼赫斯特是一家知名的英国耶稣会士寄宿学校，向来以管理严格著称。柯南·道尔并不喜欢寄宿学校的生活。头两年，他在预备学校读书。其间，他思家心切，总是闷闷不乐。进入本校之后，管教变得更加严厉，学校甚至用中世纪的条款约束学生。课程也相当枯燥，包括三角、算术、语法、句法、修辞等等。柯南·道尔以阅读诗歌和法国小说为乐，对这些课程根本提不起兴趣。

在这样的环境里，柯南·道尔产生了逆反心理，总想打破这种束缚。他与男生打架，与镇子上的女孩调情，多次受到惩罚。这所学校坚信体罚能改变学生，最常见的方式就是用橡胶棒在每只手上打九下。打过之后的手青一块紫一块，就连开门这样的动作都难以完成。如果情节特别严重，那么体罚工具就会升级成桦树鞭。

在斯通尼赫斯特求学期间，柯南·道尔对文学的兴趣与日俱增。他喜欢梅恩·里德的冒险小说，也喜欢华尔特·司各特的历史小说。道尔日后执着于历史小说的创作，试图在这个领域青史留名，都与自幼崇拜司各特有关。他还酷爱托马斯·巴宾顿·麦考利的作品，包括他的诗歌。道尔自己也动笔写诗，很享受创作的过程。他将自己写的诗和剧本寄给巴黎的叔公——著名的新闻记者——迈克尔·柯南。叔公读过后，写信给道尔的母亲："毫无疑问，他具有这种才能，我在字里行间看到独创的新意和富有想象力的发挥。"在学校的最后一年，柯南·道尔成了校刊的主编。

后来，柯南·道尔宣称自己在斯通尼赫斯特时是一个成绩中等的学生，老师对自己不太看重。不过，从老师给他父母的信中可以看出，大部分老师对柯南·道尔的评价很高。在升入更高一级学校的考试中，道尔的成绩很好。也就是说，他完全可以进入一所大学进一步深造。不过，父母和老师都觉得他年纪还小，建议他去奥地利福尔德克希教会公学读一年预科。

奥地利的学习要比斯通尼赫斯特轻松很多，同时还有温暖的宿舍和可口的饭菜。谁也没想到的是，柯南·道尔入选了学校乐队，被选中吹低音大号。在这个时期，他接触到了埃德加·爱伦·坡的作品，包括《莫格街凶杀案》《金甲虫》等。

柯南·道尔在文学上的才能被家人接受，但是面对家中捉襟见肘的经济状况，他要做的是尽快挣钱补贴家用。于是，家庭成员经过一番讨论后，建议他去爱丁堡大学读医学专业。因为凑不出学费，柯南·道尔决定申请一项奖学金。他成功拿到了名额，但是因为种种原因，奖学金最终给了别人。无奈之下，他接受了一笔数额更小的资助，进入了爱丁堡大学。

1885年，柯南·道尔获得医学博士学位。几经周折，他开了一家私人诊所。一天，道尔的好友威廉·派克医生请他为一个年轻病人会诊。这个病人名叫杰克·霍金斯，诊断结果是他得了脑膜炎，已经无力回天。这个年轻人住在出租公寓里,同住的还有他的母亲和姐姐露易丝。因为他的病,房东不愿意继续把房子租给这家人。派克医生建议他们搬去柯南·道尔的诊所,这样也可以为道尔增加一些收入。搬家后没过几天,杰克·霍金斯就去世了。

露易丝对弟弟无微不至的关怀被柯南·道尔看在眼里。两人互生爱慕之情,一个月后便订了婚。同年,两人举行了婚礼,还去爱尔兰度蜜月。道尔的母亲有些不满,因为她想让儿子找个富裕人家的女孩。不过,柯南·道尔很喜欢自己的妻子,称呼她为"图伊",说她是"一个非常温柔、和蔼的女孩"。露易丝富有同情心,不喜欢抛头露面。

事实证明,作为医生的柯南·道尔很不成功。他整天坐在诊所内无所事事,没有一个病人上门。有一天,一个人咳着进了诊所。正当柯南·道尔打算为他诊断时,来人却解释说,自己是收煤气费的。他回忆说:"每当晚上,病人上门的希望全部破灭,我便锁上屋子的门,出去走上几英里发泄自己的精力。有时候,直到破晓才回家。"

推理小说有今日之成就,必须感谢当时大英帝国公民体格健壮。柯南·道尔经营的诊所门可罗雀,迫于生活的压力,他不得不另谋出路。自幼热爱文学,视埃德加·爱伦·坡为偶像的他,选择了创作推理小说。从此,医学界少了一个落魄博士,推理领域多了一个划时代的大师。

结婚后,道尔夫妇买了一本很大的剪贴簿,用来贴剪报、写笔记。在柯南·道尔的笔记中出现了这样一些句子——"我读了加博里奥的《勒考克先生》,还有一个杀死老太太的故事,老太太的名字我忘了(他查过之后,注明这是《勒鲁菊血案》),都写得很好,就像威尔基·柯林斯的作品,甚至比柯林斯的还要好";"大衣的袖子、裤管的膝盖部分、拇指与食指的皮肤硬化、靴子——其中任何一项都能给予我们线索。如果所有这些加起来,不可能描绘不出真实而完整的画面"。

看得出，柯南·道尔正在构思推理小说。

创作推理小说，首先需要设计一位侦探。关于夏洛克·福尔摩斯的原型，现在比较明确的结论是：大侦探是三位人物的综合体。

首先，灵感来自柯南·道尔大学时的教授约瑟夫·贝尔。贝尔教授善于推理，经常鼓励柯南·道尔对前来就诊的病人进行观察和分析，从而在诊断之前就对病人的情况有一个初步的判断。教授曾经从一个人的裤子的磨损程度推断他是个皮匠，还从一名英国士兵患上的象皮病得出了他曾经驻扎在西印度群岛。柯南·道尔做了大量有关贝尔教授的笔记，为以后的创作奠定了基础。

第二个原型来自埃德加·爱伦·坡笔下的侦探杜宾。柯南·道尔曾反复阅读坡的作品。在《莫格街凶杀案》中，杜宾运用一系列逻辑推理分析出同伴心中的想法；而在福尔摩斯故事《硬纸盒》一篇中，道尔把这一幕复制到福尔摩斯身上，让侦探一语道破了华生医生的想法。

福尔摩斯曾对华生说过："你一定认为把我和杜宾相提并论，是对我的恭维。可是，在我看来，杜宾实在是个微不足道的家伙。他沉默一刻钟，然后突然说破朋友的心事——这种伎俩过于做作，也过于肤浅。他有些分析问题的天赋，但绝对不是坡想要塑造的那种非凡人物。"尽管充满了讽刺，却不难读出柯南·道尔对埃德加·爱伦·坡的崇拜之情，也不难看出杜宾对福尔摩斯的深刻影响。也许柯南·道尔认为，自己笔下的福尔摩斯，是杜宾的终极进化版，而这才是埃德加·爱伦·坡想象中的非凡人物。

柯南·道尔的家人却认为，福尔摩斯的原型就是道尔本人。柯南·道尔的逻辑分析能力高超，不仅在虚构的小说中，就是在现实生活中，也是名闻天下的。柯南·道尔一生里破获了许多案件，为很多人洗脱了不白之冤。他的小儿子阿德里安·柯南·道尔明确指出："福尔摩斯的原型，就是我的父亲——伟大的阿瑟勋爵。"

在福尔摩斯身上，我们可以看到很多似曾相识的影子，无论是真实的贝尔教授和道尔自己,还是虚构的侦探杜宾或卡夫。可以说,经过坡的创造和许许多多先行者的进化,柯南·道尔汲取了之前推理小说领域所有优秀成果,才塑造出了历史上最伟大的侦探。

1886年年初,柯南·道尔开始创作自己的第一部长篇小说《一团乱麻》,里面的两个主人公叫作夏里丹·霍普和奥蒙德·夏克。最后,小说定名为《绯红色的习作》(旧译《血字的研究》),主人公也变成我们熟悉的夏洛克·福尔摩斯和约翰·华生(华生医生的名字来源于柯南·道尔的一位好友詹姆斯·华生)。到了1886年4月底,小说终于完成了。柯南·道尔把它寄给了《康希尔杂志》(Cornhill Magazine)。一个月后,杂志编辑回信说小说无法发表,因为对于一期杂志来说它太长了,建议直接送到出版社碰碰运气。

于是,柯南·道尔把稿子寄到阿罗·史密斯出版社。回信虽然彬彬有礼,却断然拒绝,认为小说的水平对于他们这样的知名出版社来说是不够格的。他没有灰心,又把稿子寄到费雷德·沃恩出版社,同样不被赏识。

柯南·道尔在写给母亲的信中流露出了沮丧的情绪,但他坚信自己的小说会开花结果。他找到了沃德·洛克出版社。出版社的主编贝坦尼没有时间阅读这部"小作品",不过,他的妻子是位文学爱好者,常常代替丈夫阅读新人作品。她用了一个晚上就读完了《绯红色的习作》。

第二天,她跑到丈夫的办公室高喊:"这是个天才小说家!你想象不到他的小说有多棒!"

几天后,主编读了《绯红色的习作》,也觉得不错,便向董事会征求意见。董事会把它定位为"廉价文学",觉得会有人愿意读它。于是,出版社写信告诉柯南·道尔,作品会在下一年出版,并支付了25英镑稿酬。

即便当时的英镑拥有极强的购买力,这份稿酬也显得过低了;况且，出版社对作品的定位也让柯南·道尔很不高兴。不过，他别无选择。1887年冬天，《绯红色的习作》在出版社旗下的《比顿圣诞年刊》（Beeton's Christmas Annual）上发表了。①

故事并没有引起太多的关注，不过，至少它被发表了。柯南·道尔再接再厉，于1890年在《利平科特杂志》（Lippincott's Magazine）上发表了以福尔摩斯和华生为主人公的第二篇故事《四签名》。《海滨杂志》（The Strand Magazine）很喜欢《四签名》，主动向柯南·道尔约稿，请他继续创作福尔摩斯的故事。

1891年，第三篇故事《波希米亚丑闻》和读者见面。这部作品构思精巧，将福尔摩斯的智慧发挥到了极致，还塑造了艾琳·阿德勒这个经典形象。几乎在一夜之间，福尔摩斯和华生成了风靡英国的知名人物。

后面的故事就变得很简单了，我们可以把柯南·道尔和福尔摩斯当作一个人来介绍。

由于读者的呼声一浪高过一浪，《海滨杂志》迫切需要福尔摩斯先生再度出山，并为其支付了每篇50英镑的优厚稿酬（后来干脆变成了12篇故事总共支付1000英镑）。于是，福尔摩斯和他的助手接连处理了24件奇案，后来被编辑成《福尔摩斯冒险史》和《福尔摩斯回忆录》两部短篇集。

之后，福尔摩斯遭遇了一生中最大的危险。在《最后一案》中，他与生平最大的敌人詹姆斯·莫里亚蒂教授坠入瑞士赖兴巴赫瀑布，最伟大的侦探就此告别了他的拥趸。这样的处理主要是因为创作者柯南·道尔厌倦了推理小说，希望把更多精力用于纯文学的创作。读者当然不会接受这个结局，表示出了强烈的愤怒和不满，甚至有人对柯南·道尔发

---

① 现在，这本刊物成了收藏家的至爱，仅有30余册存世，每本售价都超过了15万美元。

出了死亡威胁!

1902年,讲述福尔摩斯早期解决的案件的《巴斯克维尔的猎犬》被公开,重新唤起了读者对这位侦探的热情。到了1903年,在《空屋》一案中,福尔摩斯死里逃生,最伟大的侦探回来了!一组新的故事陆续问世,在1905年以《福尔摩斯归来记》为题出版。1915年,福尔摩斯又成功地解决了《恐怖谷》事件。

因为年龄问题,福尔摩斯退居二线,隐居在萨塞克斯郡,以养蜂为乐。1917年的《最后致意》和1927年的《新探案》,讲述了福尔摩斯先生在世界大战期间为国效力的经历。尤其是在《最后致意》中,60岁的侦探又和华生医生站在了一起,为祖国贡献着最后的力量。

从1887年《绯红色的习作》开始,福尔摩斯总共为读者留下了60篇故事,包括四部长篇和56部短篇。这些故事被编辑成了九部单行本,无一例外地成了推理小说领域的《圣经》。

1902年,阿瑟·柯南·道尔被大英女王赐封为爵士,理由是他为政府在南非的战争进行了辩护。但是,在封爵的过程中,福尔摩斯的影响力究竟发挥了多大的作用,谁也说不清。

露易丝为柯南·道尔生下了一儿一女,可惜儿子金斯利不到30岁便去世了。1906年,露易丝病故。1907年,柯南·道尔与珍妮·莱基结婚。莱基为柯南·道尔生下了小儿子阿德里安·柯南·道尔。爵士非常宠爱阿德里安,把几乎所有的财产(包括福尔摩斯的故事)都留给了小儿子。

1930年7月7日,伟大的阿瑟·柯南·道尔爵士与世长辞,享年71岁。在爵士的墓碑上,清晰的字迹准确地概括了他的一生:"真实如钢,耿直如剑。"

"亲爱的华生,我们应该把'不可能'和'不常见'严格区分,不能混为一谈。"

当福尔摩斯这样教导他的同伴时,我们就会知道,又一桩奇案被解决了。这对住在伦敦贝克街221B的伙伴如同莎士比亚笔下的哈姆雷特和霍雷肖,如同塞万提斯笔下的堂吉诃德和桑丘,早已超越了类型小说的束缚,成为人们心中的经典形象。

这位侦探身高六英尺(一米八多),异常瘦削,鹰钩鼻子,下巴方正而突出,目光锐利。他头戴猎鹿帽,身披宽松外套,手持烟斗,喜欢乘坐马车和火车,喜欢阅读报纸和电报。他穿梭于伦敦的浓浓大雾中,奔走在英国乡下的田野间,纵横驰骋在读者的脑海里。

关于福尔摩斯的形象,不得不说,这是一个阴差阳错的误会。

福尔摩斯的故事刊登于《海滨杂志》,这本杂志热衷为刊载的小说绘制插图。杂志社把这个任务交给了一位姓帕杰特的年轻画家。可是,帕杰特家有两位成名的画家,分别是哥哥西德尼和弟弟沃尔特。《海滨杂志》本打算把工作交给弟弟,但约稿函却到了哥哥手中。

西德尼接到任务后,把弟弟沃尔特作为原型模特——本来的画家变成了对象绘画。福尔摩斯迷必须感到幸运,因为沃尔特是个仪表堂堂的帅哥。不然,我们简直无法想象福尔摩斯会是个什么样子——说不定会长着络腮胡子!

"我看得出来,您去过阿富汗。"

这是福尔摩斯和华生说的第一句话——初次见面,大侦探就已经看穿了一切。

福尔摩斯保持着侦探最本质的特征——把推理看得高于一切!华生说过,他是世界上最精密的仪器,容不得任何错误或不严谨。为了突出这一点,柯南·道尔甚至大幅度削弱了大侦探的其他所有技能:

1. 文学知识——零。
2. 哲学知识——零。
3. 天文学知识——零。

4. 政治学知识——相当贫乏。

5. 植物学知识——有所侧重。对于颠茄和罂粟等有毒植物非常了解，对于实用园艺学一无所知。

6. 地质学知识——偏于实用，非常有限。能马上分辨出不同的土质。在某次散步回来后，曾把溅在裤子上的泥点展示给我看，并且根据泥点的颜色和质地指明其来自伦敦哪个区域。

7. 化学知识——渊博。

8. 解剖学知识——非常精准，但不成系统。

9. 冒险文学知识——渊博。对本世纪发生的所有恐怖事件了如指掌。

10. 小提琴拉得很好。

11. 精通棍术、剑术和拳击。

12. 精通英国法律，了解充分，非常实用。

这是华生见到福尔摩斯后为他列出的一份总结性清单，还特别强调他连"地球围着太阳转"的道理都不懂。不难看出，柯南·道尔深受埃德加·爱伦·坡和杜宾的影响，试图把福尔摩斯也打造成一台推理机器。但事实证明，随着推理文学的进化，单纯的智力博弈已经很难打动读者了。读者希望看到一位神探，但更希望看到一位有血有肉、嬉笑怒骂的神探。

道尔很快修正了这一点。在后面的故事里，福尔摩斯的形象和性格渐渐丰满起来，技能也越来越多——他可以讨论黄赤交角，他能随口说出莎士比亚的名句，他很喜欢美食和音乐，他会因为同伴受伤而失去理智……

福尔摩斯有很多缺点——毒舌、不能公正评价女性、生活极不规律、有使用可卡因的嗜好……但这些和他的优点（尤其是独步天下的推理能力）构成了有机的整体，让这个世界上最伟大的侦探不再只是推理工具，从而一跃成为经典文学人物，将推理小说提升到了一个全新的高度。

福尔摩斯的故事，对推理小说的发展起到了决定性作用。毫不夸张地说，之后任何推理小说流派，都是按柯南·道尔设定的路线前行的。

福尔摩斯的故事设定了三个大方向，可以概括为以谜为本、以国为本和以人为本。

"以谜为本"最好理解，即推理小说的核心在于谜团的设置和解答。之后出现的黄金时代的所有作品、日本本格和新本格作品，以及《达·芬奇密码》一类悬疑作品，都是本着这个原则创作的。

"以国为本"的"国"是指广义上的客观世界。我们不难发现，福尔摩斯的经历大多与时代及社会背景有关——当权者的隐私、金钱的交易、道德的背叛、伦理的谴责……在谜团背后，起决定性因素的往往是人性的善恶，而柯南·道尔恰恰格外注重对人性的暴露。这一点在后来的西方冷硬派和日本社会派作品中得到了最好的发展。

"以人为本"主要体现在对于福尔摩斯个人英雄主义的渲染。他的智慧、他的勇气、他的思想，甚至是他的缺点，无一不散发着巨大的魅力。对主人公侦探标签式的处理，在以后的推理作品中再常见不过，很多创作者甚至以自己的人物拥有更多怪癖而沾沾自喜。这种以人为本的精神在后来的间谍小说和好莱坞大片里，几乎被用滥。在诞生于新千年的《神探夏洛克》中，创作者站在巨人的肩膀上，以新时代的标准在"人"上下足了功夫，获得了受众最高限度的认可。

福尔摩斯的伟大在于几乎没有给后来的作家留哪怕一丁点儿空间，基本上穷尽了推理小说所有创作方向。从这个角度来说，柯南·道尔的"福尔摩斯系列"无疑是最伟大的推理小说，没有"之一"。

时势造英雄，英雄又会引导时势。维多利亚时代成就了福尔摩斯（1887年是女王登基50周年，正好也是福尔摩斯第一次登上推理舞台），福尔摩斯又引领了推理小说。

他不仅仅是一位侦探,不仅仅代表着理性和严谨。他是时代的产物,是繁荣、富足、安定、理想主义的象征。读者也许会忘记福尔摩斯处理过了某桩事件,但,那疾驰而过的四轮马车,那彻夜长明的煤气灯,那象征着效率和文明的电报和火车……是任何人都不会忘记的。

每个中国人都以汉唐为荣,每个中国人都有"梦回唐朝"的理想。福尔摩斯对于英国人、对于西方世界、对于推理小说而言,就是"强汉盛唐",就是一种无限怀念又注定无法复制的情结。

因此,夏洛克·福尔摩斯必然是不朽的。

2　医生与神父

人类的理论来源于实践,在实践的基础上总结得失,积累经验,最终形成正确的理论。理论不会终止在这个阶段,而是会回归实践,去指导实践,确保实践活动更有效率,取得更辉煌的成果。接下来,更辉煌的成果会被提炼成更高端的理论……人类社会就是在这样一个循环往复中不断进步的。

推理小说也是这样。

埃德加·爱伦·坡无心插柳,创作了五篇"游戏之作";这些"游戏之作"启发了阿瑟·柯南·道尔,为其创作提供了丰富的理论指导,因此,我们看到了比杜宾更具魅力的夏洛克·福尔摩斯。同理,福尔摩斯取得的非凡成就,不可能被后来的推理创作者忽视。这一空前成功的实践活动,必然会被升华为高端理论,对接下来的创作产生不可估量的影响。

在这一节里,我们要说的,就是福尔摩斯被理论化的过程。简单地说,这一过程是由一位医生和一位神父完成的。

福尔摩斯最具吸引力的地方究竟在哪里？是他处理的一桩桩奇案吗？不是，至少不全是。

相信绝大多数读者并不能记住每一桩案件的细节，甚至已经忘记了真凶究竟是谁。比如，有多少人可以复述出《修道院庄园》是个怎样的故事？又有多少人可以不假思索地说出《肖斯库姆老宅》一案的真凶姓甚名谁？

我们之所以喜爱福尔摩斯，是因为他经常使用这样一个小套路——委托人进门，还没自我介绍，福尔摩斯就已经不慌不忙地说了起来；对方的身份、职业、收入、健康状况、家庭状况、癖好习惯，甚至今天一早乘坐什么交通工具赶到贝克街，全都逃不过大侦探的眼睛；委托人和华生一脸震惊，福尔摩斯则带着一脸坏笑，猛地吸一下烟斗，缓缓说道："这些都是显而易见的，好了，说说您来到这里的目的吧……"

是的，显而易见，因为我们的大侦探有一套成熟的方法。

按照性质分类，福尔摩斯的方法大致有两种。

其一，他断定某位委托人来自伦敦某条大街，因为这位客人的鞋上沾了一些泥土，而这种泥土是那条大街上特有的；他断定另一位委托人是乘坐马车过来的，而且坐在了马车左侧，因为他的身上溅了许多泥点，而且泥点只出现在左边的衣袖和裤腿上，右边一侧却非常干净。

其二，他断定华生讨厌用战争解决分歧，因为他注意到自己的同伴盯着一位将军的画像看了许久，脸上露出了复杂的神情，手不由自主地摸了摸受过伤的腿，微微皱了皱眉，最后叹了一口气，无奈地摇了摇头。

这两种方法分别意味着什么？有什么异同？可以运用在其他推理小说中吗？

很遗憾，柯南·道尔和福尔摩斯只是实践者，没有过多考虑理论层面的问题，甚至根本没有意识到这些方法将会对后来的推理创作产生什么样的影响。爵士可以不想，但后来的创作者却不能不想。他们将福尔摩斯上述实践成果升华为理论，指导着接下来的创作活动。

关注第一种方法的是一名英国医生，他叫理查德·奥斯汀·弗里曼（Richard Austin Freeman，1862—1943）。

他的经历和我们熟悉的华生医生有些相似。奥斯汀·弗里曼生于伦敦的一个裁缝之家，后进入医学院学习并获得医师资格。他在加纳（当时是英国的殖民地）担任助理军医期间患上了当地的热病，最后被遣送回国。

弗里曼休养了很长一段时间。在康复之后，他决定不再从事医务工作，转而开始尝试文学创作。他撰写了一本游记，获得了好评。随后，弗里曼与好友以"克里福德·阿什当"为笔名，共同创作了一系列犯罪小说。在这段时间里，他读到了柯南·道尔创作的福尔摩斯故事，立刻成了这位大侦探的拥趸。经过一番准备，弗里曼开始独立创作推理小说。

弗里曼的职业是医生，有着过硬的专业知识，对法医学、解剖学、化学、病理学、毒药学都有很深入的研究。在20世纪初，科学飞速发展，血液检验和指纹识别技术日趋成熟，渐渐被应用到了刑事侦查领域。弗里曼因其职业和经历而有着得天独厚的优势，可以第一时间接触到这些新技术。正在构思推理小说的他，很自然地意识到，如果把这些新兴技术应用到小说里，一定会让推理更具说服力，也会让读者感到耳目一新。

弗里曼本身是个严谨到了有些偏执的人。他是个标准的理工男，信奉科学为世间唯一真理，不接受一切无法用科学解释的东西。他坚信，一切犯罪都能从物质层面找到线索，都能从物质层面找出凶手，除此之外，所有近乎"玄学"的推理都是可笑的。

福尔摩斯非常重视实物线索，这让弗里曼非常欣慰；但另一方面，他又非常鄙视这位大侦探的不专业——"福尔摩斯经常忽略一些显而易见的蛛丝马迹,因此只能用主观臆断维系推理链条,这显然不能令我信服"。在弗里曼看来,福尔摩斯的方法是正确的,但他在相关领域的知识非常浅薄,以致不能将这一方法的全部功效发挥出来。"尸体是会说话的,血迹和指纹随处可见,只要拥有过硬的知识和手段,通过这些线索可以直接找出凶手,不需要什么演绎法。""福尔摩斯只是非常肤浅地使用了一些科学手段,而我要在推理小说中系统地应用这些手段。"

就这样,弗里曼塑造出了推理小说史上第一位科学侦探——桑戴克医生。这位医生风度翩翩,学识渊博,经常被警方找去处理一些棘手的案件。他拥有一座实验室,里面满是最先进的化验设备和试剂;他有一支团队,个个都是信奉科学的精英,依靠科学和团队的力量为桑戴克提供必要的帮助。

桑戴克会注意案件现场所有实物线索,比如血迹的流向、尸体牙齿里残存的食物、胃液的存量等等;至于血型、指纹、脚印、头发之类的线索,更逃不过他显微镜般的双眼。搜集到实证之后,桑戴克就会带着助手进入实验室,用科学手段还原案件的真相并找出凶手的身份。每一个结论都来源于客观线索和科学验证,因此,桑戴克不需要太多主观推理,就能让凶手无所遁形——"这个指纹就是你的,你能给我一个合理的解释吗?""你说自己昨晚没有来过现场,可为什么现场有你的血迹呢?"

纽约市警察局高层在读了桑戴克的故事后,大受启发,建立了全世界第一座专门用于刑事侦查的化学实验室。可以说,弗里曼的科学神探桑戴克是名副其实的 CSI(Crime Scene Investigation,犯罪现场调查)鼻祖。

福尔摩斯之所以能推理出委托人来自某条街道或是坐在马车左边,是因为他看到了客人身上的泥点——泥点是推理的起点,是客观存在的,不以主观意志为转移。这就是福尔摩斯第一种方法的最大特质。

弗里曼将这种特质理论化、规范化、系统化，并将其作为最大卖点。在20世纪初期，人们读到这样的作品，其震撼程度不亚于我们在今天看到新番刑侦类美剧。因此，弗里曼的作品大获成功，确立了自己在推理文学史上不可动摇的地位。

由弗里曼以桑戴克确立的这种以客观线索为起点的推理模式，被称为"物证推理"，成为支撑推理小说的两大基本模式之一。

那么，另一个基本模式是什么？还要回到福尔摩斯。

福尔摩斯看穿了华生的心事，他的依据是什么？华生看着墙上的画像；华生露出了复杂的表情；华生下意识摸了摸自己的伤腿；华生皱了皱眉，又叹了一口气……请注意，在整个推理过程中，没有一处是客观世界里的线索！

"论迹不论心，论心世上无完人。"这个道理我们中国人最明白。物证推理是一种皆大欢喜的模式，因为线索全部是客观的，即便不直接指向真凶，也可以最大限度地推动案情向前发展；但是，皱眉和叹气怎么能成为推理的依据呢？内心世界难道不是最难把握的领域吗？不错，犯罪心理确实难以看透，但换个角度看，凶手可以欺骗一切，却无法欺骗自己的心。罪犯的心理一旦被推理套牢，必将无所遁形。

这种"越过"客观线索，通过窥探推理对象内心直击真相的模式，与物证推理相对，被称为"心证推理"。将这种模式确立并发扬光大的，是一个叫切斯特顿的人。

吉尔伯特·基斯·切斯特顿（Gilbert Keith Chesterton，1874—1936），英国作家、评论家、文学理论家。小时候的切斯特顿非常叛逆，讨厌上学，成绩非常糟糕。他的一位老师曾经这样说："要是把你的脑袋劈开，看到的肯定不是脑髓，而是白花花的脂肪。"

16岁时，切斯特顿进入了一所无权颁发学位证书的"野鸡大学"。他依然无心学业，开始创办杂志，出版小说集和诗集。文学上的天赋没有阻止他堕落下去，所有人都为这个孩子的叛逆叹息。在切斯特顿最消沉的时候，他结识了一个女孩。这个女孩慧眼独具，看到了切斯特顿天真无邪的本质。她发现这个男孩并不坏，只是因为不被认可才做出种种叛逆行径。女孩给予切斯特顿帮助和鼓励，告诉他应该与更多人分享自己的才华，而不是用它来嘲笑别人。切斯特顿第一次觉得自己被别人重视，进而接受了女孩的建议。从此，他就像变了一个人似的，在文学的大路上一日千里，取得了非凡的成就。

切斯特顿的性格很像埃德加·爱伦·坡，后者也是一生叛逆，只是在与表妹结婚之后的那段时间里过上了安定的生活。不同的是，坡的妻子很早就去世了；而切斯特顿无疑是幸运的——那个女孩成了他的妻子，陪伴他走完了一生。

1910年9月，切斯特顿发表了第一篇推理小说《蓝宝石十字架》。在这篇故事里，他塑造了一位名叫布朗的侦探，而他正式的职业则是一名天主教神父。布朗神父身材矮小，长着一颗土豆脑袋，身穿一件黑色神衣，手持一把大伞，穿梭于伦敦茫茫的大雾之中。他通常沉默不语，但一旦打开话匣子，便妙语连珠，句句都指向迷雾背后的真相。

布朗神父注重的不是血迹、指纹这类物质层面的东西，而是犯罪模式和罪犯心理。"任何一桩犯罪，都可以从罪犯的内心世界寻找到原型。罪犯可以抹去现场的痕迹，但无法抹去内心的痕迹。""我是一名神父，我的工作就是倾听人类的忏悔……一个专门倾听罪恶的人，是不可能对邪恶的手段一无所知的。"

布朗神父的原型无疑就是切斯特顿本人。切斯特顿是一位虔诚的天主教徒，对宗教、哲学和心理学有着非常深刻的研究和独到的见解。因此，布朗神父可以超越物理学、化学、生物学等"工具性学科"，站在哲学和心理学层面解决问题。

仅举一例。"布朗神父系列"中有一篇经典故事，题目是《隐身人》。侦探追踪嫌疑人，从各个角度严密监视着后者所在的公寓。一天下来，一共有三个人进入了公寓。结果，嫌疑人遭到灭口，但事实却证明这三个人都不是凶手！怎么回事？布朗神父云淡风轻地告诉侦探："还有第四个人进入过公寓，只不过，这是个隐身人，你选择性地忽略掉了他。"事实是，这个人化装成了每天进出公寓的邮差，负责监视的人自动把这样的人排除在外。布朗神父没有发现假邮差行凶的直接证据，但这个人毫无疑问就是凶手。

"我思考了一分半钟，然后确信自己看到了犯罪行为，就像是我自己犯下了罪行一样。"

"这名罪犯是个具有创造力的艺术家，而那个侦探至多只是个评论家。"

"智者会把一片树叶藏在哪里？森林里。如果没有森林，他就会自己建造一座。"①

通过布朗神父的这些金句，我们不难了解心证推理的特质和魅力。他的能力已经不能简单概括为聪慧，而是对人性有着最为独到的理解和把控。

"你是怎么知道这一切的？你是个恶魔吗？"

"我只是个人。"布朗神父平静地回答，"所以我的心里也有恶魔。"②

切斯特顿创作了50余篇布朗神父故事。这些故事被编辑成了五个短篇集，分别是《布朗神父的天真》《布朗神父的智慧》《布朗神父的怀疑》《布朗神父的秘密》和《布朗神父的丑闻》。

---

①② 切斯特顿.布朗神父的天真［M］.景翔，译.台北：小知堂，2003.

相比物证推理，心证推理为创作者提供的空间更加开阔，变化的可能性也更多。切斯特顿的"布朗神父系列"是推理小说中地标式的作品，为推理小说的布局、误导、逆转等核心技巧提供了模板，起到了教科书般的作用。后来驰名世界的阿加莎·克里斯蒂、埃勒里·奎因、约翰·迪克森·卡尔、多萝西·塞耶斯等大师，都将切斯特顿视为自己的老师。

1928年，英国推理作家俱乐部①成立。在第一次全体大会上，切斯特顿毫无争议地当选为第一任主席，直到去世。

弗里曼和切斯特顿，理工男和文学男，职业医生和宗教信徒，桑戴克医生和布朗神父，物证推理和心证推理。

两位性格与经历截然不同的大师，几乎同时受到福尔摩斯的启发，却确立了大相径庭的推理模式。不过，这种差异犹如金庸笔下的两仪剑法和反两仪刀法，构成了完美的对立统一。只有物证没有心证，推理小说会变成学术报告；只有心证没有物证，推理小说会变成灵异怪谈。后来的创作者根据自身的条件，各取所需，将两者的优势有机地结合在了一起，才创造出了推理小说的一个个辉煌。

医生和神父将福尔摩斯的成功理论化，形成了一套行之有效的指导思想。有了这套思想，推理小说犹如学会了九阳神功一般，很快就迎来了无敌于天下的时代。

3　追随者

60篇福尔摩斯故事将推理小说抬升到了一个前所未有的高度。人们对于这类作品的热爱，超过了创作者和出版者的想象。据说，柯南·

---

① 英国推理作家协会的前身，当时世界上最权威的推理文学机构。

道尔在巅峰时期，可以得到每个单词一英镑的天价稿酬。虽然这很可能只是一个传说，但可以预料的是，在接下来很长一段时间里，将会有大量福尔摩斯式的作品涌入市场。

果然，从19世纪末开始，到20世纪20年代，在短短30年里，数千篇推理故事应运而生。如果以福尔摩斯登场的1887年为界，之后30年推理小说的出版量，是之前30年的100倍以上！

这些作品都是福尔摩斯的复刻品，具有几个显著特点：短篇作品占绝大多数（这也解释了为什么可以在30年里产生出几千篇）；侦探往往拥有福尔摩斯般的另类人设（无论是性格上还是技能上）；每一位侦探都是一个系列作品的主人公，可以反复出现在读者眼前。基于这些特点，人们通常把这30年称为推理小说的"短篇黄金时代"。

这是个承前启后的时代，在推理小说的发展历程中具有举足轻重的作用。不过，因为之前的福尔摩斯和之后的"长篇黄金时代"名声显著，以至人们大都将其忽略。这是一个"奇事天天有，神探遍地走"的时代，以今天的标准评价，有些"中二"，却充满了新意。在这一节里，我们就通过几位代表人物，来窥看这个辉煌年代。

既然一切依旧是因福尔摩斯而起，那我们就从和福尔摩斯关系最紧密的人开始。这个人叫欧内斯特·威廉·赫尔南（Ernest William Hornung，1866—1921）。他出生于英国约克郡，1884年前往澳洲，1886年回国，并以澳洲的生活为背景，开始了文学创作。

1893年，赫尔南结婚了，他的妻子名叫康丝坦。名字无关紧要，重要的是她的姓氏——道尔。是的，柯南·道尔的"道尔"。康丝坦是爵士的妹妹，因此，赫尔南也就成了"福尔摩斯之父"的妹夫。这种特殊的关系促使赫尔南走上了推理小说创作之路，但并没有让他和爵士产生志同道合的感觉。

赫尔南最为重要的作品是"神偷拉菲兹系列"。拉菲兹是一位衣着光鲜的绅士，处处彰显着维多利亚时代的繁荣和稳定。他周旋于上流社会里，和很多名流一见如故；实际上，每当夜深人静的时候，这些名流便成了拉菲兹的目标。他的真实身份是一名神偷，穿梭于黑暗世界中，从来不曾失手。

就这样，推理小说史上出现了神奇的一幕：一边是大舅哥柯南·道尔指挥福尔摩斯维护正义，树立着侦探的光辉形象；另一边，妹夫赫尔南指挥拉菲兹挑战着福尔摩斯，嘲讽着包括福尔摩斯在内的一切正义力量。

柯南·道尔对妹夫极为不满。他公开指责赫尔南："绝对不可以把罪犯变成英雄。"而妹夫并没有被大舅哥的名望吓倒，他在故事里借人物的嘴反击道："天下没有福尔摩斯那样的警察！"在他眼里，大舅哥创造的世界第一神探和那些苏格兰场的笨蛋警察一样，都是虚伪而无用的。赫尔南特意在单行本的扉页注明："本书献给柯南·道尔，这是我最真诚的阿谀。"不知看到这种"恭维"，爵士会做何感想，大概会在心里大骂妹妹瞎了眼吧。

拉菲兹是推理小说史上第一位黑色英雄（他最终的结局是为国战死沙场），打破了正面人物一统天下的局面。这个模式后来被无数创作者模仿，在很多英雄（比如007）的身上，都有神偷拉菲兹的影子。

如果说妹夫的做法仅仅是一种揶揄，那么，一个叫莫里斯·勒布朗的法国人则真的想把福尔摩斯踩在脚下。

莫里斯·勒布朗（Maurice Leblanc，1864—1941），生于法国里昂，自幼酷爱文学，极度崇拜福楼拜和莫泊桑。按理说，这样一个文艺青年应该不屑于往推理小说的圈子扎，无奈当时福尔摩斯光环太盛，谁也难免流俗。

一本通俗杂志的主编看到福尔摩斯在海峡对面叱咤风云，便邀请勒布朗塑造一个类似形象——一是和英国佬分庭抗礼，二是帮助刊物挣些法郎。勒布朗对这个邀请毫无兴趣，几次推诿不成，只好硬着头皮写了一篇名为《亚森·罗宾被捕》的小说，应付交差。

亚森·罗宾是一个法国青年，生活坎坷，自幼被主流社会遗弃。在种种复杂情绪的引导下，他变成了一个窃贼，劫富济贫，"报复社会"。这个窃贼是典型的法国产物——英俊潇洒、风流倜傥、"技艺"精湛，永远是胜利者，胜利时身边永远环绕着金银财宝和美女。

从第一篇小说的名字不难看出，勒布朗绝对没有把亚森·罗宾系列化的意愿，他希望英俊的窃贼在监狱中终了一生，不要再麻烦自己。可是，主编却认为这个故事和它的主人公必定一炮而红，催促勒布朗再写十几篇同样的故事。

勒布朗相当崩溃，因为主人公已经锒铛入狱，这怎么往下写？没办法，他只能让亚森·罗宾越狱……

事实证明，主编还是很有远见的。"亚森·罗宾系列"迅速成为法国最畅销的读物，英俊的绅士怪盗成了全民偶像。于是，一向傲娇的法国人给罗宾提出了更高的要求——不能让那个叫福尔摩斯的英国人独占鳌头，要把法国人的脚踩在他的脸上！

这个时候，莫里斯·勒布朗已经忘了创作初始自己对罗宾的态度，毕竟，口袋里已经装满了这个窃贼带来的法郎。而且，考虑到自己居然有机会和柯南·道尔比肩而立，勒布朗就更没有退缩的理由了。

于是，一系列"亚森·罗宾vs福尔摩斯"的故事问世了。结局自然可以想象，来到法国的福尔摩斯，被罗宾要得团团转，法国人的虚荣心得到了前所未有的满足。柯南·道尔看到这些故事后怒不可遏，但在那个时代，即便是爵士，对此也无可奈何。

现在看来，莫里斯·勒布朗的小说显然不能和福尔摩斯的故事相提并论，但不可否认，作为短篇黄金时代的代表，亚森·罗宾是无法被忽视的。

以上两位都跟福尔摩斯有着千丝万缕的联系。不过，随着时间的推移，创作者不断寻求突破，试图摆脱福尔摩斯的阴影。从结果来看，有几位做得很不错。

首先是英国人欧内斯特·布拉玛（Ernest Bramah，1868—1942）。布拉玛出生于英国曼彻斯特城郊，原名欧内斯特·布拉玛·史密斯，是一位新闻记者。除此以外，他的一切都如谜一般不为人所知，简直比自己塑造的侦探还要神秘。

布拉玛笔下的侦探名叫马科斯·卡拉多斯。之所以能够青史留名，主要因为卡拉多斯是史上第一位残障侦探——他是一位双目失明的盲人！这位侦探的伟大在于，正常人瞪着眼睛都看不明白的谜团，他闭着眼睛（反正睁着闭着对他来说都一样），却能分析得一清二楚。

卡拉多斯的出现，挑战了侦探对于客观世界的认知极限。他可以用触觉破案——"这枚银币是赝品，因为我摸到它的表面有蜡模的痕迹"；可以用嗅觉破案——"迎面走来的人做了伪装，我闻到了他贴假胡须用的胶水的味道"；可以用听觉破案——"对不起，先生。您说了谎，因为您的呼吸突然变快了很多"……当然，这些对于盲侦探来说是很小儿科的，他的逻辑推理能力更加不可思议。

在这种极端的设定下，卡拉多斯不断给读者带来感官冲击和心理落差，给读者留下的印象也格外深刻。他没有正常人的便利条件，只能依靠聪慧的大脑解决问题——侦探被抽象为一颗大脑，推理是唯一的武器，这样做最大限度地突出了推理小说的魅力。这一成功经验影响到了这一时期几乎所有创作者，把侦探置于极端环境（不管是客观环境的极端还是主观条件的极端）进行侦查成了最时尚的手段。

如果说卡拉多斯还要摸一摸、闻一闻、听一听，那么，有一位坐在角落里的老人，连这些环节都可以省去——他喜欢直接把谜底说出来！

奥希兹女男爵（Baroness Orczy，1865—1947），出生于匈牙利的英国籍作家。她早年求学于比利时和法国，16岁进入伦敦美术学院，后与一位艺术家结婚。1900年，奥希兹开始了文学创作，写了大量优秀的通俗小说，被誉为"20世纪第一位受欢迎的作家"，其代表作为《角落里的老人》。这个系列被评价为史上最好看的安乐椅模式推理，其地位和成就至今无人可及。

前面提到过，安乐椅模式是埃德加·爱伦·坡在《玛丽·罗热疑案》中创造的模式，是推理小说中最极端的智力博弈——侦探足不出户，依靠道听途说的二手信息，就可以准确无误地推测出真相。这种模式很难驾驭，稍不留神就会画虎不成反类犬。因此，创作者大都对这种模式敬而远之。

可是，到了奥希兹这里，安乐椅模式却被使用得游刃有余。

角落里的老人无名无姓，终日坐在ABC咖啡馆里，喝喝牛奶，吃吃糕点，看看报纸，手里总是摆弄着一根红色的小细绳。老人始终站在事件之外，以上帝视角俯视着所有人的一举一动。

一天，女记者宝莉闲谈起一桩迷案，提出了自己的一些见解。突然，坐在一旁的老人拍案而起，大声说道："警察是一群白痴，事件的真相是再明白不过的！"吃惊的记者请老人说出真相，老人毫不费力地指明了真凶。

从此，宝莉总是把稀奇古怪的事情告诉老人。老人从不参与调查，也不查看现场，却总是可以在第一时间把真相告诉宝莉。事实证明，老人的推断没出现过任何偏差。从这位老人开始，推理小说中的侦探们开始心安理得地"纸上谈兵"。

"角落里的老人"最大的争议在于，这位老人虽然内藏锦绣，却从不出手干预，更不关心什么社会影响。他是一位彻头彻尾的评论者，将推理当作智力游戏。老人推导出真相，就像把牛奶和糕点吞进肚子一样，为的是一种近乎本能的需要和满足。

老人的这种态度引起了许多人的批评。人们认为这有悖于推理小说的初衷,更有悖于人类社会的道德标准。福尔摩斯为了正义可以不计酬劳、不畏艰险,角落里的老人怎么能这样麻木不仁?

"角落里的老人"体现了一种态度,一种绝望的态度。老人常常嘲笑警方无能,讥讽那些所谓豪门,痛斥媒体失实的报道——面对这样的世界,一个老人即便出手干预,又能改变什么?面对指责,老人曾不止一次暴跳如雷。在他看来,这种指责是对他的误解,玷污了他内心最后一方净土。

介绍了这么多神探,那么,谁才是后福尔摩斯时代里最好的侦探呢?这很难说,不过单就某个方面而言,或许是下面这位。

推理小说是一门思维的艺术,侦探因强大的思维能力而存在。史上思维能力最强大的侦探,就诞生在这个时代。他是个美国人,他有一大堆头衔,他有一个名动天下的绰号——"思考机器"。

"思考机器"的创造者是美国作家杰克·福翠尔(Jacques Futrelle,1875—1912)。福翠尔出生于佐治亚州,18岁进入一家报社撰写专栏。和那个时代千千万万作家一样,受福尔摩斯的影响,福翠尔开始创作推理小说。

如果说福尔摩斯是典型的英国绅士,那么,福翠尔笔下的"思考机器"则是一位不折不扣的山姆大叔。这位大叔全名为"奥古斯都·S. F. X. 凡杜森",是一所大学的教授。他拥有英国、法国、德国、俄罗斯、西班牙等十几个国家的大学授予的二十几个头衔,包括哲学教授、法学教授、英国皇家学会会员、牙科硕士等等。

这位教授身材矮小,目光犀利,一头乱发从不打理。教授的智商深不可测,以至于他根本不考虑别人的感受。他不懂任何礼数,经常粗暴地打断别人。"你不要告诉我你的判断,只把事实讲给我听,然后按照我说的去做"——这是凡杜森最常见的口头禅。

不过,这可以理解,因为他的思维能力实在太过强大。在凡杜森看来,万事都可以用逻辑解释。为了印证这个观点,教授向国际象棋世界冠军发起了挑战。之前,他根本不会下国际象棋,只用半天时间学习了一下基本规则。挑战的结果是,世界冠军在30步里被置于死地。准确地说,只用了15步,因为15步后教授面无表情地说:"再15步后,你会被我将死。"

"你不是人!你是机器!你是一架思考机器!"世界冠军发出了感叹,"思考机器"的称谓由此而来。

"二加二等于四,不是在绝大多数时间里等于四,而是永远等于四!"——这就是"思考机器"的座右铭。在这个老头眼中,一切表象都是逻辑的必然产物。只要运用逻辑,没有什么事情是无法解释的。在侦探世界里,思维能力强大的侦探有很多,但强大到能被称为"思考机器"的,只有他一个。

1905年,"思考机器系列"中最经典的一篇《逃出13号牢房》发表,成为推理小说史上无法忽视的作品。随后,50余篇关于"思考机器"的小说陆续出版,凡杜森热达到了顶点。

1912年,福翠尔夫妇来到英国,商谈作品出版事宜。谈判很顺利,夫妻俩订购船票准备返回美国。非常不幸,他们的船票上印刷着"RMS Titanic"——"皇家邮轮泰坦尼克号"。

于是,杰克·福翠尔遭遇了和杰克一样的命运。他的妻子幸运逃生,自己却长眠在了冰冷的海底。据说,几篇没有发表的手稿也一起沉入了大西洋底。

毫无疑问,这是推理小说领域不可估量的损失。如果凡杜森教授能够在不久后的"长篇黄金时代"继续发光发热,或许整个推理小说的进程都会被这个疯狂的天才改变。

神偷、窃贼、盲人、评论者、机器……够了,够了!尽管后福尔摩斯时代的侦探远不止这几位,但相信他们足以代表这个时代的风貌。

福尔摩斯的影响力是不可想象的,他开启了这个"奇事天天有,神探遍地走"的梦幻时代。那么,这是推理小说最好的时代吗?

可以肯定地说:"不是!"

因为好戏才刚刚开始,只读短篇,怎能满足!

三 黄金时代

1 最好的时代

短篇黄金时代对于推理小说的引导作用是不可忽视的。不过，随着读者的需求和见识不断提升，短篇小说的弊端渐渐暴露出来，其中尤以两点最为突出。

其一，限于篇幅，故事很难大开大合，精妙的诡计因为缺少"起承转合"失色不少，甚至很容易被看穿。看一下这个时期的作品，不难发现，故事基本都是"案发—官方给出错误解答—侦探给出正确解答"的模式。这并非因为创作者水平有限，实在是受到了篇幅的限制。

其二，小说的存在价值受到了质疑。上一节已经说过，短篇黄金时代是一个"奇事天天有，神探遍地走"的时代。这样的作品看个三五篇还可以，长此以往，当猎奇感逐渐淡去后，读者就会对其心生反感。

"这简直是胡编乱造！"读者发出这样的呼喊，短篇推理小说的确到了岌岌可危的境地。这毕竟是在创作小说，即便不谈文学性，至少需要保证情节丰满、语言生动吧？至少小说里的人物应该有七情六欲、喜怒哀乐吧？至少要让读者觉得故事发生在现实中而不是异次元吧？不然，推理小说和数学应用题有什么区别？

当时有一位名叫埃德蒙·克莱里修·本特利（Edmund Clerihew Bentley，1875—1956）的记者，对推理小说脱离现实的状况十分不满。他是"布朗神父之父"切斯特顿的好朋友，却丝毫没有给这位推理作家俱乐部主席面子。本特利不止一次地、公开地、面对面地指责切斯特顿："你那个布朗神父简直是胡扯。现实生活中根本没有那样的案件，更不可能用那种推理方式去解决。"

"亲爱的朋友，"切斯特顿总是不紧不慢地回应，"我只能把你的话理解为对于布朗神父的妒忌。"

"完全不是。我可以证明，目前的推理小说是个失败品。你们那些神探在现实中寸步难行。"本特利的回答斩钉截铁。

"好吧。我期待你证明自己的观点。"切斯特顿拿这个认真的朋友没什么办法。

本特利是个言出必行的记者，他真的开始创作推理小说。他使用的方法是"以彼之道还施彼身"，用推理小说证明推理小说的无用。1913年，他创作了一本名叫《特伦特的最后一案》的小说。主人公就是一位名叫特伦特的记者，善于推理，喜欢挖掘离奇事件。

某日，特伦特参与了一桩凶杀案的报道。他迅速赶到现场，调查取证，寻访目击者，随后展开了自己的推理。几经周折，特伦特将真相公之于众。他的推演非常缜密，又有相关证据，一切看上去严丝合缝，神探将又一次大获全胜……

稍等！故事在转瞬间发生了逆转！侦探没有失误，结论却距离事实十万八千里！为什么会这样？本特利的"神探无用论"给出了解释——事实往往是由一些随机的、意外的、无逻辑的行为决定的，因此，侦探的推理在现实中完全没有用武之地。比如，侦探努力破解案发现场形成的密室，并对凶手为什么要制造密室侃侃而谈；但事实却是，凶手在匆忙间关上了门，插销被震了下去，所以有了密室……

小说出版，引起轰动。读者第一次看到敢于向"神探"开炮的作品，而这部作品恰恰写出了自己的呼声。于是，一时洛阳纸贵，《特伦特的最后一案》成为畅销书。这让身为推理作家俱乐部主席的切斯特顿哑口无言。不过，切斯特顿的失败并不意味着本特利取得了胜利。故事朝着让所有人始料不及的方向发展下去。

本特利的本意是让读者明白推理小说的虚幻性，就此远离这类作品；没想到，广大读者却跑偏了。大家惊讶地发现，推理小说并没有因为短篇黄金时代的发力过猛而失色。在篇幅由短变长之后（《特伦特的最后一案》有将近20万字），故事变得更加曲折，人物变得更加丰满，文字变得更加优美……故事里有了环境的描绘，有了气氛的渲染，甚至有了爱情元素！最重要的是，谜团有了被隐藏的空间，布设、误导和逆转都变得从容不迫。总之，这本书改变了长久以来推理小说留给读者的"智力问答"的印象，使其变得更具现实主义色彩，更像真正意义上的小说了。

读者终于喊出了心声："我们仍然需要推理小说，只不过，我们想要更好看的推理小说！"

出现这样的结局，是切斯特顿和本特利没有想到的。主席固然不会高兴，本特利也不得不修正自己的观点，开始大量创作长篇推理小说。于是，特伦特先生在处理完"最后一案"后，不得不又处理了很多"遗留问题"。

两个人更没有想到的是，这部近乎开玩笑的作品，开启了一个全新的时代。《特伦特的最后一案》成为一个模板，引导了黄金时代的到来。在1913年之后的若干年里，尽管短篇推理小说依然繁荣，但越来越多的创作者开始尝试创作长篇作品。

1920年，是推理小说史上的分水岭。真正意义的黄金时代正式开启！在这一年，有两部作品横空出世，起到了至关重要的作用。

一部是阿加莎·克里斯蒂的处女作《斯泰尔斯庄园奇案》。这部作品是"推理女王"在第一次世界大战期间完成的，定稿之后被锁在抽屉里好长一段时间。几经周折，作品终于在1920年出版。这部作品秉承了短篇黄金时代的心证模式，依靠极强的故事性和巧妙的布局将推理的魅力发挥到了极致。这种注重"心理建设"和文学性的处理方式，贯穿于阿加莎·克里斯蒂的创作生涯，也影响了黄金时代几乎所有的作品。关于女王的传奇经历和这部作品，我们在下一节里会详细介绍，这里就不多说了。

和《斯泰尔斯庄园奇案》相呼应的，是另一位英国人克劳夫兹的《桶子》。也许是因为女王风头太盛，以致很多读者忽略了克劳夫兹和他的《桶子》，但就贡献和历史意义而言，这是一部绝对不逊于《斯泰尔斯庄园奇案》的作品。

弗里曼·威尔斯·克劳夫兹（Freeman Wills Crofts，1879—1957）出生于都柏林（当时属于英国）。他自幼聪颖，理科成绩优异，17岁时便在一家铁道公司当见习技师，很快就成了一名铁道工程师。1919年，克劳夫兹因病住进医院。养病期间，他为打发时间，用铅笔在草稿纸上创作了自己的首部推理小说《桶子》。连他自己也没想到，这部小说居然成为里程碑式的作品。

和《斯泰尔斯庄园奇案》的浪漫主义色彩以及心证模式完全不同，《桶子》是一部彻头彻尾的现实主义推理小说，是典型的物证模式推理。故事的核心其实非常简单——侦探戳穿一个横跨英法两国的不在场证明。为了实现这个目的，警方奔波于英吉利海峡两岸，翻阅各种版本的列车、轮船以及飞机时刻表，以一丝不苟的严谨态度进行调查，全程不见心证推理那种横空出世般的场面。

克劳夫兹在1929年辞去了工程师的工作，专门从事推理小说的创作，最具代表性的作品是"弗伦奇探长系列"。1939年，他被选为英国艺术研究院院士，1949年开始对《圣经》中的《福音书》进行翻译。1957年，克劳夫兹逝世，享年78岁。

克劳夫兹的《桶子》和阿加莎·克里斯蒂的《斯泰尔斯庄园奇案》分别传承了短篇黄金时代的物证模式和心证模式，各自形成了现实主义和浪漫主义的创作风格。后来的黄金时代作品，无不受到这两种风格的影响。因此，这两部作品毫无争议地开启了推理小说最辉煌的时代。

"黄金时代"一词出自古希腊神话，是用来形容神话时代世界的美好状态——在那个年代，所有生命都拥有神的血统，头脑聪慧，精神安逸，物质世界极大繁盛。从1920年开始，直到第二次世界大战结束，在这几十年里，推理文学领域人才辈出，佳作不断，作品洋溢着智慧的光芒和自信，因此被称为推理小说的"黄金时代"。有的评论者为了区别之前的时代，将这个时期称为"长篇黄金时代"——很明显，这个时代占据主流的，不再是短篇作品，而是更加成熟复杂的长篇。

在这近30年的岁月里，涌现出了阿加莎·克里斯蒂、埃勒里·奎因、约翰·迪克森·卡尔、多萝西·塞耶斯、范达因、奈欧·马许、玛格瑞·艾林罕、安东尼·伯克莱、罗纳德·诺克斯、约瑟芬·铁伊、雷克斯·斯托特等一大批的天才作家，而这些天才创作的《无人生还》《罗杰疑案》《东方快车谋杀案》《三口棺材》《犹大之窗》《希腊棺材之谜》《X的悲剧》《Y的悲剧》《贵族之死》《烟中之虎》《主教杀人事件》《陆桥谋杀案》《时间的女儿》《毒巧克力命案》等，都成了绝世经典。

可以说，"黄金时代"不只是一个时间范畴的概念，它是一种精神，是一种象征，是一种境界。作为推理小说最好的时代，黄金时代的特质集中地体现在几个方面。

其一，解谜至上。

"黄金时代"也被称为"古典解谜时代"，"解谜"是这一时期作品的最高目的。无论是现实主义风格还是浪漫主义风格，这一目的是始终不变的。匪夷所思的犯罪手法、无懈可击的误导方式、石破天惊的逆转……种种奇思妙想，无不在"黄金时代"大行其道。

人类都有着本能的好奇心和探索欲，而"谜"正是抓住了这一人类的本性，让推理小说在这个时代大放异彩。相比于后来欧美冷硬派和日本社会派推理，"解谜至上"是黄金时代特有的、最大的标签。

其二，文学性的提升。

推理小说作为一种文学类型，首先应该是一部"小说"，其次才是"推理"。既然是小说，就必须满足作为小说的基本条件，比如故事的完整性、情节的布局技巧（这里的技巧不是推理小说特有的误导或逆转技巧，而是指作为文学作品的普遍技巧）、优美的文字、真挚的情感，甚至还要有一些深层次的全人类共同价值。只有这样，这种类型作品才有存在并发展下去的空间。

这里提到的文学性，并不是要求创作者以《战争与和平》的标准打造推理小说。不过，一些基本的文学要素还是要有的。毫无疑问，黄金时代的创作者们在这一点上做得很好，比如阿加莎·克里斯蒂、约瑟芬·铁伊等。

其三，登峰造极的诡计。

既然有了"解谜至上"的终极目的，创作者自然需要绞尽脑汁，布设各种匪夷所思的诡计，以求让读者在最后一刻跌碎眼镜。在这一时期，大量具有原创精神的诡计应运而生。纵观推理小说发展的历史，黄金时代几乎穷尽了人类可以想到的所有诡计（这也导致了后来的创作者被迫转型），真正做到了"没有想不到"。

其中，值得关注的诡计模式有"不可能犯罪""暴风雪山庄""死亡留言""无面尸""叙述性诡计"等等。天才的创作者各有所长，在自己的领域里创造出了伟大的作品。例如，阿加莎·克里斯蒂是"暴风雪山庄"和"叙述性诡计"的创造者，埃勒里·奎因对于"死亡留言"情有独钟，约翰·迪克森·卡尔则在"不可能犯罪"领域成就斐然……关于这些，后面的章节会有更详尽的论述。

其四，绝对的公平。

无论诡计如何绝妙，黄金时代的作品始终没有忘记一条最高准则——公平。公平，是黄金时代创造无限辉煌的基础。

推理小说作为一种特殊的类型小说，是一项智力博弈的游戏。如果创作者可以欺骗所有读者，将真相引领到一个未知的角落，那无疑是巨大的成功。不过，这一切必须有一个前提——所有的线索必须是公开的，必须让所有读者准确无误地掌握线索。创作者可以用种种技巧抛出误导，但绝对不可以蓄意歪曲或隐瞒线索。

试想，如果一部作品读到最后，读者发现一切都是作者的骗局——这种骗局不是技术性的，而是原则性的——那么，这位读者十有八九会在一怒之下远离推理小说。长此以往，推理小说的结局就不难预料了。

因此，公平是所有创作推理小说的人必须恪守的原则，它是推理小说发展的保障。作家的胜利绝对不能建立在信息不对等的基础之上，那样做是卑鄙且没有技术含量的。每一个进入推理小说创作领域的作家都要发誓——"你愿意发誓，在任何时候，都不对读者隐瞒线索，永远遵守公平原则吗？""是的！我发誓！"

对谜团的执着，更高的文学性，精巧的诡计，对阅读者公平相待——是的，这就是强大而自信的黄金时代，这是推理小说最好的时代。在接下来的章节里，我们将逐一领略这些推理文学巨匠创造出的丰功伟绩。

2 女王，万岁！

2013年，笔者所在的出版社与英国柯林斯出版集团签署协议，将在未来很长一段时间里，在中国出版阿加莎·克里斯蒂全部的推理作品。签约仪式之后，笔者对阿加莎的版权继承人、她的外孙马修·普理查德说："做成这件事，即便我明天就彻底离开出版行业，也不会觉得有任何遗憾了。"

后来，笔者有幸为这个出版项目撰写序言。序言的第一句话是:"纵观世界侦探文学170余年的历史,如果说有谁已经超脱了这一类型文学的类型化束缚,恐怕我们只能想起两个名字——一个是虚构的人物夏洛克·福尔摩斯,而另一个便是真实的作家阿加莎·克里斯蒂。"

直到今天,笔者依然坚信,这样的评价是恰如其分的。

黄金时代是推理文学最辉煌的年代,而这个时代的开创者和最高成就者,就是"推理女王"阿加莎·克里斯蒂(Agatha Christie,1890—1976)。对推理文学而言,阿加莎的存在就像马克思主义阵营里出现了一个叫列宁的人——不仅完善了之前的理论,更重要的是,她将理论付诸实践,成功建立了属于自己的推理王国。

有关阿加莎·克里斯蒂的传奇,应该从她妈妈说起。女王的外祖父和外祖母都是标准的英国人。外祖父是一名军官,有一回不幸摔下了马背,没多久就去世了。当时,外祖母只有27岁,带着三个儿子和一个女儿,生活非常艰辛。

幸运的是,在这个时候,外祖母的姐姐——阿加莎一直叫她"姨婆"——伸出了援手。姨婆当时在美国生活,嫁给一位美国富翁做续弦,家境殷实。她写信给妹妹,提出愿意收养妹妹的一个孩子,帮她减轻负担。外祖母觉得男孩长大后可以自谋生路,于是就把女儿过继给了姐姐。这个女孩名叫克拉拉·贝默,她就是阿加莎的妈妈。

姨婆是个温柔善良的人,对克拉拉非常好。不过,毕竟是寄人篱下,这让年幼的克拉拉变得敏感而谨慎——看上去,她是个乖巧听话的女孩;骨子里,这个小姑娘只相信自己,遇事首先想到的是把命运掌控在自己手中。

几年后,克拉拉出落成了一位妙龄少女,到了情窦初开的年岁。一次暑假,姨夫——那位美国富翁——的儿子过来看望爸爸和继母。这个叫弗雷德·米勒的男孩很喜欢克拉拉（他们是异父异母的兄妹）。又过了几年，有情人终成眷属，他们步入了婚姻殿堂。在克拉拉的建议下，两个人回到了英国，在德文郡的托基市买了一座房子安顿下来。这座房子名叫"阿什菲尔德宅邸"，女王的童年就是在这里度过的。

婚后，他们生了一儿一女——玛吉和蒙蒂。1890年9月15日，第三个孩子出生了。她是个女孩，父母为她取名为"阿加莎·玛丽·克拉丽莎·米勒"。

阿加莎拥有一个幸福的家庭和无忧无虑的童年。女王后来回忆，自己的父亲一生几乎没有做过任何具体工作，唯一的优点就是待人和善。她还很明确地表示："实际上，我不认为父亲可以胜任任何工作，他骨子里就不是一个可以做事的人。"另一方面，母亲却是一个非常强势的人。"她不是个粗暴或歇斯底里的人，但家里的任何事都是由她做主，她自己也很享受这个过程。"阿加莎还回忆道，母亲没有受过正规教育，却有着与生俱来的敏锐直觉。有时候，她的决定看上去非常无厘头，甚至连自己也说不出个道理，但是，之后的事实证明这个决定是正确的。父亲的宽厚和母亲的敏锐，都毫无保留地遗传到了阿加莎身上，构成了女王生命里最重要的两种特质。

阿加莎回忆说，童年的自己最大的特点就是"自得其乐"。"我可以一个人待上一整天，不需要家人和伙伴。在我的眼里，世界永远是丰富的。在别人眼里平淡无奇的桌子，在我眼里每天都不一样，因此我可以在一张桌子旁玩上多半天。""同时，我心里也住着小恶魔。我也会恶作剧，但从来不会搞那些真的会伤害到别人的恶作剧。比如，我会把餐桌上每个人面前的白糖换成盐，还会用橘子皮撕出大象的形状，放在大家的餐盘里。……不过，我从来不会试图绊倒别人，也不会把别人的衣服弄脏，这些是我不能接受的。"可以看出，阿加莎是个敏感聪慧的女孩，骨子里渴望与众不同，但非常注重尺度和"技术含量"，从来不会令人难堪。这种特质深刻地影响到了女王的创作。

阿加莎家是典型的维多利亚时代的中产阶级家庭——衣食无忧，有能力聘请家庭教师和数量不多的仆人，每周至少组织一次家庭聚会，把每年社交季节的活动看得格外重要。这些对于女王的世界观产生了巨大的影响，进而影响到了她的创作观。在阿加莎看来，生活的安定是天经地义的，是上帝赋予人类的权利，任何破坏现状的犯罪行为都是不可原谅的，必须予以制止。

我们已经不止一次说过，推理小说是伴随着资产阶级的兴起而兴起的，这个阶级自然成为这一类型文学的主流读者。因此，我们看到了这样一个事实：阿加莎的生活环境和自己将会面对的读者高度一致，习惯、好恶以及是非观念更是如出一辙。阿加莎喜欢的，也是绝大多数读者喜欢的；阿加莎厌恶的，也是绝大多数读者厌恶的。这为女王日后的创作奠定了坚实的基础，也说明她成为黄金时代的代言人绝对不是运气使然。

在当时的英国，女孩子是不需要接受正规教育的，这和家庭条件没有任何关系。到了一定年龄，中产阶级家庭里的女孩会被送进学校，但接受的不是文化教育，而是声乐、园艺、宗教、社交等方面的训练，为将来步入社会打下基础。进入社会之后，她们会在社交季节组织的各种聚会上认识各式各样的人，最终嫁给其中的一个，相夫教子终其一生。

母亲也为阿加莎安排了相同的人生道路，而女王自己也乐于接受。这里要指出的是，有很多材料说阿加莎生性叛逆，还说她因为家庭条件和父母的干预没有受过正规教育，这些纯属无稽之谈。

如果说女王在少女时代和其他英国姑娘有什么不同，那就是她格外热衷于阅读。她的姐姐给她读了很多文学作品；稍大一些之后，阿加莎开始阅读《圣经》及狄更斯、柯南·道尔等人的作品，尤其是后者，简直令她如痴如醉。

到了一定年龄，阿加莎进入学校，开始参与社交季节的各种活动。

像她这样一个秀外慧中的体面家庭的女孩,是不会缺少追求者的。不过,她是个格外敏感的少女,又拥有强大的判断力,其结果就是让很多表白者碰了一鼻子灰。"我承认很多男孩非常出色,我也愿意认识他们。可是,一旦涉及婚姻,我就会毫不犹豫地拒绝他们。我对爱情充满了理想主义般的幻想,因而绝对不会在这个问题上打折扣,一点儿也不会。"可见,阿加莎把爱情看得非常神圣,甚至可以说有精神上的洁癖。这一点也深刻地影响到了女王的创作——爱情成了她作品里一个永恒的命题,无辜的恋人可以得到皆大欢喜的结局;即便成为凶手,除去罪行本身,爱情本身也往往被创作者肯定。

有一次,阿加莎结识了一位炮兵少校,名叫里吉。对方对她一见钟情,展开了猛烈的追求。阿加莎觉得这次自己有了感觉,便答应了对方的追求。很快,两个人定下了婚期。之后,里吉回到部队继续服役。

意想不到的事发生了。在又一次聚会上,阿加莎认识了一位相貌英俊、彬彬有礼的年轻人。他比女王小了几岁,是英国空军里的一名中尉。这名中尉叫阿尔奇·克里斯蒂!

是的,后面发生的事我们都可以猜到。阿加莎意识到,这个人才是自己的真命天子。她告诉阿尔奇自己已经订婚了,但对方毫不在意。女王内心受到了巨大的煎熬,她知道这样做对不起里吉,但在炽热的爱情面前,这些都不重要。

阿加莎写信给里吉,告诉他自己爱上了另一个人,要求和他解除婚约。她真诚地向里吉道歉,认为自己做出了羞耻的决定,不敢奢求对方原谅;但是,另一方面,解除婚约的要求却是无比坚定,因为阿加莎不能想象和一个不爱的人在一起会发生什么。里吉清楚这个女孩的性格,也知道她此刻的痛苦。他同意解除婚约,还劝慰阿加莎不要把这件事放在心上。这件事让阿加莎非常愧疚,因此后来当她听到里吉生活幸福时,比任何人都要高兴。

就这样,阿加莎和阿尔奇走到了一起。不过,他们并没有约定婚期，因为阿尔奇需要继续服役。

不久之后，一场规模空前的战争改变了一切。第一次世界大战于1914年爆发，整个欧洲分化成"三国协约"和"三国同盟"两大阵营，而英国和德国分别是两个阵营的核心成员。一时间，英国上上下下都动员起来，阿加莎无忧无虑的生活就此结束。

她成为一名志愿者，加入了战时医院，负责给伤兵处理伤口，还要给正在手术的医生打下手。不久，她又被分配到了药剂室，成为一名助理药剂师，专门协助医生配制各种药物，还负责将配好的药发给患者。

这本来只是非常时期的一次工作分配，却在不经意间改变了阿加莎的一生。阿加莎一下子接触到了大量药物知识，而且可以第一时间体会到药物作用在人体上的巨大威力。"医生不断告诫我，时刻注意每一种药剂，因为它们配在一起可以解除病痛，但分开之后每一种都可以置人于死地。""我不得不熟悉每一种药物的说明书，很多人看不懂的符号我也一清二楚，因为我知道，手腕微微一抖，原本无害的药物就会致命。""有几次，我亲眼看到了药剂师失误的后果，简直太可怕了，我想那个出了错的同事这辈子都无法摆脱阴影。"后来，阿加莎成为推理小说史上最擅长使用毒药的创作者，完全是拜这段经历所赐。

然后，她和阿尔奇正式结婚了。阿尔奇服役半年后，得到了短暂的假期，回到了阿加莎身旁。女王提出了结婚的要求，阿尔奇一口拒绝，理由很简单："现在在打仗，我可能明天就死在了某个地方，怎么可能在这个时候连累你？"阿加莎觉得他言之有理，也就不再强求。

可是，到了第二天，阿尔奇突然跑过来，疯狂地请求阿加莎马上和自己结婚。后来阿加莎回忆，阿尔奇就是这样一个人，像个任性的孩子，自己想做什么就一定要做。"他可能做出一个决定，任何人都无法改变，然后在第二天给出完全相反的选择，态度比前一次还坚决。"但不管怎么样，他们还是举行了婚礼。从此，我们可以用"阿加莎·克里斯蒂"来称呼女王了。

战争使得丈夫不能待在身边，于是，阿加莎·克里斯蒂想到了一个打发时间的方式——创作一部推理小说。此时，她已经阅读了很多同类作品，包括埃德加·爱伦·坡和柯南·道尔的作品、短篇黄金时代的代表作，还有长篇小说《利文沃兹案》和《黄色房间的秘密》。她被推理小说的魅力征服，尝试着自己也写点儿什么。

首先要塑造一位侦探。阿加莎深受福尔摩斯的影响，是大侦探最忠诚的粉丝。不过，正因为这样，女王反而下定决心："一定要塑造一个外形和风格完全不同的侦探，因为我无法超过福尔摩斯，就要让他们看上去差个十万八千里。"因此，一个长着土豆脑袋、留着八字胡、身材矮小、说话絮絮叨叨的侦探登场了。当时，阿加莎家附近居住着很多比利时难民。这些人生活在恐惧和困苦中，给女王留下了很深的印象。于是，她把侦探的国籍确定为比利时。至于名字，原本想用的是"赫拉克勒斯"——这是古希腊神话中大力神的名字——用以反衬身材瘦小的侦探，但几经斟酌，最后定名为"赫尔克里·波洛"。

故事早已在阿加莎·克里斯蒂心里打好了腹稿，主题是爱情与遗产，方式是毒杀。在故事里，退休警官波洛无意间卷入了纷争，用细腻的心证推理破解了疑案。这就是推理女王阿加莎·克里斯蒂的处女作，小说最终被定名为《斯泰尔斯庄园奇案》。

女王请人用打字机把手写稿打印出来，把它寄给了何德和斯图顿出版公司。很快，她收到了回信——稿子被原封不动地退了回来，一点儿褶皱都没有，也没有任何留言。"很明显，没人看过稿子，我并不意外，我没有一举成名。"因为心态平和，阿加莎没有泄气，随即把稿子寄给了另一家出版公司，然后，又被退了回来。

一段时间之后，阿尔奇利用假期回来看望妻子。阿加莎把稿子拿给丈夫看，阿尔奇觉得写得很好。他说自己在空军里有个朋友，曾经在梅休因出版社当过董事，可以给他看一下。朋友看过之后，把稿子推荐给了出版社，还附了一封推荐信。这一次，稿子在出版社那里待了六个月。然后，阿加莎收到了一封热情洋溢的回信："小说很好，但与我们的出版方向不符。""实际上，他们觉得稿子糟透了。"女王自己评价道。

几经挫折，阿加莎·克里斯蒂本打算放弃。不过，无意间，她发现博德利·黑德出版公司出版了两部推理小说。看上去，这家公司试图在这个领域有所建树。于是，女王把书稿寄了过去，然后自己把这件事忘到了九霄云外。

战争结束了，阿尔奇离开了空军，可以长期留在阿加莎身边。接下来，阿加莎怀孕了，生下了一个女孩，取名"罗莎琳德"——她是阿加莎·克里斯蒂唯一的孩子。幸福的生活让女王完全忘记了《斯泰尔斯庄园奇案》。

就在这时，博德利·黑德出版公司发来信件，邀请阿加莎到出版社，商讨《斯泰尔斯庄园奇案》出版事宜。实际上，稿子足足在这家出版公司压了两年！出版公司明确表达出了对书稿的兴趣，并表示愿意和女王长期合作。事实证明，他们并不看好阿加莎的创作天赋，只是觉得作品"还不错"，希望以一个低廉的价格"锁死"这个新人。不过，女王一心期盼作品出版，完全没有考虑商务上的问题。

最后，她不但将《斯泰尔斯庄园奇案》的出版权签给了出版公司，还把未来五部作品的连载、结集、影视和舞台剧改编权一并交给了对方。合约规定，《斯泰尔斯庄园奇案》销售超过2000册之后，阿加莎才能得到25英镑的报酬；同时，后面五部作品的稿酬只是略高于这个数字。不过，不管怎么说，在1920年，《斯泰尔斯庄园奇案》终于出版了，这标志着推理女王登上了舞台，也标志着推理小说的黄金时代拉开了序幕——虽然当时女王和出版商都没有意识到这个问题。

《斯泰尔斯庄园奇案》大获成功，很快就达到了出版公司预期的

2000册销量（即便在今天，在拥有14亿人口的中国，依然有很多书的销量无法突破3000册）。在随后的五年里，阿加莎·克里斯蒂陆续出版了《暗藏杀机》《高尔夫球场命案》《褐衣男子》《首相绑架案》和《烟囱别墅之谜》五部作品，都取得了不错的销量，顺利履行了和博德利·黑德出版公司签订的合约。

出版公司主动提出重新签订一份合约，以便签下女王接下来的五部作品。不过，女王毫不犹豫地拒绝了。"我并没有他们想的那样傻。"阿加莎就是这样的一个人：当她只是单纯地想把自己的故事出版时，完全不在意其他条件；但当她用一个职业作家的标准看待自己，打算把写作当成一项工作时，绝对不允许任何人投机取巧。

经朋友介绍，阿加莎·克里斯蒂认识了一位叫威廉·柯林斯的出版人。他们一见如故，很快就签订了合作协议，由此展开了一段漫长的合作之旅。这段旅程从1926年开始，一直持续到了今天，堪称出版界的传奇。柯林斯出版集团为女王提供了强大的保障，让她在之后的50年里专注于创作本身。

1926年，阿加莎在柯林斯出版集团出版了第一部作品《罗杰疑案》。无论对于女王自己，还是对于推理文学，这部作品都具有划时代的意义。

鉴于不能泄底的最高原则，笔者不能过多谈及小说的内容。可以说，在这部作品里，阿加莎将自己对故事的驾驭能力发挥到了极致。这种驾驭能力不仅让情节和布局更精妙，甚至直接成为谜团最重要的部分。读者从来没有读过这种模式的推理小说，以至在最后一页谜底揭晓时，所有人都惊掉了下巴。

故事精彩、谜团精妙的推理小说见多了，但像《罗杰疑案》这样的天外之作，可以说是前所未有的。《罗杰疑案》的出版标志着阿加莎·克里斯蒂进入了创作的成熟期，由一个"出色的推理小说作家"升级为

"推理女王"。

小说的成功让阿加莎无比幸福。她和阿尔奇环游了世界,还买了属于自己的新房子,并将房子命名为"斯泰尔斯"。事后,阿加莎承认,这个名字给自己带来了霉运。

1926年注定是女王生命中最重要的一年,让她经历了人生的大起大落。就在《罗杰疑案》势如破竹之际,巨大的打击接踵而至。

第一个打击是阿加莎的妈妈克拉拉因病去世。女王的父亲去世很早,阿加莎一直跟着妈妈生活。老人的性格深深影响到了女儿,她被女儿视为精神上的依托。因此,妈妈的离世给了阿加莎巨大的打击,让她在悲伤中难以自拔。

可是,接下来的打击更加巨大,简直令她措手不及——阿尔奇背叛了她!女王毫无准备,阿尔奇就跑到她面前,直言不讳地告诉她自己爱上了另一个女人。更要命的是,这个女人是阿加莎一位朋友的秘书!阿加莎深爱着阿尔奇,为了和他在一起,甚至解除了和别人的婚约;战争期间,阿尔奇每年只能回来一次,但她依然坚定地等候着他;作品大卖,阿加莎首先想到的是买一座房子,让丈夫和女儿可以舒舒服服地和自己生活在一起……现在,这些都不复存在了。

阿尔奇明确告诉女王,那个女孩并不比她漂亮,才智和事业更加无法和她相提并论,但自己已经无可挽回地爱上了她!女王很了解阿尔奇,知道这就是他处理问题的方式,不需要理由,也无法挽回。

阿加莎没有挣扎,很快就和阿尔奇解除了婚约。之后发生的一幕,令人始料未及——女王失踪了!整整三天,阿加莎犹如人间蒸发,包括女儿罗莎琳德在内,没有人知道她去了哪儿,甚至不确定她是不是还在这个世界上。

当时的阿加莎已经是大名鼎鼎,她的失踪引发了全英国的关注。读者发疯一样寻找自己的女王,很多人甚至给阿尔奇发去了死亡威胁。警方出动,甚至连柯南·道尔都对这件事发表了评论——他坚信克里斯蒂会平安归来。

　　三天后,警方在一家小旅馆里找到了阿加莎。她精神恍惚,神色憔悴,完全说不出自己为什么会出现在这里,也不知道这三天自己干了些什么。医生判断她因为伤心过度,患上了短期记忆缺失症;而警方则发现了更加不可思议的东西——在小旅馆的登记簿上,阿加莎没有使用自己的名字,而是写上了夺走阿尔奇的那个女人的名字!这意味着什么?没有人说得清。时至今日,我们只能说,警方在这个时间点找到了阿加莎,避免了悲剧进一步扩大。

　　时间可以治愈一切。阿加莎选择外出旅行,让风景驱散心中的痛。我们不知道女王用了多久才从悲伤中走出来,但我们知道,在婚姻破裂之后,她依然使用着"阿加莎·克里斯蒂"这个笔名。

　　1926年是女王生命中最难的一年。此后,她的人生可谓一帆风顺。若干年后,阿加莎结识了第二任丈夫、考古学家马克斯·马洛温。马洛温带着阿加莎走遍了世界的每个角落,每到一处,首先想到的是为妻子创造一个舒适的写作环境,然后才开始自己的考古工作。女儿罗莎琳德也找到了自己的幸福,并且为阿加莎生下了一个白白胖胖的外孙。

　　以上种种,让阿加莎·克里斯蒂空前满足。这种满足带来的直接效果,就是她在创作领域建立的一桩桩丰功伟绩。

　　1930年,《寓所谜案》出版。在这部作品里,阿加莎·克里斯蒂塑造的另一位名侦探马普尔小姐登场。马普尔小姐是一位住在乡村的老处女,每天只是坐在那里打毛线,和来来往往的人聊着家长里短。不过,她拥有与生俱来的敏锐直觉,在洞悉人性方面可以说无人能及。马普尔和波洛一样,是女王笔下最知名的人物,也是推理文学史上最伟大的侦探之一。

　　1933年,《控方证人》出版。这个短篇后来被比利·怀尔德改编为电影,堪称电影史上的经典。

1934年，《东方快车谋杀案》出版，女王凭借匪夷所思的创造力再一次征服了读者。这部作品数次被改编为电影，还为英格丽·褒曼带来了奥斯卡大奖。

1936年，《ABC谋杀案》出版。

1937年，《尼罗河上的惨案》出版。由这部作品改编的同名电影是改革开放后第一批进入中国的译制片，是许多中国家庭祖孙三代共同的经典记忆。

1939年，不可逾越的《无人生还》出版，女王的声望达到了巅峰。

1941年，《阳光下的罪恶》出版。

1950年，应当时的玛丽王太后要求而写的《三只瞎老鼠及其他》广播剧在改编后以同名出版[①]。舞台剧版改名《捕鼠器》，后成为戏剧史上演出次数最多的剧目之一。

此外，像《悬崖山庄奇案》《云中命案》《古墓之谜》《底牌》《牙医谋杀案》《五只小猪》《帷幕》《魔手》《谋杀启事》《长夜》《怪屋》等等，都是推理文学史上不可多得的经典。

…………

阿加莎·克里斯蒂一生创作了80余部推理小说、19部剧本以及六部以"玛丽·维斯特麦考特"为笔名的小说。她的作品被翻译为百余种文字，销售量累计超过20亿册，仅次于《圣经》和莎士比亚作品。

1965年，阿加莎完成了自传。这部作品前前后后总共写了15年，完整地记录了女王辉煌的一生。

1971年，阿加莎·克里斯蒂被伊丽莎白二世册封为爵士。

1976年1月12日，阿加莎·克里斯蒂病逝于牛津郡家中，享年86岁。

[①] 1947年，玛丽王太后80岁，BBC电台欲筹划制作一个特别节目作为贺礼。在征求王太后的意见时，王太后公开表示："请播一部阿加莎·克里斯蒂的推理小说吧！"

阿加莎·克里斯蒂的小说在情节布设、诡计构思、人物设计上都达到了一个全新的高度，各个方面都远远领先于之前出现的同类作品。正因为这样，人们才把女王的出现，看作推理小说黄金时代的起点。

阿加莎的小说一改以往同类作品中恐怖血腥的基调，将安逸、舒适的属性融入其中。在她的作品里，无论是波洛或马普尔小姐，还是嫌疑人ABCD，甚至是真凶，无不显得彬彬有礼。他们或许迫于无奈犯下了罪行，但除此之外，没有什么能改变这群人的生活。当凶手无处遁形之后，一切恢复秩序，剩下的人依旧会生活在美好之中。这种处理方式迎合了当时的社会环境，突出了推理小说的游戏性，受到了读者（尤其是女性读者）的欢迎。阿加莎确立的这种模式被称为"舒适推理"，成为黄金时代推理作品的一大特色。

阿加莎文风细腻，字里行间充满了女性特有的敏感和人性关怀，大大提升了推理小说的文学性。在她的作品里，每个人物都是鲜活真实的，他们或许有这样或那样的缺点，但没有一个被读者厌恶。这些人物在同一部作品中构建起了人性群像，令阅读者久久难以忘怀。阿加莎一改以往推理小说中纯粹男性向的智力博弈，在保证诡计质量的前提下，加入了女性特有的细腻与关怀，为这一类型文学进一步发展做出了重要的贡献。

阿加莎在《罗杰疑案》中开创了"叙述性诡计"模式，在《无人生还》中开创了"孤岛—暴风雪山庄"模式，在《ABC谋杀案》中开创了"连环犯罪"模式，在《东方快车谋杀案》中开创了无法描述的模式（描述了会泄底）……这些模式无一例外成为推理小说中的经典模式，在之后的半个多世纪里一直被模仿，但从未被超越。创作一部精彩的小说容易，难的是在保证故事精彩的前提下，创造出一种令人耳目一新的犯罪模式。一个作家终其一生，创造一种模式足以青史留名；然而，女王却在举手之间，创造出了这么多种。

可以说，阿加莎·克里斯蒂对于推理小说的贡献，是由表及里的，是由外而内的，是由故事到模式的，是由人物到人性的，是由类型文学到大众文学的。没有女王，我们无法想象今天的推理小说会是怎样的。

阿加莎·克里斯蒂的外孙马修是这样讲述他的外祖母的：

> 外祖母一生填写过无数表格，而在"职业"一栏里，她始终写的是"家庭妇女"，而不是"作家"。
>
> 很多人喜欢阐述自己的观点，而外祖母作为这个世界上最会讲故事的人，却是我见过的最好的倾听者。
>
> 外祖母从没想过写作可以为自己带来财富和名望，但她总是强调，既然开始创作，就要认真考虑作品的篇幅和市场的好恶，不能拖稿。在创作的时候过于随意，在领取稿费的时候却强调自己是职业作家，这样的人是不会有好作品的。
>
> 外祖母总是按时交稿，出版公司也会预告出版时间。不过，任何细节（封面、版式、质量等等）达不到外祖母的要求，她都会毫不客气地要求出版公司推迟上市时间，不会有一丝一毫妥协。
>
> 外祖母的自传写了15年，其间所有人都劝她多写一些创作心得，这样读者会感兴趣。可是，外祖母却把90%的篇幅用于描述家长里短。她自己说过："与其吹嘘自己写出了伟大的作品，我宁可说说自己怎么给外孙换尿布。"

这就是阿加莎·克里斯蒂，这就是推理女王。她用特有的淡然与严谨，书写了那个时代的辉煌。或许，她并不喜欢人们这样称呼她，但也只有这样的称谓，才可以表达人们对她的无限崇敬。因此，推理迷们不禁高呼：

女王，万岁！

3 逻辑"女皇"（Queen）

推理小说发轫于美国，发展于英国；推理小说黄金时代发轫于英国，发展于美国。

在上一节，我们介绍了黄金时代的发轫者阿加莎·克里斯蒂；在这一节，让我们跨过大西洋，来到北美大陆，看看这片土地上的推理最强者、黄金时代另一位代表人物——埃勒里·奎因（Ellery Queen）。

黄金时代人才辈出，但必须承认的是，并不是所有创作者的天赋全都处于同一等级，也不是每个人都能将这种天赋转换为伟大的作品。阿加莎·克里斯蒂无疑站在这个时代的巅峰，而埃勒里·奎因则是黄金时代中唯一有资格和女王比肩而立的推理作家。

埃勒里·奎因最大的特点是，他并不是一个人在战斗。"埃勒里·奎因"是一对表兄弟合用的笔名，而他们毫无疑问是推理小说界最成功的合作者。1905年1月11日，一个叫曼弗德·里波夫斯基的男孩出生于纽约；同年10月20日，他的表弟丹尼尔·纳森来到人间。兄弟俩自幼热爱文学，尤其喜爱福尔摩斯的故事。

大学毕业后，兄弟俩都在曼哈顿找到了工作。哥哥从事电影推广，弟弟则以撰写广告策划案为生。两个人经常要写东西，因此都给自己起了笔名——哥哥笔名是"曼弗雷德·班宁顿·李"，弟弟的笔名是"弗雷德里克·丹奈"。兄弟俩的性格大相径庭——哥哥是学者型的人物，内向沉稳，睿智冷静；弟弟则是个开脑洞的高手，精力旺盛，热情洋溢。两个人在一起的时候，做得最多的一件事就是争吵。李说过："基本上，我们对于推理小说的看法完全不同。"丹奈则更加直接："其实，我们对任何事的看法都不相同。"

1928年，兄弟俩无意中看到了一则推理小说征文比赛的启事。两个自幼酷爱推理小说的人史无前例地一拍即合，决定联手创作一部小说冲击大奖。兄弟俩自信满满，觉得获奖对自己来说简直易如反掌。李事后感慨道："这件事好像是我俩第一次取得共识，结果真的改变了自己的一生。"

　　他们用了几个月的时间完成了这部小说，取名为《罗马帽子之谜》。善于开脑洞的弟弟负责诡计的构思和人物设定，沉稳的哥哥则负责把弟弟提供的诡计和人物放进一个精彩的故事里——这样的合作模式贯穿了兄弟俩的整个创作生涯。故事中的侦探名叫"埃勒里·奎因"，而兄弟俩也把这个名字当作作者署名写在了投稿中——值得注意的是，这是推理文学史上第一次出现创作者和故事中的侦探同名的现象。从这一点，我们不难看出，奎因兄弟对自己的作品是何等自信。

　　我们前面提到过柯南·道尔和阿加莎·克里斯蒂初次投稿的经历，在这一点上，他们真的要羡慕埃勒里·奎因。《罗马帽子之谜》的书稿投递给主办方后，兄弟俩只考虑着一件事——获得大奖后应该怎么办？奖金足足有7500美元！

　　兄弟俩商量好了奖金分配方案，并决定在拿到奖金前先超前消费一下。他们到高档酒店吃饭，开了最贵的红酒，还去服装店定做了礼服——在颁奖典礼上一定要穿着得体。最后，他们每人买了一把高级烟斗，在上面刻上"埃勒里·奎因"的首字母缩写"EQ"——事实证明，这对烟斗和这个缩写，见证了兄弟俩一生的辉煌。

　　那么，《罗马帽子之谜》是否夺得了大奖呢？是的。兄弟俩心心念念的奖金到手了吗？并没有。

　　主办方阅读了投稿，觉得这部作品出类拔萃，要比其他投稿高出不止一个档次，甚至说它是推理小说中的经典也毫不为过。就这样，评审把小说选为第一名，并通知了奎因兄弟。不过，就在这个时候，主办方因为资金链断裂，不得不宣布破产！很快，新的金主接手，声称大赛继续，但要修正作品方向。新金主主打情感小说，目标是女性读者，对推理小说并不感冒。于是，原先的结论被推翻，一部女性情感小说取代了《罗马帽子之谜》，拿走了大奖。

奎因兄弟自然怒不可遏，向主办方提出了抗议。经过一番协商，《罗马帽子之谜》最终正式出版，这标志着埃勒里·奎因出道。不幸的是，7500美元与兄弟俩无缘。

故事里的侦探埃勒里·奎因是一位美国青年，英俊帅气，是一位推理小说作家。奎因之所以有机会接触到形形色色的案件，主要是因为他的父亲理查德·奎因。老奎因的职务是纽约市警察局警探处探长，带着一群忠诚的手下每日奔波，处理着一桩桩匪夷所思的案件。老奎因沉稳老练，遇到问题时总能精准地理出头绪，有的放矢。不过，每每到了关键时刻，老人严谨的推理链条往往会卡壳。这个时候，埃勒里·奎因总能站出来，为父亲送上最重要的点睛之笔，让案件真相水落石出。老人的严谨务实和儿子的灵光闪现在小说中相得益彰，让读者在嬉笑怒骂间被精彩的推理震撼。

《罗马帽子之谜》出版于1929年，此后，奎因兄弟一发不可收，在不到十年的时间里陆续创作了《法国粉末之谜》《荷兰鞋之谜》《希腊棺材之谜》《埃及十字架之谜》《中国橘子之谜》《暹罗连体人之谜》《美国枪之谜》和《西班牙披肩之谜》八部作品。这些作品的主人公都是奎因父子，因为标题里都带有一个国家的名称，因此被评论者称为"国名系列"。

1932年，《希腊棺材之谜》出版，这部作品让埃勒里·奎因的声望达到了巅峰。这个作家的天赋令读者折服，他们觉得世界上不可能出现超过这部作品的推理小说。可是，偏偏有人不信邪。在这一年，一家出版社出版了一部名为《X的悲剧》的推理小说，作者署名"巴纳比·罗斯"。作品的主人公是一位60岁的老人，名叫哲瑞·雷恩。他年轻的时候是全世界最知名的莎士比亚戏剧演员，后来因为失聪不得不隐居在自己的哈姆雷特庄园里。老人不甘寂寞，学习了唇语，把与生俱来的推理天赋和对人性的深刻理解（他出演过莎士比亚笔下所有经典人物）贡献给了当局——纽约市警察局的萨姆警官是他最好的朋友，经常找他解决疑难问题。

在埃勒里·奎因的《希腊棺材之谜》中，侦探奎因处理了一桩四重推理谋杀案。奎因用完美的逻辑构建起无懈可击的推理链条，眼看真凶已经无处可逃，情节却突然逆转，新的线索出现，让之前的推理瞬间化为泡影……这样的挫折奎因经历了三次，当他第四次得出结论后，凶手才无所遁形。这种四重解谜的设置前所未有，每一重独立出来都足以构成一部经典；现在，四重连在一起，不难想象会给读者带来怎样的震撼。

然而，当读者读过巴纳比·罗斯的《X的悲剧》后，"《希腊棺材之谜》无法超越"的论调戛然而止。《X的悲剧》没有在一道谜题上反复纠结，而是将三道谜题有机地结合起来，构成了一桩连续杀人事件——封闭的公共汽车，封闭的客轮，封闭的地铁。每一桩谋杀案都精彩至极，又被一条完整的线索串联起来，看上去丝毫不觉得生硬。

"四重推理"PK"三幕谋杀"，埃勒里·奎因和巴纳比·罗斯的天才碰撞精彩纷呈。神秘的巴纳比·罗斯站了出来，他戴着面具，身穿长袍，四处游说，声称埃勒里·奎因微不足道，《希腊棺材之谜》更是漏洞百出，根本算不上黄金时代的经典——这个头衔无疑应该属于更精彩、更严谨的《X的悲剧》。

还是在1932年，巴纳比·罗斯推出了哲瑞·雷恩的第二案《Y的悲剧》。这部作品不像《X的悲剧》那样注重整体的均衡性，更在意的是故事和诡计的意外性。如果说《X的悲剧》是厚重的九阳真经，那么《Y的悲剧》就是神奇的乾坤大挪移。单就阅读感受而言，《Y的悲剧》甚至要优于《X的悲剧》。在这一年里，巴纳比·罗斯用两部经典把埃勒里·奎因"逼入绝境"。

心高气傲的埃勒里·奎因岂能身居人下！他立刻站出来反唇相讥，并指出了《X的悲剧》和《Y的悲剧》中的逻辑漏洞。巴纳比·罗斯反击的手段令人绝望——在1933年，他又写了《Z的悲剧》和《哲瑞·雷恩的最后一案》，与前两部作品构成了"悲剧系列"。四部作品起承转合，严丝合缝，是推理文学史上不可多得的经典系列。就这样，两个作家的竞争变成了九部"国名系列"和四部"悲剧系列"的对抗。埃勒里·奎因和巴纳比·罗斯各自戴着面具，展开了一场长达数年的论战，争论的舞台从新泽西州一直延伸到伊利诺伊州。读者则完全被两位天才征服，乐于欣赏一幕又一幕的"神仙打架"。

可是，细心的读者却发现了一个问题——在埃勒里·奎因处女作《罗马帽子之谜》的前言里，"巴纳比·罗斯"曾经以"路人甲"的姿态出现过！而当时是1929年，那些经典还没有被创作出来。

终于，谜底揭晓。奎因就是罗斯，罗斯就是奎因——哥哥是奎因的代言人，弟弟则是罗斯的操控者！这一切从头到尾都是兄弟俩的宣传和运作。也就是说，"国名系列"和"悲剧系列"都是埃勒里·奎因的作品；也就是说，这对兄弟在1932年这一年里，连续创作了《希腊棺材之谜》《X的悲剧》和《Y的悲剧》三部经典！毫不夸张地说，任何一位推理作家，毕生创作出一部这个级别的作品，就足以永载史册，而埃勒里·奎因在一年里连续创作了三部！（其实，他们在那一年还创作了《埃及十字架之谜》，也是非常出色的作品。）

可以说，这两个系列总共13部作品，代表着埃勒里·奎因的巅峰水平，也是黄金时代极盛的象征。那么，我们从这些作品里，可以读到一个怎样的奎因呢？

上一节已经说过，阿加莎·克里斯蒂的作品充满了女性特有的细腻和敏感，是非常典型的心证推理作品。简单来说，女王的套路通常是这样：

1. 案发，掌握A；
2. 情节推进，调查A，无意间掌握B；
3. 情节推进，调查B，无意间掌握C；
4. 情节推进，调查C，无意间掌握D；
5. 结局，通过心证揭示C是真相（无须对ABD证伪）。

那么，埃勒里·奎因的套路又是什么样的呢？

1. 案发，直接列出有ABCD四种可能；
2. 逻辑推进，发现A是错误的；
3. 逻辑推进，发现B是错误的；
4. 逻辑推进，发现D是错误的；
5. 结局，通过逻辑揭示C是真相。

不难看出，以女王为代表的很多推理作家主要依靠情节的复杂性隐藏线索，利用心理盲点制造误导，最后再利用心证推理揭开真相。这样的套路使得创作者掌握了很多读者看不到（或是被刻意隐藏）的信息，最大限度保证结局的意外性，但缺点是对于读者来说有些不公平。

我们提到过，公平是黄金时代的重要特征，而奎因又是这个时代中最看重作品公平性的作者，因此没有采用这样的"捷径"。奎因不会在诡计和心理层面花费笔墨，因为这些东西肯定无法对等地呈现给读者。他让推理小说回归最本质的状态，即依靠逻辑解决所有问题。故事里不存在诡计，有用元素全部呈现给读者（而且是越早越好），读者只需要通过逻辑将元素以正确顺序组合，真相就会浮出水面。

下面通过奎因作品中的实例加以解释（这里就不指出是哪本书了）：

1. 死者死于密闭空间里，左胸中枪，没有发出喊叫和打斗的声音。

2. 上车前，死者购买了车票，购票员确认他把车票放进了左侧内兜里。

3. 警方在尸体右侧内兜里发现了完好无损、没有血迹的车票。

4. 根据以上线索，奎因的逻辑链条为——

a. 车票出现在右侧内兜，证明有人把它从左侧内兜掏了出来；

b. 没有其他声音，证明掏出车票的只能是死者本人，因为当时车厢里只有他自己，难以想象一个人突然进入车厢，去摸死者的内兜而死者却不作声；

c. 死者一定是先掏出了车票，然后中枪，不然车票不可能是完好整洁的；

d. 把掏出来的车票放到右侧内兜的，只可能是凶手，其他人不可能把死者的车票放回去却不报警；

e. 凶手不想让警方注意到车票，所以不能让车票出现在外面，也不能拿走车票（因为警方肯定会寻找车票的下落），更不能把车票放回左侧内兜（因为车票完好地出现在那里最可疑），因此只能选择放进另一侧内兜，这样最容易被警方忽略，认为车票始终在死者右侧内兜里；

f. 好了，什么人能让死者不作声地自己掏出车票？什么人又必须在行凶后掩饰车票？

我们注意到，上述这个经典的桥段中，凶手没有使用任何诡计，只是根据既成事实本能地隐藏了关键证据；凶手也没有创造任何新的犯罪模式，只是走到死者面前，开枪打死了他。所有线索都完整地交代出来，读者和奎因掌握的信息完全对等——剩下的只是彼此间的逻辑竞赛。

阿加莎·克里斯蒂和埃勒里·奎因的最大区别在于：女王的作品会让读者高呼"我真的想不到"；而奎因的作品则会让读者高呼"我怎么没想到"。其中滋味，相信读者们可以通过上面的举例体会出来。

推理小说的本质是逻辑，但一部作品只依靠逻辑支撑，对于创作者来说挑战太大，风险也太大，因此绝大多数作者是不敢这样做的，必须适度牺牲公平性，融入其他元素。只有埃勒里·奎因毫不介意地选择依靠纯粹的逻辑与读者"对抗"，并在"对抗"中大获全胜。从这个角度上说，奎因应该是推理小说创作者中天赋最高者。

由于对自己的逻辑构筑能力绝对自信，埃勒里·奎因的行文简洁明确，不屑于利用干扰线索误导读者。在处女作《罗马帽子之谜》中，死者被杀死在剧院里，随身携带了大量物品。其他创作者往往会把几十件物品一一详细描述出来，以此分散读者的注意力，为决定性物品打掩护。奎因却不会这样做。他借侦探之口，直接告诉所有人："帽子，帽子是关键，解开帽子的秘密，真凶自然出现。"随后，他几乎在每一章里都会强调帽子，而对其他物品不闻不问，好像生怕读者被干扰。读者从头到尾关注帽子，却找不出那根推理链条。最后，奎因揭晓真相，帽子果然是重中之重。

埃勒里·奎因风格最极致的体现，是出现在"国名系列"中的"挑战读者"。每当他把所有线索交代清楚，并为读者指明方向后，都会停止叙述，在真相揭晓的章节前以上帝视角对读者说："所有线索都呈现在您的眼前，请您想一想，谁是凶手？千万不要被我欺骗，祝狩猎愉快！""挑战读者"是埃勒里·奎因独有的标签，是其风格的体现，更是其性格和能力的体现。一句话，你可以不喜欢奎因，但你无法否定奎因。

"国名系列"和"悲剧系列"让埃勒里·奎因确立了自己在推理文

学史上的地位，是典型的黄金时代推理作品。到了20世纪30年代末期，奎因尝试转型，创作了一些悬疑色彩浓厚、场面火爆、带有明显好莱坞风味的小说，其中以"莱特镇系列"最为知名。在这些作品里，埃勒里·奎因不再只是个智商爆棚、无所畏惧的推理机器，而是变成了一名悲天悯人的哲学侦探。

随着知名度的提高，奎因兄弟没有把推理仅仅维持在小说层面。他们制作了大量推理影视剧、舞台剧和广播剧，出版推理漫画，并在1941年创办了《埃勒里·奎因神秘杂志》。这本杂志成为推理创作者的平台，培养出了数不清的推理大师（这一点后面会谈及），甚至连拉丁美洲文学大师博尔赫斯也在这本杂志上发表过作品《交叉小径的花园》。时至今日，这本杂志依然在出版，无可争议地成为推理领域最具权威性的刊物。可以说，奎因把推理文学以各种新兴形式传播到世界各地，对这一类型文学的发展做出了不可磨灭的贡献。

如果我们把阿加莎·克里斯蒂称为推理女王，那么，这对笔名叫"Queen（女皇）"的兄弟已经不单是一位王者，而是一个王朝的奠基人。如果没有阿加莎·克里斯蒂，推理文学必定失色不少；如果没有埃勒里·奎因，或许推理文学本身将变得面目全非。英国和美国，女王和"女皇"，细腻的女性直觉和直白的男性逻辑，构成了黄金时代最辉煌的两极。

1971年4月3日，曼弗雷德·班宁顿·李去世；1982年9月3日，弗雷德里克·丹奈长眠。

但是，埃勒里·奎因，从未离开。

4 众　神

前面我们介绍了推理小说黄金时代的最高成就者阿加莎·克里斯蒂和埃勒里·奎因。当然，这是一个人才辈出的时代，出色的推理小说创作者还有很多很多。由于篇幅的限制,我们不能一一描述,这里只介绍几位代表性人物,权当是浏览一下这个时代的众神百态吧。

美国作家约翰·迪克森·卡尔(John Dickson Carr,1906—1977)无疑是仅次于女王和"女皇"的推理大师——他们三个也被称为"黄金时代三巨头",其地位与"科幻三巨头"阿西莫夫、克拉克、海因莱因相仿——其影响力可见一斑。就创作风格而言,卡尔与阿加莎·克里斯蒂很相似,都是心证推理的忠实拥趸。只不过,女王更加注重情节(或者说是模式),而卡尔则几乎将全部精力都放在了诡计上。

卡尔1906年11月30日出生于美国宾夕法尼亚州。他的父亲名叫伍德·卡尔,是一位律师,功成名就后走上了政途,最后作为民主党议员进入了众议院。因为生活条件优越,父亲又是法律专家,小卡尔自幼便对文学和刑侦产生了浓厚的兴趣。他酷爱阅读,尤其喜欢史蒂文斯的幻想小说和大仲马的历史小说,这对其未来的创作产生了巨大的影响。后来,他读到了福尔摩斯、"思考机器"和布朗神父的故事,完全被这一文学形式征服。

11岁的时候,卡尔已经展露出了非凡的文学才华。他阅览了父亲保存的大量法律文献和案件卷宗,在报纸上发表了很多篇有关法庭审判的报道,引发了轰动。可是,小卡尔自己反而很冷静地看待这个问题。他认为现实中的罪案都是平淡无奇的,将其写成报道并不困难,也获得不了什么成就感。他甚至有些厌恶现实主义犯罪,决心把自己的全部才华献给非现实的、带有传奇色彩的推理文学。

1926年,卡尔进入哈弗福德学院读书。就在这一年,他创作了短篇推理小说《山羊的影子》。这是一篇密室推理,主人公是法国警探亨利·贝克林。作品的优点和缺点都非常鲜明:优点在于核心诡计华丽无比,氛围渲染入木三分;缺点则是由于太过注重诡计,导致解答水平无法与谜面匹配,读起来显得头重脚轻。

1930年,卡尔的第一部长篇小说《夜行》出版,主人公还是贝克林。小说在两个月里加印六次,取得了空前的成功,远远超过了阿加莎·克里斯蒂的处女作《斯泰尔斯庄园奇案》和埃勒里·奎因的处女作《罗马帽子之谜》。到了1932年,卡尔已经出版了四部"贝克林系列"的长篇小说。之后,他表现出了对这个人物的不满和厌倦,决心打造一个全新的、更加成熟的系列作品。

从哈弗福德学院毕业后,卡尔远赴欧洲,在巴黎的索邦神学院继续学习。1930年,他在轮船上结识了英国姑娘克丽芙斯,两人一见钟情。据说,当时卡尔送给克丽芙斯一本《夜行》,并和她约好了下一次见面的地点。到了1932年,两人正式结婚,并到英国蜜月旅行。结果,卡尔发现自己非常喜欢英国的乡村风情,立刻决定在这里长期生活下去。美满的婚姻和生活的安定让卡尔再无后顾之忧,把所有精力都投入到了推理小说的创作中。

1933年,新作《女巫角》出版,一位名叫基甸·菲尔的侦探第一次登上舞台。第二年,卡尔又创作了《瘟疫庄谋杀案》,另一位名叫亨利·梅里维尔的侦探出现在读者面前。以两大神探的出现为标志,卡尔进入了创作生涯的黄金阶段。

基甸·菲尔的原型是"布朗神父系列"的创作者切斯特顿。菲尔是一名高级知识分子,拥有好几所大学的博士学位,曾经是一名校长,退休之后出于兴趣从事词典编撰工作。这位博士身体肥胖,戴着船形帽和夹鼻眼镜,总是拿着烟斗,拄着一根藤条手杖,走起来一摇三晃,永远是慢吞吞的。自1933年的《女巫角》开始,到1967年出版的《月之阴》,"菲尔博士系列"一共包括23部作品,整整持续了34年!其中,《三口棺材》《歪曲的枢纽》等都堪称经典;特别是前者,更是足以比肩《无人生还》《X的悲剧》的神作。

另一位侦探梅里维尔也是一名壮汉,但性格却与温和的菲尔博士大相径庭。这个人拥有准男爵头衔,曾经是英国情报部门的员工,还是王室的法律顾问和医师。这个家伙性格暴躁,动不动就大发雷霆,不考虑别人的感受,发起火来更是口无遮拦。这个侦探的原型是英国首相丘吉尔,因此有上述习惯也就不足为奇了。"梅里维尔系列"于1934年登场,至1956年谢幕,总共包括22部长篇和若干短篇。其中,《犹大之窗》《女郎她死了》等作品代表了这个系列的巅峰水平。

两大系列的成功让卡尔声名鹊起;与此同时,他还创作了很多优秀的非系列作品,如《燃烧的法庭》等等。此外,他还是一位出色的福尔摩斯学研究者。卡尔和柯南·道尔的小儿子(也是爵士的版权继承人)阿德里安是莫逆之交,两个人经常一起处理爵士的手稿和材料。1949年,卡尔撰写的《阿瑟·柯南·道尔的一生》正式出版,这部作品被视为最权威、最精彩的爵士传记。后来,卡尔和阿德里安一起创作了《福尔摩斯的功绩》一书,被视为最正统的福尔摩斯探案续作。

1936年,英国推理作家俱乐部正式邀请卡尔加入,他成了第一个加入该组织的美国推理作家。随后的几年里,卡尔创作了很多推理剧本和推理广播剧,无一例外地得到了受众的青睐。

第二次世界大战结束之后,英国政界发生了变化。那位雪茄首相下了台,工党也取代保守党成为执政党。卡尔自幼受到父亲的影响,对新的政策非常不满,毅然选择回到美国。1951年,随着工党下台以及丘吉尔复出,卡尔又一次来到了英国。不过,这时的他已经是疾病缠身,作品质量大不如前。1965年,卡尔夫妇再次回到美国,居住在南卡罗来纳州。1977年2月27日,约翰·迪克森·卡尔因肺癌病逝,终年71岁。

"诡计"是卡尔作品的根基,也是其区别于其他创作者的最大特质。推理小说中的诡计有千百种,其中有一个大类是非常独特的,被评论者称为"不可能犯罪"。所谓"不可能犯罪",是指犯罪表象和客观情理严重相悖的犯罪,其中几个比较有代表性的例子是——

1. 一个人死在房间里，这只是普通犯罪；但如果一个人死在门窗反锁的房间里，那么这就是一桩不可能犯罪，因为从常理分析，凶手是不可能从里面反锁门窗然后离开的。

2. 一个人死在茫茫雪地中，这只是普通犯罪；但如果一个人死在雪地里，雪明明早就停了，尸体四周除去死者的脚印，再没有任何痕迹，那么这就是一桩不可能犯罪，因为从常理分析，凶手是不可能往返于雪地上而不留下脚印的。

3. 一个人被杀，这只是普通犯罪；但如果一个人被杀，最大嫌疑人却在死亡时间范围内出现在另一个地点，那么这就是一桩不可能犯罪，因为从常理分析，凶手是不可能使用分身术行凶的。

可见，"不可能犯罪"是诡计极致化的产物，堪称"诡计王冠上最耀眼的宝石"。推理小说的创作者无不对这类诡计"垂涎三尺"，但真正创作起来，却通常选择"退避三舍"。

为什么？难度太大。

密室、足迹消失、不在场证明、众目睽睽下的消失、穿墙而过、悬空逃逸……这些诡计谜面固然华丽，足够吸引读者的眼球，但是，推理小说不是科幻小说，更不是奇幻小说，非自然的力量是不可以作为终极解答的。那么，要怎么跟读者解释这些谜面呢？找到一种精彩而合理的解答是非常困难的。一旦谜面和谜底落差过大，读者满心的期待就会在一瞬间化为恼怒，从此将作者和他的所有作品打入冷宫。因此，绝大多数创作者选择敬而远之，宁可写一些中规中矩的常规诡计，也不想冒险尝试"不可能犯罪"。

可是，卡尔却反其道而行之。他一生创作了80多部小说，几乎每一部都使用了"不可能犯罪"诡计，其中光是密室就设计出了50多种！卡尔也因此被称为"密室之王"。在《三口棺材》中，卡尔将一个密室杀人和一个足迹消失有机整合在一起，让这部作品成为推理文学史上最伟大的"不可能犯罪"作品；在《犹大之窗》中，卡尔重新定义了"密室"的概念，传达给读者"每个房间都是密室"的理念；而在《女郎她死了》中，卡尔将一系列"不可能犯罪"拼接到了一起，构成了一幅匪夷所思的犯罪长卷……

经典之作《三口棺材》的第17章名为"密室讲义"。卡尔借侦探基甸·菲尔博士之口，总结了推理小说中所有的密室类型，并将其一一归类，堪称一篇密室杀人的小百科。这篇讲义最大限度地体现出了卡尔的风格，也彰显出了卡尔在这个领域非凡的功力和无可争议的统治力。

诡计在卡尔作品中占据绝对主导地位，这直接导致了他作品里的其他元素都要为诡计服务。因此，这位"密室之王"格外注重气氛的渲染和哥特元素的应用。中世纪古堡、被诅咒的家族、吸血鬼传说、恶灵作祟、会飞的匕首、不祥的弩箭……可以说，卡尔是所有推理作家中，文风最哥特化、最善于制造恐怖氛围的。在这样的场景里，发生一桩有悖常理的"不可能犯罪"，难道不是读者最期待的吗？

阿加莎·克里斯蒂对卡尔的评价是非常准确的："现今的推理作家很少有作品能困扰我，但卡尔总能！"

受约翰·迪克森·卡尔的影响，在黄金时代出现了一大批专攻"不可能犯罪"题材的创作者，其中几个代表人物为我们留下了很多经典作品——这也可以看作是卡尔为推理文学做出的贡献。

卡尔最亲密的追随者是美国人克莱顿·劳森（Clayton Rawson，1906—1971）。劳森是一位专业的魔术师，经常把魔术手法和魔术心理融入作品中，取得了非常好的效果。劳森只创作过五部推理小说，全部是"魔术师马里尼系列"。其中，完成于1938年的《死亡飞出大礼帽》是这个系列中最优秀的作品，同时也是"不可能犯罪"题材中的经典。他和卡尔关系紧密，经常一起讨论作品创意。有一次，两个人以"被胶带密封的房间"为题，相互发出挑战，要求对方创作一篇这个类型的推理小说。卡尔创作了《爬虫类馆谋杀案》，而劳森则以一篇精彩的《来自另一个世界》回应了老友的"挑衅"——这个桥段至今依然被推理小说爱好者津津乐道，足见两位天才功力之深厚。

安东尼·布彻（Anthony Boucher，1911—1968）是美国著名的推理作家、科幻作家和文学评论家。他曾经把推理小说细化为若干门类，并指出每个门类的地位都是平等的，并无高低贵贱之分，都应该得到充分的发展。布彻的理论对后世产生了巨大的影响，保证了推理文学的多元性。时至今日，评论界对于推理文学的看法和结论，大多是由布彻的思路衍生而来。1940年，布彻创作了密室推理小说《九九神咒》，将其献给卡尔，并以此来向卡尔的名作《三口棺材》致敬。这部作品集推理性和评论性于一身，是不可多得的佳作。

美国人黑克·塔伯特（Hake Talbot，1900—1986）是最神秘的推理作家。他一生只留下了《地狱之缘》和《刽子手的杂役》两部长篇作品，却都成了"不可能犯罪"领域的地标式作品。创作于1944年的《地狱之缘》是史上最奢华的"不可能犯罪"小说，其中竟然囊括了十余个谜团，而每个最终都得到了精彩而合理的解释。小说一气呵成，让阅读者读过之后，不禁有一种地狱重生般的快感。

克里斯蒂安娜·布兰德（Christianna Brand，1907—1988）是这些作家中特别的一个。布兰德是英国人，却出生在马来西亚，幼年则在印度度过。她家境贫寒，做过十余种工作，始终挣扎在温饱边缘。1941年，布兰德凭借处女作《高跟鞋之死》出道，由此依靠推理小说改变了自己的命运。她总共创作了十余部长篇小说，其中以"考克瑞斯探长系列"最为精彩；而这个系列中的代表作，就是创作于1944年的《绿色危机》和1948年的《耶洗别之死》。

当然，黄金时代的推理作家并不全是热衷于"不可能犯罪"的。更多的创作者有着自己独特的风格和擅长的领域。他们各显其能，用自己的天赋为黄金时代增添了一抹抹靓丽的色彩。

英国人多萝西·塞耶斯（Dorothy L. Sayers，1893—1957）是这个时代仅次于阿加莎·克里斯蒂的女性推理作家。后者曾经说过："塞耶斯是唯一令我愿意与其分享'女王'头衔的人。"

塞耶斯出生于英国牛津，自幼喜爱阅读，对音乐和戏剧也非常热衷。与克里斯蒂不同，塞耶斯就读于牛津大学，受过非常系统的教育，是最早一批女性牛津毕业生之一。1923年，她开始创作推理小说，第一部作品《谁的尸体》一经问世，就获得了专业人士和大众读者的一致认可。随后，她陆续出版了《贝罗娜俱乐部的不快事件》《剧毒》《五条红鲱鱼》《杀人广告》《九曲丧钟》等作品，一举奠定了自己的地位。

塞耶斯在作品中塑造了贵族侦探彼得·温西，并为这名侦探配备了一个忠心耿耿的仆人波特。主仆俩往来于英国的上流社会，通过一桩桩案件揭示出人性百态。塞耶斯的作品条理清晰，布局严谨，非常注重挖掘犯罪背后的道德根源。和阿加莎·克里斯蒂一样，她非常注重小说的文学性。塞耶斯的作品中洋溢着女性的情怀，文字细腻流畅，是黄金时代不可多得的精品。

黄金时代有"三大推理女王"的说法，除了前面提到的阿加莎·克里斯蒂和多萝西·塞耶斯，另外一位是约瑟芬·铁伊（Josephine Tey，1896—1952）。

铁伊出生于苏格兰，是家中三个女孩里的小妹。她天性聪慧敏感，后来考入当地的皇家学院读书。从这里毕业之后，铁伊来到安斯特伊体育训练学院就读，课程包括医学、物理、体操和舞蹈。毕业之后，铁伊做过一段时间教师。1926年，母亲去世，铁伊不得不返回故乡照顾身体不便的父亲。她是一位独身主义者，终身未婚。

1929年，铁伊出版了第一部推理小说《排队的人》，受到了读者的青睐。可是，和很多高产量的推理作家不同，铁伊并不看重作品数量。她曾经直言不讳地说道："今天的作家写的都是他们的读者希望他们写的。人们的兴趣不再是书的本身，只因为它是新的。他们已经很清楚这会是本什么样的书了。"

秉持着独特的理念，铁伊一生只创作了八部推理小说。这些作品并无套路，每一部都是特别的，每一部都是高质量的，这也让铁伊在推理文学史上留下了最特别的一笔。

1951年，铁伊完成了历史推理小说《时间的女儿》。这部小说甚至不像一本推理小说，它解决的并不是现实中的疑案，而是在研究一桩400年前的谋杀。在英国历史上，理查三世为了篡夺王位，杀死了被囚禁在伦敦塔里的两个小王子——这是所有人都知道的定论。可是，铁伊偏偏在《时间的女儿》中通过细腻严谨的推理，层层剥开历史的外衣，带给读者一个完全不同的结论。这部作品一改推理小说的既成模式，以独特的视角和深厚的文字功力征服了阅读者。《时间的女儿》自问世以来，就是各大推理作品榜单TOP 10的不二选择，也让创作者铁伊青史留名。

1952年，约瑟芬·铁伊病逝。她独特的性格一直延续到了生命的尽头——她早已身患重病，却没有和任何人说起这件事。铁伊就是这样一位与众不同的推理作家，留下了不同的人生，留下了不同的作品。

当然，黄金时代的推理世界中不是只有塞耶斯、铁伊这样温文尔雅的女士，那种才华横溢、举止粗俗的"糙哥"也是随处可见，比如下面这个叫雷克斯·斯托特（Rex Stout，1886—1975）的家伙。

斯托特出生于美国印第安纳州。他的父亲是一名教师，总共生养了九个孩子。父亲非常注重教育，鼓励孩子们多读书。天资聪颖的雷克斯·斯托特很快就展现出了天赋。据说在四岁那年，他已经通读过两遍《圣经》了；到了13岁，他已经赢得了全州拼字大赛冠军。1906年，斯托特从大学毕业，到美国海军服役。之后的几年里，他先后换过30多种工作——这并不是能力问题，而是斯托特拥有极强的好奇心，总是不断尝试新的领域。后来，他设计了一种理财模式，并将其推广到全国400多所大学里，赚到了人生的第一桶金。

1934年，斯托特创作了第一部推理小说《矛头蛇》。在这部作品里，他塑造了推理文学史上最有名的"糙哥"侦探尼禄·沃尔夫——这个名字来源于古罗马的暴君。他身高180厘米，体重高达123千克，头部占全身的五分之一，是史上最胖侦探；他每天要喝七升啤酒，吃掉的美味佳肴难以计数；他的双手难以环抱自己的肚子，很难连续走上十步，因此所有的案子都是在办公室里解决的；他脾气暴躁，喜怒无常，从来不会低声说话……

1934年到1974年的40年间，斯托特共创作了33部"尼禄·沃尔夫系列"的长篇推理小说，使其成为推理文学史上最知名的侦探之一。时至今日，以"尼禄·沃尔夫"命名的推理文学奖依然是世界上最权威的推理小说奖项之一。更夸张的是，竟有很多研究者一口咬定，尼禄是夏洛克·福尔摩斯和艾琳·阿德勒的私生子！

以上众神，只是黄金时代中几位代表人物，如奈欧·马许（Ngaio Marsh，1895—1982）、玛格瑞·艾林罕（Margery Allingham，1904—1966）、朱利安·西蒙斯（Julian Symons，1912—1994）、克雷格·莱斯（Craig Rice，1908—1957）等，我们就不能在这里一一赘述了。

伴随推理文学的繁荣而来的，是越来越多的创作者尝试总结规律，归纳特点，将零散的创作升华为理论体系，用以指导更多作者创作具有黄金时代风骨的推理作品。其中，英国人罗纳德·诺克斯和美国人范达因分别创立了"十诫"和"二十条"，堪称这个时代最具代表性的规则体系。在下一节，我们将着重介绍这些规则，看看这些"帮规戒律"是怎样将推理小说固化成形的。

5 戒 律

任何领域的突飞猛进，大都脱离不了一个模板——工业化。规则明确，标准统一，量化生产，确保产品质量下限不会低于使用者预期，这就是工业化的威力。黄金时代的推理小说也是如此，它让推理文学实现了由"手工化"向"工业化"的跃进，确保这一文学类型可以在市场上占据足够大的比重。随着产品数量的增加，一些弊端难以避免，比如规格千篇一律，比如难以见到精雕细琢的艺术品。不过，在这个时期，推理文学的工业化绝对是利大于弊的。

随着工业化的形成，相关标准和规则自然应运而生，否则"工业化"就无从谈起。行业标准的明确，可以让不合格产品出局，确保阅读推理作品成为消费者的一种日常习惯。在这个过程中，两位创作者起到了重要的作用。

第一位是英国人罗纳德·诺克斯（Ronald Knox，1888—1957）。诺克斯出身于一个牧师家庭，他的祖父和父亲都是英国国教最忠诚的信奉者，在教会里拥有主教级别的职位。诺克斯是个非常聪明的孩子，口才和文笔都非常优秀。他在教会学校里成绩突出，老师和家长毫不怀疑他会成为一名出色的国教牧师。

1912年，诺克斯正式成为国教牧师。不过，令人意想不到的是，没过多久，诺克斯就背叛了家族世代相传的信仰。他对国教教会产生了极大的质疑，转而选择了天主教。老诺克斯又惊又气，愤然宣布和罗纳德解除一切关系，将这个不肖子孙赶出家门。天主教教会无疑捡到了大便宜。这个才华横溢的年轻人在1919年被天主教教会任命为神父。这个时候，诺克斯已经颇有名气，并出版了很多文学作品。

1925年，诺克斯出版了推理小说处女作《陆桥谋杀案》。这本书轻松幽默,极具颠覆性,让他在这个领域中声名鹊起。在随后出版的一系列作品里,诺克斯塑造了侦探迈尔斯·布莱顿。这个保险公司的调查员懒散而机智,总能在不经意间找出真相。这个系列成为推理文学史上的经典作品,其中的短篇《密室里的行者》更是成为后世无数推理故事的原型。

除了撰写小说,诺克斯还热衷于推理文学理论的研究,尤其对大侦探福尔摩斯着迷。和之前的"福迷"不同,诺克斯没有把这位最伟大的侦探当作虚构的人物,也没有把贝克街221B当作虚构的地点。在他眼中,故事中涉及的案件是真实存在的,这些罪案是由福尔摩斯的好友华生医生记录的,并不存在"柯南·道尔"这个创作者(或者,这个人只是华生医生的文学经纪人)。

如此一来,福尔摩斯被抬升到了一个新高度,他的一举一动、一言一行都被赋予了新的意义。后来的研究者热衷于根据原著的蛛丝马迹编撰福尔摩斯年谱,热衷于研究华生究竟结过几次婚,热衷于探讨莫里亚蒂教授的身世,甚至会总结出福尔摩斯在60篇故事中总共笑了多少次,其中有几次是大笑,有几次是微笑,有几次是"差点儿笑出来"……

诺克斯的出现,让福尔摩斯研究升华成了"福尔摩斯学",使之与莎士比亚学、红学、鲁学以及近些年兴起的金学一样,被更多读者熟知并喜爱。时至今日,福学依然是这个星球上最繁荣的学科之一,拥有无数拥趸。而这一切的源头,都来自诺克斯。

当然,和下面的贡献相比,推理小说创作和建立"福学"就显得微不足道了。

诺克斯自幼熟读《圣经》。不管作为国教牧师,还是天主教神父,他都对"十诫"顶礼膜拜。在黄金时代,推理文学空前繁荣,作品数量众多。面对这一现实,诺克斯几乎出于本能地制定了类似"十诫"一样的规则,促使这一类型文学可以更加健康地发展。"'十诫'是上帝用来约束人类的,那么'推理十诫'就是读者用来评判推理作品的。"本着这样的原则，罗纳德·诺克斯在1928年撰写的一篇文章里，提出了"推理十诫"——

一、凶手须在故事前半段亮相，他的思路不能暴露在读者面前。

二、故事中不可存有超自然力量。

三、不许有神秘房间或秘道。

四、故事中不应出现不存在的毒药以及太复杂、需要长篇解说的犯案工具。

五、有色人种中不可有中国人。

六、绝不可透过意外事件和直觉来破案。

七、侦探不能犯罪。

八、侦探不应把焦点集中在无关案情的线索上，以免误导读者。

九、侦探身旁那位忠诚却笨拙的朋友，他的思维应该呈现在读者面前，而且，其智商最好在一般人之下。

十、除非事先声明，否则凶手不可以是双胞胎。

"推理十诫"制定于90多年前，从今天的角度看，有些落伍是在所难免。不过，不可否认这些规则在当时起到了重要作用，并且一直影响着后来的创作者。推理小说是埃德加·爱伦·坡创立的，但就连坡自己也不认为这种文学类型会有什么前途；以柯南·道尔为代表的一批创作者虽然创作了许多经典作品，但也只是一种具象的展示。直到诺克斯的"推理十诫"问世，我们才从理论上认清什么样的小说是推理小说，以及推理小说应该怎么写。所以，我们即使不把诺克斯尊奉为"上帝"，至少，一个"教父"的称谓他是绝对担得起的。

需要特别说明的是，"推理十诫"的第五条可能会让读者感到诧异和不满,但这完全是个误会。对于中国人,诺克斯没有丝毫的歧视和恶意。受当时认知条件的限制,在西方人眼中,中国人是带有魔力的(其实在今天,很多西方人依然认为中国人都像李小龙、成龙或李连杰那样,可以飞檐走壁),而魔力是黄金时代的推理小说中绝对禁用的元素。所以,诺克斯把中国人排除在外,也就不难理解了。

诺克斯这一创举在推理界看来当然是功德无量,但却引起了天主教教会的不满——凡人怎么能制定"十诫"!在客观因素的干预下,诺克斯不得不放弃推理小说的创作与研究,专心教务工作。晚年的诺克斯将拉丁文版《圣经》翻译为英文,使得《圣经》多了一个非常重要的版本,而这个版本也被称为"诺克斯版"。

无独有偶。在大洋彼岸,一位美国推理作家也做了相同的事,他的名字叫范达因(S. S. Van Dine,1888—1939)。

范达因本名维勒·莱特,1888年出生于弗吉尼亚州,毕业于哈佛大学,25岁时就担任了当时极为畅销的《巧置》(*The Smart Set*)杂志的总编辑,是一位知名的艺术评论家。一次生病住院期间,范达因读了大量推理小说(自称读了2000多册),从而萌生了创作的念头。

出院后,范达因带着三本推理小说的创作大纲找到出版商。出版商非常感兴趣,立即支付给他3000美元的预付版税。范达因担心创作推理小说会影响自己在主流文学界的地位(这一点和柯南·道尔如出一辙),于是决定使用笔名。"S. S. 范达因"这个笔名由此诞生——"S. S."是"轮船(Steam Ship)"的缩写,"范达因"则是一个古老贵族的姓氏。

1926年,范达因的第一部小说《班森杀人事件》出版。艺术收藏家、拥有贵族血统的侦探菲洛·万斯登场。小说销量喜人,美国推理小说的黄金时代由此拉开。范达因的作品几乎启发了当时所有美国推理作家,埃勒里·奎因更是其最出色的弟子,文风和侧重点无不与其一脉相承。如果我们把奎因视为美国推理文学的巅峰，那么范达因无疑是这一巅峰的造就者——弟子超过师父，这恰是师父最大的荣耀。

范达因是一位完美主义者。他一生共创作了12部推理小说，标题全都遵循着一个奇特的法则——"六字母法则"。所谓"六字母法则"，是指其作品名称均为"The ×××××× Murder Case"，其中最关键的那个单词，都是一个由六个字母组成的单词，如《班森杀人事件》(*The Benson Murder Case*)、《主教杀人事件》(*The Bishop Murder Case*)、《金丝雀杀人事件》(*The Canary Murder Case*)等。从这一点，不难看出范达因的自信与执着。这个小小的癖好，直接作用在了埃勒里·奎因身上，才有了伟大的"国名系列"和"悲剧系列"。

不过，范达因最大的贡献，还是由其一手创立的"推理二十条"。范达因在1928年编写了"推理小说写作二十法则"，简称"推理二十条"。"二十条"比"十诫"更严谨、更全面地规定了推理小说的创作原则，更明确地强调了公平精神，将黄金时代的魅力发扬到了极致。"推理二十条"具体内容是——

一、必须让读者拥有和侦探平等的机会解谜，所有线索都必须交代清楚。

二、除凶手对侦探所玩弄的必要犯罪技巧之外，不该刻意欺骗或以不正当诡计愚弄读者。

三、不可在故事中添加爱情成分，以免非理性的情绪干扰纯粹理性的推演。我们要的是将凶手送上正义的法庭，而不是将一对苦恋的情侣送上婚姻的圣坛。

四、侦探本人或警方搜查人员不可摇身变为凶手。如此等于拿一分钱铜板，说它是五元金币一样，是不实的陈述。

五、控告凶手，必须通过逻辑推理，不可假借意外、巧合或没有合理动机的嫌疑人自白。以后者的方式破案，无异于诱导读者到一个不可能找到答案之处搜寻,等读者失败回来之后,才告诉他们答案从头到尾在你口袋之中。这样的作者,不会比一个滑稽演员好到哪儿去。

六、推理小说必须有侦探,侦探不侦查案情就不能称之为"侦探"。侦探的任务是搜集一切可能的线索,再根据这些线索找出那个在故事一开始做下恶行的人。如果侦探不能经由线索的分析推演出最终结论,那就如同偷看算术课本书后解答的小学生一样,不算真正解决了谜题。

七、推理小说中通常会出现尸体,尸体所显露的疑点愈多愈妙。缺乏凶杀的犯罪太单薄,分量太不足了,为一桩如此平凡的案件写上300页也未免太小题大做了。毕竟,读者所耗费的时间精力必须获得回馈。美国人本质上比较富于人性,因此,一桩残忍的谋杀案会激起他们的报复之念和恐惧心理,他们希望杀人者受到法律制裁。所以,当一个"恶毒"的谋杀案发生时,再温厚的读者都会怀抱满腔正义热忱来追捕凶手。

八、破案只能通过合乎自然的方法。就推理小说而言,魔术、求神问卜、读心术、降灵符咒或水晶球等一概是禁忌。只有作为一个科学的故事,读者才有公平的机会参与斗智,若和神异的世界竞争,甚至跨至四次元的形上世界缉凶,读者等于在起跑线就注定输了。

九、侦探只能有一名,也就是说,负责真正推理缉凶的主角,就像古希腊战争剧中的和平之神一样,是独一无二的。为解决一个谜题而搬来三四名侦探,只会分散阅读的乐趣,打乱逻辑推理的脉络,更会不当剥夺读者和侦探公平斗智的权益。侦探人数超过一名,读者会弄不清谁才是他真正的竞争对手,这就像让一名读者单挑一支接力赛跑队伍一样。

十、凶手必须是小说中多少有点儿分量的角色才行。也就是说,凶手必须是读者有兴趣,而且多少有所了解的人物。如果小说进行到最后一章,才将罪名加在一个陌生人,或一个无足轻重的角色身上,那等于是作者自认无能,不配和读者斗智。

十一、那些做仆人的,比方说管家、脚夫、侍者、管理员、厨师等等,不可被选为凶手。因为这样的凶手太明显了,太容易被找出来,这样的处理实在无法令人满意,读者也会觉得浪费时间。凶手必须是值得花时间花心力去找的人——通常是最不被怀疑的那个。要是凶手果真是某个卑微的奴仆,那作家实在没必要把这种故事写成书,让世人铭记于心。

十二、就算是连续杀人命案,凶手也只能有一名。当然,凶手可以有共犯或共谋,但务必只让一人挑起全部罪行责任,读者的所有怒火必须集中于唯一的恶人身上。

十三、推理小说中,最好不要有秘密组织、帮会或黑手党之类的犯罪团体,否则作者等于在写冒险小说或间谍小说。一件完美而悬疑的谋杀案,若被这么一大批人马搅和的话,那可就无可挽回地完蛋大吉了。当然,推理小说中的凶手仍应该有他正当的逃命机会,但如果让整个庞大的秘密组织为他撑腰(如无所不有的藏匿地点或大批人马的保护),那显然又太过头了。相信一个有自尊心的一流凶手,在与侦探对决时,不会让自己披上一身无法穿透的盔甲才上场。

十四、杀人手法和破案手法必须合理且科学。也就是说,推理小说不允许采用伪科学、纯幻想或投机的机关装置。举例来说,谋杀案的死者被才发现的新元素如超镭所杀,这就是不合理的;或者,被极其罕见,甚至是作者凭空想象的毒药害死,这也不行。一个推理小说作家必须限制自己在毒药方面的想象力,所用的毒药不得逾越寻常药典的范畴。如果作者天马行空于想象世界,漫无禁忌地翱翔于不存在的时空,那就逸出推理小说的界限了。

十五、谜题真相必须明晰有条理,可让有锐利洞察之眼的读者看穿。我的意思是,在案情大白之后,读者若重读一遍小说,会清楚发现,破案的关键始终摆在他眼前,所有的线索也无一不指向同一名凶手。如果他跟侦探一样聪明的话,不必等到最后一章就可以自己破案。当然了,这样的读者的确是存在的。我对于推理小说所持的基本理论是:如果一本推理小说的架构写得够公平合理的话,要读者无法自己发现答案是不可能的。可以预期的是,一定有某部分的读者和作者一样机灵。若是作者有足够的运动精神,犯罪的计划和线索都在书中诚实描述出来的话,这些敏锐的读者就可以和书中的侦探一样,经由分析、推理和消去法将嫌犯指认出来,而这正是这场游戏的趣味所在,这也可以解释为什么有些不屑看通俗文学的读者,对于看推理小说不会感到脸红。

十六、过长的叙述性文字、微妙的人物分析、过度的气氛营造或是对于一些旁枝末节玩弄文字,都不应该出现在推理小说里。这些在犯罪的记录和推理的过程中完全不重要。我们的主要目的是要陈述问题,并经由分析对问题做出圆满的推论。而这类文字只会阻碍情节的发展,并将不相干的事情加进主题里面。当然,必要的叙述和人物的描写可以使小说更为逼真。当作者将故事描写得非常引人入胜时,可使读者的情绪完全投入在剧情的发展和人物的刻画上。就这一点而言,他已经将纯文学的技巧和犯罪文件所需具备的真实性和相容性发挥到同等的境界了。写推理小说是一件非常严谨的事情,读者看它并不是为了华丽的辞藻和风格,也不是为了绚丽的叙述和情绪的投射,而是为了刺激脑力所做的心智活动——就像是他们去参加球赛或玩拼字游戏一样。若在一个棒球比赛中,在换场时间对球员讲述球场的自然景色是如何的美丽,这如何能激励球员们想要赢球的心呢?若猜字游戏里的词语掺杂着语言学的学术论文中所使用的艰涩字眼,只会使猜谜者在玩游戏的时候变得焦躁不安。

十七、不可让职业性罪犯负担推理小说中的犯罪责任。至于那些闯空门的小偷恶棍所做的坏事则是警察的责任,不是作家和杰出的业余侦探的事,这类犯法的事是属于刑事组的例行工作。真正吸引人的犯罪,应该出自教堂中某个受人尊敬的大人物,或是以慈善闻名的老太太之手才是。

十八、在推理小说里,犯罪事件到最后绝不能变成意外或以自杀收场。这种虎头蛇尾的结局,等于是对读者开了一个不可饶恕的大玩笑。要是有人买了这本书,发现里面的内容全是骗人而要求退钱的话,任何公正的法院都会站在他那边,而将这个欺骗了忠实读者的作家予以严惩。

十九、推理小说里的犯罪动机都是个人的。至于国际阴谋和战略的政治游戏是属于另外一种小说,举例来说,像是特务组织之类的故事。谋杀的情节,必须保持一定程度的平易近人,才可以反映读者的日常生活经验,使他们压抑已久的欲望和情绪有所宣泄。

二十、以下列出几项常用的方法(顺便也把我这些规定凑个整数),这些方法都已经被用滥了。一个懂得自重的推理小说家通常都不会再次使用,因为所有的推理小说迷对于这几种方式都再熟悉不过了。谁要是用了它就等于是承认自己的愚昧和缺乏创意——

1. 拿案发现场所留下的烟头,和嫌疑人所抽的香烟品牌做比较,借此找出凶手;

2. 假装受害者的鬼魂显灵,吓得凶手自己招认;

3. 伪造指纹;

4. 用假人来制造不在场证明;

5. 因为狗不吠,表示闯入者是熟人;

6. 一个无辜的人被认定是凶手,结果原来他是凶手的孪生兄弟(或姊妹),或是长相极为酷似的亲戚;

7. 用针筒注射或是在饮料中放入毒药；

8. 警察破门进入一间上锁的房间之后，谋杀才真正开始；

9. 用相关词来测试是否有罪；

10. 使用密码或密语，最后被侦探识破。

我们发现，几乎在相同的时间，大西洋两岸的两位创作者先后制定了"十诫"和"二十条"。可见，这不是罗纳德·诺克斯或范达因的心血来潮，更不是推理小说创作者的自娱自乐，而是推理小说发展到黄金时代后，作者和读者一种必然的需求。

为什么这么说？这些规则真的很重要吗？我们结合规则的具体内容，用几个实例来分析这个问题。

1. 一具尸体出现在密室里，侦探和读者百思不得其解，凶手究竟是怎样进出房间的呢？最后，答案公布：这座老宅在几百年前就修建了暗道，而凶手偏偏是整本书里唯一发现了暗道的人。

这个解答合理吗？合理。不过，如果创作者这样做，读者会阅读他的第二部作品吗？

2. 一桩命案的所有线索都指向了一个嫌疑人，可偏偏这个人有非常明确的不在场证明，经得起侦探任何调查。最后，答案公布：嫌疑人有一个双胞胎弟弟，其他人不知道这个弟弟的存在，是弟弟杀了人。

这个解答合理吗？合理。不过，如果创作者这样做，读者会阅读他的第二部作品吗？

3. 《名侦探柯南》中存在着一个神秘组织。这个组织首次出现的时候，吊足了观众的胃口，大家迫切想知道组织的真面目。可是，随着剧情的深入，大家发现这个组织深不见底，几乎强大得不讲道理，甚至可以三天两头开着武装直升机把东京塔打得面目全非，而官方居然对其束手无策。

这样的组织有可能存在于现实中吗？如果这么强大，还做什么地下组织，直接跳出来占领地球不好吗？几百集之后，观众对这个组织的吐槽已经说明，他们完全失去了兴趣。

4. 一种杀人装置，复杂到了只有创作者才能理解其原理和构造；一种致命毒药，生僻到了只有创作者才知晓其效力……这样的装置或毒药如果出现在推理小说里，读者会觉得："好吧，随你怎么说，反正是瞎编的。"

5. 至于魔法、超能力、灵异力量……如果出现在推理小说里，甚至成为最终解答，那后果自不用赘言。

从以上几个实例，我们不难看出规则对于推理小说是多么的重要。它们牢牢守住了这种类型文学的下限，明确告诉创作者有哪些事情是不能做的，提醒创作者要以公平的心态与读者博弈，切不可将推理小说写成科幻或玄幻小说。

如果没有这些规则，在黄金时代这个产量爆棚的年代，推理小说必然在昙花一现之后，很快陷入泥沙俱下、良莠不齐的窘境，最终被读者当作没有底线、哗众取宠的垃圾文学而唾弃。

"十诫"和"二十条"的出现，并不是试图束缚创作者。相反，这些规则给创作者提出了更高的要求，也给予了读者最大的尊重。正因为有很多优秀作家经得起规则的考验，在规则之上写出了一部部经典的作品，推理小说的黄金时代才能绽放出如此耀眼的光芒。

四　大革命

1　心灵优于大脑

在上一章中，我们简明但系统地介绍了推理小说的黄金时代，包括其背景、开端、发展、代表作家及作品、特征、规则体系等等。这个时代的推理小说，被西方评论者称为"古典主义推理"，日本评论者则将其称为"本格推理"。所谓"本格"，是正统的意思，指这个时代的推理小说是以解谜为最高原则的传统推理小说。为了前后统一，我们这里一律使用"本格推理"这个更为普及的概念。（实际上，"本格"这个概念在20世纪20年代已经被日本评论者创造出来。）

任何事物都会有其两面性，推理文学并不是发展到了这个阶段便不再变化，更不是说这个黄金时代就不会遇到问题。自1920年起，截止到20世纪30年代末，在短短的20年里，难以计数的本格推理小说涌入市场。随之而来的，是大量谜题及解答手法在短时间内被发掘殆尽，情节布设、误导、逆转等技巧也几乎被穷尽。我们知道，"谜"是本格推理的生存命脉，谜题资源的枯竭，必然会让这一类型文学出现空前危机。著名推理小说评论家朱利安·西蒙斯说过："黄金时代穷尽了人类所能想到的一切诡计，这使得后来的作家面临着前所未有的窘迫和危机。"

没有了核心诡计,创作者该如何应对?有的人选择了放弃,有的则选择了"以次充好"。于是,推理小说从数量到质量,都出现了雪崩式的滑坡。一些作品的诡计和背景设置,不仅脱离了现实生活,甚至违背了科学常识——神探和骗子本来就只有一线之隔。

一时间,"异想天开"和"胡编乱造"成了读者和评论家对推理小说的"唯二"评价。美国作家雷蒙德·钱德勒曾经刻薄地评论道:"对于这类推理小说(指本格推理),只有天才和白痴才能猜到故事的结局。"这个评价虽然失之偏颇,但也一针见血地刺中了评价对象的命门。

其实,关于本格推理的末路,早在1930年就被人预见到了。这位预言家既不是局外人,也不是本格推理的反对者,而是这一类型文学大师、英国推理作家俱乐部的创建人。这个人名叫安东尼·伯克莱(Anthony Berkeley,1893—1971)。伯克莱极具文学天赋,是牛津大学古典文学专业的高才生。在创作推理小说之前,他尝试着写过诗歌和其他类型小说。第一次世界大战给了伯克莱报效祖国的机会。他曾奔赴法国作战,多次受伤,在战争结束后返回英国。之后,他投身商界,成为一家公司的董事。

1924年,安东尼·伯克莱出版了推理处女作《莱登庭神秘事件》,并在故事中塑造了侦探罗杰·谢林汉姆这个形象。随后,他创作了多部推理小说,其中,出版于1929年的《毒巧克力命案》一举奠定了其大师地位。这部作品的构架匪夷所思——就一桩谋杀事件,七位侦探提出了截然不同的七种解答。创作者的高明之处在于,这七种解答都有事实依据,在事实之上展开的逻辑推演都堪称严谨;然而,真相却必然只有一种……很多评论家把《毒巧克力命案》视为"最神奇的推理小说",将其与《无人生还》《希腊棺材之谜》《X的悲剧》《三口棺材》等经典视为同一级别的作品。需要特别指出的是,伯克莱赖以成名的这几部作品,尤其是《毒巧克力命案》,都是彻头彻尾的本格推理小说,洋溢着黄金时代的气息。

1928年，安东尼·伯克莱创立了英国推理作家俱乐部，并推举切斯特顿担任主席。到了1939年，他又从父亲那里继承了一大笔财产——据称，直到伯克莱去世，他的固定资产依然超过了100万英镑！伯克莱决定停止推理小说创作，转而全心从事推理作家俱乐部的运营和推理小说的理论研究。他撰写了大量精辟的理论性文章，为推理小说的发展指明了方向。到这里，我们毫不怀疑，安东尼·伯克莱是一位坚定的本格推理小说拥趸。不过，这位天才却来了一个华丽的转身，对自己为之奋斗的事业进行了颠覆性的批判！

1930年，安东尼·伯克莱在一篇文章中说道："我相信，简单纯粹的犯罪解谜，完全依赖情节设计，不注重角色塑造及行文风格……已经落在了审判者手中。推理小说已经来到了一个阶段，未来的推理或犯罪小说，吸引读者兴趣的，心理层面将超过数学层面。"

很明显，安东尼·伯克莱是一位了不起的预言家。他在本格推理发展到巅峰的时候（也是自己的创作生涯达到巅峰的时候），理智地发现了这类作品的局限性，并准确地预言了推理小说在未来的发展方向——单纯以解谜为乐的小说，在谜题资源被开采枯竭之后，必将难以为继；只有在人物、行文等方面下功夫，推理小说才能避免被淘汰的命运。

安东尼·伯克莱用"数学"和"心理"两个词，精准地概括出了黄金时代和后黄金时代推理小说的特征与区别。我们在前面也提到过，本格推理小说的本质是逻辑推演，是作者和读者之间的斗智，是数学层面的演算；至于心理层面的推理小说到底应该什么样，安东尼·伯克莱自己也没有完全想好，但他坚信，心灵的构筑是必不可少的。

大脑的运转终究会遇到极限，但心灵的感悟与震撼却可以成为永恒的话题。将心理层面的元素引入推理小说，甚至让心灵取代大脑，成为作品的核心，才能保证推理文学长盛不衰——是不是本格推理不是最重要的，最重要的是推理可以不被时代淘汰。

伯克莱并没有停留在理论层面，而是努力把自己的设想变成现实。他以"弗朗西斯·埃尔斯"为笔名，先后创作了《杀意》和《事实之前》两部小说。这两部作品的风格与黄金时代的本格推理大相径庭，不以解谜为最高原则，而是将重点放在人物的塑造和对犯罪心理的描绘上，取得了巨大的成功，获得了读者和评论者的广泛好评。随之而来的是，更多的人意识到了伯克莱关注的问题，开始思考推理文学未来的发展方向。

内核的枯竭，思想的解放——这些都预示着黄金时代和这个时代特有的本格推理，已经走到了尽头。历史是由必然和偶然交织而成的。冥冥之中，总会有一种不可抗拒的力量为没落的事物盖棺定论。压垮黄金时代的最后一根稻草，是人类历史上两场空前的浩劫——1929年爆发的经济危机和1939年爆发的第二次世界大战。

纵观推理小说的历史，我们会惊奇地发现这样一条规律：推理小说的发展，总是伴随着国家经济的突飞猛进。1841年，美国人埃德加·爱伦·坡创造了推理小说，但在以后的50年里，这种类型文学在美国几乎没有发展。19世纪后半叶，随着工业革命的完成，英国一举跃升为"日不落帝国"；而我们反复提到的、由福尔摩斯引发的推理小说短篇黄金时代，恰好出现在这个时期。到了20世纪上半叶，美国后来居上，取代英国成为世界霸主。于是，我们看到，长篇黄金时代虽然开始于英国，但后来绝大多数的辉煌，全都是山姆大叔创造的。进入20世纪50年代，日本经济以令人咋舌的速度崛起，而日本推理小说的崛起，似乎比经济还要快……

其实仔细想想，这并不难理解。推理小说（不管是数学层面的还是心理层面的）的本质，不过是一种休闲读物。在这个前提下，经济的富足必然会成为推理小说繁荣的基础。实际上，不仅是推理小说，几乎所有类型文学都具备这个特点。

具体到黄金时代的作品，这条规律尤其明显。黄金时代，是资本主义制度走向繁荣的时代。因此，这个时期的作品里充满了安定、祥和、富足、充实的气氛，即便是谋杀，也会发生得"彬彬有礼"，没有丝毫的恐怖感和血腥气息。

物质生活得到了极大满足的绅士们，在茶余饭后，当然会钟情于这类作品。有人这样评论当时的现象："在安逸得有些令人难以容忍的生活中，似乎没有比阿加莎·克里斯蒂出版新作品更大的事件了。人们无论年龄和性别，都会第一时间把新书买回家，然后花一个通宵读完它。第二天上午，它就会成为每个人谈论的话题。"

可是，1929年爆发的全球经济危机让这种生活一去不返。一夜间，失业、贫困、饥饿、绝望……所有不愉快爬上了每个人的心头。资产阶级精心营造的理想世界，原来是如此不堪一击。不难想象，当不断有人因为插队领取救济粮被殴打致死的时候，谁也不会再有闲情逸致坐在安乐椅上阅读推理小说了。

经济的窘迫还没有摆脱，更加残酷的世界大战接踵而至。本就破烂不堪的房子，这下彻底成了一片废墟，数以亿计的生命变成了炮灰，人类的心灵被折磨到了无以复加的程度。如果说之前的经济危机还只是让人们怀念逝去的美好，那么，战争则使得很多人开始质疑过往的生活。繁荣、安定、享乐……美好的东西如此不堪一击，脆弱的人类还有必要苦心经营这种美好吗？这难道不是自欺欺人吗？当绝望的、灰色的、自我怀疑的世界观充斥在每个角落的时候，黄金时代的推理小说退出历史舞台，也就成了一种"物竞天择"。

就这样，面对内部的反思和外部环境的巨变，本格推理到了不得不做出改变的岔路口。本格推理将被一种怎样的新派推理取代？创作者依稀感觉到，就是伯克莱预言的那种"心理层面"的小说。这种小说从何而来？当然是源于生活，源于大危机和大战争之后的现实生活。

危机过去了，战争结束了，有一群曾经叱咤风云的人回家了。然而，面目全非的世界对于这群来自远方的归客，已经十分陌生了。他们需要重新认识世界，试图改造世界，不行的话，索性毁掉整个世界！而这群人，将注定成为新派推理的主人公。

正如黄金时代选择了本格推理一样，新的时代也将选择属于自己的推理小说。

2　黑色革命

1995年，电影《阿甘正传》以普通人的视角为观众讲述了大历史，从而一举击败了同样经典的《肖申克的救赎》和《低俗小说》，斩获那一年奥斯卡最佳影片奖——这也是奥斯卡历史上竞争最激烈的一年。

除了主人公阿甘，另一个角色也给人留下了深刻印象，那就是阿甘在越南战场上遇到的那位顶头上司、酷爱香烟的丹先生。这位先生出身于行伍世家，他的祖先参加了美国历史上的所有战争——独立战争、南北战争、太平洋战争、朝鲜战争，乃至丹本人正在经历的越南战争。令人沮丧的是，每当战争结束时，丹家族的人都会无一例外地成为烈士。

丹是个简单粗暴的家伙，但这并不妨碍他忠诚地对待自己的国家和朋友，更不妨碍他成为一名好人。相比祖先，丹的结局要好得多，至少他活了下来。在一次行动中，丹不幸受伤。遗憾的是，他没有阿甘的主角光环，最后被无情地截断了双腿，和千千万万个伤兵一起回到了祖国。

终日与轮椅相伴，领取微不足道的抚恤金，没有工作，得不到尊重——这就是社会对这位英雄的回报。丹惊讶地发现，这个世界已经变得面目全非了。在战场上，勇敢和忠诚是最大的美德；回到社会中，这些反而成了最致命的弱点。四周没有最起码的真诚和同情，取而代之的是欺骗和嘲弄。

丹突然意识到，原来战争才是最简单的生活方式！那里只有战友和敌人，只有胜利和死亡，单纯得无以复加。在社会中，自己这套英雄主义和理想主义作风失去了存在的空间——世界太复杂了，而且是那种无比肮脏的复杂。

现实摧毁了丹的勇敢和忠诚，让他只剩下了简单粗暴。他迅速堕落，终日与酒精和妓女为伍。他喜欢对着妓女讲述自己的故事，换来的却是对方的挖苦和嘲讽。他会扑过去和妓女扭作一团，但除了把自己摔伤（因为他没有腿），改变不了任何事实。实际上，丹只是希望得到认同，可事实却是，就连妓女都对他昔日的荣光嗤之以鼻。于是，绝望的丹只能仰天长叹，大骂上帝是狗娘养的。

就这样，我们在他身上看到了奇怪的两面：一面是和这个无可救药的世界一同堕落；另一面又试图冲击这个世界，尽管冲击的方式是可笑而无用的。

好了，回到我们的主题。为什么会提到这位丹先生？那是因为，这个人的心态和背景，恰恰与我们在上一节提到的新派推理产生的大环境如出一辙，只要把时间从越战迁移到二战就可以了。

第二次世界大战对于心灵的"洗礼"，是越南战争无法比拟的。尤其是在美国，伴随着大批士兵归乡，一系列严重的问题出现了。起初，人们担心的是战争在这些人心中留下的恐惧难以根除，担心的是大批士兵退伍带来的就业压力；可事实却是，相比于无法被社会认同，战争本身的创伤和经济上的压力是微不足道的。

这些老兵的心态和丹先生一模一样。他们是战争中的英雄，喜欢直来直去，期待着自己以英雄的姿态度过下半生。可是，当他们回家之后，却发现这个世界已经不属于自己了。旧秩序被打碎，既得利益者制定了新秩序——自己在战场上保护着既得利益者，回家之后却被这些人一脚踢出局，这是一种多么悲凉的心境。野蛮、愚昧、守旧、固执、落伍……昔日的英雄被贴上了诸如此类的标签，在社会的夹缝中无所适从。

英雄末路，该怎么做？要么同流合污，要么把这个卑鄙无耻的世界打碎。后一种选择无疑是精彩的，但前一种选择却是最现实的。

上一节中我们提到，数学层面的本格推理已经没落，创作者试图创造一种全新的、心理层面的推理小说，却苦于找不到恰如其分的背景和灵感。很明显，老兵群体的出现，解决了这个问题。英雄的末路与抗争，这不是最好的心理层面的小说吗？既然在现实中，英雄只能选择沉默和妥协，那么就让他们在虚构的推理世界中尽情反抗吧！当时人们习惯把这个庞大的老兵群体（还包括因为经济危机而没落的一部分人）称为"Hard-Boiled"，因此，以这些人为灵感创造出的新派推理，被命名为"硬汉推理"。

硬汉推理的特征可以简单总结为以下十条：

1. 有别于本格推理的上帝视角，硬汉推理往往以侦探"我"的第一视角讲述故事；

2. 侦探没有官方身份，甚至没有营业执照，属于非法运营；

3. 侦探往往是退伍士兵或警察，因为错误失去了家庭和工作，一个人生活；

4. 侦探嗜酒如命，性格有明显缺陷，喜欢明知不可为而为之；

5. 接受的委托往往拿不上台面，委托人通常比罪犯更加令人厌恶；

6. 调查过程中往往会受到多方势力的阻挠，有时被黑帮狂扁，有时被警方暴打；

7. 黑金、毒品、黑帮、妓女、政客是故事里最常见的元素；

8. 侦探最初的目的只是为了钱，但在调查的过程中往往因为同情和愤慨难以自拔；

9. "武戏"分量远远超过逻辑推理,故事的核心不再是"谜";
10. 侦探往往不是最后的胜利者。

不难看出,硬汉推理和本格推理有着原则上的差异,是一种应时代而生的新派推理。硬汉推理将关注点由大脑转移到了心灵,由谜团转移到了人性,格外注重对社会问题的揭露。同时,因为创作背景和理念的不同,相比于本格推理,硬汉推理的文学性得到了全面提升,这对于推理文学的发展起到了巨大的推动作用。

由于与当时的大环境高度吻合,硬汉推理迅速得到了读者认可,几乎以风卷残云之势推翻了本格推理的垄断,在20世纪40年代到50年代确立了其统治地位。由于硬汉推理风格鲜明,暴露了社会和人性最阴暗的一面,评论者通常把这个取而代之的过程称为推理文学史上的"黑色革命"。

这场革命起源于美国,是诸多创作者共同努力的结果。在这些创作者中,贡献最大、能力最强、堪称"黑色革命"领导者的,是赫赫有名的达希尔·哈米特和雷蒙德·钱德勒。

达希尔·哈米特(Dashiell Hammett,1894—1961)出身于美国马里兰州一个农户家庭,父母以种植烟草为生。哈米特家境贫寒,13岁时不得不中途辍学,提前进入社会自力更生。一开始,他只能做一些没有技术含量的力气活,比如卖报、在码头装卸货物等等。在这段时间里,他没有忽视学习,利用一切机会充实自己,阅读了大量文学作品,包括马克·吐温、海明威等大师的名著。渐渐地,哈米特可以利用积累下来的知识找到一些体面的、收入更高的工作,比如机关勤杂人员、证券公司的小职员等等。

1915年,不甘平凡的哈米特做出了一个惊人的决定,加入了赫赫有名的平克顿侦探社,成为一名私家侦探。在这个岗位上,哈米特足足干了六年，不但有机会接触大量罪案材料，还能经常单枪匹马将罪犯抓捕归案。这为后来其推理小说的创作奠定了坚实的基础。推理作家成千上万，但真正做过职业侦探的，达希尔·哈米特怕是仅有的一位。

第一次世界大战期间，哈米特参军入伍。在军旅生涯里，他不幸患上了结核病，不得不长期休养，并直接导致了婚姻的破裂。这个变故给哈米特造成了巨大影响，使其消沉了很长一段时间，并染上了酗酒的习惯。几经周折，哈米特终于走出了阴影，开始了创作生涯。

当时美国市场上有很多廉价杂志，专门刊登犯罪题材的短篇小说，其中有一本名为《黑面具》的，发行量很大，有一定的影响力。哈米特抱着试试看的心态写了几个短篇推理小说投了过去，结果很快就都发表了。哈米特非常高兴，决定全身心投入到推理小说的创作中。

1929年，达希尔·哈米特出版了首部长篇小说《血色收获》。在故事中，主人公侦探（没有姓名，只是以"我"的姿态讲述故事）单枪匹马深入虎穴，与犯罪集团几番较量，最终将其一网打尽。小说流畅火爆，从标题到内容，都是不折不扣的硬汉推理。时值经济危机大爆发，读者很买这类作品的账，小说取得了很不错的销量，这位无名侦探一举成为美国读者心中的英雄。

哈米特受到鼓舞，在接下来的几年里陆续创作了《丹恩的诅咒》《马耳他之鹰》《玻璃钥匙》《瘦子》几部作品。这些作品无一例外地成为硬汉推理中地标式的经典。《马耳他之鹰》出版于1930年，讲述的是几方势力围绕一件稀世珍宝展开了殊死争夺。其中，主人公侦探斯佩德智勇双全，得到了读者的青睐。在小说大获成功的同时，哈米特颇有远见地看到了硬汉推理和电影之间存在着巨大的契合度，决心朝这个方向发展。就在1930年，他接受了派拉蒙电影公司的邀请，成为一名编剧。随后，他为公司撰写了《十字街头》《守望莱茵河》等大受欢迎的剧本。1941年，著名导演约翰·休斯顿将《马耳他之鹰》拍成了电影，由好莱坞巨星亨弗莱·鲍嘉饰演斯佩德，电影最终获得了三项奥斯卡提名。1934年出版的《瘦子》也被米高梅公司投资拍成了电影。随后，这家公司又连续拍摄了五部这个系列的电影，剧本全都是由哈米特撰写的。

1938年，达希尔·哈米特当选为美国电影艺术家委员会主席。这个委员会专门为世界反法西斯运动筹集款项，公开支持西班牙反佛朗哥内战和中国的抗日战争。第二次世界大战期间，哈米特再次从军，驻扎在太平洋上的阿留申群岛。战争结束后，哈米特因为政治立场的原因，遭到了麦卡锡主义者的迫害，先后两次入狱。因此，在1934年完成《瘦子》之后，直至1961年去世，哈米特再没有出版过长篇作品。

达希尔·哈米特的作品简明凌厉，将马克·吐温的睿智幽默和海明威的犀利深刻融为一体，将推理小说的文学性提升到了空前的高度。他塑造的人物不同于福尔摩斯或波洛，而是来自社会底层、有着这样或那样缺点、带有烟火气的平常人，表现的是普通人日常的喜怒哀乐、生离死别。这样的作品代入感强，引发了读者的强烈共鸣，因此获得了空前成功。

如果说达希尔·哈米特是一位严谨厚重的文学大师，那么另一位硬汉推理的领军人物雷蒙德·钱德勒，则更像一位玩世不恭的流浪歌者。

雷蒙德·钱德勒（Raymond Chandler，1888—1959）出生于美国伊利诺伊州。他的父亲酗酒成性，很早便抛弃了妻子和儿子。母亲带着年幼的钱德勒漂洋过海，来到英国定居。因此，钱德勒虽然出生在美国，却拥有英国国籍。在舅舅的资助下，钱德勒先后在英国、法国和德国求学，最后在英国海军谋得了一份工作。可是，钱德勒不满公务员式的刻板生活，在一年后辞去了工作。之后，他尝试着成为一名新闻评论家，但并没有达到目的。

1912年，钱德勒回到美国，定居在洛杉矶。他做过很多职业，并在这个过程中进入了文化圈，还结识了一个名叫帕斯卡的钢琴家。这位钢琴家的妻子叫茜茜，比钱德勒大八岁，是个模特。钱德勒对茜茜一见钟情，但碍于自己和帕斯卡的关系，并没有做出什么过火的举动。

第一次世界大战期间，钱德勒加入了加拿大军队（因为他是英国籍），回到欧洲执行作战任务。战争结束后，钱德勒回到美国，发现茜茜已经和帕斯卡离婚了。于是，这个年轻人立即展开了疯狂的追求，全然不顾母亲的反对。1924年，母亲去世后没多久，钱德勒就把茜茜娶进了门。没几天，他发现了一个事实：茜茜不是比自己大八岁，而是18岁！冲动的婚姻没有给钱德勒带来幸福，工作的不如意更令他沮丧。父亲酗酒的基因遗传到了儿子身上，钱德勒在很长一段时间里醉生梦死，甚至一度想要自杀。

万幸，文学上的天赋在此刻喷薄而出，挽救了雷蒙德·钱德勒。1933年，钱德勒第一部短篇推理作品《勒索者不开枪》在《黑面具》上发表，得到了读者的好评。从此，钱德勒开始创作"雅俗共赏，既有普通人思考的程度，又有艺术小说才能产生的那种力量"的推理小说。

1939年，雷蒙德·钱德勒出版了第一部长篇推理小说《长眠不醒》。简单来说，故事经典，文笔华丽，小说大卖。主人公侦探菲利普·马洛一夜之间成了风云人物，与达希尔·哈米特塑造的斯佩德一时瑜亮。此后，钱德勒陆续出版了六部推理小说，包括《再见，吾爱》《高窗》《湖底女人》《小妹妹》《漫长的告别》和《重播》，每一部都是硬汉推理的代表作，都是推理文学史上的经典。尤其是出版于1953年的《漫长的告别》，已经超脱了类型文学的束缚，升华为纯文学名著。日本作家村上春树曾经反复阅读这部作品，最后将其翻译为日文，并撰写了两万多字的出版前言。这个版本的《漫长的告别》在日本首印数达到了十万册，全国甚至有1500多家书店因此举办了"钱德勒读书节"。村上春树将作品定义为"准经典小说"，并认为钱德勒的作品影响了纯文学——请注意，包括柯南·道尔和阿加莎·克里斯蒂在内，以往推理作家都把"将推理小说抬升到纯文学领域"视为最高荣耀，而钱德勒轻而易举便得到了"影响了纯文学"的评价,其功力和影响力可见一斑。实际上,雷蒙德·钱德勒的粉丝不只是村上春树一个,艾略特、加缪、奥尼尔、奥登、钱锺书等大师都对其倍加推崇。

和达希尔·哈米特一样,雷蒙德·钱德勒也看到了硬汉推理和电影的天然联系。成名之后,钱德勒投身于好莱坞,成了一名编剧,取得了比哈米特更辉煌的成就。他与希区柯克、比利·怀尔德、罗伯特·奥特曼等知名导演合作,创作了《双重赔偿》(剧本改编)、《火车怪客》(剧本改编)、《蓝色大丽花》(剧本原创)等经典作品。在那个时代,后来的诺贝尔文学奖获得者威廉·福克纳还只能充当钱德勒的助手。雷蒙德·钱德勒自己的所有作品都被改编成了电影,有的甚至不止拍了一个版本。值得注意的是,他本人对好莱坞式的改编并不满意,甚至嘲笑制作方不理解自己的作品。

1954年,妻子茜茜因病去世,钱德勒又一次颓废下去,并在1955年试图自杀。1959年3月26日,雷蒙德·钱德勒因肺炎和酗酒去世。他没有继承人,导致其文学经纪人和秘书为了获取文稿的继承权"大打出手",以致他的遗体最终仅仅被安放在了预留给贫困者的墓地里。

1955年,钱德勒的作品被收入权威的《美国文库》,这也是唯一被选入该文库的推理小说。1995年,美国推理作家协会票选150年来最佳作品和最佳侦探,结果是雷蒙德·钱德勒的作品和他塑造的菲利普·马洛双双拿下桂冠。

这就是硬汉推理的"绝代双骄"达希尔·哈米特和雷蒙德·钱德勒。他们是"黑色电影"的缔造者,他们是"黑色革命"的引领者,他们是推理界最伟大的纯文学作家。他们推翻了一个旧世界,并创造了一个新世界。可以说,当今西方推理世界的格局,就是这两个人在这场革命中打下的。

毫无疑问,哈米特和钱德勒是硬汉推理的最高成就者,不过,他们却不是这一流派的全部。有关其他那些硬汉战友，将会在下一节里成为主角。

3 破坏者

"黑色革命"为我们带来了硬汉推理。从这一天开始，关于本格推理和硬汉推理的争论就没有停止过，甚至可以用"相互伤害"来形容——前者把后者看作莽撞的白痴，后者则嘲笑前者的虚伪和自以为是。硬汉推理的代表人物雷蒙德·钱德勒曾经说过："不管怎么说，新兴的硬汉推理总要比《巴斯克维尔的猎犬》或《失窃的信》这类作品有意义。"而本格推理大师约翰·迪克森·卡尔则反唇相讥："他们强调的所谓文笔——就是那种自命不凡的文笔——存在的价值只是为了掩饰其创意不足。"

不过，站在客观角度上看，卡尔的评价失之偏颇。的确，绝大多数硬汉推理作品是不以解谜为最高目的的，但这并不意味着这类作品中没有精彩的悬念。人性的暴露和文学性的升华只是硬汉推理的一个方面（但毫无疑问这是最主要的一个方面），并不代表其他的方面就因此受到了影响。实际上，硬汉推理要比本格推理更多元，故事中出现的元素也更加丰富。在这一节，我们重点介绍"黑色革命"中的几位代表作家，体会一下这些"破坏者"创造的丰富多彩的硬汉世界。

首先是美国作家卡约·戴利·金（C. Daly King, 1895—1963）。金出生于纽约。1916年，他从耶鲁大学毕业，并于1928年在哥伦比亚大学获得了心理学硕士学位。金的正式职业是心理学家，撰写了很多心理学研究论文，创作小说只能算业余爱好。同时，过硬的心理学知识为他的推理创作提供了广阔的空间。

金总共创作了六部长篇小说，可分为"陆海空"和"ABC"两大系列。第一个系列包括《海上疑云》《铁路奇案》和《远走高飞》三部作品，分别讲述了发生在轮船、火车和飞机上的三宗谋杀案；第二个系列则包括《无忧之尸》(*Careless Corpse*)、《过硬的不在场证明》(*Arrogant Alibi*)和《百慕大葬礼》(*Bermuda Burial*)三部。

严格地说，戴利·金是一位本格推理作家，在这六部作品里都设计出了非常精妙的逻辑谜题，包括密室杀人、不在场证明等高端的"不可能犯罪"。不过，出于心理学家的本能，金在作品中自觉或不自觉地将更多心理层面的内容融入其间，没有将谜题作为作品唯一的看点，而是将引发犯罪的根源——人性的缺失——作为一个重要话题进行剖析。

戴利·金的这个尝试与前面提到的安东尼·伯克莱有关"数学层面和心理层面"的预言不谋而合。两个人都是本格推理作家，都创作出了精彩的本格推理小说，却都有意无意地将新元素引入到推理文学中，成为"黑色革命"的先行者。无论是达希尔·哈米特还是雷蒙德·钱德勒，都曾说过，戴利·金的作品给了自己巨大的启发。

如果说戴利·金对于硬汉推理是"无心插柳"，那么詹姆斯·凯恩（James M. Cain，1892—1977）则是"有意栽花"。

这个世界上有一种作家，其作品无人不知，但自己的名字却无法被人铭记。比如，如果问：《鲁滨孙漂流记》《飘》《红与黑》的作者分别是谁？能毫不迟疑地说出三位作者姓甚名谁的人寥寥无几。詹姆斯·凯恩就是这一类作家。对于这个名字，很多人会觉得陌生，但提到他的两本硬汉推理代表作，却是妇孺皆知——《邮差总按两次铃》和《双重赔偿》。

凯恩出生于美国马里兰州，是家中的长子。他的父亲是一位教授，后来成为华盛顿学院的院长。凯恩也就读于这个学院，并于1910年毕业。之后，他在学院教授英语和数学两门课程，还拿到了戏剧艺术硕士学位。年轻的凯恩梦想成为一名歌手，但很快便打消了这个念头；随后,他又立志成为一名剧作家,但事实证明这个职业也不适合他——凯恩一生在两件事情上屡战屡败:一件是婚姻,前后总共结过四次婚;另一件就是创作剧本,前后撰写的十余部本子没有一部成功上演。

凯恩做过一阵报社记者,撰写了大量新闻评论。后来,因为与主编理念不合,又不愿放弃戏剧梦想,凯恩毅然辞去了工作,成为派拉蒙电影公司的一名编剧。当时是美国经济最繁荣的柯立芝时代,公司给了他一份相对优厚的合同。可是,在合同期内,凯恩什么像样的东西也没写出来,就连他本人都觉得自己是个失败的编剧。转眼间,合同即将到期,一个很明显的事实摆在眼前——公司不可能给自己第二份合同,况且,席卷世界的金融危机已经爆发了。

在没有退路的情况下,凯恩选择了推理小说。他注意到了发生在1927年的一桩真实罪案:一个性感的妻子为了获得巨额保险金,伙同情夫将自己的丈夫置于死地。欲望和阴谋,凯恩觉得这是一组非常有卖点的话题。于是,他构思了这样一个故事:一家咖啡店的老板娘长期生活在丈夫的控制下,她渴望自由,却不愿因为自由而失去光鲜的生活。这时,一个流浪的男青年进入了她的生活。这个男人可以满足女人的一切需求,不管是精神上的还是肉体上的。女人无法自拔地爱上了流浪者,同时发现自己可以利用物质条件留住这个青年——当然,最大的问题是巨额财产目前还在丈夫名下……

这部作品包含了硬汉推理几乎所有的经典元素:欲望、爱情、阴谋、难以自控的人性……故事中的每个细节都好像是人性作用的产物,没有经过本格推理式的"谋划"。最终,故事被定名为《邮差总按两次铃》,于1934年出版。

小说获得了空前成功,甚至有评论者称其为"美国出版史上第一部超级畅销书"。由于书中对于人性欲望(尤其是肉体欲望)的描写过于真实,当局甚至一度将其列为禁书。不过,这反而让更多读者对其产生了兴趣——由此可见,硬汉推理确实抓住了那个时代大众的心理,其崛起绝对不是偶然的。《邮差总按两次铃》先后四次被改编为电影，以至后来很多人只记住了电影，不知道它的源头是一部推理小说——这一点有些讽刺：詹姆斯·凯恩一生没能写出一部剧本，但根据自己小说由别人改编而成的剧本却成了经典。时至今日，这部作品依然是畅销书，已经超越了类型束缚，成为20世纪英语文学的代表作。

随后，詹姆斯·凯恩又创作了同一类型的作品《双重赔偿》。这部作品是《邮差总按两次铃》的复刻版，区别只是人物身份和诡计所占的比重。这部作品同样大获成功，同样被搬上了大银幕并成为"黑色电影"中的精品。

有评论者认为，从大众的视角来看，詹姆斯·凯恩的《邮差总按两次铃》才是硬汉推理的巅峰，其影响力要远远超过达希尔·哈米特和雷蒙德·钱德勒的作品。所谓"文无第一"，我们无法给出一个客观的标准，但必须说的是，如果没读过《邮差总按两次铃》和《双重赔偿》，就无法全面地了解硬汉推理，这一点是毋庸置疑的。

另一位硬汉推理代表作家是米基·斯皮兰（Mickey Spillane，1918—2006）。和凯恩的出身大相径庭，斯皮兰是一位不折不扣的平民之子。他出生于纽约市布鲁克林区，是家中的独子。斯皮兰的父亲是爱尔兰移民，长期在酒吧里做服务生。老爷子性格火暴，见惯了来来往往的三教九流，这一点深深地影响了儿子。

斯皮兰只读过高中，随后就进入社会自力更生，做过保安，做过推销员，甚至当过马戏团的蹦床演员。后来经人介绍，他进入了漫画界，画了一段时间美式漫画。二战期间，他参军并成为一名飞行员，后来还做过教官。不过，他自幼酷爱文学，不管客观环境如何变化，斯皮兰始终没有停止写作。

斯皮兰一生创作了很多作品，其中以"迈克·哈默系列"最为知名。他的作品累计销售了2.25亿册，巅峰时代在全美畅销小说榜单前十五名中独占七席。他的作品一直饱受争议,甚至被评论界贬斥为"肮脏的文字"。之所以出现这样的情况,当然不是因为斯皮兰的小说真的很低俗,而是因为其创作观过于"纯粹"。

绝大多数评论家都秉持这样的观点:小说中的人物不应该脸谱化,不应该有绝对的好人和绝对的坏人。可是,斯皮兰偏偏不管这套,一定要创作最纯粹的小说。在他的作品里,坏人和坏事通常是非常"绝对"的,黑暗势力力量异常强大,黑暗人物手段异常可怕,犯罪行为中充斥着赤裸裸的情色、暴力和血腥元素。当时的读者生活在经济危机和世界大战的恐惧中,弥漫在身边的邪恶氛围是显而易见的,而自己又是社会的最底层,没有一丝一毫反抗的余地。斯皮兰借助小说最大限度地、不加掩饰地暴露这种邪恶,让正义的主人公完成了读者无法完成的反抗,从而轻而易举地收获了读者的青睐。可以想象,这样做肯定会受到评论界的批评——毕竟所谓评论家,就是和大众唱反调的一种存在。

职业作家往往会跟读者玩一些套路,从而失去出道时的真诚。还好,在米基·斯皮兰身上,我们并没有看到任何套路。他就如同自己笔下那个热血、真诚、纯粹的硬汉侦探,面对最黑暗的东西,永远会第一时间代表读者冲上去。

厄尔·斯坦利·加德纳(Erle Stanley Gardner,1889—1970)是最重要的硬汉推理作家之一。他一生创作了140多部推理小说,主要包括"律师梅森系列""地方检察官塞尔比系列"和"私家侦探系列"(主人公是一个胖女人和一个瘦男人)。其中最知名的,是包括85部作品的"律师梅森系列"。这个系列曾经被制作成电视剧,在美国持续播放了八个年头!

加德纳出生于美国马萨诸塞州,父亲是一位矿业工程师。加德纳小时候随父亲四处游历,后来读过大学,但中途辍学提前进入了社会。他几经辗转,最后定居在了加利福尼亚州。加德纳在一家律师事务所做打字员，几年之后获得了律师资格，有权利为被告人在法庭上进行辩护。他是个很有正义感的律师，经常为弱势群体（比如有色人种、苦力劳工等等）出头，并在实践中不断积累着素材。后来，加德纳一边做着律师工作，一边开始撰写以法庭为背景的推理小说——这就是"律师梅森系列"。

按照作品性质区分，西方推理小说可以分为本格推理和硬汉推理两个大类；如果以内容侧重点来区分，则可以分出很多细小的门类，比如悬疑推理、历史推理、警察程序推理、法庭程序推理、间谍小说等等。而加德纳创作的"律师梅森系列"，无疑是最优秀的法庭程序推理小说。

加德纳的成功在于没有因为门派之见而自我束缚，而是最大限度地融合了本格推理和硬汉推理的优点，既注重逻辑，又注重情节和文笔。相比于纯粹的本格推理，加德纳的作品中有很多动作戏，文字幽默流畅，充满了对美国司法制度、法庭程序以及犯罪心理的思考；相比于硬汉推理，加德纳的作品又显得格外严谨，法庭辩论逻辑紧密，层层推进，需要破解的谜团也非常精彩。如此看来，加德纳的作品累计销售数高达三亿册，绝对不是偶然的。

有一位硬汉推理作家，一生使用17个笔名创作了431部小说，平均一天可以写几百页稿纸，每三天就能交出一部新作；他出道之前生活在社会底层，最后却依靠稿酬购买了私人游艇，过上了最奢华的生活；他的作品被改编成了50多部影视剧，却没有一部得到本人的称赞；他自称一生与超过两万名女性交往，在30多个家庭中生活过；他的粉丝包括纪德、加缪和福克纳……这个人就是乔治·西默农（Georges Simenon，1903—1989），一位用法语写作的大文豪。

西默农出生于比利时列日。他在18岁那年辍学，做过面包师、书店店员和记者。在16岁那年，西默农就有作品发表，并在第二年出版了第一部小说。1930年，西默农出版了推理小说《拉脱维亚人皮埃尔》。在这部作品里,梅格雷探长第一次出场。梅格雷是一位经验丰富、老于世故的警官,他手持烟斗,在大多数时间里沉默不语,却总能在最后找出案件的真相。西默农一共创作了80多部"梅格雷系列"的作品,包括《十字街头之夜》《黄狗》等经典。即使因为第二次世界大战爆发,西默农被迫移居到美国,也从没间断过梅格雷探长的故事。这个系列先后被翻译成了87种语言,累计销量超过了五亿册。评论界一致认为,梅格雷探长是推理文学史上地标式的人物,可以被视为"非英语世界里最重要的侦探"。

因为没有受过正规教育,西默农的作品里没有华丽的辞藻和复杂的叙述方式,使用的都是最简洁明了的语言。西默农是一位心理学大师,对人物的心理刻画堪称入木三分,用一支笔写尽了人性百态。他还是一位善于渲染气氛的高手,可以让读者在不知不觉间融入梅格雷探长的世界。西默农每部作品篇幅都不长,大都在300页之内。读者通常一口气读完他的作品,却久久沉浸在西默农构建的故事中,感慨良多,难以释怀。西默农自己曾经说过:"人们总是期待我写出一部伟大的小说,但大众却未曾了解到,只要将我那些所谓够不上'伟大'的作品加以镶嵌,即可成旷世巨作!"言外之意,他随便写出来的作品已经足够伟大了,如果再稍加整理,就会变得更加伟大,但他自己却从来不屑于这样做。

1989年,乔治·西默农病逝。2003年,比利时政府举办了西默农100周年诞辰的纪念活动,就连王后也出席了。可见,在比利时人心中,乔治·西默农不仅是最优秀的推理小说作家,更是一位国宝级的文学巨匠。

最重要的当然要留在最后介绍,比如罗斯·麦克唐纳。

把麦克唐纳放在本节,实在委屈了这位大师。就算不像埃德加·爱伦·坡、柯南·道尔、阿加莎·克里斯蒂、埃勒里·奎因那样自成章节,他至少也应该和达希尔·哈米特、雷蒙德·钱德勒比肩而立。实际上,哈米特、钱德勒和麦克唐纳并称为"硬汉推理三大家"(就连乔治·西默农也没能得到这样的评价),这一点早已是推理文学史上不争的事实。罗斯·麦克唐纳是一位承前启后的推理作家,为硬汉推理在新时代的发展做出了不可忽视的贡献。如果没有这位大师,西方推理文学一定不是现在这番光景。

罗斯·麦克唐纳(Ross MacDonald,1915—1983)本名肯尼斯·米勒,出生于美国加利福尼亚。在他很小的时候,父亲就抛弃了妻子和儿子。迫于生活的压力,麦克唐纳在很小的时候就去了加拿大,童年是在那里度过的,也是在那里接受了教育。这件事对他后来的创作产生了重大的影响,但这种影响的呈现方式是非常温和的——它没有演变成作品中主人公的愤世嫉俗;相反,因为这样的经历,麦克唐纳看待世间万象都是淡淡的。

麦克唐纳从加拿大返回美国时,曾经说过一段让人动容的话:"当我从加拿大一路穿越国境线,回到出生地的时候,我懂得了界限这种东西的深层意义。它区分了合法与非法,我们穿过它,如同一个鬼魂穿过一道墙,为寻找我们自身的真实性而冒险。"

移居加拿大还给麦克唐纳带来了另一个重大影响。在读高中的时候,他结识了同学玛格丽特。这个秀外慧中的女孩令他一见倾心,两个人迅速建立了恋爱关系,并在毕业后正式结婚。婚后,妻子以"玛格丽特·米勒"为笔名,创作了大量推理小说,先后凭借《眼中的猎物》《怪物的疆域》和《邪魔》三获埃德加·爱伦·坡奖!妻子的成功影响了丈夫,麦克唐纳也决心在推理文学领域创造自己的辉煌。与此同时,他还在不断进修,最后拿到了文学博士学位——这使得罗斯·麦克唐纳成了学历最高的推理作家。

好了,让我们总结一下罗斯·麦克唐纳的背景:天性温和;高学历;可以淡然地看待这个世界;家庭幸福,妻子和自己的三观高度一致。在这些元素共同作用下,麦克唐纳形成了独特的创作观——作为一名硬汉推理作家,他的作品可谓独树一帜,甚至可以被看作离经叛道。

前面提到过,达希尔·哈米特是个穷苦人,常年在社会底层打拼,因此他的作品中充满了孤胆英雄式的抗争,创作者会不自觉地把主人公斯佩德替换成自己;雷蒙德·钱德勒则是个中产阶级,一生都在追求自己的理想,因此他的作品里充斥着嘲讽和调侃,创作者会让主人公马洛尝试做这样或那样的事,借助马洛完成自己的理想。

罗斯·麦克唐纳呢?他既不想把主人公替换成自己,也没有借助主人公实现理想的需求。他是推理文学史上最尊重故事的创作者,只是借助主人公的视角为读者讲故事,基本不会让人物破坏故事的完整性。

这种创作观对于硬汉推理而言是绝无仅有的。这类作品一直在暴露黑暗、冲击黑暗,现在罗斯·麦克唐纳却只是让主人公安静地讲故事,这简直是向本格推理投诚——区别仅仅在于,本格推理是让一个老太太讲故事,而麦克唐纳是让一个叫卢·阿彻的人在那里冷眼旁观。

卢·阿彻是罗斯·麦克唐纳系列作品里的主人公,身份是一名私家侦探。不过,这位侦探实在太没有存在感了,他就像是一道清澈的流水,沿着故事的脉络把一切呈现出来。故事本身是什么形状,阿彻就是什么形状,无色无味,永远不会泛起涟漪。阿彻有侦探执照,几乎不带枪,也不会和黑白两道发生正面冲突,这和三天两头被打得鼻青脸肿的马洛大相径庭。罗斯·麦克唐纳最好的作品都出自这个系列,包括《地下人》《移动飞靶》《蓝锤》等等。

罗斯·麦克唐纳认为,世界就是客观的,不好也不坏,无所谓光明也无所谓黑暗。故事的最大魅力在于客观结果给予读者的感悟,创作者无权去破坏什么或挑战什么。评论者喜欢拿哈米特或钱德勒与麦克唐纳做比较,认为后者的作品太过平淡,没有硬汉推理惯有的压迫感。可是,麦克唐纳自己并不在意。

事实证明,罗斯·麦克唐纳的方式颇具远见。发力过猛的作品渐渐被读者摒弃，娓娓道来、完整细腻、回味无穷的文字反而经受住了时间的考验。目前活跃在文坛上的西方硬汉推理作家，几乎都受到了麦克唐纳的影响，当代最伟大的硬汉推理大师劳伦斯·布洛克更是直言不讳地宣称罗斯·麦克唐纳是自己的启蒙导师。

　　罗斯·麦克唐纳一生共创作了20余部作品，三次获得了埃德加·爱伦·坡奖，在数量上和妻子持平。这对夫妻还先后获得了美国推理作家协会终身大师奖。1983年7月11日，麦克唐纳因病逝世。1994年，妻子玛格丽特·米勒也去往另一个世界。我们相信，在天堂里，这对推理文学史上的传奇夫妇依然会幸福地书写自己喜欢的故事。

五　多元世界

1　黄金余晖

资本主义制度的确立和发展为我们带来了推理小说；维多利亚时代出现了夏洛克·福尔摩斯；一战之后资本主义的黄金十年也是推理文学的黄金时代；经济危机和第二次世界大战则引发了"黑色革命"……可以说，推理文学的每一步发展都离不开社会背景的变迁。那么，在第二次世界大战结束后的半个多世纪里，推理小说又发生了怎么样的变化呢？

这是总体平稳的半个多世纪。虽然冷战的阴影持续了很长时间，虽然局部战争从来没有停止过，虽然隔三岔五还是会爆发经济危机，但几乎没有再出现类似两次世界大战和1929年大萧条那样的全球性大动荡了。在这样的大环境里，推理文学也没有出现类似黄金时代或"黑色革命"式的大变化，只是在既成的板块之上，朝着多元化方向循序渐进地变化着。

有的创作者延续了黄金时代的本格推理风骨，有的创作者坚定地捍卫着"黑色革命"的成果，还有的创作者兼容并包，把市场的需求作为唯一的标准。在这个部分，我们将简单地总结二战后推理文学的各个发展方向，看看当下这个多元的推理世界里包含着哪些丰富多彩的元素。

在第一节里，我们的主人公是那些延续着本格推理风骨的创作者。

首先登场的是美国女作家海伦·麦克洛伊（Helen McCloy，1904—1994）。麦克洛伊出身于纽约一个知识分子家庭，父亲是报社的编辑，母亲则是一名作家。受家庭环境的影响，麦克洛伊很小的时候就对阅读和写作表现出了浓厚的兴趣。14岁的时候，她已经在报纸上发表了文章；15岁时，已经开始出版自己的诗集。1923年，麦克洛伊赴法国巴黎进修，完成学业后返回美国，成为一名报社记者。

海伦·麦克洛伊一生总共创作了27部长篇推理小说，其创作生涯大体可以分为两个阶段：1938年到1951年是第一阶段，其作品大都是非常典型的本格推理；1952年到1980年为第二阶段，受大环境影响，其作品中融入了更多悬疑和惊悚成分。总体上看，麦克洛伊的主要成就来自本格推理，因此也被绝大多数评论者定义为本格推理大师。

1938年，海伦·麦克洛伊的第一部推理小说《死亡之舞》发表，主人公侦探拜佐尔·威灵登场。威灵是一位心理医生，既拥有医生的严谨和过硬的科学知识，又拥有心理学家的敏感和洞察力。从这个角色身上，我们可以清晰地看到麦克洛伊作品的三大特点：

第一，麦克洛伊的作品非常注重实证，承袭了奥斯汀·弗里曼开创的物证推理，不会放过血迹、足迹、指纹、随身物品等任何细节，使得推理有据可依，令读者信服。

第二，麦克洛伊的作品里随处可见"理性知识"。在她的很多作品里，生僻的科学知识不再是可有可无的炫耀（以往很多推理作家喜欢掉书袋，但往往是为了掉书袋而掉书袋），而是破解谜题、获取真相的关键。比如，在《死亡之舞》中，关键线索是毒药与尸体温度的关系；比如，在《月光下的男人》中，侦探通过金属中的某种化学变化推断出了死者从事的职业；再比如，关于人体学的知识和病理学的知识，更是出现在多部作品中。

第三，麦克洛伊没有让推理停留在物证阶段，侦探所做的不是简单的"看图说话"。威灵医生是一位心理学大师，他更看重的是物证背后的犯罪心理。"每一个罪犯都会留下心理指纹，重要的是，他无法加以掩饰。"正是遵循着这样的原则，麦克洛伊笔下的心理医生格外注重犯罪中的人性、动机和思想，因此能够屡破奇案，受到了读者的追捧。可以说，在将物证推理和心证推理有机结合这一点上，海伦·麦克洛伊是做得最出色的创作者之一。

同时，海伦·麦克洛伊还是一位"不可能犯罪"大师。在她的作品里，不可思议的犯罪随处可见：《死亡之舞》中的不可能投毒，《犹在镜中》的同一人同一时间现身多处，《分足先生》中的恶魔密室杀人，《恐惧背后》中的密室偷盗……在二战之后，读到麦克洛伊的作品，尤其是她的"拜佐尔·威灵医生系列"（这个系列共有13部长篇作品），我们会觉得那个伟大的黄金时代并没有逝去，精彩的谜题永远散发着诱人的味道。

海伦·麦克洛伊是美国推理作家协会的创始人之一，并在1950年成为该协会主席——她也是这个协会第一位女性主席。可以说，她是推理小说大变革时代的代表作家，前承本格推理的余晖，后启心理犯罪类推理的先河，得到了读者、同行以及评论者的一致认可。1994年，麦克洛伊因病逝世，享年90岁。

继承黄金时代风骨的当然不光是美国作家，大洋彼岸的同行们做得更加彻底。作为黄金时代的发源地，阿加莎·克里斯蒂的后辈们自然把光大本格推理视为己任。在后黄金时代里，最具代表性的创作者当属"英国本格推理三大家"——柯林·德克斯特、雷吉纳德·希尔和彼得·拉弗西。其中，尤以柯林·德克斯特的成就最为突出。

柯林·德克斯特（Colin Dexter，1930—2017）出生于英国林肯郡的斯坦福德，并在当地读完了中学。随后，他参军入伍，加入了皇家通信兵团。退伍之后，德克斯特进入剑桥大学攻读古典学，最后获得了硕士学位。毕业之后，他成为一名教师，在工作之余阅读了很多推理小说。

几年之后，德克斯特不幸患上了耳疾，听力下降得非常厉害。很明显，他不再适合担任教师这项工作。无奈之下，德克斯特来到牛津，在牛津大学地方考试院里谋到了一个高级助理秘书官的职务。从此，这位剑桥大学的毕业生在牛津安营扎寨，将这份工作一直做到了1988年退休。

事实证明，在某种程度上，柯林·德克斯特要感激这场耳疾。它把德克斯特带入了牛津氛围，让独特的牛津文化慢慢地沁入了他的骨髓里。德克斯特将更多的精力投入到了对推理文学的研究中，并决心成为阿加莎·克里斯蒂那样的推理作家。几乎是出于本能，他把"牛津风"融入自己的推理小说中，这成为德克斯特最鲜明的一张标签。同时，牛津风格和黄金时代风格存在着先天的联系，因此成就了柯林·德克斯特英国本格推理大师的地位。

1972年，柯林·德克斯特正式动笔创作推理小说。他选择让一个名叫莫尔斯探长的人成为小说的主人公。这位探长在绝大多数的时间里可以保持绅士风范，但发起脾气来就完全成了另一个人。他思维缜密，喜欢喝桶装鲜啤酒，喜欢瓦格纳的音乐，痴迷于填字游戏。

1975年，这部名为《开往伍德斯托克的末班车》的推理小说正式出版。几乎在一夜之间，莫尔斯探长成为英伦三岛的偶像。读者喜欢这位绅士探长，喜欢这种处处流露着"英国范儿"的本格推理。柯林·德克斯特的作品唤起了读者渐渐逝去的黄金情怀，让大家意识到阿加莎·克里斯蒂那样的作品并没有消失。

在接下来很长一段时间里，德克斯特将全部精力投入到了"莫尔斯探长系列"的创作中，先后出版了《众灵之祷》《耶利哥的亡灵》《妇人之死》《林间道路》《昆恩的静默世界》等作品。1979年的《众灵之祷》

和1981年的《耶利哥的亡灵》为德克斯特赢得了英国推理作家协会银匕首奖；1989年的《妇人之死》和1992年的《林间道路》为他赢得了规格更高的金匕首奖；1997年，他又荣获钻石匕首终身成就奖。2000年，德克斯特凭借在文学领域的贡献荣获大英帝国勋章。2001年，他被授予牛津市自由勋章。同年，林肯大学授予德克斯特荣誉文学博士学位。

因为莫尔斯探长的形象深入人心，将其搬上荧幕也就成了水到渠成的结果。1987年，电视剧《莫尔斯探长》登陆英国独立电视台，一共有33集。参与了编剧工作的柯林·德克斯特预料到了这个系列会受到欢迎，但他还是远远低估了大众的热情——事实就是，这个系列的电视剧根本停不下来，一直持续到了2000年，前前后后持续了13年！2006年，电视台又推出了这个系列的续作《刘易斯探长》——刘易斯探长是"莫尔斯系列"里的一个配角。德克斯特是这部剧集的顾问，并在里面客串了角色。到了2012年，系列的前传《莫尔斯探长前传》与观众见面，德克斯特依然是非常重要的剧本顾问。

2017年3月21日，柯林·德克斯特在牛津去世，享年87岁。英国推理作家协会曾经做过一次票选，请大众选出除福尔摩斯外最喜欢的侦探形象。结果，德克斯特塑造的莫尔斯探长毫无争议地在票选中胜出，足见德克斯特和他的本格推理在推理文学史上的地位。

某种程度上，柯林·德克斯特可以被视为阿加莎·克里斯蒂的继承者；那么，另一位本格推理大师、美国人埃勒里·奎因在新时代有没有传人呢？当然有！那就是有"短篇推理之王"之称的爱德华·霍克。与德克斯特不同的是，霍克和奎因的交往不是只存在于精神层面。

爱德华·霍克（Edward D. Hoch，1930—2008）出生于罗切斯特，父亲是当地银行的副行长。九岁的时候，他无意间收听到了一部推理广播剧，从此便爱上了这种奇妙的类型文学——而那部广播剧，正是埃勒里·奎因创作的《中国橘子之谜》。19岁时，霍克已经开始创作推理小说，并加入了美国推理作家协会。从那时起，他经常到纽约市参加协会活动，见到了以埃勒里·奎因为代表的一大批顶级推理作家。

1950年，霍克进入军队服役，但未曾停止推理小说的创作。从军队退伍后，霍克找到了一份类似于文员的工作，收入不是很高。正是在这个时间，他开始寻找可以发表推理小说的平台。1955年，霍克创作的短篇小说《死人村》在廉价杂志上发表，以后的几年间，他又陆续发表了20多篇小说。这些作品略显青涩，却为霍克积累了足够的创作经验和信心。

1968年，霍克创作了第一部长篇推理小说《长方形的房间》，一举斩获了埃德加·爱伦·坡奖。出版社和霍克签订合同，同意出版他接下来的几部作品。由此，爱德华·霍克下定决心要做一名专职作家。在以后的几年里，霍克创作了一些长篇作品。这些作品得到了奎因兄弟的认可，进而授权霍克可以以自己的名义出版作品[①]。于是，霍克创作了一系列以"埃勒里·奎因"为署名的作品，其中最有名的一部是出版于1972年的《色情电影谋杀案》。据说，在看过霍克交上来的创作大纲几个小时后，奎因兄弟里的表哥就去世了，而表弟后来又对成稿做出了很多次修改。

至此，爱德华·霍克已经取得了非凡的成就，可是，他自己却不这样想。他认为长篇小说并不适合自己，因为在创作过程中，五花八门的创意经常闪现在自己的大脑里，以至上一个想法没有落笔成文，心思却已经转移到下一个想法上了。思之再三，霍克决定不走寻常路，做一名专注于短篇推理小说的创作者。在短篇黄金时代之后，长篇小说早已成为推理文学的主流，霍克的这个决定是不折不扣的逆潮流而动。

---

① 这在欧美出版界很常见，阿加莎·克里斯蒂、J. K. 罗琳等都同意其他作家以自己的名义出版过作品。

1973年5月,爱德华·霍克在著名的《埃勒里·奎因神秘杂志》上发表了第一篇推理小说。在此后的34年里,他每个月都在这本杂志上发表至少一篇作品,这不能不说是一个奇迹。而他创作的短篇推理小说,累计竟然超过了1000篇,使其成为当之无愧的"短篇推理之王"。1982年,霍克成为美国推理作家协会主席。1999年和2000年,他分别获得了短篇推理小说协会和美国私人侦探作家协会终身成就奖。2001年,霍克又获得了美国推理作家协会和世界推理小说大会终身成就奖。

爱德华·霍克之所以取得这样伟大的成就,当然不只是凭借作品数量上的优势。他受埃勒里·奎因和其他黄金时代作家的影响,严守解谜至上和公平为先的原则,每一篇作品都散发着黄金时代的魅力。霍克尤其钟情于"不可能犯罪"题材,并大胆将科幻等新元素融入推理过程中,在核心诡计的设计上不逊色于任何一位黄金时代大师。

在他的上千篇推理小说里,总共包括20多个系列,每个系列都有着独特的味道:有专门破解"不可能犯罪"的"乡村医生山姆·霍桑系列",有专门偷窃怪异物品的"神偷尼克系列",有老成持重的警长"利奥波德系列",有诡异的通灵师侦探"西蒙·亚克系列",有粗犷豪迈的西部牛仔"本·斯诺系列",有炫酷间谍"兰德夫妇系列"……

2008年1月17日,爱德华·霍克突发疾病死于家中,享年78岁。很多读者和评论者将他的去世定义为"黄金时代最后一位大师的远去",足见其作品风格和影响力在推理文学史上的地位。

前面曾经提到过,阿加莎·克里斯蒂、埃勒里·奎因和约翰·迪克森·卡尔被称为"黄金时代三巨头"。那么,女王和"女皇"后继有人,谁又是"密室之王"的接班人呢?这个人就是法国作家保罗·霍尔特。

2008年，笔者在出版社工作。某日，推理爱好者，也是笔者的老友吴非突然找到我，告诉我他已经得到了法国推理作家保罗·霍尔特的授权，作为他的文学经纪人，负责将其作品引介到中国。听到这个消息，笔者高兴得难以形容，当场与吴非选定了八部作品，并在一个月内通过这位老友和霍尔特签订了中文出版合同。从2009年开始，这八部作品陆续出版，均取得了不错的销量。霍尔特赠送了签名本给笔者，感谢笔者在中国出版了他的作品。

实际上，应该说感谢的是笔者。出版保罗·霍尔特的作品一直是我的心愿，而这种心愿以及最后取得的销售成绩，则源自我对其作品的喜爱和信心——好的故事永远会有人去读，用这句话形容保罗·霍尔特的小说，堪称恰如其分。

保罗·霍尔特（Paul Halter, 1956—　）出生于法国阿尔萨斯地区的阿格诺。霍尔特家族似乎天生有讲故事的天赋，据他本人回忆，自己的童年就是在祖父祖母和爸爸妈妈的故事中度过的：白雪公主、睡美人、喷火的恶龙、女巫和魔法、恶魔蓝胡子……这些都让年幼的霍尔特印象深刻。霍尔特对蓝胡子故事里的两样东西有着独特的理解：一把沾了血的钥匙和一个禁止打开的空间——他觉得这两样已经足够定义推理小说了，那就是谜团和破解谜团的方式。

后来，保罗·霍尔特读到了一本漫画。漫画是根据法国推理作家加斯东·勒鲁的作品《黄色房间的秘密》（我们提到过，这也是阿加莎·克里斯蒂的推理启蒙读物）改编而成的，是一部经典的密室推理小说。霍尔特被故事里的密室震撼，认为这样的作品太不可思议了。随着年龄的增长，他陆续读完了切斯特顿和阿加莎·克里斯蒂的全部作品，从此立志成为一名推理作家。

不过，现实往往是残酷的。成年后的霍尔特很快就意识到，作为新人很难依靠写作生存。于是，他选择了加入海军，打算通过这种方式周游世界为写作积累素材。结果，霍尔特发现，出国的机会少得可怜。最后，他只能离开军队。他卖过保险，做过电气工程师，甚至利用业余时间做吉他手贴补收入。在那段时间里，现实的压力几乎让他忘记了小时候读到《黄色房间的秘密》和阿加莎·克里斯蒂作品时的澎湃。

还好，另一位作家让他找回了初心，那就是"密室之王"约翰·迪克森·卡尔。霍尔特在无意间读到了他的作品，从此一发不可收，进而搜寻并阅读了这位大师的全部作品。之后，他下定了决心，自己也要写这样的作品。

1985年，霍尔特创作了第一部推理小说《红胡子的诅咒》，意外获得了阿尔萨斯及洛林地区作家协会奖。他本打算在作品中"使用"卡尔笔下的名侦探菲尔博士，却因为无法得到授权而作罢。小说虽然获奖，但并没有引起出版社的兴趣，只是由霍尔特自费印制了50本。到了1995年，这部作品才由面具出版社正式出版。

不管怎么说，《红胡子的诅咒》取得的成绩给了霍尔特莫大的鼓励。1987年，第二部作品《第四扇门》完成，一举获得了科尼亚克推理小说大奖。随后是1988年完成的《血色迷雾》，为霍尔特带来了欧洲惊险小说大奖。三部作品全部获奖，奖项级别越来越高，这一举奠定了保罗·霍尔特在推理作家中的地位。

霍尔特的作品，大致可以分为"图威斯特博士"和"欧文·伯恩斯"两大系列。图威斯特博士的原型自然是卡尔笔下的菲尔博士。他是一名爱尔兰人，拥有哲学博士的头衔，和苏格兰场的赫斯特探长是好友，经常利用推理为其排忧解难。这个系列包括了霍尔特绝大部分作品，其中的《第四扇门》《第七重解答》尤为精彩。

另一位侦探欧文·伯恩斯登场稍晚，截至2020年，这个系列共有七部长篇和六部短篇。他的原型是著名的英国文学家奥斯卡·王尔德，职业则是一位艺术品鉴赏家。和后者一样，伯恩斯是一个极端的唯美主义者，用艺术的眼光来衡量身边发生的一切。在他看来，犯罪、凶手、侦探都应该是最完美的艺术品，而自己拥有最终的评判权。他喜欢和高深莫测的对手角力，这样自己就会成为一件更有价值的艺术品。这个系列的代表作包括《血色迷雾》《犯罪七大奇迹》《赫拉克勒斯十二宗疑案》等。

可以说，保罗·霍尔特是卡尔最好的传人，是当代最出色的"不可能犯罪"大师，作品里随处可见密室、不在场证明、人间蒸发、足迹消失、众目睽睽之下死亡等高端设定。无论是诡计的构思、人物的设计、周边元素（恶魔、吸血鬼、狼人、古堡等）的应用，还是气氛的渲染，霍尔特的作品都和当年的"密室之王"如出一辙。由于诸多大师已经穷尽了核心诡计，霍尔特在诡计原创性上的空间已经很小了。不过，他却拥有高超的架构故事的能力，可以把一些小诡计组合在一起，将原本可能没有那么复杂的真相隐藏其间，给阅读者意外的冲击。

几年前，老友吴非曾到法国拜会保罗·霍尔特夫妇。回国后他告诉笔者，霍尔特和妻子的生活远远算不上富裕，住在不大的两居室里（是公寓不是别墅），没有家用汽车，家中也不见任何奢华的摆设。老夫妇待人热情，招待他留宿家中，并在第二天亲自把他送到了地铁车站——可以想象，这也是霍尔特平时的出行方式。

听到这样的描述，笔者感慨良多。我接触过阿加莎·克里斯蒂的版权继承人，可以明显地感受到的是，女王为她的后代积累了无数财富，足够几辈人过上富足的生活。除了女王自身的能力之外，其作品出现在本格推理的巅峰时代，也是她成功的重要原因。保罗·霍尔特同样是一位出色的本格推理作家，但他的境遇却和女王天差地别。我不能说这完全是客观因素造成的,但时代变迁的无奈,确实是创作者自身很难改变的。

不过,保罗·霍尔特自己却毫不在意。在他看来,躲在自己的小屋里,摆上柚子汁、咖啡和面包,构思那些不可思议的故事,这就是对自己的最大褒奖。时代确实不同了,但无论如何,不应该让本格推理消失在这个世界上——这就是保罗·霍尔特的信条。

保罗·霍尔特中文版作品出版的时候,笔者思之再三,最后在腰封上写出了这样的宣传词——"本格推理最后的捍卫者"。实际上,这不是一句广告语,而是一名推理爱好者对保罗·霍尔特奉上的最高敬意。

毫无疑问,本格推理不再是推理舞台上的主角,但这并不影响我们对它的热爱,更不妨碍优秀的创作者坚守在这个舞台上,为我们带来最纯粹的推理之趣。"多少人曾爱慕你年轻时的容颜,可知谁愿承受岁月无情的变迁"——黄金时代的辉煌或许不会重现,但它的余晖,必将照耀着所有坚守着的创作者。

2 冷酷到底

"黑色革命"之后,硬汉推理在西方一直占据统治地位,直到今天也未被动摇。和上一节只能沐浴在"黄金余晖"里的本格推理作家不同,达希尔·哈米特、雷蒙德·钱德勒和罗斯·麦克唐纳的传承者无可争议地成为这个时代推理舞台上的焦点,将一幕幕硬汉的悲欢离合演绎到了极致。

罗斯·麦克唐纳淡出舞台之后,美国人劳伦斯·布洛克接过了硬汉推理的大旗。

劳伦斯·布洛克（Lawrence Block，1938— ）出生于纽约州布法罗。他是个叛逆的青年，很小的时候就游走在纽约街头，见惯了灯红酒绿下的三教九流。在很长一段时间里，他流连于一家名叫阿姆斯特朗的酒吧（这家酒吧后来成为他作品中最重要的一处场景），最终毫不意外地染上了酒瘾，严重影响到了正常的生活和学习。18岁时，他被大学开除，至今都没有拿到本科文凭。

在此之后，布洛克尝试过很多职业，但没有一种可以做得长久。他愤世嫉俗，渴望被世界认同却屡屡碰壁，最后在迷失中堕落。他结过一次婚，又离了婚；他有过一个女儿，但前妻毫不犹豫地带着女儿远离了他；他居无定所，往往要给纽约某家廉价旅馆的前台打电话留言才能找到他。

到了20世纪70年代，布洛克选择回到纽约，试图改变自己的生活状态。他努力戒烟，最后成功了；他参加了匿名戒酒会，每晚都会走上讲台，和一群陌生人分享戒酒心得，最后也成功地远离了酒精；后来，他开始长跑，在跑动中观察和思考，并把这个习惯保持到了今天。

回归正轨后，布洛克回顾了之前30余年的人生，决定用笔将其记录下来。他阅读过雷蒙德·钱德勒的作品，发现这种文学类型很适合自己——他要像钱德勒描绘洛杉矶那样，把自己经历过的纽约展现给阅读者。

1976年，布洛克创作了小说《父之罪》。在这部小说里，他塑造了私家侦探马修·斯卡德。马修曾经是一名警察，有着美满的家庭，和妻子、女儿生活在纽约。某次执行任务时，马修开枪误伤了一名小女孩。从此，他无法从自责中解脱，辞去了警察的工作，还染上了酒瘾。妻子和女儿离他而去，只在每个月支付抚养费的时候，才和他通个电话。马修卖掉了房子，住在廉价旅馆里，每天和毒贩、妓女、黑社会混在一起。由于他在黑白两道都有人脉，一些惹了麻烦又不能寻求正规渠道协助的三教九流，纷纷找到马修，提出委托。就这样，马修成了一名没有执照的私家侦探，处理的大多是不能见光的事件——比如代替某个妓女出面，要求皮条客还自己自由。

在处理案件的过程中，创作者通过马修，暴露着纽约繁华背后的众生百态。"天地不仁，以万物为刍狗"，布洛克展示的，就是这些刍狗在命运压榨下的挣扎。实际上，他自己就是万千刍狗中的一条——除了马修昔日的警察身份，小说基本上就是在写布洛克自己的经历。"我把命运交给了上帝，可他却在控制前台睡着了！"马修会在故事里拼尽全力为自己和弱小的个体抗争，但他们却无法阻止上帝摁下控制台上的那枚按钮。马修能做的，只是在委托结束后，回到戒酒会听别人倾诉，然后来到教堂，把每笔收入的十分之一捐出去，然后默默地为那个小女孩祈祷。

《父之罪》之后，劳伦斯·布洛克又创作了两部"马修系列"的作品，分别是《在死亡之中》和《谋杀与创造之时》。三部作品都取得了很好的销量，但不幸的是，就在这个时候，出版社却倒闭了。这个打击让布洛克又消沉了好一阵，直到1981年，他才写出了这个系列的第四部作品《黑暗之刺》。这本书的销量一般。布洛克下决心，要写一部"更具野心"的作品。于是，我们在1982年看到了这个系列的第五部作品《八百万种死法》。

"纽约有八百万人口，就会有八百万种死法。"这就是小说题目的由来。这部小说的思想性和文学性都达到了一个新高度，一举成为推理文学史上的经典作品，让布洛克和他的马修成了当代硬汉推理的代言人。

《八百万种死法》的成功彻底改变了布洛克的生活。他不必再居住在阴暗发霉的廉价旅馆里，可以以专业作家的身份，从容地规划"马修系列"在未来的走向。截止到2011年，布洛克总共创作了17部"马修系列"作品。在这35年里，马修·斯卡德从一个颓废的中年人变成了一位宠辱不惊的老人。他戒除了酒瘾，摆脱了束缚在心里的魔咒，重新组建了家庭；在这35年里，纽约这座城市发生了巨大的变化，马修那些来自三教九流的伙伴分分合合,在舞台上完成了精彩的演出,又纷纷谢幕离去;马修依旧是那个骨子里无比叛逆的硬汉,但他不再会依靠暴力解决问题,因为不管你做什么,纽约和这个世界永远都在那里。

相比哈米特和钱德勒的作品,布洛克的"马修系列"更加现代,也更加丰富。他不再一味强调硬汉推理的叛逆性,而是把注意力放在了更深层次的思考上,让更多的人登上舞台。也正是因为这个原因,劳伦斯·布洛克才凭借"马修系列"成为当代硬汉推理第一人。

布洛克的作品备受精英阶层青睐,侯孝贤、朱天心、朱天文、张大春、唐诺等都是他最忠实的粉丝。著名导演王家卫曾与布洛克合作制作了电影《蓝莓之夜》,而影帝梁朝伟通过王家卫读了"马修系列"之后,几次表示如果有机会,愿意出演马修这个角色。除了"马修系列",劳伦斯·布洛克还创作了"雅贼系列""伊凡·谭纳系列""奇波·哈里森系列"和"无名杀手系列"等作品。

> 2011年,劳伦斯·布洛克来到中国,笔者有幸接待了这位硬汉推理大师。年逾七旬的老人腿脚已不像马修那样矫健,但在言谈话语间,我依然可以感受到他棱角分明的性格。布洛克待人和蔼,没有一点儿大作家的架子,在接受记者提问时,他甚至狡狯地为我的出版社做起了免费广告。可是,当不太职业的记者就同一个问题反复发问时,老人马上礼貌但坚决地反问:"刚才你为什么不好好倾听我的回答?"这个时候,我好像才意识到,自己接待的不只是一个美国老头,而是生活在现实中的硬汉马修·斯卡德。

劳伦斯·布洛克的同胞比尔·普洛奇尼也是这个时代非常有特色的硬汉推理作家。比尔·普洛奇尼(Bill Pronzini,1943—)出生于加利福尼亚州。在成为一名职业作家前,他做过很多种工作,而这一点似乎成了所有硬汉推理作家的标签。

1967年,普洛奇尼在杂志上发表了一部短篇小说,主人公是一位私家侦探。与众不同的是,他全程都以第一人称"我"的口吻讲述故事,以至读者根本不知道这位英雄姓甚名谁。相比名满天下的斯佩德、菲利普·马洛和马修·斯卡德,让一个无名氏充当硬汉推理的主角,这绝对是空前的。1971年,普洛奇尼依旧以这个无名氏为主人公,创作了属于"他"的第一部长篇推理小说《抢夺》。在随后将近半个世纪里,"无名侦探系列"已经出版了30余部作品,成为美国最受欢迎的硬汉推理作品。

比尔·普洛奇尼最大的特色就是没有拘泥于传统的硬汉推理模式,而是将本格推理的元素最大限度地融入自己的作品中。普洛奇尼的整个创作生涯都在追寻暴力情节的最低限度与核心诡计的最高规格。在他的小说里,很少见到赤裸裸的血腥和暴力,反而总会出现类似"不可能犯罪"这样的谜题。本格推理的解谜至上和硬汉推理的生死一线,严谨缜密的逻辑分析和轻松幽默的吐槽调侃,黄金时代的淡然和"黑色革命"的震撼,总会以最恰当的比例出现在普洛奇尼的故事里。总之,将本格推理和硬汉推理完美结合在一起,成为比尔·普洛奇尼的标签。

故事如此,人物更是如此。普洛奇尼塑造的无名侦探并不是一位典型的孤胆英雄,他不像马洛或马修那样生存在社会边缘,也没有那么多愤世嫉俗的情绪。他会在公交车上给孕妇让座,会在公路上帮素不相识的人修车,还会和好友一起打牌或看比赛。最重要的是,无名侦探遇到阻碍时,第一反应永远是用智慧和逻辑解决问题,而不是像那些前辈一样,破口大骂一句,随后冲上去和黑道或白道上的人打上一架。我们经常看到他一个人静静地思考,而不是自己把自己灌得酩酊大醉。可以说,无论是性格上还是方式上,无名侦探都堪称硬汉推理中的另类。也正因为这样,即便他无名无姓,也依然被读者铭记。

在创作小说的同时,比尔·普洛奇尼还是一位推理文学理论研究者。他和妻子一起创作了《1001夜：侦探推理小说迷的阅读指南》一书。这本书里收录了1001部推理小说的介绍和评论，为阅读者指点迷津。在推理文学史上，有两部理论作品被奉为经典：一部是推理作家朱利安·西蒙斯创作的《血腥的谋杀：西方侦探小说史》，另一部就是这部《1001夜：侦探推理小说迷的阅读指南》。从普及性和实用性上看，后者的价值无疑要高于前者。

比尔·普洛奇尼是美国私人侦探作家协会第一任主席，作品先后被翻译成几十种语言，在30多个国家陆续出版。

此外，在这个时代，詹姆斯·契斯、切斯特·海姆斯、苏·格拉夫顿、莎拉·派瑞斯基等一大批创作者，也都是硬汉推理的代表人物。在这里，受篇幅所限，我们就不再一一列举了。接下来，我们要说的是一类非常特殊的硬汉，我们通常把这类人称作"间谍"。

前面说过，就内容侧重点而言，推理小说可以细化为很多小项，比如悬疑推理、警察程序推理、法庭程序推理等等。实际上，绝大多数小项是没有明确定义、界限非常模糊的。什么叫"心理悬疑推理"？难道不是所有推理小说都有心理元素和悬疑元素吗？什么叫"警察程序推理"？破案的是警察？那么埃勒里·奎因的作品岂不都成了这类小说？什么叫"法庭程序推理"？法庭场景只是小说中的一部分，难不成只要出现法庭戏，整部作品就是法庭程序小说？

笔者认为，在推理小说这个大项之下，如果以内容区分（本格推理和硬汉推理是以作品性质来区分的），只有一个小项是界限分明、定义明确、自成体系的，那就是"间谍小说"。可以说，间谍小说是由硬汉推理在特定条件下派生出来的，是一种特殊的硬汉推理。

实际上，间谍元素很早就出现在了推理小说中，突出的代表就是福尔摩斯故事《最后致意》和阿加莎·克里斯蒂的很多作品。只不过，在那个年代，"间谍""谍战"这些概念离普通读者还很远，创作者只是将其作为一个新鲜元素放在作品中。

不过，客观世界的变化却放大了这些元素。两次世界大战接踵而至，让更多人体会到了间谍的价值和魅力；之后长达半个世界的冷战，更是让间谍行为变成了一种"日常"。间谍是一位孤胆英雄，游走于社会边缘，甚至没有真实的身份，这一点和硬汉推理中的主人公如出一辙。他们需要完成任务，需要破解谜团，还会接触到政治秘密、政治人物和大国博弈，而这些恰恰最能满足大众的需求。于是，在第二次世界大战结束后，间谍小说作为硬汉推理下的一个门类迅速崛起。

间谍小说的两位代表作家是英国人伊恩·弗莱明和约翰·勒卡雷。这两位大师代表着间谍小说的两个大方向。

伊恩·弗莱明（Ian Fleming, 1908—1964）出身于伦敦的一个银行世家。他的父亲凭借家族积累起来的财富进入了政治圈，最后成为国会议员。第一次世界大战时，老弗莱明为国捐躯，他的好朋友温斯顿·丘吉尔为其撰写了讣告。

弗莱明是个不折不扣的纨绔子弟，对读书没有任何兴趣。他先后被伊顿公学和桑德赫斯特军校除名，却丝毫没往心里去。弗莱明家中每天都是高朋满座，雪茄、红酒、高尔夫、跑车、美女是他生活中最重要的元素。他做过一阵投资，得到的评价却是"全英格兰最差的股票经纪人"。弗莱明喜欢漂亮女人，可以说是一生风流，甚至得到了"他不知道怎么和女人搞好关系，只知道和女人发生关系"的评价。如果没有第二次世界大战，弗莱明的一生大致也就是这样了。

战争爆发，弗莱明成了英国皇家海军情报局的一名中尉。情报局的局长作风强悍，不拘小节，很赏识弗莱明。他经常把起草报告和备忘录的工作交给弗莱明，结果这位下属总能把枯燥的文件写得绘声绘色。同时，站在弗莱明的角度看，他通过这项工作获得了大量情报方面的一手资料。

因为合作关系,弗莱明有机会和美国的情报机构打交道。1941年,美国方面有计划建立一个全新的情报中枢,弗莱明为此撰写了一部72页的计划书,详细阐述了未来的情报机构应该是什么样。1947年,新的机构正式成立,这就是美国中央情报局。弗莱明毫不掩饰得意之情,向很多朋友吹嘘"是我创造了中央情报局"。

战争结束后,伊恩·弗莱明在牙买加定居。1953年,与他长期有染的有夫之妇安·罗瑟米尔意外怀孕,进而公开宣布,自己会马上离婚而改嫁弗莱明。风流的弗莱明从骨子里惧怕婚姻,但此刻他已经别无选择。不过,即便在等候对方离婚的这段时间里,他依然和一个著名的女间谍发生了关系。

弗莱明和安的婚姻维系了一生,因为他根本不知道怎样通过合法手段摆脱这层关系。他的内心每天都备受煎熬,在牙买加的临海别墅里靠雪茄和红酒疏解郁闷。最后,弗莱明下定决心,要把自己的经历写成小说,借此疏解心头的压力和抑郁。

这对于伊恩·弗莱明而言过于简单了:自幼叛逆;生活在香车和美女之中;在英美最重要的情报机构工作多年;见识过所有高端间谍装备;和最漂亮的女间谍偷情……创作者似乎写的不是一部间谍小说,而是自己的回忆录。至于辅助元素,更是手到擒来:强悍的局长成了故事里主人公的上司M;而弗莱明的别墅"黄金眼"也成了反派的秘密武器。

唯一需要确定的是主人公的名字。弗莱明认为,这个人物的名字应该简洁有力,让读者过目不忘。冥思苦想之际,他无意间看到了书桌上摆着一本书,作者叫"詹姆斯·邦德"。弗莱明一拍大腿,就是他了!除了名字,还要给这位间谍一个官方职务——英国军情六处特工,编号007!就这样,世界上最有名的间谍诞生了。

1953年,"007系列"第一部作品《皇家赌场》问世。此后的11年里,伊恩·弗莱明先后创作了12部这个系列的小说,其中包括《来自俄罗斯的爱情》《诺博士》《女王密使》《金枪客》等经典。

1964年12月8日,弗莱明因心脏病逝世,享年56岁。

说到这里,我们先把弗莱明放在一边,看看另一位大师约翰·勒卡雷的经历。

约翰·勒卡雷(John le Carré,1931—2020)本名大卫·康维尔,出生于伦敦,在很小的时候就被父亲送入贵族学校就读。和弗莱明不同的是,勒卡雷聪明好学,十分珍惜学习的机会,最后以优异的成绩从牛津大学毕业。

随后,勒卡雷被英国情报机构招募。当时正值冷战时期,他负责针对东德地区的情报工作。当时的德国被美、苏、英、法四国划分为东德和西德两个国家,东德由苏联掌控。核心城市柏林也在东德地区,而这座城市本身又被四国划分为四个占领区。勒卡雷就在柏林的英国占领区里工作,可以说是在间谍的第一线。1959年,勒卡雷从情报工作一线退了下来,到英国外交部工作。这个变动让他有了更多的空闲时间,于是决定开始创作,把自己作为间谍的感悟以小说的形式记录下来。

1961年,约翰·勒卡雷的第一部作品《召唤死者》出版,取得了不错的销量。1963年,他的第三部小说《柏林谍影》问世,一举奠定了其间谍小说大师的地位。故事自然是以勒卡雷自己的经历为背景,展示了特殊时期东德柏林间谍世界的百态。这部作品奠定了约翰·勒卡雷独特的创作风格,被文学大师格雷厄姆·格林誉为"最优秀的间谍小说"。

随后,勒卡雷一发不可收,陆续创作了20多部精彩的间谍小说,包括"史迈利三部曲"(《锅匠,裁缝,士兵,间谍》《荣誉学生》《史迈利的人马》)、《德国小镇》、《完美的间谍》、《巴拿马裁缝》、《永恒的园丁》等。

好了，看过经历，我们再回到间谍小说本身。为什么说伊恩·弗莱明和约翰·勒卡雷代表了间谍小说的两个大方向呢？

看过由弗莱明作品改编的"007系列"电影的人都知道，詹姆斯·邦德是这个世界上最酷炫的间谍。和其他间谍的最大区别在于，007似乎生怕别人不知道自己是个间谍。这个家伙无论前往何地，都是前呼后拥。他接受的任务并不复杂，也不需要面对什么谜团和人性考验，却件件都足以挽救人类命运。他要做的，就是跑过去戏耍一下对手，然后在一大堆超级道具的帮助下大获全胜。007经常会遭遇生死一线的时刻，但每个人都知道，他一定会转危为安，这叫作"主角光环"。

而勒卡雷的作品却与之相反。他的笔下没有詹姆斯·邦德这样的英雄人物，有的只是最真实的小间谍。什么样的间谍最真实？自然是那种不会被任何人识破的间谍。他们忍辱负重，放弃一切，潜伏在陌生的环境里，做着和你我一样的平凡工作，进入人群中就会消失不见。他们没有机会经历007那样的大场面，但更真实的威胁却无处不在。或许，就在自己每天等车的地方，识破自己的对手用一把匕首就能结束一切，连反抗的机会都没有。相比007的飞天遁地，勒卡雷笔下的间谍都是寻常人，即便取得胜利，也不会有任何成就感。

弗莱明的间谍小说属于浪漫主义，强调的是间谍本身，试图展示的是"作为间谍能做什么"（他给出的答案是无所不能）；勒卡雷的间谍小说属于现实主义，强调的是间谍世界中的人性和宿命，试图展示的是"一个人为什么要做间谍以及成为间谍后我该怎么做"。如果说007是弗莱明式作品的代言人，那么勒卡雷式作品倒也有一个很合适的形象大使——余则成——即便胜利了，也无法享受成果，却要远离故乡和最爱的人，在一个全是敌人的地方继续履行间谍的宿命。

弗莱明的作品是非常感性的，更多承袭了硬汉推理中的孤胆英雄模式；勒卡雷的作品是非常理性的，更多承袭了威廉·毛姆、格雷厄姆·格林等文学大师的风骨和思考。只不过，毛姆和格林并不是专职间谍小说作家，他们在这个领域的创作理念相对零散，而勒卡雷将其塑造成了完备的体系。

某种程度上，间谍小说的两个方向和推理文学的分化如出一辙——弗莱明式的作品好像是游戏性质浓厚的本格推理；勒卡雷式的作品好像是更加深刻现实的硬汉推理。不过，无论是哪种，好的作品总是多多益善的。

当然，间谍小说创作者并不只有伊恩·弗莱明和约翰·勒卡雷。除了已经提到的威廉·毛姆和格雷厄姆·格林，除了写出了《三十九级台阶》这样经典作品的先行者约翰·巴肯，除了写出了"谍影重重系列"原著小说的罗伯特·陆德伦，还有约瑟芬·康拉德、弗雷德里克·福赛斯等大师级作家。

3　存在即合理

前面提到过，在推理小说的黄金时代，涌现出了很多优秀的女性作家。出版社推出这些作家的作品，期盼取得可观的销量。为了达到这个目的，必要的宣传不可缺少，而最言简意赅的广告语，无外乎一句"推理女王最新力作"。

可是，问题来了，"推理女王"这个称谓无可争议地属于阿加莎·克里斯蒂，如果没有得到她的首肯，使用这样的宣传语无疑是失礼而缺乏公信力的。现在我们可以知道的是，多萝西·塞耶斯得到了克里斯蒂的认可，愿意与之共享"女王"头衔；而剩下的妹妹们有没有"官方授权"，就无从考证了，反正最后约瑟芬·铁伊、奈欧·马许、玛格瑞·艾林罕、海伦·麦克洛伊等女性作家都在宣传中被称为"女王"。

换个角度思考这个问题。在黄金时代，推理作家（尤其是女性推理作家）都无一例外在模仿阿加莎·克里斯蒂。至少，她们认为和克里斯蒂比肩是对自己作品最高级别的赞许；出版社也觉得读者会因为这个作家接近克里斯蒂而愿意阅读其作品。

时间来到当代。又一位女性作家取得了辉煌的成就，她就是阿加莎·克里斯蒂的同胞菲利丝·多萝西·詹姆斯（Phyllis Dorothy James，1920—2014）。面对这位同时获得了英国推理作家协会和美国推理作家协会终身成就奖的大师，评论者和媒体自然会奉上最套路化的恭维，称其为"当代的阿加莎·克里斯蒂"。

不料，詹姆斯却对这样的恭维非常不满："我曾经尝试追随阿加莎，但后来就不会这样做了。这个时代不再需要那种很典型的推理小说，我没有在创作任何类型小说，只是想写精彩的故事。"詹姆斯依旧尊重阿加莎·克里斯蒂，但很明显，她拒绝成为第二个阿加莎。

是的，时代在变迁，詹姆斯不再觉得复刻阿加莎·克里斯蒂是创作推理小说的最高目的。她不在意自己写的是本格推理还是硬汉推理，甚至不在意自己写的还是不是推理小说。"精彩的故事"成了唯一的标准，其他的都不重要。菲利丝·多萝西·詹姆斯的观点阐释了新时代推理小说的发展方向和特点：去类型化，多元，精彩——这些已经足够了。

相信很多读者在读过新时代的推理小说后，第一反应可能都是："很精彩，但这是推理小说吗？"肯定是的，只不过和之前的推理小说有点儿不一样了。新时代没有那么多套路，每位作家都在刻意追求自己的风格——存在即合理，故事精彩，谁还在乎本格推理或硬汉推理。

走在新时代前列的是美国作家康奈尔·伍尔里奇（Cornell Woolrich，1903—1968）。伍尔里奇出生于纽约，12岁时父母离异。小时候，他跟随父亲在墨西哥生活，稍大一些后回到纽约和母亲生活在一起。1921年，伍尔里奇进入哥伦比亚大学就读，但最后却没有拿到毕业证。

离开大学之后，他陆续出版了六部文学小说，得到了大文豪菲茨杰拉德的称赞。进入20世纪40年代，伍尔里奇受大环境影响，阅读了达希尔·哈米特、雷蒙德·钱德勒和詹姆斯·凯恩的作品，开始尝试创作推理类小说。他在廉价杂志上发表了一系列短篇作品，其中包括一篇名为《肯定是谋杀》的小说。什么，对这个名字很陌生？这篇作品在结集出版单行本时换了一个如雷贯耳的名字——《后窗》。著名导演希区柯克将其改编成电影，让无数观众领略到了康奈尔·伍尔里奇的功力。

从《后窗》这部作品，我们可以分析出伍尔里奇作品的特点。《后窗》是本格推理吗？不是，但它自始至终充满了悬念、谜团以及完整合理的逻辑链（比如最后那个人到底往帽筒里放了什么，联系前面的线索完全可以推理出来）。《后窗》是硬汉推理吗？不是，但夹杂其中的硬汉推理元素却随处可见：没有职业侦探，谋杀动机简单，方式却很血腥，男女主人公具有与生俱来的冒险精神，恐怖悬疑气氛被渲染到了无以复加的程度……《后窗》是推理小说吗？说是肯定没问题，但说它只是一部很精彩的小说，也没问题。

这就是推理小说呈现出的趋势：类型化痕迹越来越淡，博采众长，创作者个人的风格十分鲜明。此外，《后窗》的影视化取得了空前成功。一方面，这说明小说中元素的多元趋势愈发明显（元素丰富自然比元素单一更容易影视化，这也是为什么纯本格推理在影视化的道路上一直走得不很顺利）；另一方面，这也成为新时代成功的推理作品的一个标识——从康奈尔·伍尔里奇到丹·布朗，再到日本的东野圭吾，凡是作品可以被大批量影视化的，都无一例外地成了当时最热门的创作者。

康奈尔·伍尔里奇一生创作了几十部推理小说，绝大部分都被改编成了影视剧。其中，《我嫁给了一个死人》《旋入深渊的华尔兹》《入夜》《复仇新娘》等，都成了经典的犯罪小说。伍尔里奇还是一位出色的编剧，长期与希区柯克等知名导演合作，创作出了《幻影女郎》《骗婚记》《原罪》等优秀的黑色电影。很多评论家认为，是雷蒙德·钱德勒、詹姆斯·凯恩和康奈尔·伍尔里奇共同开创了"黑色小说"和"黑色电影"，进而决定了二战后西方推理文学和推理影视的发展方向。

伍尔里奇一直和母亲生活在一起,有过一次很不成功的婚姻。1957年母亲的去世让他备受打击,从此开始酗酒,最终导致下肢因为感染而被截肢。1968年9月25日,康奈尔·伍尔里奇因病去世,死时体重甚至不足90磅(约41千克)。

和康奈尔·伍尔里奇类似的是女作家帕特丽夏·海史密斯(Patricia Highsmith,1921—1995)。海史密斯出生于得克萨斯州。这个姑娘自幼特立独行,和父母以及养父关系非常糟糕,是被外祖父和外祖母抚养成人的。成年之后,她四处流浪,始终尝试在现实的压力下追寻个性解放。

和伍尔里奇一样,海史密斯也是一位出色的作家兼编剧。她一生总共创作了20多部小说,每部都有鲜明的特色,由此开创了"海史密斯流派"。她曾说过:"我从未考虑过自己在文学史上的地位,也许自己根本就不会有什么地位。我把自己看作是一个能给大家提供娱乐的人,我只想给大家讲述一个精彩且吸引人的故事。"

1950年,海史密斯出版了自己的第一部作品《火车怪客》,讲述了一桩交换杀人阴谋引发的是是非非。小说出版后被希区柯克一眼看中,很快就改编成了电影,一炮而红。1955年,海史密斯创作了"雷普利系列"的第一部《天才雷普利》,一举奠定了自己在推理文学领域的大师级地位。随后,她又陆续创作了这个系列的后四部作品《地下雷普利》《雷普利游戏》《跟踪雷普利》和《水魅雷普利》。

和伍尔里奇一样,帕特丽夏·海史密斯的作品元素丰富,和影视高度契合,因此受到读者青睐。

美国作家杰夫里·迪弗继承了两位前辈的风骨,堪称当代西方最伟大的推理小说大师之一。杰夫里·迪弗(Jeffery Deaver,1950—)出生于芝加哥。据说,他在11岁那年,就写出了生平第一部推理小说,是个不折不扣的天才创作者。成年之后，他成为记者，先后在纽约时报和华尔街日报供职，负责法律方面的新闻。在积累了一定的实践经验后，他进入了华尔街一家律师事务所，开启了一段律师生涯。这让他对美国的司法和犯罪领域了如指掌，为以后的创作奠定了坚实的基础。迪弗还是个美食家，写过很多部有关意大利美食的作品。此外，他还写过诗，当过歌手，不仅自己写歌唱歌，还四处巡演。

从20世纪90年代开始，迪弗渐渐将精力用在了创作推理小说上。迄今为止，他已经创作了20多部作品，大体可以分为四个系列：早期的"少女鲁伊系列"，包括《心跳曼哈顿》《蓝调艳星之死》《重要新闻》等；"约翰·佩勒姆系列"，包括《变奏曲》《地狱厨房》《法外行走》等；主打的"林肯·莱姆系列"，包括《人骨拼图》《棺材舞者》《石猴子》《空椅子》《消失的人》《冷月》等；最后一个系列是近年来迪弗着力打造的"凯瑟琳·丹斯系列"，包括《睡偶》《路边十字架》等。此外，还有若干部精彩的非系列作品。

迪弗的作品非常好莱坞化，情节并不复杂，但推进速度却非常快，悬念一个紧接一个，气氛渲染也十分到位，让人欲罢不能。有人曾这样评论迪弗的小说："作者告诉你身边有一枚定时炸弹，于是你开始狂奔逃命。你跑得气喘吁吁，创作者却告诉你炸弹还在，再跑快点。你拼命又跑了一程，这时，创作者轻轻对你说，其实炸弹就装在你的鞋里！"

迪弗的作品已经被翻译成了35种语言，有很多部被改编成了电影。其中，由影帝丹泽尔·华盛顿和天后安吉丽娜·朱莉主演的《人骨拼图》堪称阵容豪华，却被读者一致认为不及原著小说精彩。华盛顿扮演的林肯·莱姆是一位律师，在勘查现场时不幸被异物砸倒，脊椎严重受损，颈部以下完全失去了知觉，只有大脑和一根手指可以运转。莱姆并没有心灰意冷，躺在病床上却依然依靠智慧屡破奇案。他有一位红颜知己，那就是朱莉扮演的美女模特萨克斯。她代替莱姆收集线索，经常身处险境，只为了弄清真相。"林肯·莱姆系列"是迪弗最具代表性的作品，每一部都非常精彩。

2011年，杰夫里·迪弗接受邀请，撰写了最新一部"007系列"小说《自由裁决》。伊恩·弗莱明去世后，"007系列"的电影一直在延续，片方会邀请当下最知名、最受读者青睐的作家创作小说，然后将其改编成剧本进行拍摄。可以说，007小说的出版，标志着杰夫里·迪弗在推理文学领域的声望达到了巅峰。

当代优秀的推理创作并不仅仅出现在英美，这一点只要看看瑞典作家斯蒂格·拉森就一清二楚了。拉森的一生是短暂的，留下的也只有三部作品，却足以被载入推理文学史册。

斯蒂格·拉森（Stieg Larsson，1954—2004）出生于瑞典。他是一位新闻工作者，长期在瑞典中央新闻通讯社工作。他是一位有正义感的记者，常年从事反法西斯活动，和瑞典极右势力斗争坚决，甚至一度遭到了人身威胁。

拉森之所以选择这样的人生道路，和自己15岁时的一次经历有关。在那一年，他目睹了一个名叫利斯贝特的女孩遭遇到了暴力犯罪，而自己没能拯救这个女孩。这件事在拉森的心头挥之不去，并让他对犯罪深恶痛绝。在有了一定的社会阅历之后，拉森决定创作小说，把自己对于犯罪和犯罪根源的思考展现给读者。

主人公很快就定了下来：一位名叫布隆维斯特的《千禧年》杂志社记者，专门追查非正义事件的根源——这自然是以拉森本人为原型设计的；女主角名叫利斯贝特·莎兰德，聪慧而敏感，不会和别人打交道，行为举止有些怪异——她的原型当然是那个改变了拉森一生的女孩。

拉森从2001年开始创作这个被命名为"千禧年"的系列，很快就完成了前三部。不幸的是，在2004年，拉森突然离世，只留下了第四部小说四分之三的初稿和后面的故事大纲。他本来打算至少撰写五部作品，但这个心愿已经无法实现；更遗憾的是，系列的第一部《龙文身的女孩》在2005年出版，而拉森没有看到这一天。

随后，第二部《玩火的女孩》和第三部《捅马蜂窝的女孩》相继出版。这套"千禧年三部曲"在全世界掀起了热销狂潮：出版三年销售800万套；横扫西方各大畅销书榜单，拿奖拿到手软；在瑞典，平均每三个人中就有一人拥有一本拉森的小说；在丹麦，这个系列的销售量位居历史第二，仅次于《圣经》，甚至高于《安徒生童话》；在法国，每四个人中就有一个读过这个系列；三部曲全部被影视化……

"千禧年系列"是那种典型的"无法分类"的推理小说，里面几乎有本格推理和硬汉推理的所有元素，情节紧凑不给受众片刻喘息之机。这种快节奏的情节推进非常符合当代读者的口味，取得这样出色的销量也就不足为奇了。

说到销量，有一位推理作家真的要笑出声了，他就是大名鼎鼎的丹·布朗。丹·布朗（Dan Brown，1964—　）出生于美国新罕布什尔州，是家中的长子。他自幼爱好广泛，喜欢研究历史和神话，喜欢破译密码，喜欢打壁球，参加过合唱班，后来开过录音公司，发行过卡带和CD。

在音乐之路上，丹·布朗结识了大自己12岁，当时在国家作曲学院任职的布莱丝·纽顿。纽顿非常器重这个年轻人，为布朗的音乐事业不遗余力地做着贡献。后来，丹·布朗决定不再从事与音乐相关的工作，而纽顿义无反顾地选择了和布朗共进退。两个人回到了布朗的老家，一起当起了英语和西班牙语教师。1997年，两人喜结连理。

1996年，丹·布朗开始构思推理小说。两年之后，他的处女作《数字城堡》正式出版。妻子用尽全力为丈夫制造声势，这让小说取得了不错的销量。受到鼓舞的布朗再接再厉，分别在2000年和2001年出版了《天使与魔鬼》和《骗局》。

2003年，丹·布朗将他喜爱的密码、宗教、中世纪传说等元素融为一体，创作出了一部集大成之作，这就是我们耳熟能详的《达·芬奇密码》。关于这本书，它取得的辉煌成就是不需要言语渲染的。2009年和2013年，丹·布朗又出版了《失落的秘符》和《地狱》，均取得了不错的销量。

丹·布朗的小说里涉及推理、悬疑、恐怖、惊悚、冒险、冷硬、心理、情感等方面，使用到的元素更是丰富——从文学艺术到宗教传说，从建筑美学到数学密码，从天文知识到地质结构，从物理常识到古生物进化……难能可贵的是，丹·布朗写的所有东西，可以让每位读者看懂；也就是说，他运用到的所有元素都是为了增加作品的观赏性，不是一味低头阐述自己喜欢的东西，更不是为了掉书袋或炫耀。

布朗喜欢在作品一开始抛出一桩谋杀案，通过谋杀把男女主人公紧密联系到一起，将他们置于生死一线的境地。随后，情节展开，布朗站在上帝的视角，用紧凑的节奏叙述各方势力的动向，让读者体会到强烈的压迫感——他们知道各方势力最终会走到一起，会发生一场大决战，而不看到这一幕他们是不会停下的。

从内容角度来看，丹·布朗找到了一个读者非常认可的套路：用案件把古代文化和现代科学联系起来，让两者产生化学反应，最后给读者一个合乎逻辑（但还是创作者杜撰的）的解答。无论是古代文化（例如《圣经》故事、达·芬奇作品、中世纪传说等），还是现代科学，都会让读者觉得"这个我也知道"。有了这种先入为主的观点，读者就会不由自主地追随人物的轨迹，直到真相水落石出。合上书本，每个人都有一种"这个作者很懂我"或"原来我也懂这么多"的错觉，于是赶紧去购买这个作者的其他全部作品。

"只比读者高半格——平视没人会读你的小说，高一格则会把他们吓跑——因此只能比读者高半格。"丹·布朗就是出色地把控住了这个尺度，找到了正确的元素和方法，从而成了这个时代最受欢迎的推理作家之一。

本书讲的是推理小说的简史,因此在介绍这些作家时,笔者刻意为他们加上了"推理作家"这个头衔。实际上,这种类型文学发展到今天,有没有这个头衔,创作者真的不是很在意,读者就更不会在意。说他们是"推理作家"固然无可厚非,但称他们是"畅销书作家",或许更符合他们的初衷。这对于推理文学来说是件好事,因为只有打开大门,多元化发展,生命力才会愈发旺盛,才能不被时代淘汰。

大门敞开,里面的人乐意出去,外面的人也愿意进来。

著名科幻大师艾萨克·阿西莫夫创作了《钢穴》和《裸阳》两部长篇,还写了"黑鳏夫俱乐部系列",这些都可以被看作优秀的推理小说;著名学者翁贝托·埃科创作的《玫瑰的名字》,成为推理文学史上最奇特的作品之一;无人不知的J. K. 罗琳在"哈利·波特系列"中"肆无忌惮"地运用着推理元素,更在结束这个系列后着手创作推理小说[①]……作为推理文学爱好者,笔者无意把上述大师拉进推理作家的队伍,但事实是:当推理文学发展到"存在即合理"的时代时,他们都开始有意地尝试创作这一魅力无穷的类型文学。

一开始,推理小说在西方被称为"Detective Story";伴随着"黑色

[①] 起初,罗琳只是在接受一次采访时表达了这个意愿,当时,包括笔者在内的很多人都没有把罗琳的这个想法当真,毕竟她从来没有进行过推理小说的创作。让人没想到的是,这个想法在后来演变成了一个颇有戏剧性的故事。2014年,一部名叫《布谷鸟的呼唤》的推理小说在英国出版,作者署名"罗伯特·加尔布雷斯",是个典型的男性名字。小说以一个叫斯德莱克的退役老兵为主角,讲述了他成为一名私家侦探后遭遇到的离奇事件。大家都以为这是个新人作家,小说也并没有引发轰动,三个月里只卖出了1500册。突然,一个消息传了出来:这是J. K. 罗琳使用新笔名创作的第一部推理小说!消息最终被罗琳本人证实,而她又在2015年创作了这个系列的第二部作品《蚕》。虽然,这两部推理小说的影响力无法与"哈利·波特系列"相提并论,但这至少证明罗琳对于创作推理小说是充满热情的。

革命"的到来，其内涵和外延被无限扩大；时至今日，"Mystery Story"已经取代了"Detective Story"，成为这一类型文学的主流称谓。人们已经不太在乎故事里有没有侦探的存在，只要和"Mystery"有关系，统统可以归入推理小说的范畴。

正因为这样，推理小说得以进入百花齐放的时代，在文学的海洋里屹立不倒，并随着时光和受众的变化，永不停歇地进化下去。

日本篇

一　奇异的味道

二　本格至上

三　岛国黑雾

四　名侦探的逆袭

五　大无限

一　奇异的味道

1　西学东渐

推理小说是西方的产物，甚至可以说，推理小说是英语世界的产物。通过前面章节的介绍，我们可以看到，推理小说的诞生（埃德加·爱伦·坡）、推理小说的发展（柯南·道尔）、推理小说的繁荣（黄金时代）以及推理小说的变革（"黑色革命"）无一例外全都发生在英语世界里，有超过90%的创作者都是用英语进行创作的。可以这样说，推理小说从诞生伊始，就被英语统治着。这种统治持续了大约100年，才被坐落在东方的一个岛国打破。而这一过程，同样经过了百年岁月。

1841年，美国人埃德加·爱伦·坡创造了推理小说。巧合的是，同样是在这一年，一个日本人经历了一番传奇，间接地让这种文学体裁跨过太平洋，来到了这个异域国度里。

在日本土佐藩中浜村一个贫穷的渔民家里，有一个名叫中浜万次郎（1827—1898）的年轻人。在1841年，他和几个同伴出海打鱼，不幸遭遇了风暴。几个人逃到了一座荒岛上，在那里坚持了143天后，终于被一艘美国捕鲸船救起——这艘船的船长名叫约翰。

不过，问题出现了。当时的日本仿照中国明清两朝的制度，坚定地执行着"闭关锁国"的政策。除去官方指定的一两处可以与中国或荷兰发生贸易的港口，其他地方一律不得和外国人发生联系。美国的捕鲸船根本没有办法靠近日本，无奈之下，约翰船长只得先把这几个日本人放在夏威夷，之后再做打算。

来到了夏威夷的万次郎非常惊讶。他发现，这里的人居然可以食用牛肉或羊肉——在日本，人们一直认为吃了地上跑的动物，不是会肠子烂掉就是会怀上吃掉动物的幼崽；他还看到，一种在日本怎么治也不见效的疾病，很轻易地就被美国医生根除了；最震撼的是，他看到，这艘船上的每个人都是平等的，船长不会欺压船员——这在等级森严的日本是不可想象的。长久以来，日本人认为这些来自另一个世界的"黄毛鬼"和妖怪没什么区别；而现在，这样的观念在万次郎的心里开始动摇。

1843年，中浜万次郎来到美国大陆，住在约翰船长家里。船长非常欣赏这个聪明上进的年轻人，为他办理了入学手续，并教授给他航海知识。后来，船长收万次郎为义子，因此他改名为"约翰万次郎"。很快，万次郎学会了英语和许多自然科学知识，还当上了副船长。他完成了一次环球旅行，进一步开阔了眼界。

在离开日本12年之后，带着对故土的思念和一种责任感，万次郎克服了重重困难，回到了家乡。他的归来引起轰动，日本人对这个穿着洋装的同胞投去了异样的目光。尽管存在着不少阻力，万次郎还是将自己接触到的西方文明传授给了同胞。

后来，日本被迫打开了国门，万次郎随之成为一名政府工作人员，致力于日美之间的各项文化交流。晚年的万次郎远离政治，专心于翻译和教育事业。1869年，他成为开成学校的教授，而这所学校就是后来举世闻名的东京大学。

中浜万次郎的经历带有传奇色彩，是他帮助日本打开了国门，以一种开放的心态认识并接受了西方文明。迄今为止，没有资料显示是万次郎把推理小说引入日本的，但毫无疑问，他的努力为推理小说来到日本铺平了道路，并且创造了这一类型文学赖以生存的科学与法制土壤。后来，江户川乱步、横沟正史、松本清张和岛田庄司在谈论日本推理小说的历史时，无一例外地都提到了中浜万次郎。这些大师告诉我们，如果没有这个人，推理小说肯定无法在日本生根发芽，由此可见万次郎对日本推理文学有着多么重大的影响。

以中浜万次郎为代表的有识之士从下而上改良着日本，与此同时，另一股力量从上而下地带给日本巨大的变革。

在150年前，日本是一个贫穷落后、内乱不断的弱小国家。从17世纪中叶开始，德川幕府开始实行"闭关锁国"的政策，前后持续了200多年。相比于地大物博、自给自足的中国，"闭关"给日本带来的破坏更加明显。

从18世纪末开始，英国、美国、法国、俄国的舰船纷纷在日本列岛周围游弋，试探着打开日本国门。为此，幕府颁布了《驱逐外国舰船令》，继续强化既定政策。结果适得其反，这激发了外来势力打开日本国门的决心。到了19世纪，南亚、东南亚以及中国沿海部分地区先后被西方殖民者控制。日本这个天然的良港自然成为他们的下一个目标。

当时，美国已经开辟了从旧金山到上海的远洋航线。为了便于来往船只的补给，美国人早就觊觎日本列岛这个天然的中转站。1853年，美国东印度洋舰队司令佩里将军率领两艘半蒸汽半风帆驱动的外轮式军舰和两艘帆船，满载300名陆战队士兵，携大口径火炮，从上海起航，到达日本沿岸。美国人出示总统写给天皇的国书，以武力威胁，在久里滨强行登陆，杀奔东京（当时称为"江户"）。这几艘军舰被漆成黑色，加之大烟囱里不断冒出黑烟，因此被日本人称为"黑船"。

日本上下一片惊恐，因为这种军舰比当时日本最大、最先进的舰船至少大十几倍。一切抵抗都是徒劳的，孝明天皇不得不接受了佩里将军转交的美国总统的国书，将紧闭了200多年的国门打开。第二年，佩里再度率七艘战舰及1000多名士兵到达日本，以更强硬的态度逼迫幕府的"长老们"与美国签订了《美日亲善条约》等一系列条约，从而彻底结束了日本闭关锁国的历史。

"黑船事件"对日本的影响是不可忽视的。日本由此认清了西方文明的强大，开始不遗余力地"自我西化"。放眼世界各国的近现代史，日本在西化的道路上走得最为坚决。1868年，经过明治维新，幕府被推翻，日本完成了体制改良，迅速成为亚洲唯一的资本主义国家。很快，这个国家凭借高速崛起的经济、科技及军事实力，先后击败了清帝国和沙皇俄国，一举成为太平洋地区唯一能和美国对抗的强国。这里要特别指出的是，在两场战争中被击败的对手，全都是体量巨大但体制落后的国家。由此，日本上下坚定了这样一种信念：只要道路正确，国家的强弱与大小、人种、开化早晚无关，而这条正确的道路，就是"西化"。

值得注意的是，日本从来不把"黑船事件"视为"国耻"。相反，在日本，每年都会举行"黑船祭"来纪念这个事件。佩里将军则被视为英雄，其雕像被立在日本许多地方。也就是在这个时期，和诸多西方文明一起，推理小说"西学东渐"，辗转被引入了日本。

明治维新之前，日本流行的大多是些描绘旧时代的风俗小说，大都以江户时代的真人真事为蓝本。1868年之后，为了推进"全面西化"的国策，日本学者翻译了大量的实用类图书，介绍西方的政治、经济以及法律制度。

1881年，日本法务部出版了美国庭审实录《情供证据误判录》，供司法人员参考。1886年，经济学家神田孝平翻译了《杨芽儿奇谈》，作者是荷兰人克里斯平·迈埃尔。这部书通过一桩罪案介绍了荷兰的司法以及审判制度。全书是以小说的形式叙述的，因此在当时的日本人眼里，这部书被视为第一部引入日本的推理小说。

1887年12月，在这个夏洛克·福尔摩斯登场的时间，日本推理文坛同样发生了一件大事。在著名媒体《读卖新闻》上，刊登了署名"竹之社主人"翻译的埃德加·爱伦·坡的《莫格街凶杀案》。这篇推理文学史的开山之作，终于在46年后登陆日本。随后，日本推理小说最重要的先行者黑岩泪香登上历史舞台。

黑岩泪香（1862—1920）出生于高知县安艺郡，本名黑岩周六。他于1882年任《同盟改进新闻》主笔，后于1886年转入《绘入新闻》工作。黑岩泪香在求学期间就对推理小说产生了浓厚的兴趣，他预言这种小说会在日本拥有一片广阔的天地。因此，在工作之余，黑岩泪香不遗余力地将优秀的西方推理小说介绍到日本。1888年，黑岩泪香翻写了英国作家修·康维的推理小说《法庭美人》。他按照日本人的习惯翻新了这部作品，把里面的人名和地名全部日化。出版之后，小说受到读者热捧。黑岩泪香受到鼓舞，在以后的六年里陆续翻写了30余部西方推理作品。翻写这样的做法在今天看来固然是落伍且不足取的，但在当时却对推理小说在日本的推广起到了不可忽视的作用。受到黑岩泪香的影响，越来越多的日本人投身到了推理小说的翻译和创作中。

1888年6月，作家须藤南翠发表了第一篇真正由日本人原创的推理小说《杀人犯》。这篇作品无论情节还是谜团都很难令人满意，甚至连水准之作都算不上。不过，它的意义是无法抹杀的。1889年，黑岩泪香发表了自己的第一篇原创作品《无惨》。这篇作品拥有了推理小说应该具备的所有元素，是那个时代当之无愧的杰作，也是日本推理小说史上里程碑式的作品。

1894年，在《日本人》杂志上，出现了一篇翻译小说，译名为《乞食道乐》。后来的资料显示，这是第一篇被翻译成日文的福尔摩斯故事，原文就是我们熟悉的《翻唇男人》。1900年，一篇名叫《新阴阳博士》的小说在《文艺俱乐部》杂志上与读者见面，译者署名为"原抱一庵"。这就是"福尔摩斯系列"第一作《绯红色的习作》最早的日文译本,在当时的日本人眼中,神奇的福尔摩斯就是日本文学中尽人皆知的"阴阳博士"。考虑到当时信息传播的手段非常有限,我们不难发现,这样的译介速度是非常惊人的——福尔摩斯于1887年12月在英国登场,在1894年就来到了日本,可见日本人对推理小说是多么热衷。

明治时代后,日本进入了大正时代,推理小说得到了进一步发展。在这个时期崛起的谷崎润一郎、芥川龙之介、佐藤春夫等大文豪的取材范围较之以往更加广泛,某些作品具有浓厚的推理味道——芥川龙之介在1915年发表的《罗生门》就是最好的代表。

以1889年黑岩泪香发表《无惨》为标志,推理小说在日本达到了一个空前的高度。值得深思的是,为什么推理小说能在这个东方国度生根发芽,成长得格外茁壮呢?或者,我们换一种问法。日本的制造业相当发达,但没有人觉得他们在这个领域是独步天下的;日本人也很喜欢科幻小说,但科幻小说在日本却从来没有达到推理小说的高度;日本足球进步之快令人瞩目,但没有人认为他们的球队在十年内可以超过德国、巴西或西班牙……为什么?为什么只有推理小说能在此后的100年里,被日本人演绎到极致?除了上面提到的必不可少的西化,还有日本人的一些特质,是不应该被忽略的。

其一,日本人具有严谨的科学精神,一丝不苟却又不乏想象力。这在对技术含量要求极高的推理小说创作中是不可或缺的。其二,日本人内敛的个性成全了推理小说。推理小说在某种程度上是一种"闭门造车"的文学形式,而日本人最擅长的无不是"与世隔绝"、只需要"自我发泄"的东西——漫画如此,推理小说亦如此。其三,非常重要甚至可以说是"致命"的一点:推理小说是极致的真善美与极致的假恶丑的矛盾体,是一种体现"杀戮之美"的文学类型。而对于一个崇尚樱花,崇尚菊与刀,崇尚"璀璨的死去是最伟大而美好的归宿"的国度来说,还有比推理小说更恰当的形式吗？可以说，推理小说在日本的辉煌是有着深刻根源的，绝对不是偶然的幸运或者某个天才作家塑造的——虽然日本从来不缺少推理天才。

不可否认，在1889年之后的一个时期内，日本推理文学还停留在初级阶段——以翻译、翻写西方作品为主，原创水准非常有限。因此，很多评论者把这个阶段称为日本推理文学的"探索时代"。

1923年是日本推理文学的元年。从这一年开始，日本推理文学告别了在黑暗中的探索，迎来"日出时刻"。从1923年直到今天，日本推理文学走过了将近100年的历史，这100年可以划分为五个阶段：

> 1923年至1945年，启蒙时代；
> 1946年至1956年，本格时代；
> 1957年至1986年，社会时代；
> 1987年至1998年，新本格时代；
> 1999年至今，多元时代。

每个时代都有着属于自己的特点，每个时代都有着属于自己的辉煌，每个时代都有伟大的作家，每个时代都有不朽的作品……因此，每个时代都有着该与读者分享的点点滴滴。推理小说的出现源于美国天才埃德加·爱伦·坡的"灵机一动"，而日本推理小说的成形，也要倚仗这样一位天才的出现。在1923年，他出现了，他的名字也叫"埃德加·爱伦·坡"。

2 大宗师

"日本推理元年"究竟是哪一年？毫无疑问，是1923年。为什么不是1922年或1924年？因为一位名叫江户川乱步的作家，在这一年创作出了真正属于日本的推理小说。江户川乱步是何许人也？用台湾著名出版人陈蕙慧女士的话说："乱步，对日本推理文坛而言，是源头，是中流砥柱，是精神领袖……"

上一节里谈到了日本推理文学的探索期。探索期固然孕育着无限希望，但在这个时期，大众对很多东西的认知不可避免地还处于混沌状态，推理文学亦如此。很多日本作家已经开始有意识地创作推理小说，但写出的东西到底是不是推理小说，或者说推理小说里究竟应该有什么元素，这些作家几乎一无所知。就像一个牙牙学语的孩童，模仿起来有模有样，但自己究竟在做什么，为什么要这么做，对于这个孩子来说就显得太过深奥了。

创作者尚且如此，读者对于推理小说的理解和鉴别能力如何也就可想而知了。因此，在探索期里，我们看到了这样一个现象：几乎所有的推理小说都被界定为"时代小说"或"风俗小说"，有的评论者干脆以"大众读物"为其定义。不可否认，这对推理小说的推广起到了一定的积极作用，但作为一种新兴的类型文学，这种结果恐怕不是推广者愿意看到的。因此，在这个时候，日本推理小说需要一位领袖，需要一位开天辟地的大宗师。

这个人，就是江户川乱步。

> 2011年，笔者在推理文学名宿傅博先生的帮助下，获得了江户川乱步长孙平井先生的授权，出版了13卷本的《江户川乱步作品集》。借此良机，笔者接触到了很多一手材料，得以全方位地了解这位日本推理文学的大宗师。

江户川乱步（1894—1965），本名平井太郎，生于三重县名贺郡名张町。父亲平井繁男是名贺郡公所书记，母亲名叫平井菊。在乱步两岁时，因父亲工作调动，举家迁往名古屋。

七岁时，乱步进入初等小学，马上对阅读产生了浓厚的兴趣，开始阅读岩谷小波的《世界故事集》。11岁进入市立第三高等小学后，他开始阅读押川春浪的武侠小说以及黑岩泪香翻写的推理小说。13岁时，乱步进入爱知县立第五中学。他是一个典型的思考型学生，因为讨厌跑步和课间操，时常旷课。他对于现实世界不感兴趣，喜欢一个人待在幽暗的房间里，安静地构筑着只属于自己的虚幻世界。

　　就是在这个时期，江户川乱步对推理小说产生了兴趣，立志要成为一名推理小说作家。他为自己想出了"江户川乱步"这个笔名，因为这个名字的日语发音（Edogawa Ranpo）和推理小说的鼻祖埃德加·爱伦·坡（Edgar Allan Poe）非常接近。

　　1907年，乱步的父亲投身商界，开设了平井商店。很遗憾，没过几年，商店因经营不善而破产，已经中学毕业的乱步不得不放弃升学，回来帮忙打理家族事务。之后，乱步跟随家人移居朝鲜半岛（当时朝鲜半岛已被日本占领）。没过多久，很难适应异国生活的乱步独自返回日本，在本乡汤岛天神町当印刷排字工。后来，江户川乱步考进了早稻田大学预科，但是受客观条件的限制，很少去上课。其间，他还做过抄写员、杂志编辑、图书管理员、家庭教师等工作。

　　1913年春，外祖母在牛込喜久井町租到了一所房子，让乱步搬去同住。从此，他不必去打工，可以专心读书。8月，江户川乱步从预科毕业，进入早稻田大学政治经济学部。1914年，他和同学创办了一本名为《白虹》的同人杂志。

　　这个时期的乱步全身心地投入到对推理小说的钻研中，愈发喜爱埃德加·爱伦·坡和柯南·道尔的作品。乱步坚信，真正的推理小说，必须以短篇形式呈现（随着创作观日趋成熟，他自己后来放弃了这种理念）——这种创作理念，在他的创作生涯里得到了充分体现。为了研究欧美推理小说，除了大学图书馆之外，乱步还经常去上野、日比谷、大桥等地的图书馆阅读，并把阅读笔记装订成书，定名为《奇谭》。

1915年，乱步翻写了短篇推理小说《火绳枪》——这应该是江户川乱步创作的第一篇推理小说（但不是第一篇公开发表的推理小说）。这篇作品的原型是美国作家梅尔维尔·波斯特的小说《杜姆多夫事件》。他把作品投到杂志社，受到了编辑的鼓励，却没能发表。

1916年，江户川乱步大学毕业。他原本打算到美国开拓自己的推理小说事业，但因囊中羞涩，只好留在日本找工作。在其后的五年里，乱步辗转于日本各地，先后换了十几种工作。有人统计过，如果加上之前的打工经历，江户川乱步应该是更换工作次数最多的推理小说作家。

1922年，江户川乱步创作了《两分铜币》和《一张车票》两篇小说。他将这两篇作品投给了当时日本最知名的《新青年》杂志。《新青年》创刊于1920年1月。最初，这本杂志的定位是一本综合性文学杂志，并不只刊登推理小说。不过，当时正逢西方推理小说风潮席卷全日本之际，杂志对这一类型文学倍加关注也就显得理所应当。《新青年》刊登了大量优秀的西方推理小说，迅速得到广大读者的认可，成为当时日本推理文学的大本营。

《新青年》意识到了推理小说在日本的前景不可限量，决定在译介的基础上加大力度，举办推理小说征文大赛。一开始，主办方要求参加征文比赛的小说单篇不能超过4000字。虽然收到的稿件质量很难令人满意，但活动本身却得到了各界认可。等到江户川乱步投稿时，征文的字数限制已经提升到了12000字——即便如此，乱步的作品依然严重超标。

不过，江户川乱步对这两篇作品非常有信心，坚信其水准要远远高于当时日本所有的推理小说。最后，乱步决定不以参加征文的形式投稿，而是将作品直接寄给了《新青年》的主编森下雨村。森下雨村一口气读完两篇作品，简直不敢相信这出自一个新人之手，甚至认为两作是对某篇欧美小说的翻写。于是，他找来当时已经非常有名的推理小说作家小酒井不木来鉴定，后者读过之后也认为其惊为天人。最后，森下雨村不禁慨叹："可以媲美欧美的推理小说，终于由日本人创作出来了！"

1923年4月，《两分铜币》在《新青年》上正式发表。在全世界第一篇推理小说《莫格街凶杀案》发表整整82年后，日本的推理小说终于步入正轨。同年7月，《一张车票》也在《新青年》上发表，江户川乱步一举奠定了自己一代宗师的地位。因此，我们说1923年是一个值得铭记的年份，是日本的"推理文学元年"。

1924年，江户川乱步因为工作繁忙没有发表太多作品。从1925年开始，他将主要精力放在了创作上。1月，乱步发表了一篇非常重要的作品——《D坂杀人事件》。之所以说它重要，是因为在这篇小说里，乱步塑造的名侦探明智小五郎初次登场——这个人物被誉为"日本第一神探"。明智小五郎是一个没有固定职业的上等游民，和整天窝在贝克街的福尔摩斯非常相似。小五郎拥有精明的头脑和旺盛的好奇心，擅于捕捉微妙的"人性起伏"，驾驭起推理和调查来游刃有余。同时，和许多标新立异的神探不同，明智小五郎是一个颇令异性着迷的好男人。在乱步后期的作品里，小五郎和自己事务所的美女秘书喜结连理。在"明智小五郎系列"里，比较具有代表性的作品包括《D坂杀人事件》《天花板上的散步者》《心理试验》《凶器》等。

从1926年开始，江户川乱步的创作思路有所调整，开始更多地创作中长篇作品，其中比较成功的包括《帕诺拉马岛奇谈》《孤岛之鬼》《蜘蛛男》《魔术师》《黑蜥蜴》等。相对于篇幅上的变化，乱步在创作风格上的转变更加值得注意。

出道伊始，乱步一直在创作比较正统的本格推理，最明显的例子就是《两分铜币》和《D坂杀人事件》。前面提到过，"本格"即"正统"，放在推理小说创作中，指代具有埃德加·爱伦·坡和柯南·道尔风格的作品（包括后来的黄金时代作品）。乱步自幼喜读坡的作品，由本格推理起步当属情理之中。

随着创作的深入，乱步越来越注重自我风格的展现。他不甘于简单复制西方作品，而是尝试将作品打上"乱步烙印"。他将现实中的世界完全抛开，结合日本独特的文化以及国民的审美需求，再结合自身的好恶和专长，将浪漫、幻想、猎奇、耽美等元素融入其中，使自己的推理小说呈现出与西方完全不同的独特风格。

例如，在《孤岛之鬼》一书中，前半部分依然极具本格特质，有侦探，有谜团，有"不可能犯罪"，有缜密的推理。然而，在案件有了明确的方向之后，乱步忽然笔锋一转，几乎摒弃了本格推理的一切特质，将故事写成了一部发生在诡异世界中的冒险之旅——在一座远离世俗的孤岛上，"栖息"着各种"妖魔鬼怪"（智障者、连体人、伤残者等等），处处都散发着具有鲜明日本风格的妖异之美。读者读至此处，会忘记手中拿的是一部推理小说，只剩下感叹"只有在日本人的审美体系里，才会派生出这样的故事"。

乱步的这种尝试和突破，解决了推理文学的本土化问题，为这一类型文学在日本的发展扫清了最后的，也是最大的一个障碍。其后的百年里，推理小说之所以能在日本取得辉煌成就，乱步的"改良"功不可没。假设没有乱步的努力，日本推理文学将始终是西方推理文学的复制品。那么，可以预见的是，李鬼永远不可能超过李逵，没有灵魂的复制品是不可能长久存在的。

江户川乱步将自1926年开始创作的这种有别于本格推理的作品称为"有奇异味道的小说"。这个称谓直到今天依然被日本文学界广泛使用，很多日本作家不会将自己的作品划归为推理、幻想、悬疑或其他任何一个类别，而是称其为"江户川乱步式的有奇异味道的小说"，并以此为荣——可见乱步的影响已经超越了推理文学的范畴。直到今天，日本推理文学依旧保持着这种充满奇异味道的特质，哪怕这种味道在有些作品中趋近于"变态"。

进入20世纪30年代，战争的爆发严重影响到了乱步的创作。日本政府将来自西方的推理小说定义为"敌性文学",禁止在本土创作和传播这种文学类型。迫不得已,乱步放弃了"有奇异味道的小说",改写冒险文学和儿童推理文学(打"儿童文学"的擦边球)。他在1936年和1937年创作了两部长篇推理小说,这就是读者耳熟能详的《怪盗二十面相》和《少年侦探团》。书中塑造的怪盗二十面相和少年侦探团深入人心,成为日本的国民偶像,被多次搬上银幕。著名影星金城武曾扮演过怪盗二十面相,而《名侦探柯南》则直接使用了"少年侦探团"这个设置,可见这两部作品有多么成功。乱步受到鼓舞,将面向青少年的推理文学普及作为一项重要的工作坚持了下去,直至逝世。

战争结束后,江户川乱步没有再创作太多新的推理作品,只写了两部长篇和七个短篇,其中的《欺诈师与空气男》是比较有代表性的作品。除去小说,乱步一生中还创作了许多理论性文章,包括自述、评论、研究等等。其中,于1961年出版的自传体文集《推理小说四十年》是日本推理文学研究领域里不可忽视的经典;而理论文集《幻影城主》也非常值得一读。

纵观江户川乱步的一生,其作品大体可以分为四类:本格推理、带有奇异味道的广义推理、儿童推理和推理文学理论。从其后日本推理文学的百年历程来看,第二类(广义推理)是乱步最为重要、影响最为深远的作品——它决定了日本推理文学的最大特色以及核心竞争力。

1946年6月15日,已经功成名就的江户川乱步主持了一场推理作家座谈会,向到场来宾介绍了美国推理小说的发展近况。那天适逢周六,这次聚会之后,大家决定,每月的第二个星期六都要举办一次聚会,并称其为"土曜会"(星期六在日本称为"土曜日")。

一年后,以土曜会为班底,推理作家们成立了"推理作家俱乐部",并一致推举江户川乱步为主席。1954年10月,推理作家俱乐部与关西推理作家俱乐部合并,改称为"日本推理作家俱乐部";1963年,俱乐部改组为社团法人，得到政府的认可，正式更名为"日本推理作家协会"。时至今日，这个社团依然是日本最权威的推理文学机构。

1954年，在庆祝江户川乱步60岁诞辰的宴会上，为了振兴日本推理小说，乱步向推理作家俱乐部提供100万日元，设立了"江户川乱步奖"。这个奖项是日本最权威、历史最悠久的推理小说奖项之一。从第3届起，俱乐部将新人创作的长篇推理小说作为评选对象，无数如雷贯耳的著名推理作家都是从这里登上舞台的，包括一代天王东野圭吾。

"推理小说本就没有什么高下之分，因为真相只有一个！"相信这句经典台词会唤醒很多读者的童年回忆。在那个时代，似乎没有什么比看上一集《名侦探柯南》更过瘾的事情了。从1996年开始，柯南的神话一直延续到了今天，热度始终不曾衰减。

为什么这个天才少年想也不想就给自己起了"江户川柯南"这个假名？为什么那个挨了几百剂麻醉针却依然生龙活虎的名侦探名叫"毛利小五郎"，而不是"毛利太郎""毛利次郎"或"毛利小六郎"？为什么会屡屡出现一个人气超高的怪盗基德？为什么柯南和三个最要好的朋友自称"少年侦探团"？相信看过上面的文字，已经不需要再做任何解释了——这一切都是在向大宗师江户川乱步致以最崇高的敬意。

江户川乱步是日本推理文学奠基人，是精神领袖和中流砥柱。没有江户川乱步，日本推理文学不可能有今日百家争鸣的局面。无论本格推理还是变格推理，无论社会推理还是新本格推理，皆源于乱步；无论横沟正史还是松本清张，无论岛田庄司还是东野圭吾，皆师从乱步。鉴于乱步对日本推理文坛的贡献，日本政府于1961年11月授予他"紫绶褒章"。1965年7月28日，江户川乱步因脑出血逝世，享年71岁。乱步去世之后，政府又追授他"正五位勋三等瑞宝章"，以纪念其不朽功绩。

2003年，日本东京举行了规模盛大的"江户川乱步展"，许多日本一线推理作家亲临现场站台助阵，一时间观者无数。纵观日本文坛，在逝去近半个世纪后依然能受到如此之高关注的，仅江户川乱步一人。而这一切，皆因这位大宗师开启了日本推理的辉煌。

3 先行者

上一节提到，日本推理文学的开山鼻祖江户川乱步的创作风格有过一次重要的变化——从标准的本格推理转变为多变的日式推理。这种变化影响了其后百年日本推理文学的创作风格，而这种风格集中地体现在了题材的广泛性、形式的多样性以及审美的奇异性上。其中最能体现这些特点的，是评论界所谓"第一时期"，即从1923年到1933年的日本推理文学第一个十年。

1923年到1945年是日本推理的"战前时期"（第二次世界大战被算在这一时期内，从1946年开始被称为"战后时期"），这个时期又被分成了两个阶段，分界线是两部推理奇书的出现——1934年《黑死馆杀人事件》开始连载和1935年《脑髓地狱》出版。之前的十年被称为"第一时期"，而从1934年到1945年则是"第二时期"。之所以如此划分，除去对作品成熟程度的考量，一个显而易见的标志是："第一时期"以短篇作品为主；"第二时期"则出现了水平较高的长篇作品。

"第一时期"从事推理创作的作家很多，其作品题材涉及恐怖、幻想、怪奇、悬疑等多个领域。以本格推理的标准评判，这一时期的作品大多不是传统的推理小说，这成为"第一时期"最鲜明的特色。下面我们就列举一些比较有代表性的作家，一窥日本推理文学最初的十年。

甲贺三郎（1893—1945）是战前代表作家，在日本文坛拥有举足轻重的地位。甲贺三郎本名春田能为，出生于滋贺县蒲生郡，1918年毕业于东京大学工学院应用化学系。1923年，甲贺三郎以《珍珠塔的秘密》获得《新趣味》杂志①征文大赛一等奖,由此进军文坛。随后,发表于1924年的《琥珀烟斗》令他声名大噪。

1926年,他创造性地提出了"本格"和"变格"的概念——"本格"推理指代正统的、以解谜为最高目标的传统推理小说;而"变格"推理则指代强调"有奇异味道"、不把解谜看作终极目标的广义推理作品。甲贺三郎的这种划分是具有划时代意义的,这两个概念也被沿用至今。

1927年,甲贺三郎以大正年间曾引起社会骚动的真实案件为蓝本,发表了与山本禾太郎的《小笛事件》并称为"战前犯罪实录小说双璧"的《支仓事件》。这部作品充满真实感和冲击力,是甲贺三郎为数不多的长篇作品之一,更是其代表作。

1934年,甲贺三郎出任文艺家协会理事,1941年任日本文学报国会事务局总务部部长,1944年转任日本少国民文化协会事务局局长。1945年2月,甲贺三郎在出差的途中感染急性肺炎不幸离世,享年52岁。

山本禾太郎(1889—1951),本名山本种太郎,生于神户。他只有小学学历,却曾担任海洋测量器具制作所的所长。

1926年6月,山本禾太郎以《窗》获得《新青年》主办的推理小说有奖征文二等奖,由此奠定了日后的创作基调——以大量真实素材构成小说主体,辅以细腻的描摹和犀利的批判,勾绘出社会上种种不公。他的这种风格给予了后来兴起的社会推理极大的引导。1936年,他的《小笛事件》在《神户新闻》和《东京日日新闻》同时连载。

二战结束后,山本禾太郎出任日本关西推理作家俱乐部的副主席,直至1951年去世。

---

① 这本杂志和《新青年》隶属于一个东家。

小酒井不木（1890—1929），原名小酒井光次，生于爱知县名古屋市蟹江町。小酒井毕业于东京帝国大学医学系，并以医学博士的身份在大学任教，是当时公认的这一领域的权威。1921年，他在《东京日日新闻》的连载专栏《学者气质》中发表推理文学评论，并接受《新青年》主编森下雨村的邀请，发表了《毒杀研究》《犯罪文学研究》等理论文章。

1925年，小酒井开始创作推理小说。他的作品有两大特点：其一，和医学联系非常紧密。受到所属专业的影响，小酒井的作品侧重于犯罪过程本身，充满科学色彩和不近人情的冷酷感，一度被批评为"不健全"。其二，充满大量近乎奇谈色彩的变格元素，突出地体现了"第一时期"的特质。小酒井不木的代表作是短篇小说《愚人之毒》。除创作之外，他还和森下雨村一起提携了江户川乱步，并为乱步的首部作品集《心理试验》撰写了序文。

1929年3月27日，小酒井不木突患风邪。1929年4月1日，折磨了他半生的肺病再次发作，小酒井不木英年早逝，年仅39岁。

浜尾四郎（1896—1935），生于东京。他系出名门，毕业于东京大学法律系，曾经担任检察官和律师，业余时间创作推理小说。法律专业的背景对浜尾四郎产生了巨大的影响，在他的作品里，随处可见法理与人性的纠葛。

在推理小说的世界里，有一类作品被称为"法庭推理"。这类作品常以法庭作为主体场景，展现诉讼、举证、辩护等必要的法庭程序，最终往往以天才律师推翻法官的结论、抓出真正的凶手为结局。这类作品在西方的代言人是美国作家加德纳，而在日本无疑就是浜尾四郎。

江户川乱步曾评论说，浜尾四郎、甲贺三郎以及山本禾太郎的作品都可以被称为"法律型推理小说"，尤其是浜尾四郎，"甚至还会提出对于法律的质疑，或是在文中随处可见对法律的批判，而这些作品的产生,多半渊源于作者本身的经历"。浜尾四郎是战前为数不多的注重文笔、具有强烈社会意识的推理作家之一,这一点甚至影响到了松本清张及其开创的社会推理。

浜尾四郎的作家生涯只有六年,留下了15个短篇和四部长篇——数量不多,但品质却非常有保证。其中,长篇小说《杀人鬼》是日本推理史上一部不朽的佳作。

1935年,浜尾突罹脑出血遽逝,年仅39岁。

木木高太郎(1897—1969),原名林髞,生于甲府。1924年毕业于庆应大学医学系,获医学博士学位,1929年成为该大学的副教授。木木高太郎曾经留学苏联,在巴甫洛夫身边从事条件反射研究。

1934年,木木高太郎发表了《眼跳症》,正式成为推理作家。1935年,他陆续发表了《睡偶人》《恋慕》等作品。1937年,凭借《愚人》一作,木木高太郎斩获了直木奖。

木木高太郎在《愚人》一书的序言里明确提出,应该突出推理小说的游戏性。他认为,推理小说是具有游戏性的文学作品,游戏性越充分,作品就越有艺术性。他的这一观点引发了一场论战。很多作家和评论家就推理小说应该注重游戏性还是严肃性,纷纷发表自己的观点。其中,和木木高太郎最为对立的,就是前面提到的以变格推理著称的小酒井不木。

这个问题直到现在也没有一个明确的结论,而"游戏性"和"严肃性"交替的、螺旋式的上升,也成为推理文学发展史上最显著的一个特征。由此可见,木木高太郎不仅是一位出色的推理作家,更是一位颇有思想的理论大师。

大下宇陀儿(1896—1966),本名木下龙夫,生于长野县上伊那郡箕轮町。他从九州帝国大学工学部应用化学系毕业后,在农商务省工作。受甲贺三郎的影响，大下宇陀儿开始创作推理小说。1925年，大下宇陀儿发表了处女作《金嘴香烟》，得到同行和读者的一致认可，成为和江户川乱步、甲贺三郎等人齐名的推理作家。

大下宇陀儿一直致力于推理文学的推广。二战后，他担任江户川乱步奖评审，大力提携新人；同时，他还在日本NHK推理广播节目《二十扇门》中担任解答者，受到听众欢迎。1951年，大下宇陀儿凭借《石下的记录》获得第4届推理作家俱乐部奖。

除了推理小说，大下宇陀儿对科幻小说也表现出浓厚的兴趣，创作过《天空之国大犯罪》《日本遗迹》等作品，并发掘了星新一（日本科幻推理标志性作家）等新人。

1966年，大下宇陀儿因心肌梗死去世。

久生十兰（1902—1957），本名阿部正雄，生于北海道函馆市。他创作过各种类型作品，是一位不折不扣的多面作家，被誉为"小说魔术师"。在战前日本推理文学的图谱上，久生十兰是"最不务正业"的一位，他的作品题材广泛，风格诡异，充满了变格色彩，集中体现了日本推理小说独特的异样之美。可以说，包括东野圭吾在内的当下日本一线作家，其风格之所以花样百出，很大程度上是受到了久生十兰的影响。

久生十兰两岁时失去了父亲，由伯父抚养成人。他曾从函馆中学（现北海道函馆中部高中）退学，移居东京。1920年返回家乡，在函馆新闻社工作。其后，久生十兰将主要精力放在了表演事业上，先后加入了多个剧团。为此，久生十兰曾留学法国，专门在巴黎学习表演理论。这些在表演领域的积累，造就了久生十兰多变的创作风格。

回国后，正值函馆中学的后辈水谷准在《新青年》担任总编辑，因此，从1933年开始，久生十兰得以在《新青年》发表翻译作品。1935年，久生十兰用本名发表了第一部原创推理小说《黄金遁走曲》。其后20多年里，他陆续发表了《魔都》《十字街》《黑色记事本》等知名推理小说作品,并在1952年凭借《铃木主水》获得直木奖。

久生十兰并不是一位专职推理作家,或者说,他将推理小说的外延无限扩大,为其后来的发展创造了无限可能。那个时代的读者将"日本最强奇幻小说家"的赞誉送给了久生十兰,其创作特点和功力可见一斑。在此后的一个多世纪里,再没有第二位日本作家得到过"最强"称号。

在那个时代,将"推理"和"幻想"一肩挑的作家,除了上面提到的大下宇陀儿和久生十兰,还有海野十三。

海野十三(1897—1949)原名佐野昌一,四国德岛市人,创作了大量科幻小说、推理小说和冒险小说,被称为"日本SF[①]始祖",同时也是"科幻推理"的开创者。海野十三有着非常扎实的理工背景,为其在"推理"和"科幻"两个领域的跳跃奠定了坚实的基础。

海野十三最初只写推理小说,于1928年发表的《电气浴室怪死案》使他一举成名。二战期间,日本政府严禁创作推理小说,海野十三被迫开始创作科幻小说和冒险小说,却取得了更为辉煌的成就。他的科幻小说具有推理小说般的悬疑色彩,他是第一个将两大类型文学成功结合的日本作家。他的努力在今天依然令众多创作者受益——西泽保彦是当下最杰出的科幻推理作家,就连东野圭吾也创作过《解忧杂货店》等颇具幻想色彩的推理小说。"科幻外壳+推理内核",这个模式已经成为日本推理文学很重要的一个门类。海野十三较有代表性的推理作品有《深夜市长》《蝇男》《三个人的双胞胎》《爬虫类馆事件》等。

1949年,海野十三因肺结核辞世,享年52岁。德岛市的德岛中央公园里有一尊"海野十三文学碑",用以纪念这位伟大的作家。在《名侦探柯南》中,目暮警部(目暮十三)的名字正是来自海野十三。

---

① SF: Science Fiction,科幻小说。

日本推理小说虽然由"本格"起步，但"奇异的味道"才是战前日本推理小说的最大特质；而最能体现"奇异"一面的，则是兰郁二郎。

兰郁二郎（1913—1944）原名远藤敏夫，生于东京，东京高工电气科毕业，学生时期便已经在同人杂志上发表推理小说。1931年，他以《没呼吸的男人》一文入选"侦探趣味"佳作赏；1934年参加由鲛岛龙介主持的推理作家新人俱乐部；1935年与他人合办同人杂志《侦探文学》——兰郁二郎的代表作《梦鬼》《饰眠谱》都发表在这本同人杂志上。

1938年，兰郁二郎因同人杂志停刊而放弃创作推理小说，成为与海野十三齐名的科幻推理小说作家。兰郁二郎的作品风格只能用"匪夷所思"来形容，大多以人体器官或生理现象为题材，其审美趣味和思想性超出了一般读者的认知范围，可称是"变格中的变格"。1944年，兰郁二郎因飞机失事离世，留下了为数不多的异类作品。

日本推理小说自诞生之初，就呈现出多样化的特点。既然有兰郁二郎这样的变格推理大师，自然不会缺少"不本格，毋宁死"的本格推理作家——其中代表，无疑就是天才的大阪圭吉。大阪圭吉堪称"第一时期"成就最为辉煌的创作者，其功绩和影响甚至不逊于大宗师江户川乱步。

大阪圭吉（1912—1945）本名铃木福太朗，生于爱知县。大阪圭吉的中学和大学都就读于商业院校，1931年毕业后选择回家打理家族经营的旅店。1932年，大阪圭吉的处女作《食人浴室》荣获了《日出》杂志举办的征文大赛佳作奖，但不知何故，作品没能正式发表。

同在1932年，受到甲贺三郎大力引荐，大阪圭吉的小说《百货公司的绞刑官》在《新青年》发表，正式开启了其推理小说创作之路。随后，大阪圭吉写出了《葬礼火车头》《疯狂的火车头》《银座幽灵》《三狂人》《坑鬼》等经典的短篇推理小说,一举奠定了其本格推理大师的地位。大阪圭吉的作品皆为短篇,不存在很明显的"系列"概念,比较特别的是有一位名为青山乔介的名侦探曾经在多篇作品中登场,给读者留下了深刻的印象。

读者大都听过这样一个故事:姐妹两人在妈妈的葬礼上遇到了一名英俊的男子,不久之后,姐姐便离奇死亡……如果大家读了大阪圭吉的某篇作品,就会发现,原来这个经典的源头就在这里。

本格理念贯穿于大阪圭吉的一生。他以极高的天赋创造出了一个个匪夷所思的谜团,在作品设定、布局、误导、逆转等环节,手法非常老练。如果单就本格而言,大阪圭吉甚至超越了江户川乱步,在这一时期无人可出其右。考虑到那是一个创作理念不太成熟、水平参差不齐的时期,大阪圭吉能够做到篇篇经典,实在是非常了不起的成就。可以说,大阪圭吉的作品就是日本的"福尔摩斯系列"或"布朗神父系列",几乎定下了本格推理的所有规则。如果说大阪圭吉的作品有什么缺陷,那么最大的一个,便是他留下的作品太少了。

1943年,大阪圭吉被送上战场;1945年7月,他病逝在菲律宾吕宋岛,年仅33岁。这无疑是本格推理的巨大损失,甚至有人断言,如果大阪圭吉将创作延续至战后,那么兴起于那个时期的本格推理必定会唯大阪圭吉"马首是瞻",而不是由横沟正史引领。大阪圭吉被读者誉为"奇迹作家",与下节将重点介绍的梦野久作和小栗虫太郎并列为"日本战前推理三大家"——这是以上诸位作家都没有达到的高度。

英年早逝的大阪圭吉是一颗流星,却在划过天际时发出了最耀眼的光芒。

日本推理文学的第一个十年是人才辈出、风格多变,甚至可以说是匪夷所思的十年。这些先行者已经远去,他们的作品也慢慢褪去诞生伊始的光环,但其对日本推理文学的影响,却是不容忽视的。有评论家提出，日本推理文学在21世纪初的多元化特征，实际上早在20世纪初便已经确立。

随着创作理念进一步成熟，日本推理小说逐渐突破了短篇瓶颈，走进了所谓"第二时期"。这个时期出现了长篇推理，而且，是那种不可思议，却又"永垂不朽"的长篇推理。

4 四大奇书

日本推理文学的历史，是一部线索明晰、界限分明的历史——几位标志性作家，几部标志性作品，基本上就可以描述其发展的脉络。早先在评论界有"三峰四奇"之说，以此概括日本推理文学的历史，非常恰当。只不过，随着时间的推移，这个说法应当予以扩充，增至"四峰四奇"为佳。

所谓"四峰"，是指由四位大师引领的日本推理文学四个巅峰时代：江户川乱步开创的启蒙时代；横沟正史开创的本格推理时代；松本清张开创的社会推理时代；绫辻行人开创的新本格推理时代。所谓"四奇"，则是指出现在不同时期的四部长篇巨著。这四部作品已经超脱类型文学的束缚，构成了日本推理文学的"黑色水脉"，具有非同寻常的意义。在这一节里，将对这四部无法回避的作品做一些简要的介绍。四大奇书出现在不同时期，但因为其中最重要的两部创作于"第二时期"，因此将四部作品作为一个整体进行论述。

日本推理四大奇书为：

1. 《黑死馆杀人事件》，作者小栗虫太郎，1934年开始在《新青年》连载，1935年结集出版；
2. 《脑髓地狱》，作者梦野久作，1935年出版；
3. 《献给虚无的供物》，作者中井英夫，1964年出版；

4. 《匣中失乐》,作者竹本健治,1977年开始连载,1978年结集出版。

这四部作品的最大特点就是——很难读懂。它们的内容复杂晦涩,思想性极强,无法用推理小说的标准(甚至是小说的标准)加以评判。如果非要做个比喻,则大致相当于纯文学领域的《尤利西斯》或《百年孤独》。

《黑死馆杀人事件》是四大奇书之首,也是"第二时期"的起始标志。作者小栗虫太郎(1901—1946)原名小栗荣次郎,生于东京。小栗的父亲从事酒类生意,家境非常殷实,他也因此有了一个良好的成长和学习环境。小栗虫太郎自幼酷爱阅读,终日搜寻各类书籍埋首苦读,可说是阅读量最大的日本推理小说作家(和京极夏彦不相上下)。到了中学时代,小栗对电影产生了浓厚的兴趣,也更加喜爱阅读外国文学作品。为此,他专门学习了英语和法语。从求学时期的成绩来看,小栗虫太郎是一个头脑聪明、思维缜密的人。他在这个时期的阅读和积累,造就了其日后独一无二的创作风格。

1918年,小栗虫太郎从京华中学商业科毕业,进入樋口电机商会工作,目的在于学习商务经验,准备接手父亲的生意。父亲去世后,小栗虫太郎在1922年辞去工作,回家打理生意。不出意外,小栗是一个标准的"文艺青年",根本无心,也没有能力在商界打拼。他创立了一家名叫四海堂的印刷厂,但在1926年便停业倒闭了。

在这四年里,小栗虫太郎开始创作推理小说。其中一篇名为《某检察官的遗书》的短篇作品于1927年发表于同人杂志《侦探趣味》上。这篇作品应该算是小栗虫太郎的处女作,但因为《侦探趣味》不是完全意义上的商业杂志,因此在评论界一直存有争议。同时,这篇作品在各个方面都没有体现出小栗后来的风格和功力,是一篇失败的作品。

在沉寂了六年之后，经甲贺三郎推荐，小栗虫太郎在《新青年》上发表了中篇小说《完全犯罪》。这是一篇密室杀人作品，诡计复杂至极且仅仅存在于理论之中，不具有任何现实性。小栗虫太郎运用自己丰富的知识和想象力不断说服读者，试图使读者完全沉溺于自己营造出的虚幻世界中。可以说，这篇作品集中地体现了小栗的风格，影响了其后来发表的所有作品。另一边，读者被小栗的才华和其前所未见的文风打动，认可了这位另类的推理新人。

之后，小栗虫太郎陆续发表了《背后圣光杀人事件》《圣阿雷基赛修道院杀人事件》等短篇小说，进一步确立了自己的风格。坦白地说，这些作品的诡计设置无一例外非常"理论化"，且故事里被糅进了各个方面的知识和典故，阅读门槛很高，一不留神就会发现自己其实什么都没看懂。不过，小栗的作品就是有这样一种魅力——读者什么都不懂，却还会对其趋之若鹜。这一方面是日本人独特的审美观产生了作用，另一方面也不能忽视小栗自身的能力。而这种风格的集大成之作，无疑就是位列四大推理奇书之首的《黑死馆杀人事件》。

《黑死馆杀人事件》是小栗虫太郎唯一的长篇推理小说，于1934年4月开始在《新青年》连载，到12月刊完。1935年5月，日本新潮社出版了单行本。《黑死馆杀人事件》是一部彻头彻尾的本格推理小说，如果把"本格"比喻为北方，"变格"比喻为南方的话，这部作品就是日本推理小说中的"极北之作"。

故事讲述在日本耸立着一座文艺复兴风格的华丽建筑，名为"黑死馆"。馆中除了主人降矢木家族以及众多仆人外，还居住着四位来自西方的音乐家。诡异的谋杀先后降临，黑死馆里的人陆续离奇死亡。在这个过程中，人们得到了一张预告杀人的图画，准确地揭示了杀死每个目标的手法。这一切意味着什么？名侦探法水麟太郎陷入了重重迷雾之中……

单看这个设置，《黑死馆杀人事件》并没有太大的突破，仅仅是一个常见的"暴风雪山庄"模式。不过，由于小栗虫太郎的存在，故事中被融入了不计其数的显学和隐学知识，因此散发出了无穷的魅力。

众所周知，欧洲的封建时代被称为"黑暗的中世纪"，天主教会在文化领域严格地控制着民众，绝对不容许异端的出现。随着文艺复兴的到来，人们关注的焦点由神学转移到了人学、政治、天文、地理、物理、化学、医学、文学、哲学、艺术等各个领域都涌现出了大量的新理论和新成果，而这些知识构建成了现代世界的科学体系，被笼统地称为"显学"。还是在文艺复兴时期，有些学者虽然也脱离了教会束缚，却没有走向"显学"的领域，而是走到了另一个极端，进行神秘学、占星术、炼金术、黑魔法、长生术等领域的研究，这些知识即"隐学"。

小栗虫太郎将显学和隐学知识融入其中，创造出了一幅怪诞的推理图画。毫不夸张地说，在《黑死馆杀人事件》里，每三句就会有一个典故，每五句就会有一个知识点，几乎没有一句是常规知识储备的人可以读懂的。小栗的这种风格被评论者称为"炫学"，即炫耀学识。某种程度上，小说里出现的这些知识确实可有可无，但这并不影响"小栗风格"被日本读者接受。现今，几乎每位日本推理作家都会以自己的方式"灌水"，谈论一些莫名其妙的东西。究其根源，大概都是拜小栗虫太郎所赐，可见这部奇书对于日本推理文学的影响。

《黑死馆杀人事件》得到了当时推理文学界两大名宿江户川乱步和甲贺三郎的一致好评；二战后，很多学者和作家都为《黑死馆杀人事件》撰写过导读。在这部长篇和小栗虫太郎许多短篇作品中出现的侦探法水麟太郎也备受推崇，横沟正史笔下的侦探由利麟太郎正是在向其致敬。

1946年，小栗虫太郎因脑出血去世，享年45岁。当时他正在创作自己的第二部长篇小说《恶灵》，但这部作品只写了8000字，便成了没有结局的未完遗作。

与《黑死馆杀人事件》同时出现的另一部奇书是《脑髓地狱》。两者虽然并称"奇书",却是风格和思想性截然不同的作品。打个比方,如果说《黑死馆杀人事件》是珠穆朗玛峰,那么《脑髓地狱》便是马里亚纳海沟——不但两者本身天差地别,而且几乎找不到与之相似的其他推理作品。《黑死馆杀人事件》里讲述的故事可以理解,但故事里的每一句话却无法理解(因为里面有太多的生僻知识);而《脑髓地狱》则正好相反,它的每一句话似乎都不难理解,但连在一起,读者却无法获知作者想讲述什么故事。

作者梦野久作(1889—1936)本名杉山直树,生于九州福冈县。和小栗虫太郎完全相反,梦野久作的家庭环境可以用"恶劣"来形容。他的父亲茂丸和右翼势力走得很近,对家庭极度淡漠。梦野久作两岁时,父母离婚,被祖父抚养长大。他接受的教育与常人不同,并得到了"神童"的称号。不幸的是,梦野久作13岁时,祖父与世长辞。

1908年自中学毕业后,在父亲的要求下,梦野久作参军入伍。1911年,一心想读书的他考入了大学,但又在父亲的强行干预下退学,回到家中经营祖业。一方面,梦野久作早已对父亲产生了逆反心理;另一方面,家族产业江河日下——两者结合在一起,竟然导致梦野久作在1915年剃度出家!即便这样,他依然没有摆脱父亲的控制。1917年,父亲强迫梦野久作还俗。

父亲的"压榨"已经到了无以复加的程度。从这时起,梦野久作踏上了创作之路——某种程度上,这可以看作是他对父亲的反抗和对现实的逃避。在之后的几年里,梦野久作创作了不少作品,但没有引起太多的关注,这一点从梦野久作不断更换笔名的举动中可以得到印证——他先后使用了将近20个笔名。1924年,梦野久作以《侏儒》一文参加博文馆举办的推理小说征文大赛,获得佳作奖,但作品却未能发表。

1926年成为梦野久作的转折点。首先，他开始创作长篇作品《脑髓地狱》；其次，他写的短篇推理《妖鼓》获得了《新青年》征文二等奖（一等奖空缺），他正式作为推理作家出道。这篇作品得到了一致好评，也是他第一次使用"梦野久作"这个笔名。其后，这个笔名一直伴随着他，也正是从这时起，他的生活和创作渐渐稳定下来。

其后，梦野久作创作了十几个短篇推理，全部是典型的变格作品，充满了幻想、耽美、猎奇等元素。值得注意的是，"梦野久作"这个笔名是博多地区的方言，指的就是精神恍惚、经常白日做梦的人。

笔者曾经和一位来自日本的推理小说读者闲谈。当问他最喜欢哪位作家时，他毫不犹豫地回答"梦野久作"。他是一位不超过30岁的读者，居然对在1936年就辞世的梦野久作情有独钟，不能不说，其作品的确非常符合日本人的审美观。当然，这种魅力最集中的体现，无疑就是《脑髓地狱》。

《脑髓地狱》于1926年动笔，当时名为《狂人的解放治疗》，稿子完成后被梦野久作保存了起来。1930年开始第一次修改，六天之后完成，当时的字数是40万字（这里说的是日文字数）。可以确定的是，梦野久作还进行过第二次修改，因为后来出版时字数为48万——只是，没有任何资料表明第二次修改是何时完成的。1935年，《脑髓地狱》正式出版，但过程几经周折，上市之后也没有像同一时期的《黑死馆杀人事件》那样引发轰动。

《脑髓地狱》是以第一视角"我"进行叙述的。"我"突然醒来，发现自己置身于一个完全陌生的环境，甚至连名字和经历也忘得一干二净。一个自称医学博士的人走进来，告诉"我"他正在进行一项关于脑科学的研究，而失忆的"我"就是他的实验品。故事由此展开，并向着任何人都无法预判的方向发展下去……全书将现实和虚幻拼接在一起，采用推理故事、狂人诗歌、新闻报道、学术论文、遗书等形式展开叙述,还大量使用比喻、反复、拟声等修辞,构成了一幅奇异的图景。这是一部让人压抑至极的作品,读起来有一种想大声呼喊却无从开口的异样。横沟正史曾经说过:"读完此书后头脑不清楚,想自杀……"

相比开日本推理"炫学"先河的《黑死馆杀人事件》,《脑髓地狱》的贡献在于强调了推理小说的表现形式和思想内涵。《脑髓地狱》已经不是一部单纯的推理小说,而是一部意识流作品;小说想表现的不再是侦探的智慧,而是创作者的思想。读当下的日本推理小说,我们会惊叹于这些作品完全颠覆了传统推理小说的形式和思想性,而其源头就是梦野久作的《脑髓地狱》。也许绝大多数人不会读完这部奇书,也许读完的人不会马上理解作者的想法,但是这丝毫不影响这部作品的伟大。

《脑髓地狱》出版不到半年,梦野久作的父亲因脑出血去世。可以说,梦野久作的未来似乎会是一片光明——事业步步高升,一生为敌的父亲也永远离开了自己。1936年2月,梦野怀着一种特殊的情感来到东京处理父亲的遗物。同年3月21日,他在东京家中与访客谈话,却猝死于客厅,死因至今不明。可以说,梦野久作的一生就像他的《脑髓地狱》一样,充满了异样的谜团,却无人可以否认其魅力和影响。

到了20世纪60年代,评论界突然意识到《脑髓地狱》的巨大价值,梦野久作和他的作品一下子被推到了一个空前的高度。评论家发表了大量有关梦野久作的论文,并将《脑髓地狱》定义为在战后大行其道的"世界小说"(具有独特世界观的小说)的先驱——这是一般推理作品无法企及的高度。

《献给虚无的供物》的作者中井英夫(1922—1993)生于东京。他的父亲是一位大学教授,曾经担任国立科学博物馆馆长;母亲同样知书达理,在中井很小的时候就教他认字读书。上中学时,中井英夫先后阅读了《黑死馆杀人事件》和《脑髓地狱》——两部作品在冥冥之中似乎指引着这名少年应该做些什么。

中井英夫曾经短暂从军，随后又进入东京大学读书。大学期间，他和几个同窗担负起了文学部同人杂志《新思潮》的编辑工作。《新思潮》虽然只是一本校园同人刊物，却有着悠久的历史和显赫的成就——从这里走出的作家包括谷崎润一郎、芥川龙之介、菊池宽、川端康成等。1949年，中井英夫离开学校，先后在几个地方担任编辑。1961年，他辞去编辑工作，开始专心于推理小说创作。

1962年，他将自己创作的推理小说投至江户川乱步奖评委会，结果未能获奖，原因非常简单——小说根本没有写完，只有最初的两章！但即便如此，作品依然得到评委们的高度评价，足见这部作品的神奇。这部作品就是《献给虚无的供物》。最终，此书完稿于1963年，全书48万字。

《献给虚无的供物》讲述的故事并不很复杂——冰沼家族的上一代经历了可怕的船难，目前，继承人苍司、红司、蓝司三兄弟居住在东京的寓所里。突然，一封警告信打破了平静的生活。不久，警告信中预言的"冰沼家杀人事件"真的出现了……

就内容而言，《献给虚无的供物》算得上是一部奇书。一方面，书中充满各种怪奇的典故和知识——怪谈、宗教、民俗、文学，可以说是无所不包；另一方面，书中到处都是似曾相识的面孔——江户川乱步、小栗虫太郎、木木高太郎、大下宇陀儿，甚至是三岛由纪夫！中井英夫将自己熟悉的作家和作品融入故事里，前后涉及的经典作品不下100部。三岛由纪夫非常喜欢中井的设定，甚至当面要求中井增加自己的出场次数。

相比内容，《献给虚无的供物》在思想性方面更加"奇特"。单就推理层面而言，它的影响不及前面两大奇书，但对于日本文学来讲，其影响力甚至超过了那两部作品。

明治维新以后，日本文学受到西方主流文学很大影响，一直推崇现实主义或批判现实主义风格，非理性的文学作品大多得不到主流声音的肯定，这也是推理文学面临的主要问题——推理文学属于浪漫主义文学，直到松本清张开创了写实主义推理，其地位才得到改善。

《献给虚无的供物》是一部非理性的浪漫主义作品，而且还是一部"反推理"作品。作品中充满了对于理性的不屑和对于严谨的嘲讽——故事里的人物心口不一，嘻嘻哈哈地草菅人命，整个故事充满意外和不严谨的推理……故事在诙谐、无序和调侃中推进，推理文学的传统在这里荡然无存。

中井英夫一生只写了《献给虚无的供物》这一部推理小说——更严谨地说，他从来没有写过推理小说，他只是在写一部反抗日本文学既成事实的作品，只不过里面碰巧发生了命案和推理。因此，与其说这是推理小说，不如说是"反推理小说"。中井英夫的尝试启发了很多创作者，打开了推理文学，乃至整个日本文学的另一种可能，甚至直接影响到了今天在日本大红大紫的轻小说。从这个角度来说，这部奇书真是功德无量。

四大奇书的最后一部是竹本健治的《匣中失乐》。评论界通常认为，《匣中失乐》是四大奇书中思想性最稀薄的一部，甚至有评论者只承认"三大奇书"的说法，不承认有什么"四大奇书"。不过，站在日本推理文学史的角度上看，《匣中失乐》无疑有着特殊意义。

竹本健治（1954—　），出生于兵库县，自幼喜爱漫画和小说。直到大学，竹本健治都沉迷于"闲书"之中，经常旷课。不过，对于推理小说，根据竹本健治的自述，在创作《匣中失乐》之前，自己只读过三部——《黑死馆杀人事件》《脑髓地狱》以及《献给虚无的供物》。其中，他最喜欢中井英夫的《献给虚无的供物》，立志也要创作一部类似的长篇巨著。

竹本健治一直视中井英夫为精神导师，而他的出道也多亏中井的提携。在20世纪70年代，一本名为《幻影城》的推理杂志盛行于日本。中井英夫告诉杂志创办者、台湾推理名宿傅博先生，有个新人创作了一部作品，希望在《幻影城》上连载。在中井英夫和傅博的帮助下，经过一次改动，作品终于和读者见面。这位新人就是竹本健治，而这部作品就是《匣中失乐》。连载过后，小说又修改了三次，目前我们看到的中译本是第五版，也就是最后的定版。

《匣中失乐》是一幅现实与虚幻的拼图，但哪里是现实，哪里是虚幻，则是一个见仁见智的问题。小说的序章讲述几个大学生在讨论推理小说的创作，其中一个提到自己写了一部本格推理小说，包含四个密室杀人事件。接下来第一章似乎是现实，一个人真的死在了密室里，手法和序章提到的那部作品中的设置一模一样。第二章似乎是虚幻，第一章里死去的人"复活"，还发表了关于那部推理小说的读后感。第三章又回到了现实，又一个人离奇死去。第四章不出意外地又回归了虚幻……

可以说，《匣中失乐》的架构在当时看来是非常奇特的，而故事中又包含着丰富而生僻的知识点。仅就这两点而言，这部作品足以和之前的三大奇书比肩。不过，从思想深度方面来看，《匣中失乐》和前面三部的确相距甚远——它只是一部游戏性很强的推理小说，实在很难牵强地赋予其什么思想性。当时处于社会推理（写实主义）的鼎盛时期，读者大多不接受这种"卖弄且虚假"的推理作品。

随着时间来到80年代末期，社会推理渐渐让出了舞台，新本格推理慢慢兴起。作为"先行一步"的《匣中失乐》，其存在给了新本格推理作家至关重要的引导——奇异的结构、华丽的谜团、似是而非的设定、有些莫名其妙的叙述方式……这些无一例外成了新本格推理的标志，直到今天依然被创作者重视。可以说，《匣中失乐》对于新本格推理的影响远远超过了之前的三大奇书。

四大推理奇书始于战前，贯穿于日本推理文学的百年历史。它们散发着令人着迷的"奇异味道"，犹如一座丰碑，写满了辉煌与传奇，指引着后来的创作者。

笔者有幸出版了这四部作品的简体中文版，销量大大超过预估，甚至比很多所谓畅销小说更令人满意。可以说，这是笔者从事出版工作以后，第一次直观地感受到经典的魅力，感受到日本推理小说"奇异味道"的魅力。

可以说，四大奇书集中地体现了日本推理文学的特质——在知识和理性的表象下，暗藏着丰富的思想和足够异样的审美趣味。能够经受得住时间考验的经典作品凤毛麟角，而"先天不足"的推理文学，更是很难得到主流文学的认可。即便如此，却没有人可以否认，四大奇书的确做到了！

二　本格至上

1　本格泰斗

第二次世界大战是日本推理文学的一道分水岭：战争之前的推理世界属于江户川乱步，属于充盈着"奇异味道"的短篇推理；战争爆发，推理小说被定义为"敌性文学"而遭到禁止，许多创作者被迫转型，使得这种文学形式在这个时期显得有些"光怪陆离"；随着战争的结束，一切似乎回归了正轨。伴随着一位大师的横空出世，日本推理文学进入了一个最纯粹、最本格的时代。

江户川乱步于1923年发表的《两分铜币》是一篇本格推理小说，但之后他的创作风格变得非常多元。可以说，乱步作为精神领袖，为日本推理文学指明了大方向，却没有告诉后来的创作者具体的道路应该怎么走——应该先迈左脚还是右脚，哪里有长椅可以歇歇脚，哪里有小卖部可以买点水……因此，我们看到其后创作者的作品风格差异极大，甚至有"各自为战"的趋势。

这种情况直到横沟正史的出现才得以改变。如果说江户川乱步是日本推理文坛的精神领袖，那么横沟正史无疑是最高执政官。他以实际行动确立了本格推理无上的地位，使其长时间统治着日本推理文坛，直到

1957年才被松本清张打破。

横沟正史（1902—1981）出生于神户市东川崎。小学六年级的时候，他读了三津木春影翻写的推理小说《古堡的秘密》，由此喜欢上这种类型小说。1915年，横沟正史进入了神户第二中学。在这里，他结识了一位改变了自己命运的朋友。这位朋友名叫西田德重，也是一个推理小说的狂热分子，经常和横沟正史一起四处搜寻欧美推理小说阅读。

1920年秋天，横沟正史收到了一个不幸的消息——挚友西田德重逝世。在好友的葬礼上，横沟认识了德重的哥哥西田政治——这个人是《新青年》举办的第1届推理小说征文大赛的获奖者。横沟和政治谈得非常投机，受其鼓励，开始了推理小说的创作。

相比于江户川乱步，横沟正史的经历要简单得多，也要顺利得多。乱步在29岁时才发表了《两分铜币》，而在1921年，横沟正史的处女作《恐怖的愚人节》就获得了《新青年》征文大赛一等奖。其后，他又凭借《深红的秘密》和《一把匕首》荣获了征文大赛的二等奖和三等奖，起点之高令人咋舌。

中学毕业后，他进入大阪医学专科学校读书。1924年毕业后，他留在家里帮助父亲经营自家的药店。1925年，横沟正史和西田政治拜访了江户川乱步，这是两位大师第一次会面。之后，横沟正史又发表了很多作品，并于1926年出版了第一部短篇集《广告娃娃》。受到江户川乱步的鼓励，横沟正史在博文馆找到了一份工作——博文馆就是《新青年》的东家，和春阳堂并列为当时日本最大的出版社。

横沟正史的天赋和勤奋得到了主编森下雨村（就是发掘江户川乱步的那位编辑）的赏识，很快成为《新青年》杂志的骨干成员。1927年，年仅25岁的横沟正史成为《新青年》的主编。上任之后，横沟大力推行革新计划，使得《新青年》成为日本最成功的杂志之一。1928年，横沟正史转任《文艺俱乐部》杂志主编，这也是博文馆旗下的一个品牌。1931年9月，杂志《侦探小说》创刊，横沟正史又转任这本杂志的主编。

1932年，横沟正史辞去工作，希望可以将更多的时间投入到创作中。怎奈天不遂人愿，他患上了肺结核，经常咯血，不得不停笔休养，三年之后才再度出山。

不得不承认，尽管横沟正史的起点高于江户川乱步，但至少在1945年战争结束之前，他的成就也是不能和乱步相比拟的。就像几乎所有日本推理作家一样，横沟正史被乱步的光环笼罩，没有创出自己的风格。

从出道直至战争结束，横沟正史的作品大致可以分为两类。一类是比较典型的战前风格的短篇小说。这些作品充满了猎奇、耽美以及恐怖气息，笔调幽默，字里行间流露着嘲讽味道，与本格推理相去甚远。另一类则是在战争期间创作的"人形佐七捕物帐系列"。

"捕物帐"小说是日本特有的文学产物，类似于中国的公案小说。这类作品多以江户时代为背景，主人公则是那个时代特有的捕快。不过，就像中国的公案小说一样，日本的"捕物帐"小说不能算作推理小说，至多只是带有推理元素的时代小说。早在1923年之前，日本就出现了大量"捕物帐"小说，其中最知名的要算是冈本绮堂的"半七捕物帐系列"。之后很多推理作家也写过这类作品，其中就包括战争期间因无法撰写推理小说而被迫转型的横沟正史。横沟正史笔下的青年佐七出身于捕快世家。他相貌英俊，犹如人偶娃娃，因此人们都称呼他"人形佐七"。这个系列多为短篇，先后出版过近20卷，是横沟正史创作生涯中不可忽视的部分。

战争结束后，政府对推理小说创作的禁令解除。推理小说的创作者终于摆脱了客观的约束，可以从容地思考一下这种类型文学接下来的发展方向。在这个时候，横沟正史终于以一种属于自己的方式震惊了推理文坛。

由于《新青年》的东家博文馆在战争期间站在了日本政府一边，因此，在战争结束后，它受到了驻日美军相关机构几近毁灭性的打击。几经周折，《新青年》难以挽回昔日的荣光，最终于1950年停刊。

鉴于这种情况，日本推理作家急需一本新的杂志作为阵地，继续自己的创作梦想。于是，从1946年开始，大量推理杂志陆续创刊。其中，最知名的是一本名叫《宝石》的月刊。时至今日，评论者依然将1946年至1956年的十年称为"宝石时期"。而为《宝石》杂志创造了无上荣耀的"一哥"，毫无疑问就是横沟正史。

1946年，在《宝石》创刊号上，横沟正史的长篇推理小说《本阵杀人事件》开始连载。这部作品改变了横沟正史的命运，也改变了日本推理文学的命运。

"本阵"是江户时代的产物，指的是专供当时达官显贵留宿的高级旅店，通常由地方名门大户经营打理。明治维新以后，这种象征着财富与特权的旅店渐渐没落。一柳家便是"本阵"的经营者，户主系子老夫人生育了三男二女，苦苦支撑着这份没落的家业。长子贤藏温良儒雅，即将迎娶知书达理的漂亮妻子过门。就在贤藏的新婚之夜，随着凄厉的哀号和诡异的琴声，新婚夫妇惨死在房中。婚房本身呈现密室状态；同时，屋外一片银白，雪地上只有一把染血的武士刀，没有留下任何足迹——这是一桩不折不扣的双重密室杀人事件。

《本阵杀人事件》一扫此前日本推理变格之风，高高举起了本格大旗。这部作品谜团华丽、逻辑严谨、解答到位，在设定、布局、误导、逆转以及气氛渲染方面均达到了非常之高的水准，并且具有非常鲜明的日本特色，不再是对欧美黄金时代作品的简单翻写。它的出现标志着日本作家也可以写出比肩《东方快车谋杀案》《无人生还》《希腊棺材之谜》这样的经典的本格作品了。可以说，横沟正史通过《本阵杀人事件》为日本推理小说确立了很多模板，其中最为重要的就是本格理念和本土风格的植入（包括人物的设定、场景的选择以及氛围的渲染等）。《本阵杀人事件》荣获了第1届推理作家俱乐部奖，足见其不可逾越的地位。可以说，《本阵杀人事件》的发表标志着日本推理文学正式进入了本格时代。

1947年，横沟正史开始在《宝石》杂志连载另一部长篇推理小说《狱门岛》。这部作品不但被评论界一致认为是横沟正史最出色的作品，甚至被大众票选为日本推理小说排行榜第一名。

在濑户内海中，有一座名叫狱门岛的花岗岩小岛。据说岛上的居民全是海盗与流放到此的罪犯的后裔。主人公受巨富鬼头千万太临终嘱托，来到岛上看望他的三个妹妹——雪（雪枝）、月（月代）、花（花子）。千万太在临终前一直担心自己的三个妹妹会被人杀死，结果，他担心的事果真发生了：花子被倒吊在千光寺的古梅树上；雪枝被扣入巨大的吊钟里；月代则被勒死在家中的祈祷室里。更令人毛骨悚然的是，三个人的死相都充满了妖异之美……

这部作品篇幅更长，创作技巧上也更加纯熟。它在保持了高水准的设谜和解谜的同时，最大限度地突出了日本特色：内海孤岛、先祖的罪孽、雪月花、古寺寒梅……可以说，若想了解日本推理文学，此书不可不读。

与《狱门岛》类似的作品是《犬神家族》。日本商界巨富犬神佐兵卫留下一封奇怪的遗书——巨额财产竟留给了与其毫无关系的绝世美人珠世。三个孙子只有得到珠世的青睐，才能继承犬神家祖传的"三宝"——斧、琴、菊，并在遗产中分得一杯羹。然而，三个孙子却相继横死：佐武的头颅赫然出现在惟妙惟肖的菊花玩偶中；佐智惨遭琴弦勒毙；佐清则被利斧枭首后倒插在封冻的湖中！三个人竟然死在了三件传家宝上，一时间，诡异的阴云笼罩着整个犬神家族……《犬神家族》开始连载于1950年，后来被多次搬上荧幕。作品中"斧、琴、菊"的设置至今被视为日本推理小说的象征。

1949年开始连载的《八墓村》同样是经典之作。战国时代，有八位武士带着3000两黄金来到一个破落的村庄，却被利欲熏心的村民杀害。此后许多怪事接连发生，人们只能为这些武士修建了八座坟墓，以此求得良心的安宁。这座村庄因此得名"八墓村"。然而，武士的冤魂似乎不打算放过这个罪恶的村庄，八墓村里的杀戮事件不可抑制地上演着！

1951年的《恶魔吹着笛子来》也被认为是典型的"横沟风格"。子爵椿英辅留下了一首恐怖的长笛曲《恶魔吹着笛子来》后，便与世长辞。然而，他的身影却频频出现在家中。伴随着不祥的笛声，家族成员一个个离奇惨死。恶魔的复仇、怨灵的纠缠、密室的杀戮……看似高贵体面的家庭，竟然隐藏着不可告人的秘密。这部作品被一些评论者定义为"横沟正史最阴暗的小说"，甚至有人将其视为"推理版《感官世界》"，其特色和影响力可见一斑。综合评判，《恶魔吹着笛子来》应该是仅次于《狱门岛》的大作。

除了以上几部作品，横沟正史的这个系列中比较有代表性的作品还有《女王蜂》《罪恶的拍球歌》《夜行》《三首塔》《假面舞会》等。

之所以使用"系列"这个词，是因为横沟正史在这些作品中都安排了一位名叫金田一耕助的侦探作为主人公出场。金田一耕助是日本推理文学史上最负盛名的侦探，和江户川乱步的明智小五郎、高木彬光的神津恭介被誉为"日本三大神探"。

在日本动漫界，唯一可以和《名侦探柯南》一较高下的，就是那位名叫金田一一的高中生。在漫画《金田一少年事件簿》里，这位据称智商为180的少年屡破奇案。单就案件的级别来讲，金田一的推理功底绝对要在柯南之上。每每遇到困难，或是面对罪犯嚣张的挑衅，这位平时非常不靠谱的高中生总会一脸严肃地说："绝不能辱没了爷爷的威名！"谁是他的爷爷？他的爷爷有何威名？坦白地说，金田一一的爷爷不过是一个一口黄板牙的瘦小老头，那就是金田一耕助。

在《本阵杀人事件》中，金田一耕助第一次登场。这位侦探30多岁，瘦小枯干，身上的衣服永远又旧又脏、皱皱巴巴。因为长期吸烟，金田一耕助的手指和牙齿格外焦黄。他不太擅长和陌生人打交道，经常脸红，总是不自觉地抓挠自己本来就乱如鸟窝的头发，说话颠三倒四——只有一种情况例外，那就是在他揭穿凶手的诡计，令其无所遁形的时候。

金田一曾在日本的私立大学学习，但不到一年就因为对日本的体制失望至极，退学到美国发展。在美国，他生活得十分潦倒，甚至自暴自弃地开始吸食毒品。后来在朋友的帮助下，金田一戒毒成功，并解决了几桩大案，最后回到日本开设了侦探事务所。战争期间，金田一接受征召，先后去过中国、菲律宾等国家。战争结束后，他回到日本，仍旧热衷于破解各类疑难事件。横沟正史曾安排金田一谈过几次恋爱，但结局大多惨不忍睹。

可以说，金田一耕助是日本推理文学中第一个丰满的侦探形象。我们都知道，推理小说，尤其是本格推理，其每一次大放异彩几乎必须伴随一位名侦探的大红大紫。福尔摩斯如此，波洛如此，埃勒里·奎因亦如此。从这个角度来说，金田一耕助的成功代表着日本推理文学正式步入了一个繁荣稳定的本格时代。

当然，横沟正史的成就并不仅限于"金田一耕助系列"。1946年，就在《本阵杀人事件》开始连载后不久，横沟正史在LOCK杂志上开始连载另一部长篇推理小说《蝴蝶杀人事件》。

歌剧《蝴蝶夫人》即将开演，主演"蝴蝶夫人"原樱却从前一天晚上起就不见了踪影。这时，意外丢失的低音大提琴箱忽然出现在剧场后门。伴随着玫瑰花瓣飘落，出现在琴箱里的并不是低音大提琴，而是"蝴蝶夫人"原樱的尸体……

《蝴蝶杀人事件》属于横沟正史创作的另一个重要系列——"由利麟太郎系列"。这个系列的开篇之作是1936年的《石膏美人》，而《蝴蝶杀人事件》无疑是该系列的集大成之作。主人公由利麟太郎原本是东京警视厅的搜查课课长，后因某个事件而辞职。在结识了新闻记者三津木之后，两人一起侦破了无数疑难案件。这个人物是在向前面提到的小栗虫太郎笔下的侦探法水麟太郎致敬。相比于"金田一耕助系列"的绝对本格，"由利麟太郎系列"虽也属本格作品，但更加注重故事的悬疑性，故事也更加通俗化。

横沟正史的成就是辉煌的。他的这些作品后来大多以单行本的形式在角川书店出版，最后竟然帮助这家出版社跻身日本出版业五强——依靠一个人的作品而使出版社取得如此业绩，世界上恐怕只有少数几位作家可以做到。

在1957年之后，伴随着社会推理的崛起，再加上年岁渐高，精力有限，横沟正史几乎不再创作推理小说了。不过，他的本格思想一直没有消失，直到其去世之后的20世纪80年代，崛起的新本格派作家依然高举"复兴本格"的旗帜。

1975年，日本政府授予横沟正史荣誉勋章，以表彰其卓越的贡献。1980年，日本角川书店设立了一个专门鼓励新人进行推理小说创作的奖项，定名为"横沟正史奖"。

1981年12月28日，横沟正史病逝于家中，享年79岁。

毫无疑问，在1946年后的十年里，日本推理属于本格，属于横沟正史。这位日本本格推理的泰斗创作的一部部经典，无不洋溢着推理文学最原始、最纯粹、最具浪漫气息的魅力。在横沟正史的引领下，本格领域涌现出了为数不少的天才般的作家。毫不夸张地说，这个时期的推理作家，都是横沟正史的门徒，其中就包括高木彬光、土屋隆夫、鲇川哲也、岛田一男等大师级人物。

2　战后五人男

横沟正史开创了日本推理小说的本格时代。从日本推理文学百年历史来看，这个时期仅仅持续了十年。不过，这十年却是日本推理类型化特征最为鲜明、作品平均水准最高的十年。这个时期的代表作家无一不被后世冠以"本格大师"的头衔，而他们留下的作品也散发着不朽的魅力。

伴随着横沟正史的崛起，推理文学在日本文坛的地位达到了前所未有的高度。虽然这种文学形式依然没有得到主流声音的认同，但已经有越来越多的人开始关注并尝试创作。其中不乏在日本主流文学界举足轻重的人物，比如大名鼎鼎的坂口安吾。

坂口安吾（1906—1955）是"无赖派"的核心作家，和太宰治一道影响了日本战后文学的发展方向。他明确提出"为了活着，必须堕落下去"的理念，主张文学应恢复人的本来面目，摒弃一切虚伪的掩饰。他于1946年发表的作品《白痴》直接体现了其"堕落论"思想，被誉为"日本战后文学的样板"。

正是这样一位大文豪，偏偏对推理小说情有独钟。坂口安吾曾创作了大量"捕物帐"小说，并于1947年发表了长篇推理小说《不连续杀人事件》。这部作品是一部标准的本格推理，获得了第2届推理作家俱乐部奖。这是坂口安吾唯一的推理小说——他的第二部推理作品《复员杀人事件》因为连载平台的变动被迫搁浅。

当然，坂口安吾只是玩票，我们还是应该把焦点放回到这个时期的专职推理作家身上。横沟正史的成功为其他作家树立了标杆，随之而起的是五位男性作家。这五个人出道时间相近（都是在二战结束后），出道的方式又都与《宝石》杂志有关，因此被评论者称为"战后五人男"。

这五位作家是岛田一男、香山滋、山田风太郎、大坪砂男以及成就最高的高木彬光。其中，岛田一男、香山滋和山田风太郎是通过《宝石》杂志的征文大赛出道的；大坪砂男没有获奖，但是其处女作发表在《宝石》杂志上；而高木彬光则是由江户川乱步推荐，在《宝石》杂志的出资方岩谷书店（也是当时最大的出版社）直接出版了处女作的单行本。

岛田一男（1907—1996），生于京都，据说在读中学时就因为文学创作获得了媒体颁发的特别大奖，后毕业于明治大学。毕业后，岛田一男在报社任职，先后发表了《死人之丘杀人事件》和《睿亲王杀人事件》这两部短篇推理小说。其后，他创作了《杀人演出》一作，并在1947年凭此入围了《宝石》杂志第1届推理小说征文大赛，得到了推理界的认可。

1948年，岛田一男与同为"战后五人男"成员的高木彬光、山田风太郎等人组成了"推理小说新人会"，这标志着他成为日本推理界举足轻重的作家之一。1950年，岛田一男凭借《社会部记者》一文荣获了第4届推理作家俱乐部奖短篇作品奖；而创作于1956年的《七色地图》甚至入围了直木奖最终决选。从1958年到1966年，岛田一男为NHK电视台的连续剧《事件记者》创作剧本。此外，他还创作了很多时代小说和青春小说，可谓著作颇丰。1971年，岛田一男接替松本清张担任日本推理作家协会理事长，可见其在日本推理文坛的地位。1996年，岛田一男因心脏病逝世，享年89岁。

香山滋（1904—1975）生于东京新宿，曾在法政大学经济部就读，但中途退学。1947年，香山滋入围了《宝石》杂志第1届推理小说征文大赛，其后又多次入围推理作家俱乐部奖。和岛田一男的严谨文风有所不同，香山滋的很多作品都涉及生物学或地理学，文风新奇，富于幻想，比较趋近于变格推理。在1954年和1955年，香山滋参与了著名的怪兽电影《哥斯拉》和《哥斯拉的逆袭》的剧本创作,其风格多变可见一斑。香山滋于1975年因心脏病逝世,享年71岁。

相比于岛田一男和香山滋,山田风太郎的名气要大得多。中国读者大多认为这是一位知名的奇幻小说作家,很少有人知道,山田风太郎的起点不在奇幻,而在推理。

山田风太郎(1922—2001),生于兵库县丰冈市,原名山田诚也。他出身于一个富足的小康之家,五岁时父亲因病去世。他自幼酷爱阅读,成绩优异——除了数学,山田风太郎各科成绩都非常突出。然而,读中学二年级时,母亲也离他而去。面对突如其来的打击,年纪尚小的山田不知所措。他的成绩直线下降,多次受到学校的警告和处分,甚至一度沦为不良少年。

之后,山田风太郎考入了东京医科大学。1947年,与岛田一男和香山滋一样,山田风太郎以《达摩岬事件》一文入选《宝石》杂志的征文大赛——当时他正上大学三年级;1949年,他以《眼中的恶魔》荣获第2届推理作家俱乐部奖。这些荣誉让山田风太郎下定决心放弃所学专业,安心做一名职业作家。此后,山田风太郎调整心态,走出了双亲故去的阴影。他在1953年组建了家庭,决心用自己的文学才华让家人过上幸福生活。

不得不承认,此后的山田风太郎将主要精力放在了奇幻作品的创作上,于推理方面建树不多。1958年,山田创作了大名鼎鼎的《甲贺忍法帖》,其后又陆续创作了《柳生忍法帖》《伊贺忍法帖》《女忍忍法帖》等一系列作品。仅仅在五年之后,这个系列的销量就突破了300万册,创造了当时的出版神话。山田的作品在日本社会引发了"忍者热",形成了一门对忍术进行研究的学科,甚至导致《国语辞典》中添加了"忍法"这个条目。据统计,山田风太郎在作品中设计了超过250种忍术,加之其厚重的历史背景设置以及丰满的人物刻画,使之无可争议地成为日本奇幻第一人。在山田风太郎晚年，评论界甚至将其称为"日本的金庸"。这些作品先后被改编成漫画和动画片，影响了日本几代读者。包括今天我们看到的《火影忍者》在内的此类作品，都没有跳出山田风太郎设定的框框。

山田风太郎于2001年病故，享年79岁。日本兵库县建有山田风太郎纪念馆，里面展示着山田风太郎一生的辉煌。山田风太郎从推理界出道，最终得到了全日本读者的认可。

大坪砂男（1904—1965），生于东京，本名和田六郎。"大坪砂男"这个笔名来源于霍夫曼的作品《砂男》。大坪砂男出身于一个贵族之家，父亲是东京帝国大学的老师，还曾出任过地方长官和议员。大坪曾就读于东京府立第四中学，后毕业于东京药学专门学校。

毕业后，大坪砂男的经历堪称奇特。他做过陶土工，炒过股票，还在警视厅工作了很长时间。据说他离开警界是因为自己负责的某个案件牵扯到了上司的妻子，但这点一直无从查证。后来他从事艺术品买卖，却因贩卖赝品被停业——后来又有人说，大坪砂男事前并不知道那是赝品。

艺术品生意给大坪带来的唯一好处是让他认识了一位名叫佐藤春夫的朋友——这是一位非常有名气的作家。大坪砂男的推理处女作《天狗》就是在这个人的推荐下发表在《宝石》杂志上的。1950年，大坪砂男获得了推理作家俱乐部奖，但其后在推理小说创作上没有取得太辉煌的成就。1965年，大坪砂男因肝脏硬化和胃癌逝世，享年61岁。

高木彬光（1920—1995），本名高木诚一，生于青森县青森市。1943年，他从京都帝国大学工学部毕业，所学的专业是机械制造。在战争年代，高木的专业很是抢手。很快，他就被分配到中岛飞机公司，参与战斗机的制造。没过多久，日本宣布无条件投降。高木所在的公司被就地解散，他成了一个无业游民。失业之后，高木彬光经历了堪称世界推理文学史上最富传奇色彩的一幕。

某日，潦倒的高木彬光在街上闲逛，迎面走过来一个搭讪者。这个人自称命理师，表示愿意为高木彬光算命。命理师说，从高木彬光的骨相来看，他和已故的时代小说大师中山里介非常相似，绝对可以成为一个知名的小说家，如果不尝试创作，实在太可惜了。

我们不知道一位知名的推理作家应该拥有怎样的骨相，我们只知道，高木彬光听从了命理师的建议，开始创作推理小说；我们还知道，高木彬光从此痴迷于命理学的研究，四处拜师学习相术，认真研究《易经》，并在功成名就之后撰写了许多这个方面的著作。

在清贫和窘困的逼迫之下，高木彬光很快完成了自己的第一部推理小说《刺青杀人事件》。他没有将稿件寄给杂志社或出版社，而是直接交给江户川乱步过目。乱步读过这部长篇作品后极为兴奋，认为这是一部"将日本推理文学引向一个新高度"的作品。他马上将小说推荐给了岩谷书店。1948年，《刺青杀人事件》被选入"宝石选书"丛书第一辑，正式出版。

故事讲述一代刺青大师雕安分别在自己三个孩子的身上留下了"大蛇丸""自雷也"和"纲手姬"三种刺青。这三种刺青分别象征着蛇、蛙和蛞蝓——蛇吃蛙，蛙吃蛞蝓，蛞蝓让蛇化成血。古老的传说流传在坊间，身着三种刺青的人都背负着宿命，注定会争斗不休。战争结束后的日本百废待兴，三个孩子各自生活在废墟之中。突然，一件密室杀人案将三个人和神秘的诅咒联系起来……《刺青杀人事件》是一部典型的本格推理小说，谜题的设置和氛围的烘托均处理得非常完美，以"刺青"为代表的日本特色标签也使用得非常恰当。

在《刺青杀人事件》中，高木彬光塑造了侦探神津恭介。神津恭介是一位天才型侦探，他相貌英俊，年轻有为。在他出场的时候，高木这样描述道："他的额头非常宽阔，眼睛像黑曜石般澄澈闪亮，漆黑的眉毛不是那么刚健有力，显示出类似女性那种感受力极强的特点，在男人群里可以说是一个极为少见的美男子。他的脸上没有一般美男子常见的那种令人讨厌的肤浅造作，而是充满了文雅与睿智。"

神津恭介和故事的叙述者一起考入了东京大学医学系。他的才华在学校里无人不晓，在19岁时就掌握了至少六种语言，还发表过一篇关于整数的著名论文。这篇论文发表在德国的学术杂志上，被学界尊为"神津定理"。在医学系里，有着"神津之前无神津，神津之后亦不会有神津"的说法。

这样一位天才本应该在学界取得辉煌成就，但战争却改变了他的命运。神津恭介和很多日本青年一样应征入伍，成为军医，先后转战中国和东南亚。他本来是抱着必死的决心参军的，却不想最后竟然平安回到日本。神津在大学里碰到了昔日的同学、案件的参与者松下研三，于是，一段属于名侦探的传奇开始了。

"神津恭介系列"是高木彬光作品中最知名的系列，他的绝大部分作品都属于这个系列，其中的代表作包括《成吉思汗的秘密》《诅咒之家》《人偶为何被杀》等等。

1949年，高木彬光发表了第二部作品《能面杀人事件》。这部非系列的长篇小说获得了第3届推理作家俱乐部奖，进一步奠定了高木彬光的大师级地位。出版于1955年的《人偶为何被杀》是高木彬光又一部杰作，被很多评论者和读者称赞为"高木彬光最高杰作"。

和横沟正史相比，高木彬光的"技术含量"似乎更胜一筹。高木格外注重谜团的质量和解答的水准，对误导和逆转的把控也堪称炉火纯青。此外，高木彬光的作品较横沟正史更加厚重，对人性的剖析和对社会的反思更加到位，这一点在他后期的法庭推理作品中尤为明显。高木彬光和横沟正史同为气氛渲染的高手，但在作品的通俗性上，横沟正史似乎更符合绝大多数读者的口味，这也是高木的知名度不如横沟的原因所在。

1957年，松本清张开创了社会推理这一派别，本格推理的地位渐渐被取代。在这个微妙时刻，作为最知名的两位本格推理作家，横沟正史和高木彬光选择了两种大相径庭的应对方式。横沟继续坚持本格推理的创作，但明显难以维系昔日的辉煌，很快就封笔退隐了；高木则在保持本格内核的前提下，为作品披上了一层社会推理的外壳——法庭推理。这样一来，高木彬光不但使自己的创作生涯得以继续，还为本格推理找到了新的发展方向。从这个层面来讲，高木彬光的贡献和作用要超过横沟正史。

创作于1961年的《破戒裁判》是高木彬光转型之后的代表作，世界闻名的游戏《逆转裁判》就是以这部作品为蓝本改编而成的。在小说开头，某法庭正在审理一桩看上去并不怎么复杂的刑事案件——村田和彦被指控先后杀害了情人的丈夫以及情人；不过，随着法庭调查的深入，案件背后的种种真相渐渐浮出水面，之前看到的一切只不过是黑幕的冰山一角！

在这部作品里登场的主人公是律师百谷泉一郎。这位律师属于务实型，为了当事人不辞辛苦，全然不似神津恭介那样稳坐钓鱼台。主人公风格的转变也是高木彬光在社会推理盛行年代的一种妥协——试图抹去一切浪漫主义色彩，增加作品的写实性和思想性。除了百谷泉一郎，高木彬光在后期的作品里还塑造了大前田英策、检察官雾岛三郎和近松道茂等多位侦探，他们无一例外地充满了写实主义色彩。

高木彬光一生创作了100余部推理小说，是一位在质与量两方面都保持了较高水准的大师级作家。可以说，高木彬光不但是"战后五人男"中成就最高的一位，即便纵览日本整个推理时代，也是仅次于横沟正史（甚至在某些环节足可与横沟正史比肩）的本格巨匠。

笔者和许多超过40岁的读者做过交流，他们都对高木彬光的作品（尤其是那几部经典）赞不绝口。同时，年轻读者也在不断催问笔者为什么不引进高木彬光的作品。由此可见，高木彬光是一位经得住时间检验、被各阶层读者喜爱的成功作家。令人欣慰的是，自2012年起，笔者终于陆续出版了高木先生的六部作品。

"战后五人男"是横沟正史之后，日本本格推理时代涌现出的第一批代表作家；而在稍晚的时候，又出现了第二批本格信徒，其中以土屋隆夫、鲇川哲也和日影丈吉三大家最具特色，成就最高。

3　孤高作寡

由横沟正史引领的本格时代虽然只持续了十年，但这十年却是人才辈出的十年。自1946年横沟正史发表《本阵杀人事件》和《蝴蝶杀人事件》以来，紧随其后的"战后五人男"于1947年至1948年间出道；而在"战后五人男"之后涌现出的代表人物，则是成名于1950年的土屋隆夫、鲇川哲也和日影丈吉。这五年间出现的九位大师，构成了日本推理文学中最璀璨的本格图谱。

土屋隆夫、鲇川哲也和日影丈吉皆出道于《宝石》杂志举办的推理小说征文大赛，但他们的创作风格却在这个时间段里呈现出了不同的发展方向。概括地说，土屋隆夫和鲇川哲也的文风相对传统，属于本格派（尽管他们的本格已经和横沟正史、高木彬光的大为不同）；而日影丈吉则游走于本格边缘，大致可以称其为"文学派推理作家"。

如果用一个词形容三位大师的共同点，则台湾推理名宿傅博老师提出的"孤高作寡"无疑是最恰当的。"作寡"很好理解，指的是三位作家留下的推理作品数量不多——考虑到绝大多数日本作家都以高产闻名，地位如此之高的三人却这般另类，实在有些不同寻常；"孤高"则是指三位大师在创作生涯里一直坚定地秉持着自己的理念，哪怕是在社会推理统治日本的30年里，也始终不曾动摇。

土屋隆夫（1917—2011），生于长野县，毕业于日本中央大学法学部。毕业后，土屋来到一家肥皂公司上班，随后又转入一家电影公司做营销工作，并在业余时间进行剧本创作。战争结束之后，土屋隆夫先是当了几年小剧场经理，其后又在一所中学任教。其间，土屋隆夫一直坚持剧本创作，并把这种创作视为终身理想，直到推理小说走进了他的生活。有人统计过，土屋隆夫一共创作了30余部剧本。

1949年，一件大事影响了土屋隆夫的创作生涯。在这一年，大宗师江户川乱步发表了一篇论文，题目为《一名芭蕉的问题》。这里的"芭蕉"指的是日本文学史上最知名的俳句大师松尾芭蕉。俳句是日本特有的文学形式，最早源自民间的口口相传。俳句原本是一种平民间的口头游戏，格调不高，类似于中国的顺口溜，甚至连劳动号子的水准都够不上。松尾芭蕉将这种文学形式"艺术化"，从各个方面加以规范和修饰，令其文学价值和地位有了质的飞跃。

江户川乱步发表这篇论文的用意，在于讨论新时期日本推理文学的发展方向。其实早在战前，已经有了关于推理小说艺术性的大争论——有的人主张"游戏性"即推理小说的艺术性；有人则坚持"严肃性"才能体现其艺术性。乱步指出，主观判定推理小说的艺术性到底是什么毫无意义。这个问题不应该争论，而是应该顺其自然。等到推理界有一位像松尾芭蕉一样的大师出现，这个问题就会不言自明——这位大师自然会用其作品为日本推理指明方向，明确艺术性的内涵。

当时，江户川乱步看好的"推理界的松尾芭蕉"是木木高太郎，认为其足以将推理小说升华为艺术。然而，木木高太郎似乎做得不好。看到这篇论文的土屋隆夫却备受鼓舞，认为自己应该为这种类型文学做点什么。

于是，在1950年，土屋隆夫把短篇推理作品《"罪孽深重的死"

之构图》投到了《宝石》杂志的征文大赛，这是他的推理处女作。这篇作品出手不凡，一举夺下短篇类第一名。这篇处女作是一部标准的本格推理作品，却没有之前横沟正史式的诡异氛围和近乎妖魔化的各种设定。小说充满了质朴平实的纯文学气息，这成为土屋隆夫一生的创作基调，也影响到了其后整个日本推理小说的发展方向——回归写实主义，趋近纯文学作品。不可否认，土屋隆夫依然是一位本格推理作家，但他的出现和努力却为其后大放异彩的松本清张式的社会推理小说提供了依据。从这个角度讲，土屋隆夫真的可以被视为"推理界的松尾芭蕉"。

不过，土屋隆夫并没有"乘胜追击"，其创作速度只能用"是可忍孰不可忍"来形容。直到八年之后的1958年，他居然只写了33个短篇，平均一年四篇，三个月写一篇！这种写作速度在世界文学史上也算罕见。不过必须指出，土屋隆夫的作品水准非常均衡，篇篇都不逊于获奖的出道之作。

    2011年，笔者在和傅博老师的沟通中得知，老师打算编撰数卷土屋隆夫的短篇集。傅博老师明确提出，某种程度上，土屋隆夫的短篇小说比其长篇更加精彩。到2015年，笔者欣喜地看到，这套短篇集终于在台湾出版。

还是在1958年，土屋隆夫终于发表了第一部长篇推理小说《天狗的面具》；第二年，他又发表了长篇《天国太远了》。这两部作品虽是本格推理，但其文学深度和创作手法却不逊于后来松本清张的社会推理，甚至足以媲美纯文学经典。这两部作品的出现，奠定了土屋隆夫的大师地位。

其后，土屋隆夫稍稍加快了写作速度——直到2004年，他一共创作了13部长篇推理小说。想想横沟正史、松本清张、东野圭吾的近百部长篇作品，土屋隆夫的创作实在太过"低碳"了。不过，在某种程度上，数量的稀少可以保证每一部作品的质量——可以说，土屋隆夫是世界范围内少数几个一生都没有"垃圾作品"的推理作家之一。

1963年,土屋隆夫发表了《影子的告发》。这部作品是土屋隆夫最知名的"千草检察官系列"第一作。这个时期正值社会推理的鼎盛时期,和前面提到的高木彬光类似,作为本格作家的土屋,在这个时期创作了带有法庭推理色彩、以检察官为主角的"疑似"社会推理小说。这种折中的方式得到了读者的认可,小说获得了第16届日本推理作家协会奖,"千草检察官"这个形象深入人心。其后土屋隆夫又陆续创作了《红的组曲》《针的诱惑》《盲目的乌鸦》《不安的初啼》等作品,均属于"千草检察官系列",都在各大推理小说榜单里名列前茅。

1972年,土屋隆夫发表了《献给妻子的犯罪》,这部作品标志着其风格的成熟。土屋在本格基础上融入了悬疑、硬汉、心理等元素,使得推理小说进一步靠向纯文学作品,拥有了更广阔的生存土壤。1996年的《华丽的丧服》和1999年的《米乐的囚犯》则更进一步,作品里对犯罪动机的探讨已经远远超越了本格推理的范畴。

一直以来,土屋隆夫坚持着两大创作原则。

其一,他主张"推理小说是除法的文学"。"事件÷推理=解决",绝对不能留有余数——从这个公式不难看出,土屋隆夫是一位彻头彻尾的本格作家,从骨子里充满对解谜的渴望。土屋曾表示,自己作品里所有谜团都经过试验,但有些试验成功后反而不敢使用——因为害怕有人学去进行真实的犯罪。从其对作品精益求精的态度上便可了解,土屋对于本格的信仰在某种程度上更甚于横沟正史,因为即便是作为本格泰斗的横沟,也不曾把推理文学当作数学公式看待。

其二,在坚持本格的基础上,土屋隆夫一直不曾放弃进一步的精雕细琢,努力将其引领至一个更高端的层次——质朴的写实主义文风为此,法庭推理的引入为此,新元素的使用更是为此。土屋隆夫在本格时代就已经预见到,只有和纯文学结合,推理小说才会有生存和发展的可能。事实证明,土屋隆夫是正确的。

晚年的土屋隆夫过着半隐居式的生活，一如其作品风格般内敛低调。2011年11月14日，94岁的土屋隆夫与世长辞。

如果说土屋隆夫是一位懂得变通的本格推理作家，那么和他处于同一时期的鲇川哲也则是一位一生高举本格旗帜的作家。纵观日本推理文学百年历史，似乎找不出第二位执着至此的作家。

鲇川哲也（1919—2002），生于东京市，本名中川透。在很小的时候，因为父亲工作的关系，鲇川哲也跟随家人来到中国大连定居，一直到大学时代才回到日本。这段经历给鲇川留下了很深刻的印象，他后来很多推理作品的背景均设定在中国。少年时代的鲇川哲也酷爱阅读，读过很多经典推理小说，自幼便立志成为一名推理小说作家。

第二次世界大战结束之后，鲇川哲也不幸患上了肺结核，很长一段时间都在卧床休养。养病期间，鲇川开始创作推理小说。1948年，他的短篇处女作《月魄》发表在 LOCK 杂志上——这本杂志就是前面提到的连载横沟正史《蝴蝶杀人事件》的刊物。

1950年，鲇川哲也发表了自己的第一部长篇推理小说《佩特罗夫事件》。这部作品以中国东北为背景，围绕铁路的列车时刻表展开推理，一举夺得《宝石》杂志推理小说征文大赛长篇类一等奖。小说中塑造了一位名叫鬼贯警部的名侦探，利用严谨的推理破解了复杂的时刻表诡计。这位侦探成为鲇川哲也40年创作生涯的"主旋律"，被誉为"日本最擅长处理时刻表诡计的侦探"。

所谓"时刻表诡计"，是一种日本特有的推理模式。众所周知，日本人对于公共交通有着一种几乎疯狂的执念——无论是发车时间还是到站时间，都务求精准。说一秒不差有点儿夸张，但误差总是不会超过一分钟。这种执念为推理创作提供了基础——凶手利用时刻表制造不在场证明，侦探则千方百计将其破解。在日本推理文学史上，使用"时刻表诡计"最为杰出的创作者就是鲇川哲也。

《佩特罗夫事件》的获奖当然是一件好事，但不知为何，《宝石》杂志没有全额支付奖金。鲇川哲也一怒之下与杂志社理论，以致双方关系恶化，鲇川被封杀多年。1956年，日本讲谈社计划出版一套推理丛书，一共有13卷。鲇川哲也以长篇小说《黑色皮箱》应征，与藤雪夫的《狮子座》以及鹫尾三郎的《栖身酒藏的狐》展开角逐，最终成功占据"第十三把交椅"，成为推理文学界的美谈。这部作品也是一部关于时刻表的推理作品，严谨到了匪夷所思的程度，光是引用的时刻表就有好几大页。鲇川哲也凭借这部作品奠定了自己的创作风格，也成了受人尊敬的推理文学大师。

1957年，经营状况恶化的《宝石》杂志为了重振雄风，聘请了江户川乱步担任主编。在乱步的斡旋之下，鲇川哲也遂与杂志尽释前嫌，创作之路开始通畅。在随后的40年里，鲇川哲也一共创作了40余部推理小说，平均一年一部。在他的22部长篇作品里，有17部属于"鬼贯警部系列"，有三部属于"星影龙三系列"。其中，创作于1959年的《憎恶的化石》和1960年的《黑色天鹅》获得推理作家俱乐部奖；而另一力作《紫丁香庄园》则被誉为"近乎完美的本格推理小说"，成为《名侦探柯南》剧场版——《第14号目标》的灵感来源。

鲇川哲也在日本推理文学界是一位谜一样的人物——以他这样大的名气，留下的资料却少之又少。他常年住在东京的郊区，不参与任何公开活动，更不接受采访。有关其生平趣事和私生活的记录，基本上是一片空白。目前知道的是鲇川哲也曾经与女推理作家芦川澄子秘密结婚，但不久之后两个人就秘密离婚；其后，鲇川哲也一直和年迈的母亲生活在一起。

笔者最早尝试联系引进鲇川哲也的作品时，得到的答复竟然是无人知晓——日本方面告知鲇川哲也没有版权继承人，出版社也联系不到他的其他亲属。后来几经辗转，笔者才通过傅博老师的帮助得到授权，可见鲇川哲也的身世经历神秘到了怎样的程度。

可以说，鲇川哲也留给我们的最完整的资料，就是他的40余部作品。或许可以这样理解：鲇川哲也的一生就是创作本格推理的一生，因此在其他方面才会呈现出一片空白。

鲇川哲也一生秉承本格理念，一刻不曾动摇，也不曾妥协。实际上，在1957年他和《宝石》杂志释嫌的时候，松本清张的写实主义推理已经诞生。在其后的30年里，这种推理小说占据着统治地位，本格推理被逼至死角。横沟正史封笔，高木彬光转向法庭推理创作，土屋隆夫则用文学外壳进行"伪装"——三位大师尚且如此，鲇川哲也却坚守住了本格推理最后的阵地。华丽的谜团，复杂的诡计，优秀的名侦探，严谨精彩的解答——这些似乎已经失落的本格要素，在鲇川哲也的作品里一样不少。鲇川哲也就像扎根岩石之间的苍松，任凭东南西北风，我自岿然不动。

1988年，东京创元社受到鲇川哲也经历的启发，启动了"鲇川哲也和十三个谜"征文活动，鼓励新人出道——第一次夺得"第十三把交椅"的是日后大红大紫的作家今邑彩。1990年，在此基础上，东京创元社设立了"鲇川哲也奖"。二阶堂黎人、芦边拓、贯井德郎等人先后获此奖出道。可以说，活跃在当今日本文坛的本格乃至新本格作家，无一不是受到了鲇川哲也的影响。2001年，鲇川哲也被授予本格推理小说奖特别奖，这是对其一生坚守的最高褒奖。2002年9月24日，鲇川哲也在神奈川县镰仓市逝世，享年83岁。

相比于土屋隆夫和鲇川哲也，三大家里的最后一位日影丈吉对于中国读者来说显得非常陌生。绝大多数读者仅仅是在介绍土屋隆夫和鲇川哲也的文章中，看到过"日影丈吉"这个名字——仅仅是一个名字而已。

日影丈吉是一位风格非常独特的作家，其作品风格介于推理和纯文学之间。可能正是因为这样，推理界很少提及这位作家，纯文学领域也没有把他当成"自己人"，阴差阳错地造成了对日影丈吉在认知上的空白。

日影丈吉（1908—1991），本名片冈十一，生于东京，就读于川端书学院。毕业之后，日影丈吉从事过法国料理的教学工作。战争爆发之后，日影丈吉参军来到中国台湾，战争结束之后回到日本。

日影丈吉自幼酷爱写作，15岁时便向杂志社投稿。1950年，他凭借短篇小说《巫歌》获得《宝石》杂志征文大赛短篇类二等奖———等奖就是土屋隆夫的《"罪孽深重的死"之构图》。这篇小说深受江户川乱步的称赞，被其誉为"完美之作"。1956年，日影丈吉凭借短篇《狐之鸡》获得了推理作家俱乐部奖，确立了自己的地位。日影丈吉一生共创作了11部长篇作品，短篇则超过了300篇。

日影丈吉的作品充满了幻想色彩，颇有战前盛行的变格之风——宗教、传说、怪谈、异域风情、妖怪、吸血鬼，各种非本格元素在其作品中随处可见。有的评论者将日影丈吉称为"幻想机器"，足见他在这个本格时代是一个另类。

"推理以上，本格未满"，这是评论界对于日影丈吉恰如其分的定位。他的作品里充满谜团，终归逃不出推理小说的范畴；然而，谜团从来都不曾成为日影丈吉作品的主体，只是其用以阐述创作理念的介质，将其列入本格又是万万不能的。因此，有人干脆将日影丈吉称为"文学派"——反正是创作，称其为"文学"总是错不了。可以说，日影丈吉浓缩了日本推理文学的特质：从变格到本格，再从本格趋近于纯文学。

至此，持续了十年的本格时代走到了尽头。这个本格时代和战前的启蒙时代，一起构成了日本推理文学的浪漫主义时代。接下来，将会有一种截然不同的推理小说登上历史的舞台，而这一切，都源于一位平凡而伟大的老人。

三　岛国黑雾

1　清张革命

当西方本格推理小说遭遇瓶颈之后，达希尔·哈米特和雷蒙德·钱德勒掀起了"黑色革命"，创造出了硬汉推理小说取而代之。历史往往会惊人地相似，在本格时代落幕后，同样的一幕也发生在20世纪50年代末的日本。一类名为"社会推理"的作品登上了舞台，而这个过程也被评论者称为"革命"——这就是轰轰烈烈的"清张革命"。

从1946年到1956年，日本推理文学经历了本格时代，这就相当于西方推理文学史上的黄金时代。随着时间的推移，这种过于类型化的文体遇到了瓶颈，甚至有被读者抛弃的迹象。一方面，作为本格推理支柱的诡计基本上被创作者穷尽，这直接导致了这类作品水准直线下降；另一方面，小说设定过于相似，也使读者产生了审美疲劳，阅读心态渐渐由欣赏变成了嘲讽。

以横沟正史为例。

在当时一家媒体的书评专栏里，一位评论者针对本格泰斗尖锐地提出了这样几个问题：为什么侦探总能找到那种与世隔绝、愚昧落后的村庄？为什么这种村庄里总有一个背负着祖先的宿命、成员众多却各怀鬼胎的家族？为什么这个家族里总有一位美得"不合常理"的女人，而和这个女人结婚就可以掌握巨额遗产？为什么凶手总会连环杀人，而且总想方设法制造密室或不在场证明这类玄之又玄的东西？为什么杀人的手法如此华丽，杀人的动机却如此草率可笑？

可以说，这些质疑句句命中要害，犀利地指出了本格推理小说最大的弊端。这种类型的推理小说属于浪漫主义作品，内容缺乏客观基础，"人工痕迹"过于明显。读者初见时会被其华丽的谜团和诡异的氛围吸引，但十年下来，谜团越发粗糙，套路越发单一，自然会呈现出穷途末路之态。

这个时刻的日本推理文学走到了命运的十字路口。如果不能有所变化，那么结局将不堪想象。问题在于，应该怎么改变？在某种程度上，这种改变的难度更甚于江户川乱步的开创——乱步之前的日本推理小说是一张白纸；而现在的日本推理小说已经拥有了足够的辉煌，想要超越横沟正史、高木彬光的成就，谈何容易！还好，这个时候，一个名叫松本清张的人出现了。

松本清张是继江户川乱步和横沟正史之后，日本推理文坛的第三大高峰。江户川乱步"创造"了日本推理小说，横沟正史和松本清张则告诉人们日本推理小说是什么模样——横沟正史认为应该飞上天空，而松本清张则认为应该脚踏实地。

松本清张（1909—1992），生于福冈县北九州市小仓北区。松本的家庭处于日本社会最底层。因为贫困，他的两个姐姐全部夭折，他成了家中唯一的孩子；同样因为贫困，他从13岁起被迫辍学，一生只有小学学历。松本清张曾经在一家电器公司工作，但在1927年，这家公司破产，他也失去了唯一的经济来源。之后，松本清张不得不走上街头，靠贩卖年糕维生。

1928年，他到一家印刷厂做学徒。在这段时间里，松本清张阅读了夏目漱石、森鸥外、芥川龙之介等人的作品，也接触了埃德加·爱伦·坡和柯南·道尔的推理小说。他尝试着进行文学创作，但起点却格外悲惨——1929年，他因为借阅了左派杂志《战旗》被警方检举，在拘留所里被关押了十余天，还遭到警方痛打。这段经历影响了松本清张的一生。28岁那年，松本清张进入朝日新闻的福冈分社当计件工，后来又在广告部搞设计。在同一年，他和内田尚子结婚，组建了家庭。

1943年，松本清张应征入伍，被派往朝鲜当卫生兵。战后，他被遣送回国，在报社复职。在战后日本经济大萧条的背景下，松本清张为了养活家中另外八个人（父母、妻子和五个孩子），不得不奔波于关西和九州之间。他在1966年出版的自传《半生记》中，描绘了这段辛酸的往事。这段近乎屈辱的生活，为松本清张以后的创作奠定了基础，无论是在客观上还是主观上。1949年，松本清张已经40岁了，却还未发表过一篇作品。和20多岁出道的江户川乱步、横沟正史相比，松本清张似乎已经没有机会了。

1951年，《朝日周刊》举办了百万人小说征文比赛，第一名可获得30万元奖金。这对于松本清张来说是一种巨大的诱惑。他当时连墨水与纸也买不起，就用铅笔在一个质地很粗糙的本子上创作。这个短篇名为《西乡纸币》，最终获得了三等奖，拿到了十万元奖金。事后有人透露，松本本来应该获得一等奖，因为他是朝日集团的内部员工，因此被"递减了两级"。

尽管如此，小说的成功依然给予松本清张巨大的鼓舞。他从此专心写作，尽管环境依旧十分糟糕。松本一家九口住在一间小屋内，到了夏天，蚊蝇横行。父母睡一张蚊帐，妻子与五个孩子睡一张蚊帐。松本清张白天工作，晚上伏在昏暗的灯下一边写文章，一边用蒲扇赶蚊子。正是这种艰苦的环境，磨炼了他的毅力与信心。

1952年，松本清张创作了《某〈小仓日记〉传》，将其寄给《三田文学》杂志，得到木木高太郎的赏识。最终，小说荣获了第28届芥川奖。芥川奖是日本文坛的文学新人奖，42岁的松本清张直到此时才以"文学新人"的姿态崭露头角。

日本有两大文学奖，分别是侧重于纯文学领域的芥川奖和侧重于通俗文学的直木奖。作为类型文学，推理作家中获得直木奖的人数不胜数，但在芥川奖上折桂的推理作家，却只有松本清张一人。

木木高太郎非常欣赏松本清张的才华。他鼓励松本更积极地投入到推理小说的创作中（之前的两作不能完全算作推理小说），并建议其来东京发展。松本清张听从了木木高太郎的建议，只身来到了东京。

松本清张的文学创作，最初是从纯文学作品开始的。为了脱颖而出，他经常去拜访文学大师。一日，他带了自己的习作，去拜访著名作家井上靖，想请井上靖把稿子推荐给出版社。不想，井上靖态度十分冷漠，有些看不起这个40多岁的新人。看到纯文学领域的冷漠和推理界大师的热情，有感于当时日本社会的呼声，松本清张毅然投入了推理文学的怀抱。事实证明，他的选择是正确的。若干年后，松本清张在作品价值和影响力方面远远超过了井上靖——当然，指的是在整个文学领域，而不仅限于推理文学。

松本清张的成功得益于当时日本微妙的社会状况。二战之后，日本上下一心，在废墟上从头起步，使得经济很快腾飞，一举成为世界第二大经济体。在这个过程中，一些弊端的种子也被埋了下来。

为了使经济迅速崛起，日本政府扶植了大批财阀企业。大型企业可以最大限度地整合资源，短时间内制造出巨大的利润。可是，在经济崛起之后，其弊端愈发难以抑制。首先，大型企业缺少灵活性和监督机制，在拥有一些资本之后，容易在内部滋生独裁和腐败。在遇到冲击的时候，更是缺少变通的能力——直到今天，这些巨头也没能从经济低迷中挣扎脱身。其次，由于初期无限度地占据资源，并且得到了政府的支持，因此官商勾结也就在所难免。在20世纪60年代，几乎所有的行贿案件中都有日本政府的高级官员落马；而几乎所有受贿案件的源头，都来自那些表面光鲜的大型企业。

日本民众在经历了迅速崛起的狂喜后突然发现，自己的付出居然养肥了这些巨头和高官！随着60年代全球经济进入滞胀期，这种怨气弥漫在日本的每个角落。这个时候，松本清张适时地出现了。

1956年，松本清张开始创作自己的第一部长篇推理小说《点与线》。在香椎海滩，一对男女的尸体赫然出现。警方判定两人死于殉情，但刑警鸟饲重太郎和三原纪一却从这起貌似寻常的案件中，看出了重重疑点。当他们逐渐接近案件真相的时候，一股震撼心灵的悲怆之情油然而生……这个故事以一个日本底层女人为主线，揭露了日本官商勾结、社会黑暗的现状。点与线，既指代故事里频频出现的铁路和车站，更寓意在这种黑暗的背景下，个体对于整体的无奈与屈从。小说成功地运用了时刻表诡计，受到读者热捧。这部小说从1957年2月开始在《旅途》杂志连载。

同年4月，松本清张创作的另一部推理小说《眼之壁》也开始了连载，作品风格与《点与线》一脉相承。一张巨额支票被骗走，负责人关野德一郎引咎自杀。他的下属龙雄发誓要查出事件的真相。作为一个查案的门外汉，龙雄毫无头绪，此时，一桩突发的枪击案使得幕后黑手浮出水面。就在龙雄好不容易掌握到线索时，却又发现案件的相关人员陆续离奇消失，并死在不同地方。这时龙雄才醒悟，自己面对的不是一个简单的诈骗犯，而是一个超乎想象的残忍对手……

1958年，两部作品推出单行本，成为日本市场上最畅销的读物，仅仅三个月就销售了将近50万册。人们惊呼："属于松本清张的时代到来了！"

相较之前的本格推理，松本清张的作品有三个明显的不同。其一，一改脱离现实的浪漫主义风格，崇尚写实，文笔厚重，具有明显的纯文学特征；其二，轻诡计，重动机，注重发掘诱发犯罪的社会原因，对于揭露社会的不合理及人性的阴暗面不惜笔墨；其三，对于人物的刻画呈现出新的方向，不再塑造高不可攀的名侦探，而是着力刻画平凡的小人物，对于女性角色的描绘更是达到了一个新高度。后来有评论者这样说："松本清张对于女性角色的塑造在世界范围内也是数一数二的，几乎影响了后来所有日本作家。东野圭吾在这个方面仅仅学了点皮毛。"

从这三个特点不难看出，松本清张将推理文学引入了新的领域，将其提升到了新的高度。他是第一个将推理写进纯文学殿堂的作家，也是第一个被主流声音认可的推理作家。由于松本清张创造的这种写实主义推理反映的是日本自己的问题，塑造的人物又都是平实的小人物，因此，他的作品完全走出了西方推理小说的"阴影"，是属于日本人自己的推理小说。这种类型的推理小说被称为"社会推理"，其兴起标志着日本正式成为世界推理文化的中心。松本清张也因此和柯南·道尔、阿加莎·克里斯蒂并列为"世界三大推理文学大师"。

其后，松本清张一发不可收。他先后创作了《零的焦点》《砂器》《黑革记事本》《坏家伙们》《兽之道》等作品，进一步确立了自己的地位和影响力。其中，《砂器》成为松本清张最具代表性的作品之一。

那个时代，每天下班之后，日本人都会到书店或报刊亭前打听："有没有松本清张的作品？"甚至有一段时间，如果读者对着一家报纸或杂志高喊："什么？！居然没有松本清张的连载？！"那么，就意味着这家刊物离倒闭不远了。"一定要有松本！"这句话几乎成了所有出版社给编辑下达的死命令。

据统计，那段时间，松本清张同时为15家报刊创作推理小说，每天至少要完成10000字。这种写作节奏从周一持续到周六，只有周日可以休息一下。渐渐地，松本清张养成了只有在周日才会见客人的习惯。而且，无论多么重要的事情，每次会见只能持续30分钟，雷打不动。据说，松本清张专门将住宅的一层改造成候客厅，每天都会有各社编辑聚集于此，一边等稿子一边交流业务。写好一家，松本清张便用吊篮从二层窗口将稿子送下来，编辑立即拿走去排版。有人连续十几年每天来这里取稿，却没有见过松本清张的真面目。

松本清张的推理小说创作生涯持续了40多年。初步统计，他一生创作的推理小说，长篇短篇加在一起有数百部，这在世界推理文学史上也是罕见的。人们把松本清张的出现定义为"清张革命"，把松本清张所在的时代定义为"清张时代"，把松本清张产生的影响定义为"清张魔咒"……

松本清张不是天才，更不是什么鬼才。他只是一个老人，一个经历过人生起落、饱尝过世态炎凉的老人。他没有华丽的文笔，构思不出异想天开的诡计，他只是像所有年岁大了的人一样，在每个人耳边，用低沉的声音唠唠叨叨，希望给予你一些看似平常却回味无穷的启示。这位老人让推理小说回归了地面，让这种类型文学开始脚踏实地地关注日本自身的状况。老人告诉我们，在经济腾飞的背后，一层黑雾已经笼罩在了这个岛国上空，腐蚀着一切美好。而他能做的，就是提醒每个人不要忘记抬头看一看头上的黑雾。

2011年，日本推理文学大师、直木奖评委阿刀田高来北京举行读者见面会。笔者向他提问，请他讲述作为评委力挺东野圭吾的《嫌疑人X的献身》获奖的经过。阿刀田高回忆，当时直木奖评委团里资历最老的是自己和作家渡边淳一，两位"长老"针对东野圭吾的作品争论不下——渡边淳一认为没有必要将直木奖授予一部推理小说，而阿刀田高则认为东野圭吾的这部作品应该获奖。不想，阿刀田高话锋一转，郑重说道："虽然我支持东野圭吾，但并不是认为他的作品达到了怎样的高度。请大家想一下，在我年轻的时代，活跃在日本文坛的是些怎样的作家——谷崎润一郎、川端康成、三岛由纪夫、松本清张、大江健三郎……因此我觉得，日本现在的作家还欠缺一些东西，很难达到那时的高度。"虽然阿刀田高在论述另一个问题，但不难看出，松本清张已经超越了推理文学的束缚，在日本文坛有着举足轻重的地位。

1963年，松本清张被推选为日本推理作家协会主席。1992年8月4日，松本清张因肝癌逝世，享年83岁。纵观日本推理文学百年历史，没有哪位作家的影响力可以和松本清张相比，即便江户川乱步和横沟正史也不能例外。活跃在今天的畅销推理作家，如天王东野圭吾和天后宫部美雪，其作品完全是在松本清张创立的道路上发展而来的。他们公开表示自幼受到松本作品影响，宫部美雪甚至自称"松本清张的女儿"。

2004年，受出版社委托，宫部美雪重读了松本清张的全部短篇作品，优中选优，编辑了三卷本的《松本清张短篇杰作选》。在大师远行已经12年之后，这套书依然在日本引发轰动。

台湾出版社在2007年出版了这套书的繁体中文版，在那一年，其销量超过了东野圭吾的《白夜行》和京极夏彦的《姑获鸟之夏》。而这部书的简体中文版，则在2012年由笔者引进出版。得知是松本清张的作品，易中天、詹宏志、杨照、止庵等前辈纷纷大力推荐，而这完全源自大师的魅力。

松本清张的出现，改变了日本推理文学的走向，挽救了这种渐渐走向极端的文学形式。日本推理文学在本国文学领域地位之高，是其他任何国家不可比拟的。在这个国家，推理文学和大众文学已经完全没有了分别——而这几乎完全归功于松本清张。

从松本清张开始，日本推理文学进入了写实主义的社会推理时代。

2　人性群像

如果仅以对当下日本推理文学的影响力而言，在日本推理文学百年的历史长河中，松本清张无疑是最伟大的作家。从1957年开始，在其后的30年里，几乎所有推理小说都带有松本清张的痕迹。即便在1987年"本格复兴"之后，松本清张开创的社会推理依然可以得到读者重视，并直接引领了东野圭吾、宫部美雪等畅销作家的创作道路。

在清张之后，日本推理文坛涌现出一大批社会推理作家。他们的创作风格虽然各有特色，但大体逃不脱社会推理的基本特质：深刻剖析人性，描绘了一幅幅人性浮世绘。从研究的角度来看，社会推理的统治期始于1957年松本清张连载《点与线》，终于1987年绫辻行人出版《十角馆事件》。

这30年又可以分为两个阶段。1957年到1968年属于社会推理第一时期；而以1969年森村诚一的《高层的死角》和夏树静子的《消失的天使》角逐江户川乱步奖为标志，社会推理进入了第二时期。本节将重点介绍活跃在这两个时期的除松木清张外的几位代表性作家，通过这些作家再窥社会推理的辉煌年代。

和松本清张同一年出道的仁木悦子是一位具有传奇色彩的作家，其在日本推理文学史上的地位是非常重要的。

仁木悦子（1928—1986），本名大井三重，生于东京。四岁时，仁木悦子患上了严重的小儿麻痹症，双腿失去了知觉，终日与轮椅相伴。由于自幼患病，她无法接受正规教育。小学和中学应该学到的知识，都来自在东京大学读书的哥哥——哥哥每天都会抽出两个小时给妹妹上课。这段经历使得仁木悦子对哥哥充满了感激之情，这种感激在她的推理小说里有最直接的体现。

仁木悦子的二姐是一位重度推理迷，受其影响，她很小的时候就读过《福尔摩斯探案集》和江户川乱步的"少年侦探团系列"，建立了对推理小说的兴趣，后来开始用"仁木悦子"这一笔名创作小说。

和松本清张的《点与线》一样，仁木悦子的出道作品《只有猫知道》出版于1957年。相比《点与线》，《只有猫知道》更加注重解谜，但作品风格清新，文笔带有明显的纯文学性，并在文中成功塑造了一对睿智可爱的兄妹侦探。仁木悦子用女性特有的视角，讲述了一个现实主义色彩浓厚的推理故事。毫不夸张地说，《只有猫知道》和《点与线》共同开启了日本推理的写实主义时代。

这里要说明的是两者的不同之处——松本清张的作品是"带有本格元素的社会推理小说"，而仁木悦子的作品更像"本格推理小说社会推理化"。这个区别直接决定了日本推理文学未来30年的发展方向：以松本清张、森村诚一为代表的纯粹的社会推理；以仁木悦子、夏树静子为代表的社会推理化的写实主义本格推理。

《只有猫知道》毫无争议地从那一年的400余部投稿中脱颖而出，获得了江户川乱步奖。在颁奖典礼当天，几百位记者早早等在典礼会场，都想一睹这位神秘作者的真面目。当主持人宣布获奖者仁木悦子登场时，所有人都被眼前的一幕惊呆了：一位先生推着一辆轮椅缓缓上台，上面坐着的就是他的妹妹、《只有猫知道》的创作者仁木悦子。这是她第一次走出家门在公众场合亮相。

一时间，会场鸦雀无声。突然，排山倒海般的掌声响了起来。所有人都在向这位了不起的创作者致以最崇高的敬意。江户川乱步不禁惊呼："奇迹！奇迹！日本终于有了自己的阿加莎·克里斯蒂！"

《只有猫知道》在出版半年之内就销售了十万册，还被拍成了电影，成为世界推理文学史上的经典作品。小说的成功改变了仁木悦子的命运，给她带来了丰厚的收益。她先后五次接受手术，终于可以站立起来。1962年，仁木悦子和翻译家后藤安彦结婚，婚后的生活堪称幸福美满。她后来又创作了七部长篇小说，包括《林中之家》《带刺的树》《黑色的飘带》等。

1986年11月23日，仁木悦子因肾病逝世，享年58岁。

松本清张和仁木悦子的影响是无处不在的，在那个时代，如果作品中没有写实主义色彩，创作者是很难在推理文学界立足的。而受两者影响最深、成就最突出的第一时期作家，毫无疑问是笹泽佐保和佐野洋。

笹泽佐保（1930—2002），本名笹泽胜，生于横滨。他出身于文学世家，父亲是日本颇有名气的诗人笹泽美明。他毕业于关东学院，后来做过一阵政府公务人员，还写过剧本。

1953年，笹泽佐保以《黑暗中的传言》和《第九个牺牲者》两个短篇参加《宝石》杂志征文，一举成名。1959年，他创作了第一部长篇作品《不速之客》，参加了次年江户川乱步奖角逐，虽然没能获奖，但依旧被出版社看中，最终顺利出版。

从1960年到1961年，笹泽佐保创作了八部长篇和30多个短篇，是那个时期产量最高的推理作家。因为身体原因，他很长时间都住在医院里，创作也是在医院完成的。长此以往，笹泽佐保竟然无法适应写字台；同时，因为长期卧床，他总是担心自己会因为睡魔侵扰而耽误交稿——在两者的共同作用下，笹泽佐保慢慢养成了站着创作的习惯，堪称前无古人后无来者。

笹泽佐保的字小巧工整，而且只使用稿纸的中间部分，四边的留白非常整齐。再加上"佐保"这个笔名非常女性化，以至编辑和读者长期以来都以为其是女性。《宝石》的主编甚至几次试图暗访笹泽佐保，看看有无将其打造成"美女作家"的潜质。

笹泽佐保一生创作了380余部作品，后期风格多变，而前期多是非常出色的社会推理小说。他的创作观是"推理小说应是解谜与浪漫的结合体"。相比于解谜，笹泽佐保更重视悬疑、爱情、硬汉以及社会性等元素，使其成为当时最受女性欢迎的推理作家。

2002年10月，笹泽佐保因肝癌逝世，享年72岁。

佐野洋（1928—2013），本名丸山一郎，生于东京。他自幼成绩优异，很喜欢运动，知识面也非常广博。1945年，佐野洋进入了一所海军学校，但很快就因战争结束被遣散。他回到大学，1953年毕业于东京大学心理学系。毕业后，他在读卖新闻社任记者，一边工作一边着手创作推理小说。

1958年，佐野洋凭借《铜婚式》获得《宝石》和《朝日周刊》联合征文二等奖。1959年，他又创作了长篇小说《一根铅管》，正式成为职业推理作家。社会推理以作品题材广泛著称，而佐野洋更是其中的代表性作家。他的小说涉及政治、体育、商业、心理等多个领域，甚至在科幻领域也不遑多让。佐野洋被媒体称为"日本的阿西莫夫"，其科幻推理的水准丝毫不逊于《钢穴》《裸阳》这样的经典，《透明受胎》就是他的科幻推理代表作。

佐野洋不仅是一位优秀的推理作家，还是一位出色的推理评论家。作为社会推理中坚作家，佐野洋一直致力于写实主义推理的推广。他反对传统意义上的"名侦探"，认为这样的设置纯属胡编乱造，是对这种文学形式和读者的不尊重。佐野洋一生著作等身，但其中从来没有出现过一位福尔摩斯式的侦探。

佐野洋这一观点非常尖锐，引发了日本推理文学史上一场著名的论战。和佐野洋对立的是著名推理作家都筑道夫。和佐野洋类似，都筑道夫也是个创作、评论一肩挑的健将，塑造过很多名侦探形象，因此坚决反对前者的观点。这场论战持续了很久，对日本推理文学的发展产生了重大影响。

1964年，佐野洋凭借《华丽的丑闻》获得日本推理作家协会奖。1973年，他当选为日本推理作家协会理事长，并在此后三度连任，足见其影响力。2013年4月23日，佐野洋因病逝世，享年85岁。

佐野洋和松本清张、笹泽佐保被评论界誉为"社会推理三大家"，象征着社会推理第一时期的最高成就。

在1957年到1968年的11年里，社会推理席卷日本文坛，这恐怕是创作者自己都始料不及的。一方面，更多的创作者和出版社投入到了社会推理的大军中；另一方面，上面提到的论战影响进一步扩大，客观上逼迫社会推理作家在写实主义道路上更加坚定地走下去，甚至是"不讲道理""不计后果"地走下去。

而随着作品数量的上升，质量变得良莠不齐就在所难免——这和本格推理的"后巅峰时期"何其相似。更严重的是，一些作家为了追求所谓写实，创作了大量类似风俗小说的作品，情节中甚至充斥着大量情色描写，令读者厌恶，也降低了整个类型小说的品位。就连前面提到的笹泽佐保在创作生涯的后期也写了大量"重口味"作品，遭到了读者和评论界的批评，没有让他在日本推理文学的谱系上"更上一层楼"。到了20世纪60年代末期，社会推理已经走到了非常危险的境地。

所幸，夏树静子和森村诚一扭转了颓势。

夏树静子（1938—2016），本名出光静子，生于东京，庆应大学毕业，专业是英文。如果说在"清张革命"之后，有哪位女作家可以在社会推理领域和仁木悦子比肩，那一定是夏树静子。

夏树静子的出道相当顺利，起点也非常高。1969年，夏树静子以《消失的天使》角逐江户川乱步奖，结果屈居第二——第一名是森村诚一的《高层的死角》。不过，这部作品依然得到了评委的一致认可，由日本讲谈社在1970年出版。

在创作了若干部短篇小说之后，1972年，夏树静子的第二部长篇作品《蒸发》完成。这部作品是夏树静子的最高杰作，毫无争议地斩获了日本推理作家协会奖。之后，她创作了《丧失》《目击》《雾冰》以及向埃勒里·奎因致敬的《W的悲剧》《M的悲剧》《C的悲剧》。

早期的夏树静子是一位坚定的本格推理作家，主张以华丽奇特的谜团征服读者；到了20世纪70年代，受松本清张的影响，她的创作风格发生了重大转变——在依旧重视本格元素的同时，也非常注重融入更多的社会元素。夏树静子的作品中充满了女性特有的细腻和纠结，在处理爱情以及家庭矛盾方面堪称首屈一指。

夏树静子的小说往往始于日常琐事，"丈夫外遇"是一个典型的矛盾开端。在这些琐事中，夏树静子可以找到读者意识中的盲点，让故事朝着绝对意外却又绝对合理的方向发展下去。这样的故事既有吸引力，又不会让读者有阅读"八卦"的感觉，避免了作品流于庸俗。后来，夏树静子得到了"主妇作家"的称号，可见其作品是多么的"亲民"。她也和另一位很有成就的女作家山村美纱并称社会推理第二时期的"绝代双姝"。

和夏树静子相比，森村诚一的成就更加辉煌。他是社会推理时代里仅次于松本清张的作家。

森村诚一（1933—　），生在琦玉县熊谷市。父亲常年经商，家境颇为殷实。从小学到大学，森村诚一的求学之路可谓一帆风顺——这和许多推理作家的成长道路大相径庭。宽松的环境使得森村诚一可以把更多心思放在阅读上。在求学期间，他阅读了大量小说，尤其是欧美小说。和松本清张类似，森村诚一也对纯文学作品很感兴趣。直到晚年，他依然把罗曼·罗兰的《约翰·克利斯朵夫》视为"文学领域的《圣经》"。

1958年，森村诚一从青山学院英美文学科毕业。毕业后的求职道路不是很顺利，森村诚一被分配到新大阪饭店和新大谷饭店工作。最初他只是一名服务生，后来升任柜台经理。酒店的工作刻板无聊，却为森村诚一的创作奠定了基础。当时正值日本经济突飞猛进的时期,在豪华酒店里,形形色色的人物"你方唱罢我登场"——政客、商人、骗子、妓女,甚至是黑帮人物。这些人每天在森村诚一眼前来来往往,给他留下了极其深刻的印象。后来森村回忆说:"突然间,我觉得自己的生活不再无趣。相反,我是世界上最见多识广的人,因为只要待在大酒店里,就可以接触到各种各样的人。这种经历的确太宝贵了。"

1967年,森村诚一调动工作,来到日本经营学校出任讲师。业余时间,他开始尝试创作企业小说。企业小说是在20世纪60年代的日本兴起的一种类型小说,当时创作这种小说的人很少,森村诚一一口气写了五部这类作品,都在青树出版社出版。小说本身有不少亮点,但作为新人创作的新型作品,其影响力非常有限。再加上青树出版社是个小社,宣传力度有限,以至于读者和评论界完全不知道有个名叫森村诚一的作家。

这次尝试算不上成功,但对森村诚一却产生了一定的鼓励作用。他很看重这五部作品,在其功成名就之后,还逐一修改了这些作品,并将其重新出版。现在,这几部作品的初版在日本售价不菲。

青树出版社的社长认为这几部作品和推理小说很接近,建议森村诚一改写推理小说,理由是社会推理在当时已经成为主流文学。坦白地说,森村诚一最初对这个建议不太感兴趣,因为正如前面说的那样,社会推理在当时的评价已不是很好。他后来回忆,自己当时处在一种绝望和焦躁的情绪中。

某日,森村诚一看到了江户川乱步奖的征稿启事,没有什么明确目标的他决定尝试一下这个方向。当时距离征文截止日期只有一个月了,而这个奖项只接受长篇投稿。森村诚一认为,自己一天可以写20页稿纸,这样一个月就可以写出500多页。一页稿纸有400字,如此一来一部20万字的作品就诞生了。于是,森村诚一用了三天时间取材和构思;从第四天开始,他停下了其他工作,专心创作小说。1969年2月28日,森村诚一把完稿的作品寄给了江户川乱步奖评审委员会。

这部作品名为《高层的死角》，是以某家豪华酒店为背景的社会推理小说，故事里运用了密室和不在场证明诡计。当时江户川乱步奖评审委员会堪称群星璀璨，包括横沟正史、高木彬光、松本清张、仁木悦子、角田喜久雄、中岛河太郎等大师。结果，无论是本格推理作家横沟正史、高木彬光，或是社会推理作家松本清张、仁木悦子，还是侧重文学评论层面的角田喜久雄、中岛河太郎，都对森村诚一的作品赞不绝口。松本清张更是激动地高呼："后继有人！"就这样，《高层的死角》全票通过获得了江户川乱步奖，开启了属于森村诚一的辉煌年代，也开启了社会推理第二时期。

进入20世纪70年代，森村诚一无可争议地成为社会推理的领军人物。他先后创作了《腐蚀的构造》《新干线杀人事件》《太阳黑子》《超高层饭店杀人事件》等作品，其中的《腐蚀的构造》获得了日本推理作家协会奖。

1975年，森村诚一创作了经典之作《人性的证明》。这部作品以深刻悲凉的笔触，揭露了日本上流社会的黑暗和人性的丑陋，被誉为"最震撼心灵"的推理小说。这部作品在十个月里重印了30余次，累计销量达到了300万册，是除《福尔摩斯探案集》外销量最高的推理小说。对于中国读者来说，《人性的证明》可能是最为熟悉的一部推理作品，因为由其改编的电影《人证》曾在20世纪80年代火遍了大江南北，主题曲《草帽歌》更是那一代中国人随口就能哼唱的。横沟正史曾经指出："《人性的证明》是森村诚一的最高杰作，也是日本社会推理的扛鼎之作。"

随后，森村诚一又创作了《青春的证明》和《野性的证明》，和《人性的证明》构成了"证明三部曲"。这个系列的出版标志着森村诚一成为松本清张之后最伟大的社会推理作家，也意味着社会推理突破了瓶颈，又一次走向了巅峰。几乎在同一时期，森村诚一还创作了"十字架三部曲",也颇受好评。

森村诚一总共创作了500多部作品,较之松本清张,他的作品更容易给读者留下深刻印象。一方面,他继承了松本清张深沉厚重的文风,作品极富纯文学性;另一方面,他一改过往社会推理作品情节拖沓、节奏缓慢、流于风俗的不足,笔触更加犀利,对于阴暗面的揭露和批判也更加一针见血。因此,阅读森村诚一的作品,会有一种前所未有的畅快感。也正是因为森村诚一的出现,社会推理风俗化的趋势被遏制,这种文学类型在20世纪60年代末重获新生,将辉煌又延续了近20年。

森村诚一自出道以来,便成为日本各大畅销书排行榜常客,即便不是每部新作都能占据榜首,也从来不曾落在前十之外。森村诚一连续十年高居日本作家收入榜第一位,其实力和读者认可度可见一斑。从这个角度来说,森村诚一取得了江户川乱步、横沟正史和松本清张都没有取得过的成绩。

除去推理小说创作,森村诚一还长期从事一项事业,让作为中国人的我们无法忽视。他一直对二战时期日本军队在中国犯下的罪行进行研究和揭露,尤其是有关731部队在中国东北的行径。森村诚一自掏腰包花费了将近2000万日元,亲自来到中国进行调查取证。最后,他撰写了《恶魔的饱食》一书,系统真实地披露了731部队犯下的滔天罪行。这部作品在日本被抢购一空,进而引发了轰动。

日本的军国主义余孽和极右翼势力将森村诚一视为眼中钉。他们四处散布谣言,吹毛求疵地寻找书中的漏洞,甚至向森村发出了死亡威胁。有人劝森村不要招惹这些人,但森村诚一一面有理有据地批驳了对方的挑衅,另一面则给出了掷地有声的答复:"如果我就此退缩,还有何脸面以作家自居?让我成为一名只知道版税和稿酬的作家,我是无法容忍的。一个作家应该关心社会问题,以反省历史来揭露社会弊端,追寻人生的真理。这才是我写作的目的,也是我存在的价值。"后来,森村诚一将《恶魔的饱食》一书的稿费捐献给了学校、图书馆和战争纪念馆，以这种方式铭记历史，警醒后人。他还多次来华进行文化交流，并接受中央电视台的访问，成了中国人民的好朋友。

森村诚一的作品和人品都堪称无懈可击，这让他赢得了中日两国的尊重。著名作家东野圭吾一向自视甚高，不太将其他推理作家放在眼里，但唯独对森村诚一，始终是毕恭毕敬的。

3 地下城

松本清张、森村诚一等人倡导的社会推理的最大功绩在于，最大限度地打破了"推理"与"文学"的界限，将这种类型文学升华为大众读物。到了20世纪80年代，日本推理文学呈现了多元化的发展方向。

总体来看，当时的日本推理文学大体开始往三个方向发展：其一，将社会推理细化为日本硬汉推理；其二，更加大众化；其三，复兴本格推理。本节主要阐述硬汉推理这一支。

硬汉推理于此时出现在日本不是偶然的，而是经历了和西方推理文学几乎相同的轨迹。本格推理诞生于西方，在其于20世纪40年代没落之时，西方的硬汉推理乘势而起。随后，硬汉推理中又派生出了间谍小说等小门类。

同理，在日本，当本格推理难以为继的时候，社会推理应运而生，这是日本社会特有的产物。在这个基础上，日本硬汉推理作为社会推理下的小门类，也渐渐发展壮大，进而占据了一席之地。

之所以说日本硬汉推理是社会推理下的小门类，是因为这类作品也是在描写社会的阴暗和人性的冷漠，但区别在于，作为大类的社会推理选择的方式是多种多样的，而日本硬汉推理的选择往往是单一的——抗争到底！

去过日本的朋友都有体会，这个国家有一个颇为奇特的现象：在很多大城市，地表之上往往人流稀少，波澜不惊；而沿着轨道交通进入地下，却发现这里灯火通明，熙熙攘攘，完全就是一座繁华的地下之城。

这个特征在某种程度上也反映了日本的特性：看得见的平静仅仅是一个表象，看不见的暗流却一直在地下涌动，稍不留神就会将无辜者吞噬。为了避免这种吞噬，弱小的个体唯有抗争——这幅图景，恰是日本硬汉推理试图展示的东西。

早在20世纪50年代，日本就已经有了一大批创作者在创作硬汉推理，其中最突出的，则非大薮春彦和西村寿行莫属。

大薮春彦（1935—1996），生于中国东北[①]，1946年回到日本。之后不久他不幸患上脊椎病，影响了学业，最终肄业于东京早稻田大学。

1958年，大薮春彦在同人杂志《青炎》上发表了小说《该死的野兽》。这部作品有着半自传体小说的性质，部分情节直接取材于大薮春彦的真实经历。小说的主人公伊达邦彦成长于中国东北，自幼饱受战争的折磨，形成了不太正常的世界观。大学期间，他一面像同学们一样好好学习，一面却在暗地里思考着如何报复这个令他不满的社会。最终，他杀死了一名警察，还犯下了敲诈罪，甚至袭击了大公司的运钞车——然而，所有行为仅仅是为了填补他空虚、病态的心灵。这部小说不仅是大薮春彦的成名作，也是日本硬汉推理小说的代表性作品。小说刻画了战争和社会对于人性的毁灭，受到了江户川乱步的称赞，并被翻拍成电影。

生活中的大薮春彦同样非常另类，有点儿像其作品中的叛逆人物。他曾经因为涉嫌抄袭而被作家机构除名，还因为非法持枪被警方逮捕。不过，这些没有影响到大薮春彦的创作，他是一个精力旺盛的作家，陆

[①] 一说生于朝鲜，但笔者认为这种说法不可信，因为大薮春彦创作过以中国东北为背景的作品，却没有写过以朝鲜为背景的作品。

续创作了《野兽的城市》《野情》《凶暴》《以牙还牙》等作品。单看这些书名，读者不难了解大薮春彦的风格。他标榜"反暴力"，却在作品中处处推崇"以暴制暴"。他的不少作品一开头就写到主人公遭逢厄运（亲人被杀、妻子被强暴等），然后其化身为硬汉，历经千难万险，闯入敌巢，与群魔进行不屈不挠的斗争。主人公既有粗犷的英雄精神，又有蔑视法律的破坏行为。

大薮春彦曾经说过："冷酷无情是建筑在幻灭的情绪上的，我喜欢写无情的死与掠夺。因此，冷酷无情中没有伦理的概念，这种冷酷无情所包含的是主人公因仇恨而付出的沉重代价，支配其行动的是禁欲主义与复仇主义。"他的这种鲜明的创作理念，引领了日本硬汉推理作品的创作。

1994年，大薮春彦被日本冒险作家俱乐部授予特别奖。他在1996年因病逝世，享年61岁。死后，以其名字命名的"大薮春彦奖"成为日本最重要的通俗文学奖项之一。

相比大薮春彦，中国读者对于西村寿行更加熟悉。其中最重要的原因，就是由其作品改编的电影《追捕》影响力实在太大了。

西村寿行（1930—2007），生于香川县高松市。他一直不曾公开自己的求学经历，现在我们只知道他曾经做过很多种工作，社会阅历非常丰富。1969年，西村寿行凭借《犬鹫》一文荣获"ALL读物"推理小说新人奖，正式出道。其后他创作了若干部推理小说，但没有找到自己的风格，未能引起读者和评论界的重视。

1975年在《问题小说》杂志连载的小说《君啊，请涉过愤怒之河》成为西村寿行创作生涯的转折点。小说描写正在处理案件的杜丘被人诬告，无奈之下只得一边逃亡一边寻找真相。最终，在红颜知己真由美的帮助下，杜丘查出幕后真凶，证明了自己的清白。这部作品随后被改编为电影《追捕》，在中国也引起了不小的轰动。主人公的扮演者高仓健和中野良子被视为国民偶像。2010年5月,时任国务院总理温家宝在日本进行友好访问期间,与日本文化界知名人士进行座谈。中野良子作为为中日文化交流做出突出贡献的一员参加了座谈。温总理走入会场第一个就认出了她,笑着说:"真由美,我认识你!"2014年,高仓健因病去世,更是引发了中国读者和影迷的一片哀思——可见这部作品在中国有着怎样的知名度。

这部作品集合了硬汉推理的一切元素:黑幕、诬陷、冒险、动作、暴力、性……西村寿行由此确立了自己的风格,即通过极致的男性向的暴力美学征服读者。有评论者这样描述西村寿行及其作品:"他是少数描写男人的作家之一,作品中充斥着男性的血汗和精液。"这种简单明了的风格得到了绝大多数读者的喜爱,使得西村寿行一跃成为当时最知名的畅销书作家之一,甚至和森村诚一、半村良(科幻作家)被并称为"三村"。

西村寿行一生酷爱养狗,在他眼中,狗比人可靠得多;他还是个不折不扣的、罕见的素食主义酒鬼,不吃肉,却每天要喝上半瓶威士忌。伴随着如此怪异的生活方式,西村寿行的作品也越发离谱。他后期的作品一味执着于色情和暴力的描绘,甚至频频出现令人反感的变态场景。他的这种风格受到了评论界的批评,客观地讲,这些作品没能超越《君啊,请涉过愤怒之河》的水准。

2007年8月,西村寿行死于肝脏衰竭,享年77岁。

在大薮春彦和西村寿行的引领下,20世纪70年代到80年代,涌现出了逢坂刚、大泽在昌等一大批硬汉推理作家。这些作家风格各异,涉及冒险、惊悚、间谍等各个领域。其中比较有代表性的,是逢坂刚的"百舌系列"和大泽在昌的"打工侦探系列"以及"新宿鲛系列"。

逢坂刚(1943—),原名中浩正,生于东京。他的父亲是著名插画师。他幼年丧母,由父亲抚养长大。逢坂刚曾经三次到过西班牙,这成为他日后创作的主要灵感来源。他将很多作品的背景设置在西班牙，被称为"最擅长描写西班牙的日本推理作家"。

1980年，逢坂刚凭借《死于屠杀者》一作荣获"ALL读物"推理新人奖；到1987年，他又以《卡迪斯红星》一作获得第96届直木奖、第5届日本冒险小说协会奖和第40届日本推理作家协会奖，一举奠定了他在这个领域的地位。

1986年，逢坂刚出版了代表其最高成就的"百舌系列"第一作《百舌呐喊的夜晚》。"百舌"是一种鸟类，在作品中则是主人公的代号。在一次暗杀行动中，杀手百舌不幸遭到指使者的背叛，失去了记忆。苏醒之后，百舌不惜一切代价开始了复仇之旅。然而，重重的黑幕却远比他想象的复杂得多。在故事中，逢坂刚除了塑造出"百舌"这个经典形象，还着力打造了热血刑警仓木这个人物——一正一邪两个男人，在命运的安排和黑手的逼迫下，竟然不得不联手冲破这座黑暗的地下城……

相比于之前流行的一味强化暴力和色情的冷硬小说，逢坂刚的"百舌系列"更加注重人物的刻画和情节的铺设，更具文学价值。不少读者读后感叹："'百舌'和仓木是我最喜欢的硬汉，《百舌呐喊的夜晚》是节奏最流畅的冷硬小说。"

之后，逢坂刚又创作了四部"百舌系列"的作品。这五部小说均取得了不俗的销量，成为日本硬汉推理中最璀璨的明珠。

大泽在昌（1956—　），生于名古屋市。他自幼立志成为一名诗人，却在中学期间就创作了硬汉推理小说《照准》。中学毕业后，大泽在昌就读于庆应义塾大学法学部，但没多久便退学成为专职小说作家。1979年，他以《复感的街角》一作获得新人奖，其后于1986年发表的短篇集《深夜曲马团》则获得第4届日本冒险小说协会奖短篇作品奖。

从1986年开始，大泽在昌陆续发表了六部"打工侦探系列"作品。

这个系列属于硬汉推理，但却有着鲜明的大泽特色。主人公是一对父子，一对非典型的、搞笑的父子——父亲奢侈好色，早年服务于警界，因为一个很神秘的原因退了下来；儿子是一名高中生，虽然表面上对父亲不屑一顾，但骨子里却对其很敬重。从故事里，读者可以知道，这对父子并没有血缘关系，儿子是被父亲领养的，似乎有着不可告人的身世，而这个身世就是父亲离开警界的原因。随着这个系列的深入，儿子身世这条主线逐渐清晰，牵扯出的黑幕也越来越多——在搞笑依旧的同时，硬汉推理特有的宿命感彰显无遗。

让大泽在昌成名的，还有从1990年开始发表的"新宿鲛系列"。新宿是日本东京最为繁华的地区，这里龙蛇混杂，三教九流无所不包，各方势力均有利益在此。作为这个地区的主管刑警，自然需要一些独特的东西才能平衡各方利益，维持这个地区表面上的繁荣。这个系列的主人公就是在这里任职的刑警，因为其名叫"鲛岛"，更因为其手段尤似黑帮，故而得到了"鲛"的绰号，"新宿鲛"由此而来。

这个系列没有"打工侦探系列"的搞笑外壳，是纯粹的硬汉推理。相比于逢坂刚的"百舌系列"，"新宿鲛系列"没有令人热血的过程，甚至没有让人感到"希望就在前方"的结果，有的只是利益的冲突和无止境的以暴制暴。鲛岛的心中存在着正义，但他明白现实中根本做不到"最好"，他所能坚持的也只是一个"最不坏"的结局。

这个系列目前出版了十部长篇和一部短篇集，累计销量突破了300万册。第一部《新宿鲛》同时获得第44届日本推理作家协会奖和第12届吉川英治文学新人奖，第四部《无间人形》更是荣获了直木奖。

进入90年代，日本硬汉推理领域涌现出了一位堪称集大成的优秀作家，将这种类型的推理小说推向了新的高峰。这位作家就是大名鼎鼎的驰星周，其代表作为"不夜城系列"。

驰星周（1965— ），原名坂东龄人，生于北海道浦河郡，横滨市立大学毕业,曾经当过编辑,后来转为自由作家,撰写推理小说评论。

驰星周自幼迷恋中国香港的电影,认为这类电影是艺术领域不可多得的精品,经常终日不间断欣赏影片。在众多香港影片中,驰星周又对香港黑帮片和动作片尤为推崇。其实这点不难理解,当时正值港片的黄金时代,其影响辐射到了整个东亚和东南亚地区。驰星周最喜欢陈果导演的作品,认为香港最杰出的电影作品是《无间道》。他反复表示,自己的作品受香港电影的影响很深。

与之有些矛盾的是,驰星周最喜爱的电影明星竟然是喜剧天王周星驰——不过可以这样理解:喜剧其实就是悲剧被夸大到了极致的产物。驰星周有一个目标,那就是写一部能像周星驰的电影一样搞笑的作品。他说过:"与让读者落泪相比,逗大家乐更难。我之所以喜欢周星驰的电影,就是因为觉得它好笑。那样的作品早年日本也曾有过,后来就很少见到了。周星驰的电影不用动脑筋就觉得好笑,而且有节奏感。"最后,他干脆把偶像的名字倒过来,以"驰星周"作为笔名。

1996年,驰星周发表了长篇小说《不夜城》,开启了创作生涯的辉煌之旅。这部小说以新宿歌舞伎町为舞台,描绘了在中国黑帮控制之下的一个黑暗的世界。《不夜城》在日本的销量高达200万册,之后又被拍摄成电影,由著名影星金城武主演。这部小说不但同时获得了第18届吉川英治文学新人奖和第15届日本冒险小说协会奖,还位列当年畅销榜单第一名。其后,驰星周又创作了"不夜城系列"的后续两作《镇魂歌》和《长恨歌》,使得这个系列成为硬汉推理中的扛鼎之作。驰星周也因此被称为"日本黑暗小说"的创始人。

驰星周说:"小说家只靠写小说便能生存的幸福时代已经过去了。我们写小说,我们创造自己,如同生存于高消费时代的可悲奴隶,或者说是被人操纵着的辛酸凄惨的玩偶。一旦失去了创作小说的才能(如果确有才能的话),只能靠把自己变成一个政客(暗讽日本某些弃文从政者)去苟延残喘。这实在是一种令人厌倦的存在。"从这些话里,我们不难看出驰星周的性格以及他的创作观。除了"不夜城系列",驰星周的代表作品还有《夜光虫》《漂流街》《古惑仔》《恣虐的乐园》等。

成名后的驰星周搬到了远离东京的度假胜地轻井泽居住,主要是为了他那只患了癌症的爱犬!他每天早晨7点起床,带着狗散步一个小时,之后会好好地享用早餐,然后从10点到下午4点都在屋中创作。他感叹道:"这样有规律的生活很健康!"实在不能想象,这个曾经彻夜饮酒、喜欢热闹的人,从35岁开始决心不再游戏人生,40岁之后干脆过上了半隐居的生活。如今,驰星周不用出门应酬,只是偶尔在家中自斟自饮,非常注重生活品质。他讲话的速度很慢,话虽不多但句句有分量,对于人生有着独到的见解。2020年,他凭借《少年和犬》一书斩获了直木奖。

前面已经说过,在硬汉推理里,有一个类别是相当特殊、自成体系的,那便是间谍小说。这类作品在西方有,在日本自然也有。从20世纪60年代日本硬汉推理兴起开始,间谍小说就一直存在并发展着。到了90年代,比较有代表性的间谍小说作家和作品有佐佐木让的"太平洋战争三部曲"和今野敏的"仓岛警部系列"以及"搜检系列"。

进入21世纪,日本文坛涌现出了一位颇有新意的间谍小说作家,那就是柳广司。柳广司(1967—),生于三重县,毕业于神户大学法学部。2001年,柳广司凭借考古推理小说《黄金之灰》出道,之后陆续发表了许多以历史人物为主题的推理作品,包括夏目漱石、苏格拉底、达尔文等。

2008年,柳广司突然转变风格,在杂志上开始连载"D机关系列"间谍小说。在有"魔王"之称的结城中校的主持下,日本陆军成立了间谍培训学校"D机关"。在这里,所有成员都被灌输了与武士道精神相悖的最高原则:不许杀人,不许自杀!这样的组织自然成为各方势力的眼中钉,然而"魔王"以他犹如魔术师般的高超手腕,交出了令人瞠目的谍战成绩单。

这个系列作品风格简约明快，极具画面感，得到了读者的一致认可。"D机关系列"既没有以往间谍小说沉重的使命感和压抑感，又不似"007系列"那样强调个人英雄主义，为间谍小说打开了新的发展方向。这个系列的第一部单行本《魔王游戏》不仅销量惊人，还斩获了第62届日本推理作家协会奖和第30届吉川英治奖。目前，这个系列已经推出了四部单行本，并被改编成了人气漫画和动画片。

日本硬汉推理是在社会推理的基础上出现的一个新的发展方向。同时，在另一个方向上，日本推理文学朝着更加大众化的目标持续进行着尝试。结果，这种类型文学孕育出了真正意义上的国民作家。

4　国民作家

日本推理之所以可以和西方推理比肩而立，最重要的原因就是其打破了类型文学的壁垒，成了真正意义的大众文学。在这条道路上，日本的创作者向来是不遗余力的。经过江户川乱步的尝试，经过松本清张和森村诚一两代社会派推理作家的努力，当时间来到20世纪80年代时，日本推理这一类型文学终于培养出了真正意义上的国民作家。

当然，成为知名作家已经是一件非常不容易的事，更不要说成为国民作家。因此，日本的国民作家也不是一蹴而就的，而是逐步升级，终成大器。

朝着国民作家这个目标迈出第一步的，是有"日本异色小说之王"称号的阿刀田高。阿刀田高（1935—　），生于东京，毕业于早稻田大学文学系。早在1969年，阿刀田高就开始发表作品，大都是短篇形式，而且创作量不是很大，每年十篇左右。

改变出现在1979年。在这一年，阿刀田高凭借短篇小说《来访者》获得了日本推理作家协会奖；同年，短篇作品集《拿破仑狂》获得了直木奖，一举奠定了他的大师级地位；还是在这一年，阿刀田高受到鼓舞，一口气发表了46篇短篇小说，每一篇都堪称经典之作，这对于一名创作者来说简直是个奇迹。

在此后的几十年里，阿刀田高总共发表了几百篇作品，受到日本各个阶层读者喜爱。他曾长时间担任直木奖评委，而且是评委会核心成员，其在日本文学领域的地位可见一斑。需要强调的是，直木奖是日本最高级别的大众文学奖，并不是推理文学奖项——由此可见阿刀田高是以大众文学作家的身份被读者接受的，而不仅仅是推理作家。

阿刀田高为什么可以跳出类型化的束缚？就像他的称号一样，凭借的是其作品中独特的"异色"。

> 多年前，阿刀田高来到北京出席活动，笔者有幸和这位大师面对面进行了一番交流。阿刀田高告诉笔者，他是一位推理作家，但创作的不是传统的推理小说，而是一种"有奇异味道"的作品。他进一步解释，这个词不是他想出来的，而是日本推理文学鼻祖江户川乱步提出的，而他一直在朝着这个方向努力。

阿刀田高的作品题材广泛，几乎涉及社会的方方面面。他善于描写平凡人的日常，能让读者毫不费力地将自己代入作品，然后从一个完全意料不到的角度让故事突生波澜，使得生活在平淡乏味中的读者获得最大满足。

与题材广泛相呼应的，是阿刀田高近乎诡异的行文风格。他的作品似乎和推理、悬疑、惊悚、心理、怪谈、幻想等元素无限接近，但却不是上述任何一种类别。他的作品中有着神秘的一面，喜欢用一种"异常的力量"解释人物命运和故事悬念。这种力量不是简单的超自然力,而是有一种无法形容、在冥冥中操纵着一切的宿命感。这样的处理让故事充满了"异色",令阅读者不忍释卷,读过之后除了惊讶,更有一种"天数茫茫不可逃"的唏嘘。

在阿刀田高的作品中,大众文学的一些创作要素都能得到体现。他突破了传统意义上的创作模式,让灵异与犯罪共存,让悬疑与恐怖交融,让自然与现实物化,让幻想与真实并行。日本著名小提琴演奏家佐藤阳子说:"阿刀田高的作品,可以让几种毫不相干的极端要素浑然一体,这还是日本文学中不曾期待过的。"可以说,阿刀田高打破了推理文学的既定模式,为读者创造了一种异色的、全新的阅读体验。因此,他被广大读者喜欢,也就不足为奇了。

当然,想要成为国民作家,类型突破倒也不是唯一的途径。也有创作者始终坚守着推理文学的原则,一生都在撰写典型的推理作品,最后同样得到了大众的认可——其中的代表作家,非西村京太郎莫属。

西村京太郎(1930—2022),本名矢岛喜八郎,生于日本枥木县,毕业于东京都立电机工业学校。西村京太郎一心想做推理作家,在当了十年政府公务员后,终于下定了决心,辞去工作准备专心创作。可是,他发现事情并没有那么简单,自己不可能在短时间内实现理想,而在这个过程中,似乎连生计都成了问题。于是,他不得不四处打工养活自己,先后做了十几种工作,包括司机、保险推销员、私家侦探、保安等等。这段日子固然艰辛,却客观地帮助西村京太郎了解了社会,为之后的创作奠定了坚实的基础。

因为工作的需要,西村京太郎经常出差,坐着新干线跑遍了日本几乎每座城市,见识到了三教九流、形形色色的人。这样的经历直接带给西村京太郎两个优势:其一,他非常了解高压下都市人的悲欢离合;其二,他比任何其他推理作家都更了解日本的列车时刻表。

1963年，西村京太郎发表了《歪曲的早晨》，获得了推理小说新人奖；1965年，他以《天使的伤痕》荣获第11届江户川乱步奖，正式成为一名推理小说作家。到了2017年，他的第600部作品正式出版，这实在不能不让人肃然起敬。2022年3月3日，西村京太郎因病与世长辞。就在去世前的2021年，他依然出版了两部推理小说，真正做到了与推理小说相伴终生。

西村京太郎是最擅长"旅行推理"的日本作家。他的作品通常以新干线或其他交通工具为主线，以时刻表为核心诡计，以日本各大特色城市为背景（新干线刚好可以把这些城市串联起来），以高压下的小人物为主角，为读者描绘出一幕幕精彩的当代都市浮世绘。

西村京太郎文风质朴，对于素材的选取也非常稳定。他不像阿刀田高那样极力渲染故事氛围，也不会将非推理元素加入其中，而是恪守推理小说的原则，让故事完全依托案件和诡计存在，让读者跟随警探四处奔波，探究迷雾背后的真相。西村京太郎塑造过很多侦探形象，其中最知名的是十津川警部。

风格平实，严守原则，西村京太郎的作品能被大众接受吗？答案是肯定的，因为他将人性自私而无奈的一面展现到了极致，引发了阅读者强烈的共鸣。"天地不仁，以万物为刍狗"，本性善良的小人物来到这个功利的世界，不得不为了生存使用这样或那样的手段。从法律的角度看，这些人的确是罪犯，但站在更高的视角，每个读者都会对剧中人抱以同情。西村京太郎把握住了这一点，总能用平实的叙述触碰到阅读者内心最柔软的部分。

将上述特点体现得最淋漓尽致的作品，无疑是他的代表作《七个证人》。在这部小说里，西村京太郎将小人物在命运面前的无可奈何表现得非常到位：一个青年被怀疑故意杀人，而出现在现场的七个证人给出的证词更是将其推入了绝境。将这些证词连起来，青年无疑就是真凶。看上去，这就是事实。然而，命运真的和所有人开了一个玩笑。案发时刻,每个证人恰好都做着不可告人之事,为了掩饰自己的秘密,他们不约而同选择了撒谎。比如,一对男女当时正在偷情接吻,根本没有看到对面街道的状况。然而,当他们听到前一个证人信誓旦旦地说看到嫌疑人跑进了街道,也只好声称确实看到他从自己眼前经过,因为当时自己目不转睛地看着那里!殊不知,前面做证的那个人,同样为了自己的利益说了谎……就这样,一个无辜的生命逝去了。

七个证人和嫌疑人并无恩怨,更不是十恶不赦的坏蛋。可是,他们为了掩饰自己的一个小错误,就自私地牺牲掉了无辜者。每个人都认为,自己从来没说过亲眼看到了嫌疑人行凶,那么,嫌疑人是死是活,又怎能算到自己头上?就这样,真实而残酷的人性被无限放大。每个阅读者都会思考——如果是我,会为了素不相识的人说出真相吗?

故事平实,诡计到位,逻辑严谨,寓意深刻,这就是西村京太郎成为国民作家的原因。几十年里,他执着地坚持着自己的风格,最终得到了大众的尊敬。

既然有西村京太郎这样的厚重型国民作家,自然就会有以轻松幽默见长的"轻型"国民作家,比如赤川次郎。

赤川次郎(1948—),生于日本福冈。他自幼喜欢古典音乐和漫画,对于读书不怎么上心,成绩也非常一般。他的父亲在东京一家电影公司工作,这使得赤川次郎很早就接触到了商业电影。他发觉,这类电影通常没有什么深度,却总因为情节刺激、风格轻松而被大众喜爱,给出品方带来巨大的收益。这个心得,影响到了赤川次郎的创作观。

大学毕业后,赤川次郎找到了一份校对工作,压力并不是很大。就这样,他有了大量空闲时间,开始拼命阅读小说,尤其是推理小说。后来赤川次郎回忆,当时自己读了很多推理作品,印象最深的还是柯南·道尔的福尔摩斯故事。"福尔摩斯当然算不上最复杂的推理小说,甚至有些简单,但这些故事最富画面感,很容易被记住。"可以说,赤川次郎后来的创作理念，都秉承了他对于福尔摩斯故事的读后感。

1976年，赤川次郎创作了第一部推理小说《幽灵列车》，凭此获得了推理小说新人奖。他受到鼓舞，辞去了工作，回家专门从事推理小说创作。和50年里创作了600部作品的西村京太郎相比，赤川次郎的作品数量略低，创作效率却高得惊人。在将近50年的作家生涯里，他总共创作了400余部小说，包括将近20个系列，塑造了50多名侦探形象。据说在巅峰时期，赤川次郎每天可以写15万字，平均两天就能完成一部长篇作品，曾经创造了一个月出版20部作品的纪录。

整个20世纪80年代，他平均每年出版15部作品；在1985年，他有九部作品登上了畅销书排行榜；到了90年代，日本出版界曾经评选出了28部畅销小说，其中有八部是赤川次郎的。当时的日本《朝日周刊》评论道："在今天的日本，不看赤川次郎的书，就不知道什么是现代生活。"

从1983年开始，赤川次郎连续三年位列日本作家收入榜第一位——请注意，这个榜单的考察对象是所有日本作家，并不局限于推理小说作者！单是1985年，他的版税就高达7.5亿日元！要知道，即便在钞票贬值的今天，日本当红的村上春树和东野圭吾也不曾取得这样的成绩。

赤川次郎作品最大的特点就是文风轻松，语言幽默，故事自带画面感，阅读门槛很低，甚至不需要读者动脑思考，只需要跟着情节一路欢乐下去就可以了。诚然，他的作品相比于松本清张、森村诚一等前辈，的确要浅显很多，谈不上多高的文学价值。不过，从商业角度考虑，赤川次郎几乎是无可指摘的。他通过推理小说创造出的辉煌无法复制，这也使他无可争议地得到了国民作家的头衔。

由松本清张掀起的"革命"，经过30年里几代推理人的努力，终于培育出了真正大众的国民作家。这是社会推理的胜利，是写实主义推理的胜利,更是日本推理的胜利。即便是经历了黄金时代和"黑色革命"的西方推理,也不敢说已经成为大众文学;而在20世纪80年代,日本的推理作家就已经达成了这个目标。在此之后,日本推理文学的发展呈现出了与西方不同的轨迹,也创造出了更多的辉煌。

四　名侦探的逆袭

1　精神领袖

如果用一条轴线来概括西方推理文学的历史，这条轴线应该是这样的：

启蒙—本格（古典）—硬汉（西方文化面对社会变迁的反应）—多元

那么，我们可以说，截止到20世纪80年代，日本推理文学的发展轨迹与上面的轴线几乎一模一样：

启蒙—本格—社会（日本文化面对社会变迁的反应）

然而，在此之后，两条轨迹出现了差异。日本推理在来到多元时代之前，相比西方多经历了一个阶段。我们把这个阶段称为"新本格时代"，其核心思想可以归纳为"复兴本格"。

松本清张开创的社会推理盛极一时，何以在20世纪80年代出现松动，让本格推理东山再起？其根本原因在于时代变迁导致受众发生了变化。社会推理诞生于20世纪50年代，繁荣于60年代至70年代。这类作品面对的主流受众，基本上都是"跨时代者"，即经历了40年代的战争、50年代的痛苦重建和60年代的经济腾飞及堕落。这类读者对作品中揭露的林林总总感同身受，这成为社会推理繁荣的基础。

然而，随着新一代受众的成长，以上这些基础不复存在。这一代人出生并成长于一个稳定而富足的年代，战争、痛苦、重建、腾飞、堕落这些概念对于他们来说，是抽象的，难以唤起他们的共鸣。当他们成为主流受众后，任何事物都要经受其检验，推理文学自然不能例外。这是崇尚享乐和个性解放的一代，相比于深沉厚重的写实主义社会推理，轻松猎奇的浪漫主义本格推理得到复兴，也就不足为奇了。

本格推理的复兴当然不是一蹴而就的。从70年代开始，有两个标志性事件预示了这一趋势。

其一，日本出版社开始大量重印本格时代诸位大师的作品集，并取得了非常出色的销量。在短短几年里，《江户川乱步作品集》《横沟正史作品集》《木木高太郎作品集》《小栗虫太郎作品集》《梦野久作作品集》《高木彬光作品集》等纷纷上市，累计数量超过了300种。

其二，在1975年2月，著名推理研究人傅博先生在日本创办了《幻影城》杂志，大力推广启蒙时代和本格时代的作家作品。同时，杂志还定期举办征文大赛，着重推广本格推理作品，先后培养出泡坂妻夫、连城三纪彦、竹本健治等知名作家，成为本格复兴最重要的阵地。与此同时，通过其他渠道，如冈岛二人这样的本格作家也纷纷登上舞台，一场本格推理的"大反攻"似乎就在眼前。

不过，一场大变革，除了社会基础和参与者，还需要一套成熟的指导理论和一位伟大的精神领袖。这场复兴运动到底应该孕育出怎样的作品？复兴本格仅仅是对本格时代的简单复制吗？这些，都要由这位领袖

——解答。

这个时候,一个被后来人称为"推理之神"的人出现了,他就是岛田庄司。

岛田庄司(1948—),生于广岛县福山市——一个被原子弹摧残得满目疮痍的城市。岛田庄司曾经谈起当时的情况:"我的父亲在战争期间从军,长期驻扎在广岛。一次,他从广岛郊区赶往市中心执行任务。走到半路上,父亲突然想起,因为昨晚醉酒,有一项工作忘记处理。如果这样赶到市里,一定会被长官痛骂。于是,他转身返回市郊。就在折返的路上,父亲身后传来一声巨响,大地仿佛被撕裂了。他转头一看,一朵蘑菇云在广岛市中心升起,由橙变黑,由黑变白。后来日本人才知道,这个东西叫'原子弹',是美国人送来的。如果不是醉酒,父亲一定不能躲过这场灾难,我也就不会出现在这个世界上。"对于推理小说而言,那将是多么可怕的事情!

他还回忆说,很多年后,他的家乡依然有原子弹爆炸的痕迹,很多因遭受辐射而外貌非常恐怖的人在街上走来走去,这一点令他终生难忘。年幼的岛田庄司经历了日本战后最困难的日子,这使得他的作品中永远不会缺少对于社会问题的思考。

小学的时候,岛田庄司就开始创作推理小说,并且在课间休息时把自己的作品大声念给同学们听。岛田庄司是一个很有艺术天赋的人,毕业于武藏野美术大学。他做过卡车司机,为杂志画过插画,甚至一度成为占星师。1976年,岛田庄司发行了一张自己的唱片,这张唱片在音乐领域没有引起什么反响,后来倒成为推理迷的收藏品。

对于绝大多数创作者而言,模仿往往是创作之路的起点。初涉文坛,新人的创作观大多不很成熟,有的人甚至根本没有所谓创作观,只是刻意模仿当时市场上流行的作品。和这种作家相比,岛田庄司显得非常另类。在很年轻的时候,他便形成了独特、超前的创作观。

岛田庄司认为，无论是松本清张之前的本格推理，还是之后的社会推理，都不是他追求的类型作品。他认为，推理小说应该回归最初的样子，回到自己的原点。哪里是原点呢？岛田庄司给出了明确的解释：历史上第一部推理小说即发表于1841年的由美国人埃德加·爱伦·坡创作的《莫格街凶杀案》。

岛田庄司认为，推理小说的本来面目，只应该是埃德加·爱伦·坡在《莫格街凶杀案》中表现的那样——故事紧扣谜团，谜团华丽离奇，解答的部分严格尊重科学和常识。"如果埃德加·爱伦·坡把故事的解答写成'恶魔的游戏'，那么《莫格街凶杀案》充其量只是一篇很好的哥特小说，不会取得什么突破。可是，他很科学地解释了一切，这样世界上才有了'推理小说'。"

在岛田庄司看来，这种理念就是他心目中理想的本格推理。岛田庄司并不排斥本格推理之外的推理作品，但他认为这些都是衍生品，不是真正的推理小说。既然推理小说被创立时就具有这样的特征，他要做的就是还原其本来的面目——这才是"复兴本格"。

岛田庄司还认为，《莫格街凶杀案》之所以魅力无穷，是因为埃德加·爱伦·坡运用了那个时代最先进的科技成果和理论知识，再配以严谨的逻辑推演，才会出现天衣无缝的作品。随着时间的推进，科学技术和理论知识在不断进步，推理小说要第一时间运用这些成果，才能保证不被读者摒弃。本格推理要想夺回阵地，不能让作品中的元素停留在乱步或横沟时代，而是需要新意。"19世纪的新成果在《莫格街凶杀案》中得到了体现，而20世纪末的推理小说，毫无疑问应该反映21世纪的世界。"

有了这样成体系的创作观，岛田庄司自出道伊始便有了明确的目标，并为之努力到了今天。同时，岛田庄司"回归原点"的理念，也成了日本推理文学新时代的指导思想和创作理论。

1979年，岛田庄司创作了惊世骇俗的《占星术杀人魔法》。他把稿件投给了江户川乱步奖评委会，参与1980年江户川乱步奖的角逐。这部稿件给所有评委出了个难题，谁也没有读过这种风格的推理小说，无法评价这部小说的优劣。德高望重的评委土屋隆夫直言："我真的没有能力评价这部作品，尽管我觉得它会改变日本推理小说的格局。"最终，《占星术杀人魔法》因为过于异类，输给了井泽元彦的《猿丸幻视行》，屈居第二。不过，日本讲谈社依然在1981年出版了这部作品。

《占星术杀人魔法》讲述了推理文学史上最华丽的一个故事，运用了一连串宏大的诡计。40年前，画家梅泽平吉在密室中被杀。他留下了一份手记，里面记载着制造不死女神阿索德的方法——只要取下六个不同星座女孩身体的一部分，将其拼在一起，就可以得到永生。而这六个满足条件的女孩，就生活在梅泽身边！接着，六个女孩被一一杀死，她们的尸体出现在日本各地，每具尸体上，都缺少了那最关键的一部分！

这部作品集中地体现了岛田庄司的理念，是《莫格街凶杀案》在20世纪末的长篇豪华版。毫不夸张地说，《占星术杀人魔法》是一部诞生过早的天才之作，它的创意和布局属于21世纪，却被岛田庄司这个天才提前20年写了出来——难怪评委面对作品会显得格外茫然和无助。

在《占星术杀人魔法》中，岛田庄司塑造了日本推理文学史上最为另类的侦探——占星师御手洗洁。"御手洗"在日文中是"厕所"的意思，而"洁"是"清洁"的意思。因此，这位神探的名字实际上就是"打扫厕所"。这个设定源于岛田庄司儿时的经历——"庄司"的日语发音和"扫除"很接近，每当老师问今天轮到谁做扫除时，全班同学总会高喊"庄司！庄司！"。岛田庄司回忆说："我小时候做扫除的次数，比全班其他同学加起来都要多。"后来，他索性把侦探的名字定为"御手洗洁"，这也算是一种无声的吐槽。

御手洗洁1948年11月27日上午8点28分出生于横滨，射手座，是京都大学的肄业生。他的智商在300以上；他的相貌是个永远的秘密，因为岛田庄司不允许任何人为其画像；他的职业是占星师，但没人能说清他究竟依靠什么来养活自己；他拥有非凡的贝斯技巧，却从来不屑于以此为生。

御手洗洁是个彻头彻尾的怪人。他平时颓废不堪，遇到奇案时却活力无限；他常常一言不发，却有着无法克制的演说癖，他曾经高谈阔论几十分钟，为的就是向别人解释自己为何从来不戴手表；他极端鄙视自己的同胞，肆无忌惮地咒骂同胞的劣根性；他非常崇拜福尔摩斯，却宣称福尔摩斯不过是个既爱吹牛又有毒瘾的骗子；他热衷于模仿狗叫，看着别人惊异的目光乐不可支……他认为地球是圆的，所以地球就是圆的；他认为天空是蓝的，所以天空就是蓝的；他认为自己是世界上最有个性、最优秀的侦探，所以，世界上最有个性、最优秀的侦探就叫御手洗洁！

1982年，岛田庄司发表了"御手洗洁系列"第二作《斜屋犯罪》，这部作品在谜团的华丽性和解答的意外性上更胜《占星术杀人魔法》。在日本最北端冰天雪地的悬崖上，耸立着一座造型怪异的华丽建筑"流冰馆"。这座建筑整体向一端倾斜，因此被人称为"斜屋"。在圣诞之夜，"斜屋"的主人邀请一群人来到家中做客，但邪恶的杀意却悄悄在倾斜的建筑中弥散开来……

就作品本身的影响力而言，《斜屋犯罪》略逊于《占星术杀人魔法》，但就对后来新本格推理的影响力而言，没有哪部作品能和前者相提并论。后来的新本格推理代表作家绫辻行人、我孙子武丸、歌野晶午、法月纶太郎等人的出道之作，无一不是在向《斜屋犯罪》致敬。

由于这两部作品的理念过于超前，加之主人公过于张扬，不是一个典型的日本人，因此作品出版后在日本推理界引发了一场空前的争论。很多作家和评论家攻击岛田庄司，认为其作品严重脱离实际，"幼稚可笑且异想天开"，是对松本清张以及众多前辈的不尊重，是会把日本推理文学引向毁灭的危险尝试。甚至有人直言:"像这样的作家,应该马上把他清洗出推理界。"岛田庄司承认,评论界的非议以及作品不怎么令人乐观的销量,导致他那段时间承受了前所未有的压力。

鉴于当时的环境,岛田庄司意识到,自己的理念需要一个循序渐进的推广过程,不能指望读者和评论者在一夜之间抛弃过往的一切。于是,在1984年,岛田庄司发表了《寝台特急1/60秒障碍》。这是一部带有写实主义色彩的本格推理,也是当时颇为流行的"旅行推理"。在这本书里,岛田庄司塑造了另一位侦探——刑警吉敷竹史。

吉敷竹史是与御手洗洁截然不同的人。他出生于1948年1月18日,摩羯座,是东京警视厅搜查一课刑警。与梦一样的御手洗洁相比,吉敷竹史是一位典型的务实派侦探。他留着一头黑发,大眼睛,双眼皮,高鼻梁,厚嘴唇,宽肩膀,身高一米七八,身材健美,酷似混血模特,是女性心目中的理想对象。即使他和一个名叫通子的女人(曾是他的妻子,但两人已经离婚)的分分合合令人不快,也没有动摇其好男人的光辉形象。

在工作中,吉敷竹史坚忍不拔,一丝不苟。他从来不会像御手洗洁那样异想天开——虽然他的头脑并不比那位占星师差——而是从始至终紧跟线索,不辞辛劳地在日本各地奔波。吉敷竹史遇到的案件大多与时刻表有关,于是,我们便会在每一部作品中跟随他东奔西跑,有时会感到疲劳,有时会觉得琐碎。不过,每当吉敷竹史说出真相,令凶手无处遁形时,所有读者都会发出由衷的感叹:"真是不枉此行。"

亲民的吉敷竹史渐渐得到了大家的认可,岛田庄司的理念也被越来越多的人理解并提倡。"吉敷竹史系列"一共有17部作品,其中的《出云传说7/8杀人事件》《北方夕鹤2/3杀人事件》《奇想,天动》和《泪流不止》是比较具有代表性的。最新的一部《盲剑楼奇谭》是他在20年后创作的这个系列的最新作品。

随着时代的进步和读者的认可,岛田庄司声名鹊起,随之而来的是越来越多的应酬。为了潜心创作，在1990年，岛田庄司决定移居到美国洛杉矶，每年只回日本两到三次。美国的生活给了岛田庄司新的灵感，自由的环境也使他可以大胆推行自己的理念。

从这一年开始，岛田庄司陆续推出了"新·御手洗洁系列"。这个系列共包括四部作品，分别是1990年的《黑暗坡食人树》、1991年的《水晶金字塔》、1992年的《眩晕》和1993年的《异位》。这四部小说篇幅都在40万字以上，构思天马行空，融入了很多西方理念和场景，人物也更加丰满。这个系列标志着岛田庄司的理念完全成熟。其后，岛田庄司又写出了《龙卧亭杀人事件》（1996年）、《俄罗斯幽灵军舰之谜》（2001年）、《魔神的游戏》（2002年）、《螺丝人》（2003年）、《龙卧亭幻想》（2004年）、《摩天楼的怪人》（2005年）等"御手洗洁系列"作品，再加上1988年的《异邦骑士》和若干部短篇集，使得御手洗洁一举成为最受全世界推理爱好者青睐的侦探。

在这些故事里，我们可以看到人类想象的极限：2000岁的吃人楠树、核战争后满目疮痍的地球、杀人的吸血鬼、俄罗斯公主的幽灵、传说中的橘子王国……御手洗洁和他的助手石冈和己穿梭于世界各地，处理着这些不可思议的谜团。支撑这些谜团的，是克隆技术、DNA密码等新时代科技成果，而这些，无一不彰显着岛田庄司新时代的推理创作观。

除了"御手洗"和"吉敷竹史"两大系列之外，岛田庄司还创作了许多优秀的非系列小说，例如《夏天，19岁的肖像》《夏目漱石伦敦杀人事件》《犬坊里美的冒险》《开膛手杰克的百年孤独》《透明人的小屋》《秋好英明事件》《写乐：密闭之国的幻影》《蛙镜男怪谈》《星笼之海》等。其中，《夏天，19岁的肖像》和《夏目漱石伦敦杀人事件》先后入围直木奖决选。

在众多日本推理作家里，岛田庄司是与笔者交流最多的一位。对于这位新本格推理的精神领袖，笔者除了由衷的尊敬，再找不出其他词。这种尊敬不是因为出版岛田庄司的作品为笔者带来了工作上的业绩（尽管事实确实如此），而是因为一些更高层面的原因。

首先，岛田庄司一直将推广自己的推理理念视为义不容辞的责任。他犹如自己笔下的侦探御手洗洁和吉敷竹史的合体——既不缺乏天才的创造力，也不缺乏将这种创造力推而广之的信念与毅力。早期的岛田庄司遭遇了不公正的评价，但他并没有因为这些放弃自己的理念。在晚年功成名就之后，他依然不辞辛劳地在世界各地传播自己的思想。

岛田庄司曾在邮件里对笔者说："我可以在中国住一段时间，自费在各地巡回讲演，或者在网络上制作一些视频给读者看。请不要担心我，为了推广这些，我是不会觉得辛苦的，因为这些是我一生的追求。"

坦率地说，笔者见过许多只在意版税、一心想一作成名的创作者，其中不乏活跃在日本一线、人气爆棚的当红推理作家。笔者认为看重版税是一件无可厚非的事情，这是作者的权利。可是，有些作家功成名就之后对于某些责任的淡漠和麻木，却是笔者不敢苟同的。笔者只能这样说，对于那些只看重利益的作家，绝不会反对；但对于岛田庄司这样有责任感的大师，心中的尊敬是永远不会改变的。

其次，岛田庄司对于新人的提携从来都是不遗余力的。他深深知道，新时代的本格推理不能停留在理论阶段，而是要有更多的创作者投入其中，写出更多优秀的作品。他从20世纪80年代开始，坚持在日本各大高校巡回演讲，发现并扶植了一大批优秀的新人作家（这一点将在后面的章节里详细论述），其中包括绫辻行人、小野不由美、我孙子武丸、法月纶太郎、麻耶雄嵩、歌野晶午这些新本格一代作家，还包括京极夏彦、西泽保彦这些新本格二代作家以及伊坂幸太郎这种更新一代的创作者。

进入21世纪的第二个十年，岛田庄司迎来了创作生涯的第二春——他以每年一部长篇的速度连续出版了三四本作品，很多旧作也纷纷再版。在日本，作家是一种竞争激烈、更新换代很快的职业，一旦从创作的巅峰期走下来，很难再度被大众关注——即便横沟正史、松本清张这样的大师也不例外。可是，岛田庄司却在20世纪90年代之后，又成了读者关注的焦点。

除了岛田庄司自身的不懈努力之外，随着读者的更新换代，其超前的创作观被越来越多的人认可，也是一个重要的原因。这也从另一个角度证明，岛田庄司是一位天才般的领袖，他在40年前便高瞻远瞩地预见到了日本推理文学的发展方向。之后出现的新本格推理时代，正是在他的引领之下，由星星之火渐成燎原之势。

在下一节，我们将沿着精神领袖岛田庄司指引的道路，一起探讨日本推理的新本格时代。

2　掌　门

岛田庄司作为精神领袖，在本格复兴的道路上做出了不可磨灭的贡献。然而，开启一个新的时代并不能仅仅停留在精神层面，还需要一位天赋超群、年富力强的执行者。这个人，就是本节的主人公。

岛田庄司是个理想主义者，但其伟大和睿智之处在于，他懂得运用现实的手段来实现自己的理想。在被社会推理统治了30年的大背景下，实现复兴本格的目标，必要的手段是不可或缺的。

岛田庄司采取了两个方法：一个是撰写了带有社会推理风格的"吉

敷竹史系列"，用改良的方式影响整个推理界；另一个方法效果更加显著，那就是从年轻人中培育本格推理的新势力。

为了实现第二个目标，在相当长的一段时间里，岛田庄司不辞辛苦地奔波于日本各地。他的目的地是各处的大学。他在大学里定期举办演讲和交流活动，播撒本格推理的火种。日本的各级学校中都存在着各类社团，这已经成为其教育体系中不可或缺的一环。岛田庄司十分看重社团的力量，大力扶植大学里的推理社团的发展。事实证明，岛田庄司是非常有远见的。

京都大学的推理社团是日本建立最早的大学推理社团之一，底蕴非常深厚。岛田庄司很看好这个社团的前景，经常来到京都大学和学生们展开交流。某一天，岛田庄司正在进行演讲（这次演讲的地点却不是京都大学），忽然，坐在观众席第一排的一名学生站了起来。

"不好意思，有一个问题我想了很久，一定要当面向您问清楚。"这个学生身材瘦小，一脸稚气，却努力装出一副成熟学者的姿态。

事后岛田庄司回忆，他当时觉得这个学生的样子实在很搞笑，也很可爱。

"请问你有什么问题？"

"请问……"这个学生倒是毫不怯场，"在您创作的小说里，侦探御手洗洁骑的那辆摩托车是什么型号？"

岛田庄司说，这是第一次有人注意到这个问题，这让他非常高兴。这名学生从此成为岛田庄司的忘年交，他在演讲结束之后得到了岛田庄司的联系方式——日本推理的格局由此被改变了。

演讲结束之后，岛田庄司每天都会接到这名学生打给自己的电话。交谈的内容涉及推理小说的方方面面，从理念到推广，从诡计到情节，还有很多类似"摩托车型号"的问题。"如果某次和他的通话时间保持在了30分钟以内，我会感到非常意外。"

这种交流持续了很长时间。一天，这名学生突然给岛田庄司寄来了一份稿件，说是自己创作的推理小说，请岛田庄司阅读并提出建议。不过，岛田庄司当时琐事缠身，没有第一时间通读此稿。

一段时间之后，这名学生突然把岛田庄司叫到了一家咖啡馆——这家咖啡馆当时有很多客人，已经没有座位了。他把这部400多页的稿件塞到岛田庄司手里，要求他站在咖啡馆里马上阅读自己的小说，否则今天休想离开！岛田庄司彻底被"打败"了，只能老老实实低头看稿——后来我们知道，这名学生就是绫辻行人，这部小说则是新本格推理的发轫之作《十角馆事件》。

绫辻行人（1960— ），本名内田直行，生于京都。他毕业于京都大学教育学院，后来还拿到了教育学博士学位。绫辻行人自幼喜爱推理小说，尤其是法国推理作家莫里斯·勒布朗的"亚森·罗宾系列"和江户川乱步的"少年侦探团系列"。他立志成为一名推理作家，因此考入京都大学之后，毫不犹豫地加入了推理社团，并迅速成长为骨干成员。

日本的大学社团文化在世界范围内都是首屈一指的；由于推理文学一直被国民喜爱，推理社团在各个大学里有着特殊的地位。在绫辻行人读大学的年代，日本的大学推理社团通常会组织社员赏析和研究推理小说，但并不特别重视成员自己的创作尝试。不过，京都大学推理社团在这一点上，却走在了其他推理社团前面。

京都大学推理社团拥有两本社刊：一本叫《推研通信》，在社团内部发行传阅；另一本叫《苍鸦城》，是发表社员原创作品的专刊，包括绫辻行人在内的很多知名作家的处女作都是发表在这本刊物上的。后来，绫辻行人曾经把自己早年刊登在《苍鸦城》上的短篇小说结集出版。

大学四年级时，绫辻行人创作了一部名为《追悼之岛》的推理小说，目标直指江户川乱步奖。但作品最终只通过了第一轮筛选，没有获奖。不过，绫辻行人对这部作品非常有信心，认为总有一天它会对日本推理文学的进程产生决定性影响。

1984年1月,通过一辆摩托车,绫辻行人结识了岛田庄司。当时正在孤军奋战,被"旧势力"不断指责的岛田庄司,终于找到了志同道合的同行者。后来绫辻行人强迫岛田庄司在咖啡馆站着读完的,就是这部《追悼之岛》。

虽然有"胁迫"的味道,不过岛田庄司依然觉得这是一部出色的推理小说,而且是和《占星术杀人魔法》《斜屋犯罪》一脉相承的那种推理小说。岛田庄司给了绫辻行人很多切实可行的建议,鼓励他对稿件进行全方位的修改。经过一番努力,稿件更名为《十角馆事件》,在1987年由讲谈社出版——离这部作品初稿的完成已经过去了整整八年。

从此,日本推理文学进入了一个新的时代——新本格时代。而新本格推理的掌门就是绫辻行人。

《十角馆事件》讲述了K大学推理社团的六名成员来到了四面都是断崖的孤岛上,这里有一座形状奇异的建筑,名叫"十角馆"。住进馆中的成员一一遭遇不测,而那位传说中的名侦探,似乎还在孤岛之外……

相比于主张"回到原点",主张谜团梦幻化、解答理论化的岛田庄司,新本格推理的掌门绫辻行人更加激进。他认为与其对推理小说进行埃德加·爱伦·坡式的修正,不如创建一种超越坡的新派推理。这也是岛田庄司和绫辻行人存在分歧的地方。因此,岛田庄司一直被视为新本格推理的导师,却不是真正意义上的新本格作家。中国有很多读者认为"岛田庄司"即"新本格",这种认识是不准确的。

在《十角馆事件》里,绫辻行人借笔下人物之口明确提出:"……我不要日本盛行一时的写实主义推理。……什么贪污、政界内幕,什么扭曲的现代社会引起的悲剧,请退场吧。不管如何被指责不合时宜,最适合推理小说的,还是名侦探、大宅邸、可疑的居民、血腥的惨案、不可能犯罪、破天荒的大诡计……荒唐无稽似乎更好……重要的是在推理小说的世界里，非常理性地享受乐趣。"

这段话可以被看作是新本格推理的宣言。

> 笔者的夫人也是一名推理迷，她曾经这样解释本格和新本格的区别："本格推理是在密室里把人杀掉，新本格则是杀人之后在被害者周围盖起一座密室。"笔者认为这个比喻是恰如其分的。

新本格推理从诞生之日就被指责缺少真实感和责任感，但它符合新一代读者渴望刺激、浪漫、新鲜的需求，因此成为当今日本推理在新时代的选择。

《十角馆事件》受到了岛田庄司的《斜屋犯罪》的启发，属于"建筑推理"，这是一种典型的新本格推理模式。所谓"建筑推理"，是指故事发生的舞台是一座诡异建筑。与传统的"暴风雪山庄"不同，这座建筑不但与世隔绝，且本身存在着各式各样的问题。这些问题往往是破解真相的关键，也就是说，新本格推理中的建筑不仅仅是舞台，还是道具，更是中心。

在《十角馆事件》中，绫辻行人塑造了两个特殊的人物。这两个人物一正一邪，一明一暗，不仅贯穿于绫辻行人的创作生涯，甚至影响着整个新本格推理的发展方向。一个是十角馆的设计师中村青司，他在若干年前已经死于非命，实际上并没有出现在绫辻行人的任何一部作品里。不过，他设计了很多座外形诡异的病态建筑，而这些建筑无一不成为绫辻行人作品的核心。"中村青司"可以被视为新本格推理的象征，设计出一个个离奇的谜团，并把它丢向名侦探。而另一个人物，则是站在中村青司对面的名侦探岛田洁。岛田洁是九州大分县某市某寺院住持第三个儿子，终日无所事事，以"闲逛"和"解谜"为乐。他很喜欢折纸游戏，常常一边折纸一面娓娓道出真相。"岛田洁"即"岛田庄司+

御手洗洁"——绫辻行人以此向导师岛田庄司致敬。

《十角馆事件》的成功鼓励了绫辻行人,也激发了他的创造力。他以中村青司设计的建筑为背景,创作了影响力巨大的"馆系列"。从1987年的《十角馆事件》开始,绫辻行人陆续发表了《水车馆事件》(1988年)、《迷宫馆事件》(1988年)、《人偶馆事件》(1989年)、《钟表馆事件》(1991年)、《黑猫馆事件》(1992年)、《暗黑馆事件》(2000年)、《惊吓馆事件》(2006年)和《奇面馆事件》(2012年),构成了新本格推理版图中最宏大的一个系列。这个系列已经持续了30多年,累计销量超过了300万册。据绫辻行人自己介绍,这个系列计划有十部作品。因此,全世界的推理爱好者都在翘首企盼着伟大的"馆系列"能有一个伟大的结局。在"馆系列"中,《钟表馆事件》获得了第45届日本推理作家协会奖;而《暗黑馆事件》则是绫辻行人的集大成之作,被誉为"日本推理新五大奇书"之一。

除了"馆系列",绫辻行人还创作了"杀人方程式系列""杀人鬼系列""耳语系列"以及《推理大师的噩梦》《童谣的死亡预言》《最后的记忆》《怪胎》《眼球特别料理》《深泥丘奇谈》《替身》等知名作品。

出名之后的绫辻行人可谓一帆风顺。事业有成自不必说,生活上也找到了美满的归宿。在岛田庄司的撮合下,绫辻行人在1986年迎娶了京都大学推理社团的成员、才女小野不由美为妻——就是那个写出了"尸鬼系列"和"十二国记系列"的小野不由美。

> 实际上,笔者必须承认,绫辻行人赖以成名的"馆系列"累计销量只有"十二国记系列"的一半。综观世界文坛,恐怕也没有哪对组合能够运营出如此高效的夫妻店。

绫辻行人是一杆大烟枪,每天吞云吐雾不停歇。到过他家的人会惊奇地发现，他家中香烟的储备一点儿也不少于藏书，而且遍布各个角落。据说，在绫辻家的卫生间里还码着一排香烟——岛田庄司说过，他家的卫生间里也许找不到卫生纸，但绝对不会找不到香烟。最让人不可理解的是，绫辻行人最喜欢做的事情，就是一边玩命抽烟，一边语重心长地跟别人说吸烟有害健康。近些年，绫辻行人的健康状况出了些问题，不知道这会不会促使其在吸烟问题上有所改变。

绫辻行人患有非常严重的飞行恐惧症，除了在2006年到过中国台湾，他再也没有坐飞机去过其他什么地方。

> 笔者曾经写邮件邀请绫辻行人，但他在慎重思考之后婉拒了笔者的邀请，并且写了长信再三致歉，请笔者和中国读者谅解。

1998年，绫辻行人自编自导，完成了游戏软件《噩梦馆》的制作。他还是个麻将高手，夺得了1999年第30届日本麻将名人赛冠军，这在日本推理作家里是绝无仅有的。在绫辻行人的带动下，很多推理作家都成了麻将爱好者。

> 笔者读到过一本杂志，绫辻行人在里面详细讲述了自己参加某次麻将大赛的经历，甚至画出了每一回合自己手中的牌形。在那本杂志里，关于绫辻行人创作方面的介绍只有30页，关于他打麻将的描述却有50页——想必杂志的主编一定也是"中国国粹"的推崇者。老实讲，绫辻老师在麻将上的造诣丝毫不逊于推理创作，我们可以在网络上看到他参加麻将大赛的视频。

随着绫辻行人的出现，新本格推理正式确立。在1994年，绫辻行人以掌门的姿态，提出了所谓"新本格七大守则"。在本格推理的鼎盛期，英国人诺克斯和美国人范达因曾经制定了"十诫"和"二十条"；作为新本格推理的掌门，绫辻行人认为有必要确立类似的规则，以进一步规范新本格推理的创作。

  这里要特别指出的是，很多媒体和读者认为"新本格七大守则"是由岛田庄司提出的，其实不然。笔者曾当面向岛田庄司求证，他明确表示这些规则是由以绫辻行人为代表的新本格派作家提出的，和自己没有关系。

  岛田庄司还指出，一直以来，自己都是以埃德加·爱伦·坡式的推理为创作标准，非常"鄙视"所谓规则。岛田庄司认为范达因曲解了坡的初衷，非常愚蠢地提出了很多约束推理小说发展的条条框框，这是错误的。只要遵循谜团与科学理论结合的原则，没有什么元素是不能使用的。同样，岛田庄司认为"新本格七大守则"阻碍了推理小说的发展，不应该提倡。作为新本格的导师，在这个问题上，岛田庄司和绫辻行人一直存在分歧。不过，这并不影响他们的关系和各自的创作。

所谓"新本格七大守则"，是：

  一、把故事的舞台建筑在好像孤岛那样的封闭空间上。事件发生之后，已经出场的人物不可以离去，也不容许警方或其他外人进入。当然，先进的科学搜查也不能够进行。

  二、把事件发生的场所设置在附有可以被锁上的房门的人工建筑物内，或在这所建筑物的四周。

  三、把在事件发生场所居住或做客的人，在小说的起始全部介绍出来。

四、安排某些事件的发生，最好是杀人惨剧，而且还是发生在密室之内。

五、把扮演侦探角色的人，从最开始便安排出现在惨剧发生的场所内。

六、安排惨剧一件接一件地发生，可是凶手仍然不被查出，在这阶段，也可以包含一些侦探的错误推理。

七、最后安排侦探把凶手指出来，而对于读者来说，那个凶手必定是意料之外的人物。

不难看出，"七大守则"本身有很大的戏谑成分，不必教条地一一执行。不过，它的出现表明新本格推理作为新崛起的势力，已经不可阻挡地抢占了市场，成了日本推理文学的主流。很多创作者追寻着绫辻行人的模式和道路，积极地投入到了新本格推理的创作当中。其中觉悟最早、成就最高的，是一群离绫辻行人最近的人。

3 团 队

绫辻行人和他的"馆系列"的横空出世，标志着日本推理文学新本格时代的来临；绫辻行人因此毫无争议地成为新本格派的掌门。不过，掌门武功再高，孤军奋战也不可能"千秋万载，一统江湖"，还要依靠同门手足的群策群力。新本格推理之所以能够大放异彩，绫辻行人身边的同道者功不可没。

1987年之后出道的新本格作家，大体可以分为三个系统——讲谈系，创元系，江户川乱步奖系。"讲谈系"指以京都大学推理社团为根据地、由岛田庄司提携出道、在讲谈社出版处女作的创作者，也包括后来通过讲谈社设立的"梅菲斯特奖"出道的一些作家；"创元系"指通过东京创元社举办的鲇川哲也奖（包括之前的大奖雏形"鲇川哲也和十三个谜")出道的创作者；而"江户川乱步奖系"顾名思义就是通过江户川乱步奖出道的创作者。

三个系统里，以"讲谈系"成形时间最早，影响力最大，和绫辻行人关系最为亲密。

提及"讲谈系"，就不能回避京都大学推理社团——一个大学社团，陆续培养出了将近十位影响了整个推理文坛的一线作家，这在世界文学史上也是相当罕见的。除了绫辻行人，出自京都大学推理社团的还有小野不由美、法月纶太郎、我孙子武丸、麻耶雄嵩等优秀创作者。

上一节已经提到，小野不由美既是绫辻行人的师妹，又是他的妻子。小野不由美（1960— ），生于大分县，大谷大学文学部佛教学科毕业。在大学时代，她出于对推理文学的热爱和对于传奇社团的仰慕，跨校加入了京都大学推理社团，由此结识了绫辻行人。绫辻行人很喜欢这个小师妹，但一直没有向其表白。后来，是老师岛田庄司帮助他下定了决心："如果你觉得小野是一个很有才华的女孩，就不应该再犹豫。"这样，才有了1986年两个人的喜结连理。

必须承认，小野不由美的成功并不来自推理小说。1993年，她的作品《东京异闻》勉强可以看作有推理元素的小说，但是最终却入围了第5届日本幻想小说奖的最终决选。其后，她创作了恢宏的"十二国记系列"和"尸鬼系列"，在奇幻领域奠定了"主上"的地位。这些作品不仅取得了辉煌的销售成绩，并且都被改编成了漫画和动画片。可以说，小野不由美是唯一的"京都大学推理社团出身，最终却没有走上推理道路"的成员，但这并不妨碍她取得辉煌的成就。

法月纶太郎（1964— ），原名山田纯也，生于岛根县松江市，毕业于京都大学法学部。1987年，他以一部长篇小说角逐江户川乱步奖，却铩羽而归。岛田庄司看到稿件后对其进行了点拨和推荐。1988年，这部作品更名为《密闭教室》，由讲谈社出版。1989年，他发表了第二部作品《雪密室》，在这部作品里，同名侦探法月纶太郎第一次登场；同在这一年，法月纶太郎还发表了第三部长篇作品《谁彼》。这三部作品都是典型的新本格推理，强调诡计的作用，主人公也是传统的、天赋异禀的神探。

然而，从1990年出版的《为了赖子》开始，在其后的作品《一的悲剧》《二的悲剧》里，法月纶太郎突然转变了创作风格——他的侦探不再"不食人间烟火"，而是每每感受到当事人的痛苦和无奈，陷入了进退两难的局面。这种转变令评论家颇感意外，谁也没有想到"诡计流"的死忠法月纶太郎会变得这么"优柔寡断"。有的人看到他作品里的主人公如此苦恼，干脆送给了法月纶太郎"苦恼作家"的称号。

实际上，法月纶太郎确实十分苦恼。他对于诡计的执着使得自己终日陷于痛苦之中——无论花费了多么巨大的心血，他始终觉得诡计不够惊艳，或者是其中存在漏洞。可以说，法月纶太郎是日本推理文坛最为自律的作家之一，这种高标准不仅影响了他的创作速度，甚至动摇了他的新本格创作观——"没有完美的诡计，我的作品就没有了存在的价值！"另一方面，自己千辛万苦拿出来的诡计，却没有得到读者太多的重视——自己关注的焦点却不是读者的焦点，这让法月纶太郎非常痛苦。久而久之，他成了名副其实的"苦恼作家"。

转型之后的法月纶太郎并没有得到"解脱"——虽然其作品的影响力有所扩大，但内心深处的创作理念却不允许他欺骗自己。在很长一段时间里，法月纶太郎甚至只创作短篇作品（比较有代表性的有《法月纶太郎的功绩》等），这也是其苦恼的真实体现。

好在最终，法月纶太郎还是取得了不错的成绩。2002年，法月纶太郎以《都市传说》荣获第55届日本推理作家协会奖短篇作品奖；2005年，以长篇《去问人头吧》获得第5届本格推理小说奖。

有人批评法月纶太郎的作品过于注重诡计，故事本身缺乏"棱角"，显得很沉闷；甚至有人由此质疑法月纶太郎作为新本格推理第一代作家名不副实，缺少创作天赋。这些的确是法月纶太郎的苦恼之处，但也是其可贵之处。作为一位有追求、对作品非常负责的创作者，法月纶太郎的苦恼或许就是日本推理文学生生不息的根源所在。

我孙子武丸（1962— ），生于兵库县。1989 年，在岛田庄司的指导下，我孙子武丸发表了《8 之杀戮》，正式出道。其后他陆续创作了"速水兄妹系列"和"人偶系列"，这些作品多为笔触轻松幽默的作品，但本质上还是比较传统的本格推理。

1992 年，我孙子武丸创作了非系列作品《杀戮之病》。这部作品是我孙子武丸的转型之作，也是新本格推理文学史上一部非常特殊的作品。小说讲述的是一个变态凶手连续奸杀女性的血腥故事，故事里充斥着大尺度的描写和令人震撼的细节，被称为"推理小说版《感官世界》"。

从表面上看，这部作品是一部犯罪小说，或者说是一部心理小说，几乎不存在推理元素，更不用说新本格元素。可是，仔细读完，读者会发现，我孙子武丸从一开始就为读者设下了圈套，一个不折不扣的新本格式的圈套（这种设置圈套的方式将在后面重点提及）。我们从第一个字开始，就已经被误导，在错误的道路上坚定地认为自己在读一部官能小说或是犯罪心理小说。在谜底揭晓的一刻，读者才知道，我孙子武丸根本没有把注意力放在心理刻画和人性揭露上，所有的感官描写也都可以视为障眼法，他一直在专注地打造一部典型的新本格推理[1]。从这个角度上说，《杀戮之病》对于新本格推理的贡献是不可忽视的。

除了《杀戮之病》，我孙子武丸还创作有《弥勒之掌》《腐蚀之街》

---

[1] 《杀戮之病》的第一章名字叫"终章"——这是一部怎样的作品，从这个设置便可窥出一二。

等作品。1994年起，我孙子武丸担任了电子游戏"恐怖惊魂夜系列"的编剧，大获好评。同时，他还参与了《超能之手》《半熟侦探团》《迷彩都市》等漫画作品的创作。近些年，他又回归了小说创作。

麻耶雄嵩（1969—　），本名堀井良彦，生于三重县上野市，京都大学工学部电气学科毕业。1990年，麻耶雄嵩曾在《小说现代》增刊上发表短篇作品《西伯利亚急行向西》，同年又在社团内刊《苍鸦城》发表了中篇小说《弥赛亚》。1991年，在岛田庄司的提携下，麻耶雄嵩将《弥赛亚》扩展为长篇小说《有翼之暗》，正式成为推理作家。随后，他又陆续创作了《夏与冬的奏鸣曲》《鸦》《萤》《痾》《木偶王子》《独眼少女》《贵族侦探》等作品，一举奠定了其在新本格推理中独一无二的地位。

说麻耶雄嵩"独一无二"并非言过其实，他对于推理小说近乎颠覆性的创造，已经远远超出了诡计离奇这个层面，而是从一个更高的层面对推理小说进行了重建。

麻耶雄嵩的第二部作品名叫《夏与冬的奏鸣曲》，这部作品被誉为"日本推理新五大奇书"之一。小说采用了立体主义绘画的创作方法，这在推理文学史上是前所未有的。所谓"立体主义绘画"，指的是毕加索式的绘画作品——将包括时间在内的客观事物打碎成一个个片段，再在二维画布上重新拼凑这些碎片，试图让欣赏者在一个瞬间、一个角度上看到所有细节，再按照自己的理解拼装这些细节，最终还原真相。然而，每个人的理解和还原都会有差异，就像每个人欣赏毕加索的作品时都会有自己的认识一样。《夏与冬的奏鸣曲》就是这样一部作品，一部每个人都会得出不同结论的作品。麻耶雄嵩将20年前的一桩奇案和现在的连续杀人事件结合在一起，让两个时代的人物一起登场，拼凑出一幅诡异的"立体主义绘画"。

类似的情况还出现在麻耶雄嵩的其他作品中，例如《鸦》中出现了极其高端的误导设置,《萤》中则尝试了读者和剧中人物全方位的角色互换,而《神的游戏》更是打着儿童推理的旗号干出了"大逆不道"的事情……

麻耶雄嵩之前的日本推理作家虽屡有突破,但一些自推理文学诞生伊始便确立的规则,是任何创作者都不敢触碰的,比如:线索要公平,解答必须是唯一的,不能出现"怪力乱神"……然而,这些在麻耶雄嵩眼中全都不是问题,他从处女作开始,就将这些规则一一打破。换作平庸的作家,写出这样的作品,一定会被读者唾弃,斥之为"哗众取宠";而麻耶雄嵩却能游刃有余地驾驭一切,就连不认同其理念的人,也会认真阅读他的作品,哪怕只是为了对其进行指摘。

1997年创作的《鸦》获得了"本格推理Best 10"排行榜第一名;2005年发表的作品《神的游戏》入围了第134届直木奖候选;2010年的《独眼少女》则获得了日本推理作家协会奖。在支持其理念的读者中,麻耶雄嵩被称为"麻神",这是新本格推理掌门绫辻行人都不曾得到的荣耀。

京都大学推理社团还有一位神秘的主力成员。他的名气远没有绫辻行人、法月纶太郎、我孙子武丸和麻耶雄嵩响亮,因为他只出版了一部长篇小说。这位作家名叫中西明智,1967年出生,23岁出道。1990年,他创作了处女作《消失》,描写了同一时间发生在不同地点的三桩人间蒸发事件。这部作品构思绝妙,被誉为"新本格推理杰作"。单就出道作而言,中西明智的起点要高于以上诸位,甚至不逊色于绫辻行人的《十角馆事件》。可惜的是,中西明智后来只发表了一部短篇小说,就再无消息了,实实在在地"消失"了。直到今天,很多读者和出版社仍然在等待他的新作。

京都大学推理社团的以上成员,全都紧跟绫辻行人出道,后来被誉为"新本格京都大学五虎将"。

除了京都大学推理社团，还有一些年轻人也有志于新本格推理的创作，同样受到了岛田庄司的指点和提携，其中最具代表性的无疑是歌野晶午。

歌野晶午（1961— ），原名歌野博史，出生于千叶，成长于福冈，东京农工大学环境保护学科毕业，曾在出版社担任编辑。某日，他在媒体上读到了岛田庄司关于推理小说的评论，顿时有了一种豁然开朗、找到人生目标的感觉。他在事先没有打招呼的情况下直接登门拜访岛田庄司——这在日本是非常失礼的行为，尤其是面对前辈作家。不过，岛田庄司丝毫没有介意，反而很欣赏这个有热情的年轻人。

1988年，在岛田庄司的引荐下，歌野晶午发表了处女作《长形屋杀人事件》。1989年，他又发表了《白家的杀人》和《动家的杀人》等本格作品，均以"不可能犯罪"为卖点。不过，这些作品都很一般，缺乏亮点。歌野晶午为此十分苦恼，一度停笔不写。

2003年，沉寂许久的歌野晶午取得突破。他创作的《樱树抽芽时，想你》成为那一年最受读者喜爱的推理小说。在这部小说里，歌野晶午运用了"叙述性诡计"，把读者从头骗到尾。

所谓"叙述性诡计"，是诞生于欧美的创作手法，阿加莎·克里斯蒂是其最好的代言人。新本格作家尤其痴迷这种手法，因为它能帮助创作者"无中生有"，制造表象华丽的谜团。不同于通常的"诡计"，"叙述性诡计"不是凶手对侦探的欺骗，而是作者对读者的欺骗；不是故事里面的骗局，而是讲故事的人在讲述中布设的骗局。"叙述性诡计"往往不是按部就班的，而是利用读者先入为主的习惯，从一开始就将其引入误区。真相揭示的一刻，读者会恍然大悟——原来推理的原点就是错的。前面提到的《十角馆事件》《鸦》《杀戮之病》都属于这个类型，而歌野晶午的《樱树抽芽时，想你》更是其中的代表。

获得新生的歌野晶午再接再厉，于2011年凭借《春，夏，然后是冬》入选了直木奖最终决选。这部作品具有极强的人文主义色彩，文学性很高，标志着歌野晶午的创作达到了新的高度。

大量新本格作家和作品的涌现，引起了出版界的关注。在1987年出版了绫辻行人的《十角馆事件》之后，日本讲谈社非常看好这类作品的市场前景。没过多久，讲谈社出版了"讲谈社小说最书系列"，大力推广新本格推理。以上提到的作家，都是通过这套丛书出道的。到了1993年，"最书系"作家已经达到了20多位，其中还包括司冻季、齐藤斋、太田忠司、奥田哲也等名家。这套书的出版以及梅菲斯特奖的创立，成为新本格推理成熟的标志之一。

除了讲谈社，作为老牌推理文学出版机构的东京创元社，也对新本格推理的发展起到了至关重要的作用。1988年，东京创元社受到了鲇川哲也经历的启发，启动了"鲇川哲也和十三个谜"征文活动，鼓励新人出道。伴随着新本格浪潮，在1990年，征文活动升级为鲇川哲也奖。更多的作家凭借此奖出道，形成了和"讲谈系"分庭抗礼的"创元系"。从1988年到1993年，东京创元社培养出来的青年作家也不下20位。

4 信　徒

以京都大学推理社团为主、由讲谈社发掘出道的"讲谈系"对于新本格推理产生了巨大影响。然而，如果只靠讲谈社一家，新本格推理绝对不会在短时间内推翻社会推理的统治，成为日本读者的新宠。这期间，"创元系"和"江户川乱步奖系"的作家也做出了十分重要的贡献。

由东京创元社策划，鲇川哲也支持的"鲇川哲也和十三个谜"征文活动，每一季都会推出13部作品，其中有一部为鲇川哲也的作品，11部为已经出道的新本格作家作品，最后一部则是面向社会公开征稿，提携新人。这个活动取得了巨大成功,很多卓越的新本格作家从这里走出。1990年,征文活动正式升级为鲇川哲也奖,直到今天依然是日本推理文坛最重要的奖项之一。岛田庄司曾连续15年担任该奖评审,可见其影响力非同一般。

笔者有幸受邀出席了2010年度颁奖典礼,不禁被日本深厚的推理文化底蕴震慑。

在从鲇川哲也奖走出的"创元系"作家中,北村薰、折原一、芦边拓、二阶堂黎人、山口雅也、贯井德郎、有栖川有栖等是比较有代表性的。

北村薰(1949—),本名宫本和男,生于琦玉县,早稻田大学文学部毕业。毕业后的北村薰当过教师,业余时间则撰写了大量推理文学评论,还翻译过外国推理作品。

1989年,北村薰凭借短篇集《空中飞马》被"鲇川哲也和十三个谜"选中,正式出道。1991年,他凭借《夜蝉》获得了第44届日本推理作家协会奖短篇作品奖,其后陆续创作了《秋花》《朝雾》《六之宫公主》等作品。这些作品同属于"春樱亭圆紫大师与我系列"——"我"是讲述故事的女学生,而"大师"则是一位落语大师。

这个系列突出地体现了北村薰的风格:文笔细腻,情感丰富,字里行间充盈着俳句般的美感。因其风格柔美,加之又有北村薰这样一个女性化的笔名,读者在很长一段时间里都认为这是一位纯情少女作家,不想却是一个谈吐和蔼、微微发福的中年大叔。

北村薰是一位典型的日常推理作家。所谓"日常推理",是指故事设置极具现实色彩,人物真实,处理的事件也往往是一些寻常琐事,方方面面都非常生活化,没有江户川乱步式的"奇异味道"。"日常推理"

并非始于北村薫,也不止北村薫一位热衷于这个题材,但成就比较突出的,无疑是这位大叔作家。

除了"春樱亭圆紫大师与我系列",北村薫还创作了《盘上之敌》等优秀的非系列作品。2009年,他凭借《鹭与雪》获得了直木奖。从"鲇川哲也和十三个谜"走出的北村薫,后来常年担任鲇川哲也奖的评审,传承着推理文学的薪火。

折原一(1951—),和北村薫一样同是埼玉县人,同样毕业于早稻田大学文学部。毕业后,折原一在日本交通社工作了一段时间,之后辞职专注于推理小说的创作。

1988年,折原一创作了短篇集《五口棺材》,这部作品是在向美国推理大师约翰·迪克森·卡尔的《三口棺材》致敬;其后折原一增补了两篇故事,更名为《七口棺材》并出版。同在1988年,折原一凭借《倒错的死角》入选"鲇川哲也和十三个谜",正式出道。其后他创作了《倒错的轮舞》《倒错的归结》以及番外篇《倒错的物体》,构成了"倒错系列"。其中第二部《倒错的轮舞》入围了江户川乱步奖最终决选。

在这个系列中,折原一运用了"叙述性诡计"来营造谜团。我孙子武丸、麻耶雄嵩和歌野晶午都是个中高手,而折原一则是"高手中的高手"。综观日本推理文坛,折原一可称得上最善于使用"叙述性诡计"的作家,因此得到了"魔力折原"的称号。在1995年,折原一凭借《沉默的教室》一作获得了日本推理作家协会奖。

芦边拓(1958—),本名小畠逸介,生于大阪,毕业于同志社大学法学部,曾经做过记者。芦边拓自幼喜爱推理小说和科幻小说,在高中时期就成了《幻影城》杂志的读者。他曾在1986年荣获第2届幻想文学新人佳作奖。

1990年,芦边拓以一部《杀人喜剧之十三人》斩获首届鲇川哲也奖，正式成为职业作家。这部作品属于"律师森江春策系列"，还包括《侦探宣言：森江春策事件簿》《时间的诱拐》《时间的密室》《三百年的密匣》等作品。

2004年，芦边拓发表了非系列作品《红楼梦杀人事件》。这部作品以大观园为舞台，讲述了一桩诡异的连续杀人事件。小说仿照中国古典的章回体，共分为13章，读起来别有一种亲切感。《红楼梦》在中国古典文学史上拥有无可比拟的地位，但在日本却远远不及《三国演义》《水浒传》《西游记》和《金瓶梅》影响力大。芦边拓的这部作品横扫当年日本所有推理小说榜单，甚至打开了《红楼梦》在日本传播的新局面。芦边拓为了创造这部作品，花费了十年时间研究红学，仅凭这一点就应该得到读者的尊重。

2010年，芦边拓发表了《绮想宫杀人事件》。这部作品风格奇幻，晦涩难懂，字里行间充满了各种冷僻知识，将日本推理中"炫学"的特色发挥到了极致。再加上作品里的诡计异想天开，让所有人瞠目结舌，因此被评论界评价为"终结本格推理的小说"。

和芦边拓的出道有着千丝万缕般联系的，是另一位新本格推理代表人物二阶堂黎人。二阶堂黎人（1959— ），本名大西克己，生于东京都，中央大学毕业。他是一位骨灰级的漫画迷，是手冢治虫的狂热粉丝。

1990年，二阶堂黎人以长篇小说《吸血之家》参选首届鲇川哲也奖。最终，这部作品获得了第二名，而第一名就是芦边拓的《杀人喜剧之十三人》。本来这也没有什么，但不知为何，《吸血之家》一直没被出版。直到1992年，二阶堂黎人才凭借第二部作品《地狱奇术师》登上推理文坛；而《吸血之家》的出版则是在这之后了。

二阶堂黎人被誉为"日本的约翰·迪克森·卡尔"，其作品具有浓烈的哥特风格，古堡、传说、恶魔是他最擅长的元素。二阶堂黎人的主打作品是"二阶堂兰子系列",主人公是一位美少女侦探。这个系列除了前面提到的《地狱奇术师》和《吸血之家》,还包括《恶魔迷宫》《恶灵公馆》《圣奥斯拉修道院的惨剧》《魔术王事件》《双面兽事件》《霸王之死》等。

从1996年开始,二阶堂黎人创作了"恐怖的人狼城系列"。这个系列依然属于"二阶堂兰子系列",包括《银狼古堡的异变》(德国篇)、《青狼古堡的幻影》(法国篇)、《人狼的魅惑》(推理篇)和《嗜血者的挽歌》(解答篇)四部,总共超过100万字,是推理文学史上最长的推理小说,被称为"日本推理新五大奇书"之一。

山口雅也(1954—),生于神奈川县。他就读于早稻田大学,和北村薰、折原一同属早稻田大学推理社团骨干成员。大学期间,山口雅也撰写过不少推理评论,还创作了一部名叫《第十三位名侦探》的电子游戏脚本——这部作品在1993年被改编成小说并出版。

1989年,山口雅也凭借长篇小说《活尸之死》入围"鲇川哲也和十三个谜",正式出道。这部作品描绘了一幕死尸复活的离奇画面,属于非现实主义设定的新本格作品,后被评为"1975年至1994年本格推理小说杰作100部"第一名,影响力不容小觑。

山口雅也酷爱创作西方背景的推理小说,这在推理文化异常发达的日本并不多见。他的代表作"朋克刑警系列"就是典型的西方平行世界里的故事,日本读者并没有因为这点而排斥山口雅也的作品。

> 笔者曾经和山口雅也有过交流,他认为日本社会束缚更多,不能天马行空地施展创意,而西方的设置避免了这个问题。

1994年,山口雅也凭借《日本杀人事件》获得了第48届日本推理作家协会奖；而另外一部作品《奇偶》则成为"日本推理新五大奇书"之一。此外，山口雅也的"M系列"和"垂见冴子系列"也是非常有特色的作品。

贯井德郎（1968— ），生于东京都，早稻田大学商学部毕业。1993年，他通过《恸哭》一作入选了第4届鲇川哲也奖决选。这是一部气氛阴郁的新本格作品，奠定了贯井德郎的创作基调。

其后，他发表了颇具悬疑色彩的"症候群系列"，包括1995年的《失踪症候群》、1998年的《诱拐症候群》和2002年的《杀人症候群》。2006年，贯井德郎凭借《愚行录》入围直木奖；2009年，他创作了至今为止成就最高的作品《乱反射》，不仅再度入围直木奖，更在2010年获得第63届日本推理作家协会奖。贯井德郎的其他作品包括《夜想》《明日之空》《灰色之虹》等。

在"创元系"出身的作家中，有栖川有栖的地位是特殊而崇高的。有栖川有栖（1959— ），本名上原正英，生于大阪，毕业于同志社大学，后在书店上班。有栖川有栖非常喜欢推理文学，据说在11岁时就曾创作过推理小说。

1989年，入选了"鲇川哲也和十三个谜"的处女作《月光游戏》正式出版，标志着有栖川有栖成为职业作家。在这部作品中，有栖川有栖塑造了大学推理社团成员江神二郎这个形象，得到新本格拥趸的称赞。有栖川有栖陆续创作了这个系列的《孤岛之谜》《双头恶魔》和《女王国之城》，其中《女王国之城》获得了第8届本格推理小说奖。

除了"江神二郎系列"，有栖川有栖还在着力打造"国名系列"。这个系列的主人公是犯罪学研究者火村京生，讲故事的人则是"有栖川有栖"。很明显，这个系列是在向美国推理文学大师埃勒里·奎因致敬，有栖川有栖也因此被誉为"日本的埃勒里·奎因"。同时，有栖川有栖的非系列作品也非常出色，如《魔镜》《幽灵刑警》等。除了创作，有栖川有栖也是一位非常出色的推理文学理论研究者，出版过多部理论类著作，其中的《大密室图鉴》是非常经典的一部。

在2000年，日本新本格作家联合成立了本格推理作家俱乐部，有栖川有栖被选为第一任主席，其地位不言而喻。

除了上面介绍的几位，"创元系"中还包括爱川晶（代表作《六月六日诞生的天使》）、今邑彩（代表作《鬼》）、加纳朋子（代表作《七岁孩子》）、若竹七海（代表作《我的日常推理》）等知名作家。限于篇幅，我们很难一一详述，这也足见"创元系"对于日本新本格推理有多么重要。

在"讲谈系"和"创元系"之外，作为日本推理文学最权威的奖项，江户川乱步奖的影响力一直是不可忽视的。由于这个奖项客观中立，没有太多主观策划和商业痕迹，因此，乱步奖始终客观地反映着日本推理文学的发展进程。就如同在社会推理时代会涌现出《只有猫知道》《高层的死角》一样，在新本格崛起之时，江户川乱步奖自然不会缺少这个类型的作品。

这个时期，乱步奖的舞台上先后出现了鸟羽亮、真保裕一、桐野夏生、福井晴敏、新野志刚、瓜藤首於、高野和明等作家，创作了许多具有新时代特色的作品。其中，藤原伊织的《恐怖分子的阳伞》是江户川乱步奖历史上销量最高的作品；而桐野夏生已经成长为日本通俗文学最高荣誉直木奖评审之一。

除了三个系统，还有一些"个体户"作家也对这个时期推理文学的发展起到了巨大的推动作用，其中主要包括高村薰、恩田陆、横山秀夫等。

高村薰（1953—　），本名林绿，生于大阪，毕业于国际基督教大学。1990年，她凭借《抱着黄金飞翔》一书获得第3届日本推理悬疑小说奖。1993年，她的代表作《马尔克斯山》同时获得日本冒险小说协会奖和直木奖，一举震惊了文坛。迄今为止，高村薰各获得两次日本推理作家协会奖和日本冒险小说协会奖，还拿下直木奖、每日出版文化奖、亲鸾奖和读卖文学奖等，几乎囊括了日本文学界所有重要奖项。

和一般的女性作家不同，高村薰的风格十分男性化，最善于用独特的视角揭示社会问题，而不是纠结于情感的宣泄和细节的描绘。高村薰的作品并不拘泥于推理范畴，而是名副其实的社会问题小说，极具深度。她和桐野夏生、宫部美雪并称为"日本三大推理女王"。

恩田陆（1964—　），本名熊谷奈苗，生于仙台市，毕业于早稻田大学。她先后创作了《第六个小夜子》和《球形季节》两作角逐江户川乱步奖，最终都没能获奖，不过，作品都被出版，获得了不错的评价。

1997年，恩田陆创作了第四部长篇小说《三月的红色深渊》，取得了巨大成功。她辞去了工作，专心从事小说的创作。到目前为止，恩田陆创作了40余部作品，是日本文坛各大奖项的常客。2005年，恩田陆以《夜晚的远足》获得第2届书店大奖和第26届吉川英治文学新人奖；2006年，她以《尤金尼亚之谜》获得第59届日本推理作家协会奖长篇作品奖。

恩田陆是比较典型的女性作家，文笔细腻，作品中充满了女性特有的思考模式和想象力。她风格多变，涉及推理、悬疑、爱情、奇幻各个领域，均有不错的建树。其代表作还有《不安的童话》《骨牌效应》《狮子心》《图书室之海》等。

横山秀夫（1957—　），生于东京，国际商科大学毕业，做过12年新闻记者。

1991年，他以《罗平计划》获得第8届三得利推理小说奖；1998

年，以《影子的季节》荣获了松本清张奖，一举成名；2000年，又凭借《动机》获得日本推理作家协会奖短篇作品奖；2004年，《半落》横扫两大推理畅销书榜单，并入围直木奖决选。

横山秀夫是日本最优秀的警察推理作家，有多部这类题材的作品先后被搬上荧幕。他的作品揭露了人性，深入探究人物的心理，他因而被视为松本清张的接班人，有"平成的松本清张"的称号。横山秀夫经常在小说里加入新闻元素，借记者的身份串联故事，这无疑和他十余年的工作经历有关。

横山秀夫的其他代表作还有《登山者》《第三时效》《真相》《看守者之眼》《64》等。

经过众多创作者的努力，新本格推理呈现出勃勃生机，成为日本推理文学在20世纪90年代的主流。评论界认为，1994年是新本格推理的一条分界线：从1987年到1993年被视为第一阶段，新本格推理逐步确立了自己的地位，这是"打江山"的过程；而从1994年开始，新本格推理进入第二阶段，开始"坐天下"，努力让自己不断呈现出新意。其划分时代的标志性事件，就是在1994年、1995年和1996年三年里，连续出现了三位新本格推理的领袖级人物。

5　二次进化

1994年是新本格推理的分水岭。从这一年开始，以京极夏彦、西泽保彦和森博嗣三位作家相继出道为标志，新本格推理进入了第二阶段。这个阶段较之"新本格一期"，作品中出现了更多"不可思议"，甚至是"离经叛道"的新元素。这一变化不仅将新本格推理推向了又一个巅峰，也为1999年之后日本推理文学的多元时代奠定了基础。

所谓文学创作，本质是作者通过作品架构自己的宇宙，在这个宇宙中注入自己的宇宙观。这个宇宙和现实中的宇宙不一定完全一致，而两者之间的差异，往往可以体现出创作者的水平和思想深度，也决定了作品的质量和影响力。

作为世界推理文化的中心，日本推理本就不缺乏创新精神，已经有太多的规则和禁忌被一个个天才打破，而这一势头在1994年之后变得更加明显。"新本格二期"的创作者们攻破了推理文学最后的禁区，几乎完全将现实世界抛弃，架构起了自己的世界观。甚至有评论者认为，在1994年之后，日本推理小说已经脱离了推理小说的约束，成长为一种独立的文学类型。

京极夏彦（1963—　），本名大江胜彦，生于北海道小樽。他从小酷爱阅读，读过大量冷僻书，脑袋里积累的怪奇知识可谓车载斗量。据说，来到京极夏彦书房参观的人，无不被他超过六万册的藏书震撼。京极夏彦表示，每年日本出版的各类书自己几乎都要买，而且觉得每一本书都很有趣。"如果觉得无趣，一定是自己没有发现有趣的地方。"他从小就下定决心，一定要让那些看上去毫无用处的知识在自己手里大放异彩。

京极夏彦痴迷于日本的妖怪文化。他是日本最知名的妖怪绘画师水木茂的忠实拥趸，甚至自称是水木茂的弟子。在京极夏彦心中，那些让人不寒而栗的妖怪是日本的国宝，如果不能将其推广到全世界，实在是巨大的遗憾。

京极夏彦就读于设计类院校，学的是平面设计。毕业之后，他和几位朋友共同创建了一间工作室。可是，当时日本经济萎靡，工作室门可罗雀，京极夏彦因此有了大量闲暇时间。百无聊赖的京极想到了自己读过的《御手洗洁的问候》（岛田庄司作品），觉得如果能把推理和妖怪文化结合起来，应该会碰撞出耀眼的火花。

很多年前，京极夏彦试图创作一部妖怪漫画，但一直没有付诸行动。现在，他跳过了绘画阶段，直接创作了一部名为《姑获鸟之夏》的推理小说。小说以旧书店"京极堂"的老板、阴阳师中禅寺秋彦为主角，讲述了一个和妖怪"姑获鸟"相关的故事。

久远寺家族的女儿怀胎20个月未能生产，而在一年半之前，她的丈夫居然在密闭的房间里神秘蒸发……姑获鸟是一种妖怪，据说是由难产而死的女人变化而成的。这种妖怪身披羽毛，半人半鸟，怀里总是抱着一个沾满鲜血的婴儿。

在日本的传统观念里，人类的异常行为（包括犯罪行为），都是由于恶灵附身造成的。京极夏彦巧妙地把"恶灵"具象为"姑获鸟"，从而创造了这个匪夷所思的故事。中禅寺秋彦运用推理破解真相，将附着于人类身体和心灵的"妖孽"驱走，一切恢复正常。这是本格推理和妖怪文化的完美结合，既保留了扣人心弦的神秘主义元素，又保证了推理的科学性。

书稿完成后，京极夏彦发现，在把自己想要展现的元素都变成文字后，这本书的篇幅已经冗长得令人无法接受。他不得不开始删减，但删过几次，稿子还是很厚。京极夏彦本来想把稿子投寄给江户川乱步奖评委会，但最终因为篇幅的关系没有这样做。

对作品很有信心的京极夏彦决定不走寻常路，直接把稿件交给出版社。这在讲究规则和传统的日本属于非常出格的行为。京极夏彦随手拿起了一本推理小说（据说是四大奇书之一的《匣中失乐》），按照版权页上的联系方式打电话给出版社——这家幸运的出版社就是讲谈社。当时正逢公休日，出版社本来应该没有人接听电话。不过，命运使然，一位临时加班的编辑拿起了电话。他得知作为新人的京极夏彦的意图之后，表示希望京极夏彦把稿件邮寄到出版社。于是，一份1000多页的稿件很快出现在了这位编辑面前。

京极夏彦本来以为，即使那位编辑看重自己，最快也要半年之后才会有消息。结果，三天后，那位编辑打来电话，请京极夏彦无论如何要把这部稿子放在讲谈社出版。就这样，京极夏彦这部非比寻常的《姑获鸟之夏》以这样一种非比寻常的方式出版了。

小说的出版引发了轰动，读者和评论界都折服于京极夏彦的天才与博学，惊呼推理小说居然可以以妖怪文化作为载体。1995年，京极夏彦发表了"京极堂系列"第二作《魍魉之匣》。这部作品依然以"魍魉"这种妖怪为核心，衍生出了一个同样离奇的故事。小说获得了比《姑获鸟之夏》更大的成功，获得了第49届日本推理作家协会奖。同一年，京极夏彦还创作了这个系列的第三作《狂骨之梦》，这也是一部大部头。

接下来，京极夏彦以令人惊讶的速度一路狂奔——1996年发表了《铁鼠之槛》和《洛新妇之理》，其后是《涂佛之宴》（分为《备宴》和《撤宴》两部）、《阴摩罗鬼之瑕》和《邪魅之雫》。再加上从1997年开始创作的《百鬼夜行——阴》《百鬼夜行——阳》《今昔续百鬼——云》《百器徒然袋——雨》和《百器徒然袋——风》五部短篇集，这13部作品构成了最能代表京极夏彦风格的"京极堂系列"。

除了这个系列，京极夏彦还着力打造了以江户时代为背景的"巷说百物语系列"，目前已经出版了《巷说百物语》《续巷说百物语》《后巷说百物语》《前巷说百物语》《西巷说百物语》五部，其中的《后巷说百物语》在2004年获得了第130届直木奖。此外，京极夏彦还创作了《嗤笑伊右卫门》和《偷窥狂小平次》两部时代小说，分别获得了泉镜花文学奖和山本周五郎文学奖。京极夏彦的作品被改编成漫画、影视剧和舞台剧，在日本掀起了史无前例的妖怪热。甚至有评论者认为，京极夏彦会成为第一个获得诺贝尔文学奖的推理作家。

京极夏彦的最大贡献在于将"妖怪"成功地引入了推理小说，这意味着所有元素都可以为推理文学所用，从而为推理文学的多元化发展提供了理论依据和成功范例。"世上没有不可能之事"——这是主人公中禅寺秋彦的口头禅，京极夏彦通过这位知识渊博、思想有些怪异的阴阳师表达了自己的创作理念，也宣布日本的推理小说进入了一个"大无限"的时代。

同时，京极夏彦的出现还影响了整个日本推理文坛的体制。出版社开始反思——"是不是一定要恪守陈规，继续遵循'获奖出道'的原则呢？是不是应该给那些有才华的新人更广阔的舞台，让他们自由发挥呢？"答案当然是肯定的，不然就会错过下一个京极夏彦！

于是，讲谈社在1996年创办了梅菲斯特奖。此奖不同于传统的推理奖，不设奖金，没有字数限制，没有征稿期限，可以无限次颁奖。只要获得了编辑的认同，便可由讲谈社直接出版——《姑获鸟之夏》得到了"第0届梅菲斯特奖获奖作"的称号。梅菲斯特奖的设立是一件影响日本推理文学进程的大事件，这一点在后面的部分会详细说明。

1995年，紧随京极夏彦的脚步，一位名叫西泽保彦的新人出现在读者的视野里。西泽保彦（1960—　），生于高知县，毕业于美国艾可德学院，曾在高知大学任教。1990年，他创作了一部名叫《联杀》的作品，参加鲇川哲也奖的角逐，但最终落选。岛田庄司无意之中看到了这部作品，认为西泽保彦是一位非常有前途的作家。西泽保彦受到了鼓舞，创作了短篇连作集《解体诸因》。这部作品被岛田庄司推荐给了讲谈社，并在1995年正式出版。

《解体诸因》不仅是西泽保彦的成名作，也是新本格推理史上一部非常重要的作品。小说分为九个短篇，讲述了九宗不可思议的分尸案。每篇作品都是一个独立的小故事，但在读到最后一篇时，读者会恍然大悟，原来一切早有安排。我们一直认为，"分尸"是一种恐怖的变态行为，是凶手心灵扭曲的产物。可是，西泽保彦却给了读者不一样的体验。在《解体诸因》里，"分尸"是诙谐搞笑的，"分尸"是迫不得已的，"分尸"是一种犯罪思路和诡计。

在《解体诸因》里，西泽保彦塑造了日常侦探匠千晓这个人物。匠千晓是一个社会闲散人员，从大学开始，他的身边陆续聚集起了一群朋友，也陆续碰上了一些匪夷所思的事件。这个系列并不是按照时间顺序创作的：在第一部《解体诸因》里匠千晓已经大学毕业；但在《她死去的夜晚》里匠千晓又回到了大学二年级……和通常的系列作品不同，"匠千晓系列"从来不是一个宣扬个人英雄主义的系列，匠千晓身边的死党不仅形象丰满，而且个个富于智慧，有自己的故事。这些死党包括高濑千帆、边见佑辅、羽迫由起子等，他们构成了推理小说很少见的"配角群像"。

"匠千晓系列"还包括《啤酒之家的冒险》《羊羔们的圣诞夜》《替身》《依存》等。西泽保彦为几位主要角色都设计了自己的故事线，然后将这些故事线交叉构成故事网，进而呈现在读者面前。其中，主角匠千晓的身世是这个系列的最大卖点。

除了打造出"匠千晓系列"，西泽保彦的最大贡献在于他将"科幻"引入了新本格推理，可谓与京极夏彦的"妖怪"相得益彰。他先后创作了《死了七次的男人》和《人格转移杀人事件》等科幻推理，在自己构建的科幻世界里天马行空，最后的真相和解答却完全符合本格标准，这使得西泽保彦成为无可争议的新本格时代科幻推理第一人。

我们都玩过电子游戏。在游戏中，每到关键时刻，我们总喜欢保存进度，为的是万一结局不尽如人意，我们可以读档重来。相信每个人都会有这样的愿望："如果现实里可以存档读档，那生活该多美好！"西泽保彦在《死了七次的男人》里，就给了主人公这样的经历——

"我"具有一种特异功能，可以重复自己的经历，一共有九次机会。前八次无论发生什么，事件最后都会回到原点；到了第九次，只要"我"在关键点加以干涉，结局就会和之前大相径庭。一次家族聚会中，"我"的外祖父被人谋杀，凶手无疑就在"我"的亲人里。于是，"我"进入了"存档—读档"的模式，将嫌疑人一个个排除，试图找出真凶，阻止谋杀的发生。

《人格转移杀人事件》同样选择了科幻背景。在一次地震中，六个素不相识的人逃进了一所小屋。这所小屋拥有一种特殊的设备，可以转移灵魂的宿主——体内的灵魂会飘逸到别人体内；而寄宿在自己身上的，却是别人的灵魂。更离奇的是，这种转移具有定时性，也就是说，在某个时间后，灵魂会按照某个顺序再次发生转移！因此，小屋里的六个人陷入了一个不可思议的僵局。要想拿回自己的身体，只有杀死另外五个人（否则灵魂会永远处于轮转状态），但问题在于，你只能在灵魂回到自己身上的时间段完成谋杀，而在这之外的时间里，你则要保证自己的身体不被别人杀死。

不难看出，西泽保彦的科幻推理和京极夏彦的妖怪推理为日本推理文学的发展提供了新的可能，他也因此成为"新本格二期"的领军人物。

森博嗣（1957— ），生于爱知县，就读于名古屋大学，获得博士学位。毕业后，森博嗣在大学担任副教授，并开始创作推理小说。

1995年，森博嗣创作了处女作《冰冷密室和博士们》。这部作品以某大学建筑系沉默寡言的助教犀川和萌到极点的美少女学生萌绘为主角，就一系列带有科学性质的谜团展开推理。森博嗣把作品投给讲谈社，得到了编辑的一致认可。在同期，森博嗣还创作了这个系列的另一部作品《全部成为F》。出版社的编辑一致认为，作为一个系列的作品，《全部成为F》更适合首先推出。于是，在1996年，《全部成为F》顶着"第1届梅菲斯特奖获奖作品"的头衔正式出版。

"犀川和萌绘系列"（又被称为"S&M系列"）共有十部，是个有谜团、有推理、有情感的人气系列作品。除了主人公分别是大学助教和学生，其他的角色也多与学术领域相关，这种设置和森博嗣的个人经历有很大关系。除了这个系列，森博嗣还创作了"红子系列""四季系列""空中骑士系列"等数量众多的作品。

森博嗣的作品多以物理、化学、数学等为主题，并没有像京极夏彦和西泽保彦那样的非现实设定，一切都是以科学为依据。因此，森博嗣的作品被称为"理系推理"，得以和京极夏彦、西泽保彦比肩。

从1994年起，三位作家的出现为新本格推理创造了新的发展方向；而1996年讲谈社设立的梅菲斯特奖也为新锐作家的涌现提供了具体的途径。因此，在接下来的一段时间，许多新人带着他们充满了新鲜元素的推理小说出现在日本文坛。

清凉院流水（1974—　），本名金井英贵，生于兵库县。他是京都大学经济系学生，但却在2001年中途辍学；他还是著名的京都大学推理社团成员，却因为发表过激言论被迫退社。1996年，清凉院流水凭借《COSMIC世纪末侦探神话》一作获得第2届梅菲斯特奖而出道。其后他又创作了《JOKER旧约侦探神话》《密室的魔咒》《密室的封印》《日本灭绝计划》等作品，几乎部部都引发了巨大的争议。一些声音认为这些作品是21世纪的伟大前奏；另一些声音则认为清凉院流水缺少推理作家最起码的良知，其作品是对读者的不负责任。2007年，讲谈社创立了"清凉院流水新人奖"——只有11年的作家经历，以不到40岁的年龄创设奖项，这在日本推理界尚属首次，也可见这位作家有多么特别。

殊能将之（1964—2013），生于福井县，名古屋大学肄业。"殊能将之"这个笔名源自《楚辞·天问》，其真名则无人知晓。1999年，殊能将之以《剪刀男》获得第13届梅菲斯特奖。这是一部叙述性诡计推理小说，设置非常独特，曾被拍成电影。其后，殊能将之发表了《美浓牛》《黑佛》等作品。殊能将之的作品数量很少，但总能以独特的文风获得读者的热烈支持。

舞城王太郎（1970—　），生于福井县。2001年以《烟、土以及食物》获得第19届梅菲斯特奖。舞城王太郎是一位"无面作家",媒体几乎没有掌握其任何资料。他的作品风格非常粗犷,字里行间充斥着粗口,其冲击力是一般的推理小说无法比拟的。他创作的《九十九十九》《阿修罗少女》《熊的生存空间》《迪斯科侦探星期三》等作品均非常另类,其中《阿修罗少女》于2003年获三岛由纪夫文学奖。

北山猛邦(1979—),生于岩手县。2002年,他以《钟城杀人事件》获第24届梅菲斯特奖出道。北山猛邦是比较传统的本格拥护者,但其创作手法却极具创新精神。他作品中的背景往往是一个虚幻的设置,但谜团的布设和解答却完全符合客观规律,因此得到了"物理北山"的称号。北山猛邦着力打造的是"城系列",除了出道之作,还包括《琉璃城杀人事件》《爱丽丝镜城杀人事件》《断头台城杀人事件》等。

除了这些作家,从梅菲斯特奖走出的代表作家还有新堂冬树、雾舍巧、黑田研二等,就连当下在日本大红大紫的西尾维新和辻村深月,也是通过这个奖项被读者认可的。西尾维新出名后渐渐走向了轻小说领域,创作了"戏言""刀语""新本格魔法少女莉丝佳"等系列;而辻村深月在斩获直木奖后,依然坚持推理创作,将在下一章里会重点提及。

在即将进入21世纪的时候,日本推理呈现出了前所未有的多元化发展趋势。尽管这个时期的作品普遍引发了争议,但不可否认,这也是一个百花齐放的时代。新千年的到来,标志着日本推理进入了一个新的时代。我们已经不能用"新本格的多样性"来形容这个时代了,因为这个时代已经超脱了"格"的束缚,以完全开放的姿态孕育出无限可能。

五　大无限

1　畅销君

　　1994年以后，日本推理文学呈现出了新的特点。这种特点已经不能简单地解读为"新本格推理的新发展"，而是推理文学本身进入了一个新的时代，一个比新本格更"新"的时代。这个时代和前面谈到的启蒙时代、本格时代、社会推理时代和新本格时代比肩而立，一起构成了日本推理百年历程。

　　之所以下这样的结论，是因为，在这个时代里，推理文学的创新已经超脱了"术"的层面，或者说，"术"的创新积累到了一定的量，从而引发了"道"的升华。从江户川乱步时代的"奇异味道"，到横沟正史时代的本格至上和松本清张时代的文学升华，再到新本格时代新元素的引入——到了20世纪末，日本推理终于成长为一种多元的、独立的、成熟的文学类型，甚至突破了"推理"这一概念的束缚，看上去已经不再那么像推理小说了。

　　之前的每个时代都会有属于自己的领军人物，这个多元时代也不会例外。如果说哪位作家最能彰显这个时代的特点，那无疑就是被中国读者称作"畅销君"的东野圭吾。在他登陆中国之前，中国读者最熟悉的推理作家是柯南·道尔和阿加莎·克里斯蒂；不过，当畅销君来了之后，这一头衔无疑属于这个人。

东野圭吾（1958— ），生于大阪府大阪市生野区。小时候，东野圭吾对自己感兴趣的东西都会不遗余力地尝试和体验。比如，他看了一本有趣的漫画，就会想着自己也来画一本。用他自己的话说："我很喜欢去试着模仿那些自己觉得很棒的东西。"

东野圭吾先后就读于大阪市立小路小学校、大阪市立东生野中学校和大阪府立阪南高等学校，最终考入大阪府立大学，读的是工学系电气工程专业。升入大学后，东野圭吾成为学校射箭部的队长。他格外喜欢社团活动和体育运动，这一点在他初期的作品中被体现得淋漓尽致。

东野圭吾是一位标准的理科男，在读中学之前，他并不喜欢读书，更不要说读推理小说。在16岁那年，不知什么缘故，他读到了一本以高中生为主角的推理小说。后来，东野圭吾回忆说："我觉得这样的小说实在有趣……自己好像也可以写写看。"这本把东野圭吾引入推理文学殿堂的书，就是江户川乱步奖获奖作品、小峰元创作的《阿基米德借刀杀人》。后来，东野圭吾陆续读了一些推理小说，其中包括松本清张的很多作品。直到今天，东野圭吾始终认为松本清张的小说对自己影响最大，而他的作品中也充盈着"清张味道"。

毕业后，东野圭吾成为日本电装株式会社的一名技术人员。不过，他对这份工作并不满意。"在公司待了两年左右，感觉上班族的日子十分单调，所以我很想给千篇一律的生活制造些不一样的……该说是刺激的吧。……其他目标的实现可能需要花钱，或是需要购买些道具之类的，而小说则不同，只要有铅笔和纸，到哪里都能写。因此，我就每天利用下班之后的时间写小说，并且把写好的作品寄去参加江户川乱步奖的评选。我希望在工作之外，能有个比较不一样的生活支柱……虽然收入稳定，但我总觉得自己的薪水太少了。如果能够靠奖金或是稿费收入来赚点外快,应该也不错。"看得出,东野圭吾很坦率,并没有为自己从事推理创作找什么高大上的理由。

1983年,东野圭吾以一部《人偶之家》角逐第29届江户川乱步奖,但只是入围了第二轮。1984年,他又创作了《魔球》,这次顺利进入了决选,但仍然没有拿到大奖。和很多初出茅庐便斩获大奖的作家相比,东野圭吾的起点难言顺利。好在那个时期的东野圭吾并没有把创作推理小说看得非常严肃,不然经过两次打击,很难说他不会打退堂鼓。

1985年,东野圭吾凭借《放学后》一举摘得第31届江户川乱步奖。《放学后》是一部校园题材的推理小说,是非常典型的本格推理,描写了一个运动社团里连续发生的两桩杀人事件,其中包括了密室等本格元素。

人的心态可能就是如此微妙:没有获奖的时候,东野圭吾并没有太多想法;一旦获奖,东野圭吾反而产生了一种"理科思维"——既然能够获得江户川乱步奖,就证明自己一定可以靠创作为生!于是,东野圭吾辞去了工作,收拾行囊来到东京打拼。东野圭吾生于大阪,是东京人眼中的"关西乡下人"。"乡下人"想在东京出头,是要付出巨大努力的。

《放学后》取得了超过十万册的销量,但实际上这不能说明什么问题,因为几乎每一部江户川乱步奖作品都可以取得这样的销量。能不能在获奖之后再接再厉,站稳脚跟,成了东野圭吾创作生涯成败的关键。很不幸,这个阶段对东野圭吾来说显然不是很顺利。他创作了一大批本格色彩浓郁的作品,如《毕业——雪月花杀人事件》《白马山庄杀人事件》《十一字杀人》等等。这些作品多以校园为背景,娱乐性较强。客观地说,东野圭吾并不太适合创作相对传统的本格推理。纵观其创作生涯,这个时期的作品大都普普通通,没有太多的亮点,有些甚至"不堪卒读"。东野圭吾后来曾在其半自传文集《东野圭吾的最后致意》中讲到,偶然间重读了早年创作的《毕业——雪月花杀人事件》,自己竟然完全没有看懂!这也证明东野圭吾在这个时期确实没有找到属于自己的创作之路,而这个时期整整持续了11年。

在这11年间,东野圭吾几乎成了推理界的透明人,作品销量十分惨淡,没有一本超过十万册。成名后的东野圭吾很少提及这个时期的事情,读者和评论界都不难看出,这是自负的东野内心里最深的一道伤疤。成名后的东野圭吾对出版界的一些事情表现得非常冷漠,这也许是对这个时期出版社冷漠反应的一种回应。

穷则思变,东野圭吾尝试着在推理小说中融入更多的"异类"元素——这些元素可以是非本格的,但必须是有深度的,最好是可以引发争议、能够带动销量的。1990年,东野圭吾创作了《宿命》。这是公认的东野圭吾转型之作,标志着"东野风格"开始成形。小说没有把焦点放在谜团之上,而是注重刻画人物的性格和在这种性格之下的行为。这点很明显是受到了社会推理的影响,属于写实主义。不同的是,东野圭吾没有让自己的作品背上松本清张式的使命感,他的刻画某种程度上是为了销量,真正的目的并不是"揭露"和"批判"。由于尚处于尝试阶段,《宿命》在当时并没有引发太大的轰动,但东野圭吾却坚定了自己的想法,不遗余力地试图把更多非本格的元素融入创作里。

1991年,东野圭吾出版了新作《变身》,故事中涉及大量有关脑科学的内容;1993年,另一部作品《分身》出版,东野圭吾在作品里大胆探讨了颇具争议的克隆技术;而1995年的《平行世界的爱情故事》更是创造了一个完全虚拟的背景环境。虽然并没有收到立竿见影的效果,但东野圭吾的一系列尝试无疑是正确的,为其以后的大红大紫奠定了坚实的基础。

1996年,东野圭吾第一次尝到了转型的甜头。这一年出版的两部作品——《名侦探的守则》和《恶意》——让东野圭吾正式迈入了畅销书作家的行列。

《名侦探的守则》是东野圭吾对本格以及新本格推理彻底的"清

算"。在嬉笑怒骂之间，东野圭吾通过一件件"推理严谨，结局吐血"的故事告诉读者，本格或新本格推理已经严重脱离现实，陷入模式化的误区不能自拔。一方面，东野圭吾在受传统推理"戕害"和"歧视"十余年之后，终于找到了吐槽的机会，一番番冷嘲热讽毫不给同行留情，甚至有"公报私仇""矫枉过正"的嫌疑；另一方面，这部作品标志着东野圭吾正式告别了传统推理——一个为之奋斗了十余年而没有收获的东西——其中滋味，绝对不仅仅是"快意恩仇"几个字可以概括的。故事最后，东野圭吾在通篇讽刺之后，居然设计了一个意味深长的结局——也许，在其内心深处一个自己都不知晓的角落里，依然为自己十余年的努力保留着一方净土。在《放学后》之后，《名侦探的守则》是东野圭吾第一本销量突破十万册大关的作品。与其类似的作品，还有《名侦探的诅咒》《超·杀人事件》和"小说系列"（《黑笑小说》《怪笑小说》《毒笑小说》《歪笑小说》）。

如果说《名侦探的守则》是对"旧势力"的"清算"，那么《恶意》则意味着新势力的崛起。作品在不到三分之一的地方，就明确地指出了凶手是谁——凶手对自己的罪行供认不讳，却对犯罪动机闪烁其词。他明确地告诉警方，自己别无他求，只想速死。在之后三分之二的篇幅里，犯罪动机成了唯一的悬念。

动机是犯罪的根源，牵扯到了人性。在东野圭吾看来，这就是他一直在寻找的"有深度，能畅销"的元素，应该将其发扬光大，应该不遗余力——绝大多数读者无法体会人性的微妙，但他们会对阴暗面被暴露在阳光下津津乐道。

1998年，东野圭吾创作了《秘密》。这部小说出现了"灵魂转移"的设定，集中体现了东野圭吾在新时期的创作特征。1999年，这部作品一举夺得了日本推理作家协会奖，也是东野圭吾第一本销量超过50万册的作品。小说顺理成章地入围了直木奖最终决选，可惜最终没有获奖。

这个时候，命运又和已经找到创作方向的东野圭吾开起了玩笑。东野圭吾曾回忆说，其实最初自己并没有把直木奖看得非常重要，《秘密》也不是专门为角逐此奖而创作的。可是，既然反响如此之好，自己也就觉得此书荣获直木奖是水到渠成的事。在落选之后，东野圭吾找到了新的奋斗目标——既然自己的推理小说已经无限趋近大众文学，为什么不拿下大众文学的最高荣誉直木奖呢？

于是，东野圭吾开始了漫长的"直木之旅"。1999年，东野圭吾创作了《白夜行》。这部小说被很多读者视为东野圭吾的最高杰作，销量也很快就突破了100万册。小说中塑造了"圣恶女"唐泽雪穗这个形象，描绘出了人性在极端条件下的近乎本能的反应，被誉为"绝望之书"。所有人都认为这部小说会获得直木奖，甚至连东野圭吾的"对手"都不怀疑这一点。然而，《白夜行》依然和大奖无缘。这次落选在日本文坛引发了争议，人们质疑直木奖的含金量；同时，也有人断言，东野圭吾将终身与直木奖无缘，因为他不可能写出比《白夜行》更好的作品了。不管怎样，《白夜行》本身成了一个标志，标志着东野圭吾风格成形，也标志着日本推理进入了多元时代。

接下来，东野圭吾精心创作的《单恋》《信》和《幻夜》三度落选直木奖，加上之前的《秘密》和《白夜行》，他已经五次与直木奖擦肩而过。同在这个时期，东野圭吾的其他作品也取得了非常出色的销售成绩，比较有代表性的有《湖边凶杀案》《彷徨之刃》等。一边，东野圭吾的作品是日本最畅销的小说；另一边，这些小说却无法实现创作者为自己设定的目标。

2006年是东野圭吾难忘的一年。2005年，他抱着"不成功，便成仁"的决心，写出了那部无人不知的《嫌疑人X的献身》。东野圭吾自称："这是我能想到的最好的诡计，最纯粹的爱情。"这部作品一上市，销量就超过了100万册。很多读者一口气读完了全书，然后号啕大哭一场。在日本，有三个最权威的推理小说榜单，分别是"这本推理小说了不起""本格推理Best 10"和"周刊文春Best 10"。2006年，《嫌疑人X

的献身》创造了历史,成为迄今唯一在同一年包揽三大榜单第一名的作品。同时,这部作品还获得了第6届本格推理小说奖。

面对这样一部作品,没有人可以做出第二种选择——第134届直木奖无可争议地授予了《嫌疑人X的献身》。东野圭吾从此摘掉了"最被直木奖厌恶的男人"的帽子,奠定了"日本推理第一人"的地位。在获奖后的记者见面会上,东野圭吾说出了如下带有调侃意味的获奖感言:"之前在落选之后猛灌烧酒,和大家说着评委的坏话,玩着普通人玩不了的有趣游戏……今天获胜了,感觉真不错,这样的记忆一去不复返了。"

东野圭吾自20世纪90年代尝试转型,于1996年找到了属于自己的风格,在2006年登上了巅峰。这十年是东野圭吾创作力最旺盛的十年,其绝大部分代表作都创作于这个时期。

风格形成和直木奖获奖是东野圭吾作家生涯的两个心结。到了2006年,这两个结都被圆满地解开了。对于东野圭吾来说,以后的事情全部变得简单起来。从斩获直木奖到现在,都可以看作东野圭吾创作生涯的第三阶段。在这个阶段,他的作品变得"从心所欲不逾矩",更多展示了个人的好恶,没有特别在意读者和评论者的感受。

获奖之后,东野圭吾保持着每年创作两到三部作品的节奏。他精心打造了"神探伽利略"和"刑警加贺恭一郎"两大系列。到2022年,前一个系列有十部作品(《神探伽利略》《预知梦》《嫌疑人X的献身》《伽利略的苦恼》《圣女的救济》《盛夏的方程式》《虚化的道像师》《禁断的魔法》《沉默的巡游》《透明的螺旋》),主人公是大学教授汤川学;后一个系列目前有11部作品(《毕业——雪月花杀人事件》《沉睡的森林》《谁杀了她》《恶意》《我杀了他》《再一个谎言》《红手指》《新参者》《麒麟之翼》《祈祷落幕时》《希望之线》),主人公是警察加贺恭一郎。除了系列作品,东野圭吾的非系列作品同样出色,包括《悖论

13》《流星之绊》《假面饭店》《假面前夜》等，其中最知名的，莫过于已经成为国民读物的《解忧杂货店》。《解忧杂货店》不再是一部推理小说。它拥有一切可以吸引读者的元素，以轻松的笔触和新颖的结构将故事娓娓道来，可以说是多元时代日本推理的代表作。

从2009年起，东野圭吾众望所归地被推选为日本推理作家协会理事长（于2013年卸任）。他每天除了创作，还喜欢到东京银座的酒吧小酌几杯，大泽在昌、奥田英朗等作家都是他的酒友。东野圭吾很少接受媒体采访，甚至不让出版社寄样书给自己——他的理由是看到书架上都是写着自己名字的书，感觉很奇怪。因为这些习惯，东野圭吾给读者不太好接近，甚至有很大架子的印象，甚至有同行批评他只在乎自己的收入，没有承担起推广推理文化的责任。不过，考虑到东野圭吾特殊的经历，我们应该允许这位天才作家保留那份无伤大雅的个性。

1999年以后，东野圭吾就有了"出版界的印钞机"之称，是畅销和利润的最大保障。据不完全统计，东野圭吾每年仅从日本本土拿到的版税就有两亿日元；而他还有近30部作品被影视化，这笔收入也是非常可观的；如果再加上在其他国家的版税收入，东野圭吾每年的收入是不可想象的——仅在中国，东野圭吾的单册作品版税预付金就由2008年之前的一万元人民币飙升至2012年的超过100万元人民币！要知道，在这五年里，中国内地已经出版了90余部畅销君的作品！

"东野热"不是偶然的，而是在大量实践的基础上，被他找到了一条高效的畅销书加工线——大众读物的外壳、阴暗面的暴露、时尚元素的融合、丰满立体的人物（尤其是坏女人）、适度的篇幅、平易的语言、刺激的开场、频繁的影视化……可以说，东野圭吾是最聪明、最具商业头脑的日本推理作家，他考虑了所有会影响作品销量的因素，一一加以利用。东野圭吾的每一部作品几乎都有三个特点：篇幅在230页至330页之间；开篇十页迅速引发矛盾；小说极度剧本化，导演拿过来稍稍改编就能拍成影视剧。这些细节充分说明，东野圭吾获得"畅销君"的称号，真的是实至名归。

有的读者对东野圭吾的商业化操作并不买账，更有读者批评东野圭吾根本不是推理小说作家。然而，在日本推理文学多元化和商业化的今天，东野圭吾的存在绝对是利大于弊的。想到每年会有十几万读者由于看了东野圭吾的作品而爱上了推理文学（哪怕读者自己都没有意识到），我们真的没有理由排斥这位畅销君。

东野圭吾的经历，是日本推理多元化的最好写照。在他的引领和启发之下，越来越多的创作者也跨入了"千面作家"的行列，共同将这个多元时代做大做强，保证了21世纪的日本推理在全世界独领风骚。

2 直木，执着

1999年，东野圭吾发表了代表作《白夜行》，标志着日本推理文学在世纪之交步入了一个全新的时代，一个多元时代。虽然之前东野圭吾已经发表了《恶意》《秘密》等"非典型"推理小说，但毫无疑问，《白夜行》是新式推理的集大成之作，也是"去推理化"痕迹最明显的一部。这部作品超脱了推理文学的类型化束缚，将推理作为刻画人物、推进情节的工具，着眼点更是有别于之前推理文学的原则。

随着东野圭吾的成功，他的理念被越来越多的创作者接受，越来越多"准推理"作品出现在市场上。这类作品得到的评价比较两极化：一边，一些比较传统、习惯于福尔摩斯式推理、不太了解日本推理文学发展脉络的读者"痛斥"东野圭吾这样的作家不配为推理作家，甚至断言这类作品不能算推理小说；另一边，这些新式作品却取得了出色的销量。它们吸引了大量非推理迷的关注，打破了类型框框对于推理文学的羁绊——可以说，在松本清张之后，东野圭吾又一次实现了推理小说的大众化。

因此，我们的确可以说流行于日本当下的推理小说不是推理小说，而是已经自立门户、自成体系的"日本推理小说"。也正是基于这一点，日本推理小说才在新世纪进入了一个多元时代，不再是之前新本格推理的延续。

东野圭吾无疑是这个时代的领路人，但他并不是孤军奋战。相比于岛田庄司在明确创作理念之后长时间的不得志，东野圭吾找到新方向后，很快便聚拢起了一大批优秀的创作者。其中比较有代表性、对于新式推理贡献最为突出的，则非宫部美雪、伊坂幸太郎和道尾秀介莫属。

作为新式推理的旗手，东野圭吾曾经被直木奖折磨得痛不欲生，前后五次落选才得偿所愿——这种"先成名，其后屡次碰壁直木奖"的经历，被评论界戏称为"东野路线"。

也许仅仅是巧合，也许是某种力量在引领着日本新式推理，宫部美雪、伊坂幸太郎和道尾秀介三人的直木奖之路也颇有戏剧性：有一位没想得奖却意外得了奖；有一位特想得奖费了九牛二虎之力没得着；还有一位想得奖的时候没得到，不再想的时候却轻而易举地得到了。直木奖固然不是这三位作家的全部，但从直木奖入手，也许可以更加清晰地了解三位作家，了解新式推理的特质。

首先是有"女版东野"之称的宫部美雪。在日本出版界，一直有"男东野，女宫部"的说法，足见其影响力非同一般。宫部美雪（或称"宫部美幸"）（1960— ），原名矢部美雪，生于东京。[①]

宫部美雪毕业于东京都立墨田川高校，并没有上过大学——用她自己的话讲，自己并不是非常热衷于读书。23岁时，宫部美雪进入一家法律事务所做文书工作。工作的性质决定了她有大把的空闲时间，很

---

① 宫部美雪生于1960年12月23日，与新本格推理掌门绫辻行人同年同月同日生！

快，宫部美雪觉得不能这样荒废时光，应该给自己寻找新的努力方向。

她无意间看到了讲谈社主办的推理小说创作研习班正在招募学员，就毫不犹豫地报了名。这个研习班是讲谈社发掘新式推理创作人才的一个重要计划，主讲人是当时日本推理作家协会理事长、著名推理作家山村正夫。从此，宫部美雪白天在法律事务所上班，晚上就到研习班学习推理小说的创作。经过几年的学习，宫部美雪发现，创作并不像自己最初想象的那样高不可及。

1987年，宫部美雪以短篇小说《邻人的犯罪》获得了"ALL读物"推理小说新人奖，正式出道。实际上，宫部美雪的创作之路和东野圭吾非常相似——出道只比东野圭吾晚两年；在新本格推理盛行的时代并没有大红大紫；找到自己的创作方向后迅速蹿红。可以说，从出道时间上讲，宫部美雪和绫辻行人等新本格作家是"同级生"，但其大放异彩却比后者晚了十余年。

宫部美雪的作品题材广泛，数量众多，涉及推理、时代、科幻、奇幻等各个领域，突出地体现了新式推理无所不包的特点。相比于擅长"洒狗血"的东野圭吾，宫部美雪的作品少了些许人性的阴冷，多了几分女性特有的温暖与关怀。虽然之前毫无创作经验，但宫部美雪的文笔却有着一种与生俱来的细腻，平实而不失幽默，是文艺青年的最爱。有评论者评论宫部美雪的作品细腻过度，以至于情节有些拖沓，影响了阅读的快感。

> 笔者也有类似的感受，认为正是阅读节奏上的"硬伤"导致宫部美雪在销量上不及东野圭吾；但从另一个角度讲，宫部是独一无二的宫部，为什么要求这个可爱的姐姐级作家变身东野大叔呢？

虽然在销量上略逊于东野圭吾，但这并不影响宫部美雪成为新式推理的领军人物。1987年出道之后，宫部美雪交上了这样一份答卷：1989年，《魔术的耳语》获得日本推理悬疑小说奖；1992年，《龙眠》获得第45届日本推理作家协会奖，《本所深川神怪草纸》获得第13届吉川英治文学新人奖；1993年，《火车》获得第6届山本周五郎奖；1997年，《蒲生邸事件》获得第18届日本科幻小说奖；1998年，《理由》获得第120届直木奖；2002年，《模仿犯》先后荣获第5届司马辽太郎奖、第52届艺术选奖文部科学大臣奖和第55届每日出版文化奖特别奖；2007年，《无名之毒》获得第41届吉川英治文学奖。此外，宫部美雪的每部作品都会成为日本各大畅销图书排行榜的常客。2010年，宫部美雪在日本最受欢迎的作家评选中名列第四——是"最受欢迎的作家"，而不仅仅是"最受欢迎的推理作家"。

不难发现，在1999年，东野圭吾写出《白夜行》，刚刚把注意力转移到直木奖上的时候，宫部美雪就已经将这项大众文学最高荣誉收入囊中。实际上，宫部美雪创作推理小说只是因为喜欢，从来没有刻意迎合过什么大奖。可是，事情往往就是这样，一个个大奖排着队找上宫部美雪，躲都躲不开。由此可见，宫部美雪是一位颇受读者欢迎的大众作家，是当之无愧的"全满贯"作家。许多日本老一辈作家认为，宫部美雪最有资格继承吉川英治、松本清张和司马辽太郎的衣钵——这对于以推理小说出道的作家来说，实在是前所未有的荣耀。更有评论家称其是日本文学界的"平成天后"。

宫部美雪是一个很有意思的大女孩，举手投足、言谈话语间犹如卡通人物般有趣，始终保持着一颗童心。她有很重的烟瘾，喜欢唱卡拉OK和打电子游戏。宫部美雪一度因病而减少工作量，为了打发时间，某位作家朋友推荐了电玩给她，没想到她从此与电玩结下不解之缘。她的官方网站上曾这样写道："非常喜欢唱卡拉OK跟打电玩，一年365天都要握着手柄。"宫部美雪创作了很多部以电子游戏为背景的推理作品，还将自己的小说改编为动画。

宫部美雪是一位非常敬业的作家，认为一定要到流汗的程度才算是工作。她出道20余年，已经出版了50多部作品，其中不乏像《模仿犯》这样的百万字巨著。2012年，宫部美雪创作了《所罗门的伪证》（三部曲），又一次掀起了"宫部旋风"。

新时代日本推理的最大卖点在于多样性——不光是作品，就连作家的经历也是如此。有宫部美雪这样的"全满贯"，就会有伊坂幸太郎这样的"无冕之王"。

伊坂幸太郎（1971—　），原名宫坂航也，因为仰慕推理大师西村京太郎，便将笔名定为和其相似的"伊坂幸太郎"——结构一样，笔画数量也相同。他出生于千叶县松户市，大学期间来到仙台，就读于东北大学法学部。伊坂幸太郎非常喜欢仙台，大学毕业后就留在当地生活，并在这里结了婚。和很多推理作家不同，伊坂幸太郎是一位标准的好男人，重视家庭，体贴妻子，不喜欢待在酒吧，不喜欢外出应酬，只喜欢宅在家里。他的这种家庭观念深深地影响了其创作风格，在日本推理文坛堪称独树一帜。他的众多作品里都出现了"好爸爸"的形象，某种程度上表明了伊坂幸太郎对家庭和家人的态度。

伊坂幸太郎自幼喜欢阅读和绘画，喜欢幻想一些看似不着边际的事情。想象力对于文学创作来说是必不可少的，但伊坂幸太郎在这个方面未免"过分"了些——他的很多想法已经超脱了想象的范围，在常人看来简直是胡思乱想。

一个偶然的机会，伊坂幸太郎读到了岛田庄司的代表作《北方夕鹤2/3杀人事件》，顿时有了一种恍然大悟的感觉。他惊讶于小说里的奇思妙想；他意识到，自己一直引以为傲的想象力，终于找到了合适的载体，那就是推理。"我就是要写不一样的故事，我就是要写异想天开的故事"——这是伊坂幸太郎的创作宣言。他是一个"为了艺术而艺术"的推理创作者，从动笔伊始就强调着自己的与众不同。

1996年，伊坂幸太郎凭借《碍眼的坏蛋们》获得日本三得利推理奖。这部作品后来被他改写为长篇《天才抢匪盗转地球》，在2003年出版单行本。2000年，伊坂幸太郎发表了长篇小说《奥杜邦的祈祷》，一举荣获第5届新潮推理俱乐部奖，正式进入文坛。这部作品描绘了主人公被恶警追杀，误打误撞来到了一个与世隔绝的小岛上。这个小岛有着许多奇怪的居民——有的说话与事实永远相反；有的可以随意处死别人，却被视为正义化身！最不可思议的是，这座岛的精神领袖是一个稻草人，一个可以讲话、可以预言未来的稻草人。稻草人告诉主人公，他就是那个150年来这座小岛翘首企盼的外来者，将会给小岛带来一样从未有过的东西。至于这样东西是什么，主人公怎么才能回到自己的世界，心知肚明的稻草人却只字未提。主人公无所适从，准备再去找稻草人。结果，稻草人已经被残忍地杀死了！它应该可以预见到自己的命运，为什么没有事先做好准备？而另一边，那名恶警在千方百计地接近小岛……

　　从故事梗概中不难看出，伊坂幸太郎的作品完全建立在想象的基础上。如果说之前的科幻推理还有些许科学依据，妖怪推理还有流传了千百年的怪谈作为起点，那么，到了伊坂幸太郎这里，这些完全不复存在，只有天马行空的想象驰骋于字里行间。难能可贵的是，伊坂幸太郎依然给出符合逻辑的结局，使得整个故事有一个严丝合缝的解释——可以不符合实际，但一定要符合逻辑，这是新式日本推理得以存在的基石。

　　2002年，伊坂幸太郎发表了《华丽人生》，一举奠定了其在日本推理界独一无二的地位。这部作品延续了"伊坂风"，有着比《奥杜邦的祈祷》更离奇的想象和更加绝妙的结局。故事同时以五位人物的视角展开，讲述了五个看似互不相关的故事；最后，在伊坂幸太郎的生花妙笔之下，故事竟然合五为一，令阅读者大呼过瘾。

　　其后，伊坂幸太郎陆续发表了《重力小丑》《家鸭与野鸭的投币式储物柜》《孩子们》《蚱蜢》《死神的精确度》《死神的浮力》《魔王》《沙漠》《终末的愚者》《金色梦乡》《摩登时代》《王者》《爸爸们》《单挑》《余生皆假期》等作品，一时间风头无两。这些作品里有死神的游走，有靠打麻将拯救世界的青年，有恐怖的独裁者，有一个儿子与四个爸爸的纠葛，还有为了拯救棒球队而降生的宿命王者……可以说，伊坂幸太郎在延续自己的风格的同时，文学造诣也愈发高深。在其近期作品中，可以越来越强烈地感受到三岛由纪夫的唯美与村上春树的颠覆。不难想象，还很年轻的伊坂幸太郎将会进一步摆脱推理文学的类型束缚，成为引导日本文学走向的主流作家之一。

伊坂幸太郎可谓年轻有为，只有一件事令其心灰意冷，那就是直木奖。从2003年开始，凭借《重力小丑》《孩子们》《蚱蜢》《死神的精确度》和《沙漠》，伊坂幸太郎前后五次入围直木奖最终决选，但却一一与大奖擦肩而过。2006年，他的《沙漠》很有希望折桂，偏偏东野圭吾写出了《嫌疑人X的献身》，伊坂幸太郎只能感叹"既生瑜，何生亮"。这一年成为东野和伊坂的"分水岭"——前者了却心愿；后者却对直木奖心灰意冷，宣布不再参与此奖的角逐。富有戏剧性的是，就在不久之后，伊坂幸太郎创作出了《金色梦乡》。这部作品横扫当年日本各大图书榜单，所有人都认定伊坂幸太郎将凭此书斩获直木奖。无奈的是，伊坂已经有言在先，只能拒绝评委会的入围邀请。这位一直行走在"东野路线"上的成功作家，至今还没有得到一个和东野圭吾相同的喜剧结局。

    伊坂幸太郎是一个不折不扣的文艺青年，喜欢柯恩兄弟的电影，喜欢摇滚，还很喜欢读中国作家莫言的作品。笔者曾有幸在伊坂幸太郎的第二故乡仙台拜会他。看上去，他就像一个腼腆的中学生，完全没有大作家的架子。当时，笔者提到莫言先生在不久前获得了诺贝尔文学奖，而自己觉得伊坂老师似乎比另一位屡败屡战的日本同行更有机会获得这一奖项时,伊坂幸太郎挠着头笑了笑,说这可是他不敢想象的事情,不过一定会朝着这个方向去努力的。

道尾秀介和伊坂幸太郎同为新式推理代表作家。他比伊坂幸太郎更年轻,出道比伊坂幸太郎更晚,却比伊坂幸太郎幸运得多。

道尾秀介(1975—),生于兵库县,毕业于玉川大学,曾经做过一段时间的推销员。"道尾秀介"是其笔名,其中姓氏"道尾"源自著名推理作家都筑道夫,"秀介"这个名字则是其本名。

2004年,道尾秀介以长篇小说《背之眼》出道。这部作品属于"灵异现象探求所所长真备庄介系列",讲述了一个"人的后背长了眼睛"的故事。用一句话概括,这部作品属于"横沟+京极"的风格,因为与京极夏彦的《魍魉之匣》过于类似,最终只获得了第5届恐怖悬疑小说奖特别奖,未能斩获终极大奖。不过这并没有影响道尾秀介的创作道路,他在出道伊始便得到了读者和媒体的一致认可。其后,道尾秀介又创作了两部这个系列的作品,分别是长篇《骸之爪》和短篇集《花与流星》。

2005年年末,道尾秀介发表了第二部长篇小说《向日葵不开的夏天》。这部作品确立了道尾秀介在推理界的地位,也明确了道尾秀介的创作风格。小说以一名小学生为主人公,讲述了他在一个暑假里经历的一连串的离奇琐事。孩子看到了很多令人惊悚的事件,可身边的大人们却对此熟视无睹。到底是孩子搞错了,还是大人的世界里隐藏着什么秘密?用孩子的视角讲述成人的故事,这是道尾秀介最擅长的创作手法。"孩子的纯真遇到成人世界的阴暗"——这种近乎无可避免的冲突足以催生出极具落差感的故事;而在这个基础上,道尾秀介往往会更进一步,再设置一层或几层逆转。这种处理通常会令本已很崩溃的读者失去最后一分希望——无论孩子还是成人,都没有一个好东西?如果说东野圭吾最擅长塑造"坏女人",伊坂幸太郎最喜欢打造"好爸爸",那么道尾秀介最热衷的无疑是描绘"黑孩子"。《向日葵不开的夏天》如此,之后的几部作品亦是如此。

2006年,道尾秀介创作了《影子》。这部作品同样以孩子为主人公,揭示了成人世界的无奈与阴暗。小说的诡计设置得自然而高明,更重要的是,故事具有很明显的纯文学作品气质,这标志着道尾秀介创作风格的成熟。在出道时,他被誉为"日本推理的新希望";而《影子》的出版,意味着道尾秀介从希望之星成了领军人物,并且已经开始朝着更高的目标迈进。2007年,《影子》获得了第7届本格推理小说奖。

其后,道尾秀介加快了创作速度,拉开了"地支系列"的序幕。所谓"地支系列",是道尾秀介根据中国的十二生肖创作的一系列小说。目前这个系列包括《独眼猴》(申猴)、《所罗门之犬》(戌狗)、《鼠男》(子鼠)、《乌鸦的拇指》(酉鸡)、《龙神之雨》(辰龙)、《球体蛇形》(巳蛇)、《鬼的足音》(丑牛+寅虎)共七部。其中,《乌鸦的拇指》获得了第62届日本推理作家协会奖。

同样是从《乌鸦的拇指》开始,道尾秀介走上了属于自己的"直木之路"。"地支系列"中的《乌鸦的拇指》《球体蛇形》和《鬼的足音》先后三次入围,却都与大奖失之交臂。不同于东野圭吾的执拗,也不同于伊坂幸太郎的息心,道尾秀介以更积极的姿态审视三次落选,从中找出自己的不足,迅速修正了创作风格。这对于一位已经成名的作家来说,是很不简单的。

2010年,道尾秀介发表了短篇集《光媒之花》。这部作品依然有着道尾式的阴暗,但却拥有一个相对光明的结局。评论界惊呼:"道尾秀介转型了!"这部作品获得了山本周五郎奖,并第四次入围直木奖决选,但最终依然未能如愿。

2011年,积累了太多经验的道尾秀介发表了《月与蟹》。作品回归了起点,又是一部通过孩子视角窥视成人世界的作品,具有极高的纯文学气息。终于，道尾秀介得偿所愿，一举拿下了第144届直木奖，以一个圆满的结局走完了"东野路线"。相比于伊坂幸太郎，道尾秀介是幸运的；而这种幸运，源自一种坚持。

获奖之后，道尾秀介又迎来了一个创作的高峰期，两年内陆续创作了《喜鹊的四季》《水之枢》《光》等作品。

在道尾秀介获奖之后，笔者和他做过一些交流。道尾说，一直以来，他都秉承着一个创作理念，这个理念是一位日本高僧告诉他的。这位高僧送给他一幅卷轴，上面写着四个字——"鬼手佛心"。"创作的手段可以千奇百怪，但必须建立在一颗慈悲之心上。作家心中充满了善意，写出的作品才不会被读者忘记。"日本推理文学的新领袖能有这样一种创作信念，实在是读者的福气。

笔者曾在职的出版社是国内最早出版道尾秀介作品的机构。早在2007年道尾秀介不为大多数中国读者所知的时候，笔者就认定这位作家潜力无限，一定可以成长为日本推理文学的旗手。在这一点上，笔者与时任台湾独步出版社总编辑陈蕙慧不谋而合。现在回想，多亏了蕙慧前辈的指点，当时还是出版新人的我才下决心引入道尾秀介的作品。没有想到的是，道尾秀介的成长速度远远超过笔者的预期——从出道到获得直木奖，东野圭吾用了21年，道尾秀介只用了七年。

笔者曾近距离接触过道尾秀介，他是一位清秀可爱、举止活泼的青年。深入交往之后，笔者发觉，道尾秀介要比绝大多数日本作家懂得变通，而这也是他能在短时间内取得成功的关键所在。

直木奖，是日本大众文学的奖项，也是新时代摆在日本推理作家面前的一个新命题。从某个角度讲，新一代推理创作者对直木奖的执着，表明推理文学在日本已经达到了一个新的高度。

回顾日本推理百年历程，不难发现——

在江户川乱步、横沟正史的时代，即便是这些大师，也从没对直木奖有过"非分之想"，因为那时的推理小说虽然繁荣，但终究只是类型文学，获得大众文学的最高荣誉只是一种幻想。

在松本清张之后，推理文学愈发向纯文学靠拢，推理作家开始零星地获得直木奖的青睐。逢坂刚、大泽在昌等，都凭借硬汉推理先后获奖；而像北村薰、佐佐木让、天童荒太这样年纪稍长的作家，则是在创作生涯的末期才收获这项殊荣。

进入新时代，推理文学和大众文学之间的壁垒已经被完全击破。直木奖似乎成了推理作家的标配，不拿上一个都不好意思说自己是写推理小说的。这充分说明，新时代的日本推理文学和大众文学已经完全没有了界限——这真的是推理之幸。

在宫部美雪、伊坂幸太郎和道尾秀介之后，更多新锐作者涌现出来。直木奖已经不再是他们的终极目标，一个大无限的时代，才是这些天才创作者的舞台。

3　大无限

"日本推理大无限"，这是台湾独步出版社对当代日本推理文坛的评价，这个评价再恰当不过。经历了百年洗礼，经历了无数创作者的探索，在最新的一个十年里，日本推理文学以井喷的姿态迸发出无限的可能性。这种可能性是题材的百无禁忌，是人物的立体丰满，是故事的跌宕起伏，是讲述形式的光怪陆离，是文学性的似有若无……可以说，纵观日本推理文学百年历史，没有哪个时代像今天这样兼容并包。在这个最好的时代中，涌现出了大量新生代作者。他们各有所长，通过自己的努力，使得日本推理文坛呈现出了百家争鸣的繁荣景象。

辻村深月（1980—　），生于山梨县，毕业于千叶大学教育学部。辻村深月自幼就喜欢阅读柯南·道尔和江户川乱步的小说，六年级时读了绫辻行人的《十角馆事件》，从此完全被推理文学征服。她的笔名"辻村深月"（这也是其系列作品中主人公的名字），正是在向偶像绫辻行人致敬。

2004年，辻村深月凭借《时间停止的校舍》获得第31届梅菲斯特奖，正式出道。这部作品以学校为背景，主要人物是一群毕业生。他们在若干年前目睹了一个同学自杀，然而重回学校之后，他们竟然都想不起这个同学的样貌和名字！难道说，时间在这座被诅咒的学校里停滞了？这部作品的很多设定与《十角馆事件》非常相似，足见绫辻行人对辻村深月的影响。

其后，辻村深月陆续发表了多部作品。其中，创作于2011年的《系》获得了第32届吉川英治文学奖，并在2012年10月被拍成电影。"系"是一种职业，可以让生者和死者在想象中重逢。辻村深月塑造了一个年轻的"系"，通过他的工作和经历揭示了人生种种。在2009年和2011年，辻村深月凭借《0，8，0，7》和《定制杀人俱乐部》先后入围直木奖。两部作品基调晦暗，前者通过女儿弑母事件探讨了母女关系问题，后者则通过两个初中学生的悲剧展现了人性的绝望。

2012年，辻村深月发表了短篇集《没有钥匙的梦》，斩获第147届直木奖。小说以城市为舞台，讲述了几桩偶发的、微不足道的犯罪事件。故事的着眼点不在犯罪本身，而是在探讨犯罪之前人心中鬼使神差般的"恶念"是如何产生并膨胀的。每篇故事都是以女性视角讲述的，而且随处都能见到被作者讽刺挖苦的不争气的男人。这些人物都是普通人，他们的犯罪动机看似偶然，实则充满了普遍性。读者会不由自主地觉得，如果我在现场，会不会也伸出犯罪之手？这部作品写实到了极点，文笔细腻至极，不放过任何人物的任何细节，有着很强的即视感。

获奖后不久，辻村深月就成了一名幸福的妈妈。经过一番休整，她又开始了新的创作，并在2018年凭借《镜之孤城》一书斩获日本书店大奖。

和辻村深月类似，东川笃哉也是日本文坛受人追捧的创作者。东川笃哉（1968— ），生于广岛县尾道市，冈山大学法学院毕业。毕业后，他曾在玻璃瓶公司上班，26岁时辞职，一边打零工一边从事创作。

八年过去了，东川笃哉每个月的收入在12万日元左右——在廉价的拉面都需要800日元一份的日本，东川的处境可想而知。后来他回忆说，自己差点儿变成无家可归的流浪者。这八年里，东川笃哉没有写出任何像样的东西，即便他已经足够勤奋。

2002年，东川笃哉发表了《密室的钥匙借给你》，终于获得新人奖正式出道。其后，他创作了《完全犯罪需要几只猫》《请勿在此丢弃尸体》《今夜不宜交换杀人》《不学无术的侦探学园》等作品。从书名中不难看出，轻松幽默是东川笃哉的最大特点。"看着不累"，这是读者和评论界对于东川的评价。从销量上讲，他的作品一直表现平平，没什么突破。

幸运女神在2010年终于光顾了东川笃哉。在这一年，一直在杂志上连载的《推理要在晚餐后》结集出版。这个系列以富家千金小姐和神奇的管家为主角，行文模式大致都是：一心想做优秀刑警的小姐碰到了难题，回到家找管家吐槽；管家在说出"大小姐，你是白痴吗"的经典台词之后，不紧不慢推理出真相；同时，各类搞笑的人物、情节和对白穿插其间。

单行本最初只印刷了几千册，甚至连东川笃哉自己都不是特别看好其市场前景。每一年，日本都会推出一个由书店店员评选的大奖——书店大奖。卖书人可以不考虑专家和读者的感受，完全独立地选出自己喜欢的作品。由于店员的特殊身份，获奖作品往往都是还没有开始销售的图书——也就是说，是那些只有店员读过，读者还没有读到的作品。天知道是什么原因，店员们都很喜欢《推理要在晚餐后》，不但把大奖送给这部作品，而且还自发地、不遗余力地进行推广。就这样，从2010年9月上架到2011年年底，《推理要在晚餐后》卖出了180多万本！这个数字雄踞年度日本所有图书销售排行榜榜首，甚至把畅销天王东野圭吾远远抛在身后。

一夜成名的东川笃哉再接再厉，不仅继续撰写"推理要在晚餐后系列"，还创作了这个系列的姐妹篇《推理要在放学后》。故事依然保持了"搞笑到底"的风格，再加上先后被影视化，每部作品均取得了不可思议的销量。

东川笃哉的作品非常快餐化，非常适合当今社会的阅读节奏。他的小说中没有宿命感，没有责任感，更没有什么文学性和思想性可言——这并不是对于东川的诋毁，而恰恰是其成功的关键。新一代读者不需要（或者说不想要）什么说教，他们只想看搞笑的故事。而这个时候，东川的出现满足了读者的需求。在日本推理文坛，继"男东野，女宫部"的提法后，又出现了"男东川，女辻村"的说法，可见其受欢迎的程度。

凑佳苗（1973— ），本名金户美苗，生于广岛县，毕业于武库川女子大学家政学系。凑佳苗自幼喜爱推理小说，毕业后曾在南太平洋的汤加工作过两年，随后回国在高中担任老师。结婚之后，凑佳苗回到家里成为全职太太，这为她的创作提供了便利条件。

2007年，凑佳苗以短篇小说《圣职者》拿下了第35届原创广播剧大奖和第29届推理小说新人奖。在2008年，她将这篇小说扩充为长篇作品《告白》，结果一炮而红。小说的背景是凑佳苗很熟悉的校园，主人公则是凑佳苗更为熟悉的女教师。老师的四岁女儿死在了学校的游泳池里，这不是一桩意外，而是一个由于两名学生的过失造成的悲剧。出乎意料的是，老师并没有求助于警方，而是当着全体同学的面，宣布自己会亲自动手为女儿复仇。一时间，每个同学都惊恐不已，学校成了地狱的入口。而老师的复仇方式，更是前所未有的黑暗……

这部作品各个方面均非常出色，以女性特有的细腻讲述着一个令人绝望到极点的故事。小说席卷了所有畅销图书排行榜，还在2009年获得了书店大奖。2010年，作品被影视化，电影不仅取得票房佳绩，还一举拿下日本电影学院奖四项大奖。

其后，凑佳苗又创作了《少女》《赎罪》《为了N》《夜行观览车》《往复书简》《白雪公主杀人事件》等作品，风格基本上和《告白》大同小异，学生、老师、孩子、母亲依然是最常见的形象。这些作品在成就上无法和《告白》相比，但足以令凑佳苗稳坐"家庭主妇推理第一人"的宝座。

石田衣良（1960—　），本名石平壮一，生于东京，成蹊大学经济系毕业。据说石田衣良从七岁开始就立志成为作家，在学生时代每年要读超过1000本书。大学毕业后，他进入一家广告公司工作，其后又先后做过地下铁工人、保安和仓库管理员。并不太顺利的作家之路对石田衣良影响很大，甚至一度使他患上了社交恐惧症。

1997年，石田衣良以《池袋西口公园》获得"ALL读物"第36届推理小说新人奖，正式出道。这部作品描绘了生活在东京闹市区池袋一群不良少年的悲喜，属于带有推理成分的青少年犯罪小说。小说一经推出就大受好评，尤其受到青年读者的追捧。小说于2000年改编成日剧，由长濑智也、洼冢洋介、妻夫木聪等人主演。之后，石田衣良陆续创作了十部"池袋西口公园系列"作品，其中，发表于2002年的《骨音》入围了直木奖最终决选。

石田衣良属于典型的新派推理作家，作品题材广泛，涉及推理、犯罪、情感、悬疑多个领域。2001年，他的作品《娼年》同样入围直木奖，2003年的《14岁》更是获得第129届直木奖。石田衣良是日本少壮派作家中的翘楚，日本作家曾志成称他为"作家贵公子"，日本读者更把他当成日本文坛的"裴勇俊"。

乙一（1978—　），本名安达宽高，生于福冈县，毕业于丰桥技术科学大学。"乙一"这个笔名源自其使用的计算机"Z-1"。

乙一是一位少年天才，早在1996年，他就凭借《夏天，烟火，我的尸体》一作荣获第6届JUMP小说大奖。当时乙一不满18岁，便已经得到了很多知名作家的认可。2002年，乙一创作了技惊四座的《断掌事件》，一举获得了第3届本格推理小说奖。其后，他开始大量创作轻小说。

乙一的作品风格可谓泾渭分明，概括来说，可以分为以残酷和惨烈为基调的"黑乙一"风格与以纤柔和悲凄为基调的"白乙一"风格。读过乙一作品的人都会惊叹，居然有人可以在两种反差如此巨大的文风中随意切换。乙一自幼喜欢电影和动漫，成名之后将大部分精力都投入到了作品的影像化之中。2006年，乙一和著名导演押井守的女儿、电影作家押井友绘结婚。这更让乙一如鱼得水，在文字以外的领域接连取得佳绩。

除了上面提到的两部作品，乙一的代表作还有《只有你听得到》《寂寞的频率》《失踪HOLIDAY》《平面狗》《ZOO》《暗黑童话》《天帝妖狐》《小生物语》等。

和乙一类似，日本还有一位作家也驰骋在推理小说和轻小说两个领域，那就是美女作家樱庭一树。

樱庭一树（1971—　），生于鸟取县，1993年出道，其后成为杂志撰稿人。出道伊始，樱庭一树被誉为"多领域、跨类型写作的超新星才女",其作品多为轻小说,还创作过少女游戏剧本。后来,樱庭一树渐渐转型,作品的文学性和严肃性逐步得到提升。

2003年,樱庭一树开始连载推理小说"GOSICK系列",得到读者一致认可。2007年,樱庭一树的长篇小说《赤朽叶家的传说》一举夺得日本推理作家协会奖,并被评论家誉为"日本版的《百年孤独》"。2008年,她的《我的男人》斩获第138届直木奖,被盛赞为"日本版的《呼啸山庄》"。

> 樱庭一树是一位外貌和举止都很萌的作家,举手投足间令人不由自主对其产生保护欲。笔者曾经短暂接触过樱庭一树,在给笔者签名之后,她很认真地从手包里拿出一张小鸟贴纸,工工整整地贴在签名旁边——顿时,笔者真的有一种被萌翻的感觉。

米泽穗信(1978—),生于岐阜县,金泽大学文学系毕业。米泽穗信是新时代"日常推理"的代表作家。他不是轻小说创作者,但其推理作品中却带有明显的轻小说气息。这使得米泽穗信同时得到了推理读者和轻小说读者的追捧,声望已经不逊色于石田衣良、乙一以及樱庭一树。

早在大学期间,米泽穗信就经常在网络上发表作品。2001年,他的作品《冰果》获得第5届角川学园小说奖,正式出道。这是米泽穗信"古典部系列"首作,在2012年被改编为动画片。其后,他陆续创作了"小市民系列"、《算计》、《寻狗事务所》、《再见,妖精》、《追想五断章》、《羊栏的盛宴》等,均在各大畅销小说排行榜名列前茅。2011年,米泽穗信凭借《折断的龙骨》一作,斩获日本推理作家协会奖。

作为新时代日本推理文学的代表人物,上述几位作者都无一例外地选择了多元化，没有把创作拘泥在传统意义的推理层面。当然，并不是所有作家都会这样做，坚守传统的同样大有人在。

三津田信三（1978— ），生于奈良县。虽然他的作品和横沟正史、高木彬光的本格推理并不完全相同，但其对于谜团设置和逻辑解答的孜孜追求，还是令其成为传统推理阵地中的中坚力量。三津田信三擅于设置"不可能犯罪"，擅于将民俗学融入作品中，擅于通过对背景和氛围的渲染增加故事的可读性。因此，他得到了"小京极夏彦""横沟正史接班人"的称号。

大学毕业后，三津田信三做过一段时间编辑，写过不少恐怖小说。2000年以后，他渐渐将注意力转移到推理小说上。三津田信三出道时间不过20年，创作的推理小说数量却着实不少，主要有"刀城言耶系列""三津田信三系列""死相学侦探系列"和一些非系列作品。其中最受读者欢迎，也是三津田信三最看重的，非"刀城言耶系列"莫属。

这个系列以流浪小说家刀城言耶为主人公，以在日本颇为盛行的民俗学为原点，衍生出一篇篇匪夷所思却完全符合科学逻辑的故事。这个系列的首作是出版于2006年的《如厌魅附身之物》，其后又有《如凶鸟忌讳之物》《如无头作祟之物》《如山魔嗤笑之物》《如密室牢笼之物》等。这些作品都是畅销榜单的常客，在这个多元化的时代捍卫着传统推理小说的荣耀。

从上述几位作家的经历中不难看出，新时代日本推理文学除了自身造血功能愈发强大，其表现形式也愈发多元化。包括东野圭吾等作家在内，他们的创作和电影、电视、动画、漫画、游戏的联系越来越密切，已经成为一个产业链。

实际上，日本推理小说在这方面有着很好的传统。江户川乱步、横沟正史等大师的很多作品都被影视化，而且不止一个版本。到了松本清张、森村诚一的时代，作品被搬上荧幕成了家常便饭，《砂器》《人证》

《追捕》等更是成为经典。到了21世纪，日本推理小说已经不再满足于荧幕，而是渗透到了各个新兴的领域——东野圭吾的作品已经有了中国版舞台剧；取材于高木彬光作品《破戒裁判》的人气游戏《逆转裁判》成为经久不衰的系列巨制；而《金田一少年事件簿》和《名侦探柯南》漫画更是影响了几代读者……

很久以前，日本文化界就有着"三大国术"的说法，指的是茶道、相扑和艺伎三种技艺。经过一个时期的发展，漫画加入其中，被称为"第四大国术"；而到了21世纪，已经有不少媒体和读者将推理小说列为"第五大国术"。这种提法属于民间自发行为，但足以证明推理文学在日本的地位和繁荣。

百年岁月，对于文学来说是一段不短的时间。在这段时间里，日本推理文学经历了从无到有、由弱到强的变化。我们惊叹于推理文学在这个国度的幸运——每每走到历史的路口，或是出现难以逾越的阻碍时，总会有一位天才的领路人，带领着一群坚定的追随者排除千难万险，将其送上新一个巅峰。

这的确是一种幸运，一种坚韧不拔、前赴后继的幸运。当推理文学的发源地陷入模式化的泥沼无法自拔的时候，我们抬起头，看到的是日本推理金字塔的塔尖散发出耀眼的光芒。然而，我们更应该把目光移向下面，认真审视一下那坚实的地基和厚重的塔座。正是因为有了无数甘于奉献的创作者，正是因为有了专业多元的出版通路，正是因为有了基数庞大的目标读者，才孕育出了江户川乱步、横沟正史、松本清张、岛田庄司、绫辻行人、东野圭吾的成就，才有了日本推理文学的百年辉煌。

彩蛋　中国的推理文学

　　前面唠唠叨叨20多万字，一直在说"别人家"的推理。实际上，这的确是一个无法回避的事实——世界推理文学的历史，基本可以看作美、英、日三个国家的表演，这一点在将近200年的岁月里一直没有被改变。并不是说其他国家就没有推理文学，只是和上述三个国家相比，其他国家的推理文学可以说既没有形成体系规模，也没有对世界推理文学的发展起到决定性作用，缺乏代表性作家和作品，因此自然很难在这样一部入门性质的普及读物中占有很大篇幅。

　　中国自然也属于推理世界中的"其他国家"。不过，既然写作这部书的人来自中国，读这部书的绝大多数人也来自中国，在这里就不能不"特事特办"，简单阐述一下中国推理文学的发展历史和现状。

　　首先有一点必须声明：推理小说对于中国来说，是彻头彻尾的舶来品，绝非我们的"原创"。很多声音认为中国古代公案小说的出现远早于埃德加·爱伦·坡的《莫格街凶杀案》，而这就是最早的推理小说。笔者认为，这种观点是不妥的。

　　公案小说的着眼点在"人"，而不是"真相"和"追寻真相的过程"。作品通过一系列事件刻画主人公的高大形象，突显其忠义和睿智，进而达到警世和教化作用。我们耳熟能详的《包公案》《施公案》《狄公案》《彭公案》《海公案》等等，都是这样一类作品。这与"世界推理小说"的创作目的是不一致的。

为了达到上述目的，也是受当时客观环境和认知能力的限制，公案小说中经常会出现非科学元素，例如铡判官、审乌盆等等，重要的是，这些元素通常是以一种不对等的形式出现在作品中，成了主人公追索真相的"专利"。线索、逻辑、推理等元素经常退居次席，甚至完全被忽略。这与"世界推理小说"的基本创作原则有根本的不同。

因此，无论是创作目的还是原则，中国古代公案小说都和"世界推理小说"相去甚远，绝对不能混为一谈。

推理小说来到中国的时间大体上和日本相近，是在19世纪末的晚清。清政府紧闭的国门被西方人的坚船利炮轰开，推理小说也随之涌进了中国。由于这类小说符合大众的猎奇心理，因此很快就得到了中国人的认同。

和日本类似，中国人接触推理小说也是从福尔摩斯开始的。1896年，《时务报》连载了一篇名为《英包探勘盗密约案》的翻译小说，译者张坤德，而这就是福尔摩斯故事里的《海军协定》一篇。随后，大批学者和作家开始译介推理小说，翻译作品一度占据了中国文学市场的大半。客观地说，中国当时的翻译水准要比日本高出不少，其中不乏林纾这样的大家。在著名的小说《老残游记》里，甚至出现了"福尔摩斯"这个名字——要知道，这部小说诞生于1905年。

面对这种繁荣局面，中国的创作者自然会尝试创作属于自己的推理小说。其中的领头人和佼佼者，无疑是有"中国推理小说第一人"称号的程小青。

程小青本名程青心，1893年出生于安徽省安庆市。他自幼家境贫寒，在钟表店当过学徒。程小青酷爱阅读，甚至为此自学了英语。18岁的时候，陈小青开始从事文学创作，并先后与周瘦鹃等名家合作翻译了柯南·道尔的多部作品。

受福尔摩斯故事的影响，程小青开始创作推理小说。1911年，上海的《新闻报》举办小说征文大赛，程小青以短篇小说《灯光人影》参与角逐，结果得到了读者的一致推崇。小说的主人公是一名侦探，名叫霍桑。实际上，程小青在原稿里写的是"霍森"，因为排字工人的失误才变成了"霍桑"。不过，鉴于读者已经接受了作品，程小青索性将错就错。之后，他陆续创作了《江南燕》《珠项圈》《轮下血》《白衣怪》等30余篇推理小说，一举奠定了自己在原创推理领域的地位。

程小青的"霍桑系列"明显受到了福尔摩斯故事的影响，也采用了"天才神探+糊涂助手"的模式，也采用了助手的第一视角进行叙述，也运用了在当时非常先进的侦破手段……与此同时，程小青最大限度地将这个系列打上了中国烙印。人物、背景、事件都取材于本土，故事里人物的行为方式和思维模式也非常中国化。程小青还吸收了当时盛行的鸳鸯蝴蝶小说、谴责小说、黑帮小说中的元素，客观地反映了当时的中国社会龙蛇混杂的现状，非常具有代入感。因此，程小青无可争议地成了"中国推理小说第一人"。

程小青一生都在不遗余力地推广推理文化，虽几经沉浮，但矢志不渝。他参与主编了一系列推理文学杂志，是这个领域的先行者。新中国成立后，程小青依然活跃在推理文坛第一线，直到1976年逝世。

受程小青的影响，当时中国涌现出了一大批优秀的推理创作者。孙了红、于天愤、张碧梧等人相继登场，共同打造出了中国推理史上第一个繁荣时期。有很多评论者认为，就起步水准而言，中国推理远远高于1923年之前处于"探索时代"的日本推理，甚至可以比肩江户川乱步出道之后的"启蒙时代"。不过，客观条件没有给中国推理进一步发展的空间。伴随着接连不断的战争和一蹶不振的经济状况，中国推理的第一次高潮戛然而止。

新中国成立之后，客观环境终于稳定下来。在这个时期，大量公安文学和反特小说出现。有评论者认为这是中国推理文学的第二次高潮，但笔者并不认同这种说法。这种局面是在特殊条件下催生出来的，并不是真正的属于推理文化领域的繁荣。

真正的第二次繁荣出现在改革开放后的20世纪80年代。伴随着思想的解放，一大批优秀的外国推理小说进入中国。其中，"推理女王"阿加莎·克里斯蒂的作品一马当先。1979年，《译林》杂志创刊。在创刊号上，杂志全文刊登了阿加莎·克里斯蒂的代表作《尼罗河上的惨案》。

小说的刊登引发了一场争议。那时很多专家学者认为中国不适宜过度译介外国文学，尤其是带有凶杀、暴力、欺骗情节的推理小说。不过，读者的呼声最终压过了一切。不久之后，隶属于公安系统的群众出版社出版了柯南·道尔的《福尔摩斯探案全集》和埃勒里·奎因的《希腊棺材之谜》。至此，推理小说的阅读热潮不可抑制地爆发了，松本清张、森村诚一等人的作品先后问世，让中国读者领略到了大师风采。

与翻译小说交相辉映的是中国原创者的又一次尝试。以蓝玛、曹正文、钟源、蓝霄为代表的一大批作者涌现出来，写出了大量推理作品。不过，客观地说，这个时期没有出现程小青式的领路人，作品的质量和数量无法像日本那样形成规模效益。

进入新世纪，随着资讯收集和传播途径愈发便利，中国创作者可以在第一时间读到全世界各个地区最优秀的推理作品；网络时代的到来，也使得创作者不必闭门造车、孤军奋战，可以更多地和志同道合者进行交流——这些无疑有助于提高作者们的创造水平。同时，以新星出版社为代表的一批出版机构开始以专业视角进行推理小说的出版。在追求利润的同时，这些出版机构也在有意培养本土推理文化和本土推理小说创作者，而这无疑是一个巨大的进步。

在各个方面的共同努力下，推理文学在新世纪的第一个十年里达到了一个前所未有的高度，先后有上千部推理小说被引入，基本囊括了全世界所有优秀作品。不过，不可否认，外国推理作品依然占据了大部分的出版份额；原创推理小说在这样一种局面下，发展形势依然不容乐观。

纵观中国原创推理文学的历史，我们不难发现，其发展是缓慢而艰难的。在程小青之后，无论是文本质量还是商业价值，相比于近邻日本，作为文化母体的中国在推理文学领域只能用"汗颜"来形容。

造成这种局面的原因很复杂，概括地讲，笔者认为主要有以下几点。

第一，文化思维差异。中国的传统文化比较侧重人文领域，相对轻视逻辑推导，近代自然科学和社会科学的发展相对西方及日本较为落后。这对于推理文学的创作而言，可以说是致命的缺憾。

第二，知识储备不足。日本推理作家往往拥有令人惊讶的知识储备，甚至在某些领域里丝毫不逊色于专业人士。我们随便举几个实例：京极夏彦之于妖怪文化，东野圭吾之于冰雪运动，伊坂幸太郎之于电影和音乐，道尾秀介之于心理学，三津田信三之于民俗学……在如此精深的知识储备上，日本的创作者大开脑洞，将故事构筑在知识之上，从而派生出了丰富多彩的推理作品。而中国的一些创作者在专业知识储备方面存在不足，甚至存在着常识性错误——比如，笔者就曾经读到过冰块沉入水底、坐飞机查不到姓名等桥段；这使得我们的想象力存在着较大的局限性，模仿痕迹较重，始终无法找到自己的创作道路。

第三，缺少成熟客观的评价环境。中国的读者一直期盼着属于本土的优秀作品早日出现，这无疑是一种巨大的动力。不过在现阶段，这种期盼更多地体现在了对创作者轻率的"捧杀"或"棒杀"上。每个人都喜欢站在自己的角度去评价一部作品，得出这样或那样的结论。很明显，没有一个专业客观的标准和理性的心态，这种关注和评论无助于创作者的成长。

同时，出版界缺少有力的支撑。到目前为止，中国内地还没有一个专业权威的推理奖项，没有太多相对成熟稳定的原创推理发表平台。很多出版社做的，依然是不惜天价抢到一本外国推理小说的版权，然后在巨大的成本面前一败涂地，就此不再触及推理出版这个领域。这类出版者遭遇了市场上的失败，得出的结论就是"中国人到底还是不喜欢推理小说"。试想，一个没有本土创作根基，仅仅依靠天价版权支撑的市场，会有前途吗？可问题在于，作为推理文化推广者，如果不投资本土作者，打造本土推理文化就会变成一个更加遥不可及的梦想——这是何等无奈！

在新世纪的第二个十年里，中国出现了一些比较受关注，也很有质量的推理影视及综艺作品，例如《唐人街探案》《白夜追凶》《明星大侦探》等等。笔者是《明星大侦探》第一季和第二季编剧，切身体会到形式的多元化有助于推理文化的普及。不过，这是不是昙花一现，现在还很难说——毕竟，中国本土推理文学也曾经历过泡沫繁荣。

或许，只有时间可以沉淀一切；或许，在不远的未来，中国推理文学可以迎来属于自己的、真正意义上的辉煌时代。在此之前，我们要做的，只是走好脚下的每一步。

结语　狩猎愉快

2011年，这部书的第一版面市，当时的书名是《谋杀的魅影：世界推理小说简史》。这样一部小众中的小众读物居然能够出版，是笔者始料未及的。

十年过去，这部书居然要出第二版了，笔者的心情已经不能用任何文字来形容——幸福不但来得太突然，而且还来了两次。

承蒙出版界友人和读者错爱，既然得到这个机会，笔者自然倍加珍惜。这么多年过去了，如果不能拿出更加成熟的东西回报诸位，必将辜负这份深厚的信任。

初版总共不到12万字，第二版30万字；初版共分七个章节，第二版扩充至十个章节；初版欧美推理和日本推理的比例是3∶4，第二版调整为5∶5——笔者能力有限，但在以上前提下，说一句"第二版从各个方面都得到了完善"，还不算是自夸。

只说增添，不说删减，并不是一种对读者负责的态度。第二版删去了关于中国推理的一节，修订后作为"彩蛋"。这么做的原因很简单：目前的推理世界是英语和日语两分天下的局面，中国推理尚不具备与之比肩而立的资格，占据一个独立的章节是不妥的，一味强调"国情"只会降低这部书的客观性。

任何事物都是由小变大，由弱变强的。以程小青为代表的中国推理先行者们曾经创造出了辉煌历史，而我们现在要做的是夯实基础，寻求突破。在水到渠成之后，中国推理自然会在世界推理文学史上写下属于自己的华丽篇章。

既然是"世界推理小说简史"，当然是以最简洁明了的方式梳理推理文学历史，展示历史长河中形成的各大流派，介绍各大流派中最具代表性的创作者。言无不尽不是笔者写这部书的初衷，因为对于当下的中国读者来说，搭建框架才是最大的需求。

实际上，想要增加篇幅是很容易的，最偷懒的方法就是大量增加作品的描述和评论。可是，这样做对帮助读者了解世界推理文学脉络并没有什么用处，反而会给阅读者增添很多束缚——笔者宁愿多罗列一些作品名称，请读者自行选择，而不是主观地告诉读者某部作品如何如何（况且推理小说的性质决定了任何针对作品的评论都应适可而止）。

即便如此，这部书依然会挂一漏万，一些错误也在所难免。毫无疑问，这些都是因为笔者能力有限造成的，真诚地希望得到所有看过这部书的方家批评指正。

本书第二版完成之时，笔者的老东家新星出版社刚好出版了日本推理作家青崎有吾的作品《敲响密室之门》。青崎有吾出生于1991年，2012年获得鲇川哲也奖出道。想一想，90后的创作者已经登上了舞台，推理文学的发展真可谓一日千里，一个更新的时代似乎就在眼前。这样看来，笔者突然觉得，如果这部书还会出版第三版，一定会变得更加丰富而完备。

感谢浙江文艺出版社，感谢我的责编於国娟老师——即便我们一见如故，依然觉得给您添了太多麻烦。

感谢所有在推理领域帮助过我的人：阿加莎·克里斯蒂的外孙马修、劳伦斯·布洛克、保罗·霍尔特、比尔·普洛奇尼、以岛田庄司为代表的一大批日本创作者，还有所有热爱推理小说的读者。

最后，把这部书献给我的宝宝安和和他的妈妈心弈。你们是我的骄傲和动力，永远都是。

推理大师埃勒里·奎因总喜欢跟读者说"祝狩猎愉快！"，如果这部书能给诸位带来一点点微不足道的快乐，笔者将受宠若惊。

祝狩猎愉快！

褚　盟
2021 年 11 月于北京

附录

世界知名推理文学大奖通览

埃德加·爱伦·坡奖
美国推理作家协会

最佳小说奖
授予在美国出版的英语推理长篇小说

最佳处女作奖

最佳平装初版奖①

最佳犯罪实录奖

最佳评论或传记奖

最佳短篇小说奖

最佳青少年推理小说奖
通常细分为最佳青年推理小说奖和最佳儿童推理小说奖

克拉克奖
以悬疑小说女王玛丽·希金斯·克拉克的名字命名,授予女性作家创作的悬疑类作品

最佳推理电视剧或短剧奖

最佳推理电影奖

最佳推理舞台剧奖

特别奖
授予对推理文学有特殊贡献的人

埃德加·爱伦·坡终身大师奖
推理作家最高成就大奖

---

① 国外新作品通常会以精装版的形式发行,一段时间后再出版平装本,但也有很多作品会直接以平装版的形式发行。

匕首奖
英国推理作家协会

金匕首奖
授予最佳长篇英语推理小说

国际匕首奖
授予最佳非英语翻译推理小说

钻石匕首奖
推理作家终身成就奖，只授予在世的创作者

钢匕首奖
授予最佳硬汉推理小说

新血匕首奖
授予新人作家的推理处女作

历史匕首奖
授予最佳历史类推理小说

短篇匕首奖
授予最佳短篇推理小说

非小说匕首奖
授予非小说类最佳作品

图书馆匕首奖
授予图书发行商

最佳侦探组合奖

最佳推理电影奖

最佳推理电视剧奖

最佳推理剧男主角奖

最佳推理剧女主角奖

最佳推理剧男配角奖

最佳推理剧女配角奖

阿加莎·克里斯蒂奖
推理爱好者组织

最佳长篇推理小说奖

最佳短篇推理小说奖

最佳推理处女作奖

最佳青少年推理小说奖

最佳非小说类作品奖

终身成就奖

安东尼·布彻奖 推理爱好者组织	最佳长篇推理小说奖
	最佳短篇推理小说奖
	最佳推理处女作奖
	最佳评论及短篇集奖
	最佳平装初版奖
	最佳犯罪实录奖
	最佳非小说及评论类作品奖
	最佳爱好者出版物奖
	最佳出版商奖
	最佳编辑奖
	最佳封面奖
	大师奖
麦卡维提奖 推理爱好者组织	最佳长篇推理小说奖
	最佳短篇推理小说奖
	最佳推理处女作奖
	最佳评论及传记类作品奖
尼禄·沃尔夫奖 推理爱好者组织	只授予具有沃尔夫风格、讲究公平竞争的推理小说
夏姆斯奖 美国私人推理作家协会	最佳私人侦探小说奖,只授予私人侦探类推理小说,不考虑警察、法庭类作品
江户川乱步奖 日本推理作家协会	授予由新人创作的最佳长篇推理小说
日本推理作家协会奖 日本推理作家协会	长篇或连作短篇集奖
	短篇作品奖
	评论及其他类型作品奖

本格推理小说奖 日本本格推理作家俱乐部	长篇或连作短篇集奖 短篇作品奖 评论及研究类作品奖
日本推理文学大奖 日本光文社	日本推理文学的终身成就奖，只授予贡献巨大的日本推理作家和评论家
梅菲斯特奖 日本讲谈社	日本推理新人奖，不定期颁发，确保获奖者及其作品可以第一时间与读者见面，比较注重作品的新颖性和突破性
鲇川哲也奖 日本东京创元社	相对比较看重具有传统解谜趣味的作品
ALL读物推理小说新人奖 日本文艺春秋社	专门用于奖励新人的短篇推理作品
"这本推理小说了不起！"奖 宝岛社、NEC、Memory-Tech	日本推理新人奖，设有金奖和银奖两个奖项
直木奖 日本文艺春秋社	日本大众文学最高奖项，每年颁发两次，经常授予日本推理作家，也是很多推理作家毕生追求的最高荣誉
日本全国书店大奖 日本书店工作人员	由书店员工发起并投票选出的一个奖项，不仅仅针对推理作品，因其有趣和公正被大众接受，成为图书市场重要的风向标

推理小说200部推荐

欧 美 篇

[美]埃德加·爱伦·坡	《莫格街凶杀案》《玛丽·罗热疑案》《失窃的信》
[英]威尔基·柯林斯	《月亮宝石》
[法]埃米尔·加博里奥	《勒考克先生》
[澳]弗格斯·休姆	《双轮马车的秘密》
[英]阿瑟·柯南·道尔	福尔摩斯探案全集
[美]安娜·凯瑟琳·格林	《利文沃兹案》
[英]欧内斯特·威廉·赫尔南	《业余神偷拉菲兹》
[美]杰克·福翠尔	思考机器系列
[法]加斯东·勒鲁	《黄色房间的秘密》
[英]理查德·奥斯汀·弗里曼	科学神探桑戴克系列
[法]莫里斯·勒布朗	亚森·罗宾系列
[美]玛丽·罗伯茨·莱因哈特	《螺旋楼梯》
[英]奥希兹女男爵	《角落里的老人》
[英]吉尔伯特·基斯·切斯特顿	布朗神父系列
[英]埃德蒙·克莱里修·本特利	《特伦特的最后一案》

[英] 玛丽·贝洛克·朗蒂丝	《神秘房客》
[英] 欧内斯特·布拉玛	《盲侦探卡拉多斯》
[英] 约翰·巴肯	《三十九级台阶》
[英] 弗里曼·威尔斯·克劳夫兹	《桶子》《伟大的弗伦奇探长》
[英] 阿加莎·克里斯蒂	《罗杰疑案》《东方快车谋杀案》《尼罗河上的惨案》《无人生还》
[英] A. A. 米尔恩	《红屋之谜》
[英] 罗纳德·诺克斯	《陆桥谋杀案》
[美] S. S. 范达因	《金丝雀杀人事件》《主教杀人事件》
[美] 埃勒里·奎因	《罗马帽子之谜》《希腊棺材之谜》《X的悲剧》《Y的悲剧》
[英] 安东尼·伯克莱	《毒巧克力命案》《杀意》
[美] 达希尔·哈米特	《血色收获》《马耳他之鹰》
[英] 多萝西·塞耶斯	《杀人广告》《九曲丧钟》
[美] 厄尔·斯坦利·加德纳	律师梅森系列
[美] 詹姆斯·凯恩	《邮差总按两次铃》《双重赔偿》
[英] 理查德·赫尔	《谋杀我姑妈》
[美] 约翰·迪克森·卡尔	《三口棺材》《燃烧的法庭》《犹大之窗》《女郎她死了》
[美] 卡约·戴利·金	《远走高飞》
[美] 雷克斯·斯托特	《吓破胆联盟》
[比] 乔治·西默农	《黄狗》
[美] 克莱顿·劳森	《死亡飞出大礼帽》
[美] 雷蒙德·钱德勒	《长眠不醒》《漫长的告别》

[新西兰] 奈欧·马许	《贵族之死》
[美] 安东尼·布彻	《九九神咒》
[美] 黑克·塔伯特	《地狱之缘》
[英] 克里斯蒂安娜·布兰德	《绿色危机》《耶洗别之死》
[美] 克蕾格·莱斯	《家庭甜蜜谋杀案》
[美] 米基·斯皮兰	《审判者》
[美] 康奈尔·伍尔里奇	《我嫁给了一个死人》
[美] 斯坦利·艾林	《本店招牌菜》
[美] 罗斯·麦克唐纳	《移动飞靶》《地下人》
[美] 帕特丽夏·海史密斯	《火车怪客》《天才雷普利》
[美] 海伦·麦克洛伊	《犹在镜中》
[英] 约瑟芬·铁伊	《时间的女儿》
[英] 玛格瑞·艾林罕	《烟中之虎》
[瑞士] 弗雷德里克·迪伦马特	《法官和他的刽子手》
[美] 艾拉·利文	《死前之吻》
[美] 艾萨克·阿西莫夫	《钢穴》
[美] 艾德·麦克班恩	《恨警察的人》
[英] 伊恩·弗莱明	《来自俄罗斯的爱情》
[英] 格雷厄姆·格林	《我们在哈瓦那的人》
[英] 约翰·勒卡雷	《柏林谍影》
[瑞典] 马伊·舍瓦尔、佩尔·瓦勒	《大笑的警察》《上锁的房间》
[美] 马里奥·普佐	《教父》

[英]弗雷德里克·福赛斯	《豺狼的日子》
[英]迈克尔·英尼斯	《艾伯比的终点》
[英]柯林·德克斯特	《昆恩的静默世界》
[英]鲁斯·伦德尔	《女管家的心事》
[意]翁贝托·埃科	《玫瑰的名字》
[美]比尔·普洛奇尼	《迷雾》
[美]劳伦斯·布洛克	《八百万种死法》《酒店关门之后》
[美]苏·格拉夫顿	《A：不在现场》
[英]菲利丝·多萝西·詹姆斯	《教堂谋杀案》
[美]托马斯·哈里斯	《沉默的羔羊》
[法]保罗·霍尔特	《第七重解答》
[美]杰夫里·迪弗	《人骨拼图》《棺材舞者》
[美]帕特丽夏·康薇尔	《首席女法医》
[美]爱德华·霍克	《不可能犯罪诊断书》
[美]迈克尔·康奈利	《诗人》
[美]丹·布朗	《达·芬奇密码》
[瑞典]斯蒂格·拉森	千禧年三部曲
[英]汤姆·罗伯·史密斯	《44号孩子》

日 本 篇

江户川乱步	《两分铜币》《D坂杀人事件》《阴兽》《孤岛之鬼》
小栗虫太郎	《黑死馆杀人事件》
梦野久作	《脑髓地狱》
大阪圭吉	《银座幽灵》
横沟正史	《本阵杀人事件》《蝴蝶杀人事件》《狱门岛》《犬神家族》《恶魔吹着笛子来》
坂口安吾	《不连续杀人事件》
高木彬光	《刺青杀人事件》《人偶为何被杀》《破戒裁判》
山田风太郎	《妖异金瓶梅》
鲇川哲也	《黑色皮箱》《紫丁香庄园》《黑色天鹅》
松本清张	《点与线》《眼之壁》《零的焦点》《砂器》
仁木悦子	《只有猫知道》
土屋隆夫	《危险的童话》
中井英夫	《献给虚无的供物》
森村诚一	《高层的死角》《人性的证明》
夏树静子	《蒸发》
西村寿行	《君啊,请涉过愤怒之河》
泡坂妻夫	《失控的玩具》《幸福之书》
西村京太郎	《七个证人》《双曲线杀人事件》
竹本健治	《匣中失乐》

天藤真	《大诱拐》
赤川次郎	《幽灵列车》
阿刀田高	《拿破仑狂》
连城三纪彦	《一朵桔梗花》
井泽元彦	《猿丸幻视行》
岛田庄司	《占星术杀人魔法》《斜屋犯罪》《异邦骑士》《奇想，天动》
逢坂刚	《百舌呐喊的夜晚》《卡迪斯红星》
绫辻行人	《十角馆事件》《钟表馆事件》
折原一	《倒错的轮舞》
北村薰	《空中飞马》
原寮	《我杀了那个少女》
冈岛二人	《克莱因壶》
山口雅也	《活尸之死》
佐佐木让	太平洋战争三部曲
大泽在昌	《新宿鲛》
宫部美雪	《火车》《理由》《模仿犯》《所罗门的伪证》
有栖川有栖	《双头恶魔》
二阶堂黎人	《吸血之家》
我孙子武丸	《杀戮之病》
麻耶雄嵩	《夏与冬的奏鸣曲》《独眼少女》
高村薰	《马尔克斯山》
中岛罗门	《加大拉的神迹》

京极夏彦	《姑获鸟之夏》《魍魉之匣》
西泽保彦	《解体诸因》《死了七次的男人》
藤原伊织	《恐怖分子的阳伞》
东野圭吾	《恶意》《名侦探的守则》《白夜行》《嫌疑人X的献身》《解忧杂货店》
森博嗣	《全部成为F》
驰星周	《不夜城》
石田衣良	《池袋西口公园》
桐野夏生	《OUT》
天童荒太	《永远是孩子》
殊能将之	《剪刀男》
米泽穗信	《冰果》
舞城王太郎	《烟、土以及食物》
伊坂幸太郎	《华丽人生》《金色梦乡》
乙一	《断掌事件》
笠井洁	《伊底帕斯症候群》
歌野晶午	《樱树抽芽时,想你》
乾胡桃	《爱的成人式》
道尾秀介	《向日葵不开的夏天》《影子》
樱庭一树	《赤朽叶家的传说》
三津田信三	《如无头作祟之物》
凑佳苗	《告白》
贵志祐介	《来自新世界》

辻村深月	《0,8,0,7》
东川笃哉	《推理要在晚餐后》
横山秀夫	《64》

姓名：
血型：
指纹：

侦探与推理

最初只有"侦探"这个词,被用来特指美国人埃德加·爱伦·坡创造的这种文体。这个词在欧美一直被沿用到今天,尽管其外延已经扩大了很多。19 世纪末,侦探小说流入日本,迅速被日本读者接受——尽管在最初的半个世纪里,其发展速度并不是很快。到了 20 世纪 20 年代,侦探小说在日本有了质的转变,真正属于日本人自己的侦探小说应运而生。日本的创作者和研究者为了自我激励,也为了和西方的侦探小说区分,便创造出了"推理"这个词,用以特指日本人创作的侦探小说。 (序言 P6)

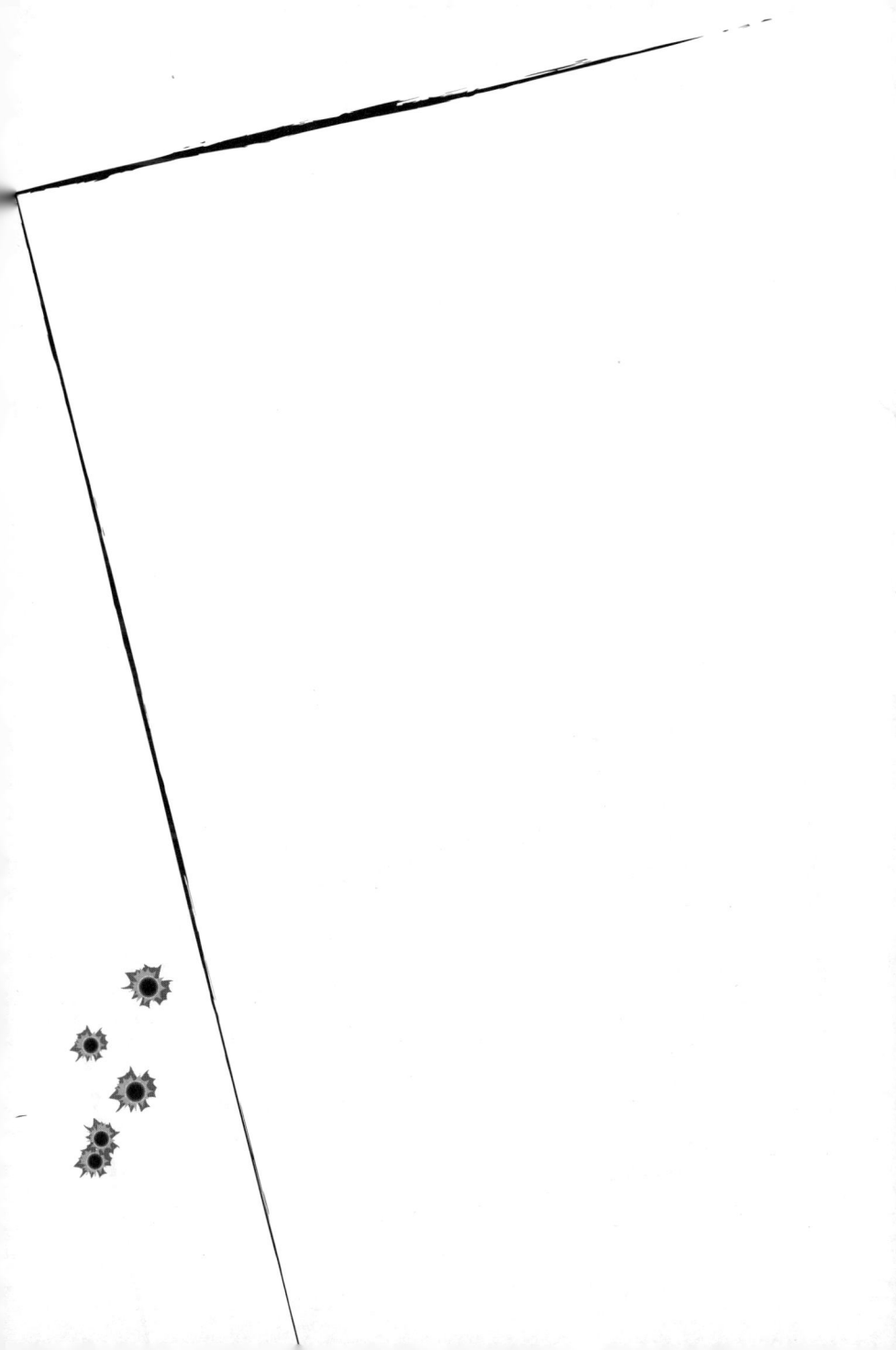

黄金时代

"黄金时代"一词出自古希腊神话,是用来形容神话时代世界的美好状态——在那个年代,所有生命都拥有神的血统,头脑聪慧,精神安逸,物质世界极大繁盛。从 1920 年开始,直到第二次世界大战结束,在这几十年里,推理文学领域人才辈出,佳作不断,作品洋溢着智慧的光芒和自信,因此被称为推理小说的"黄金时代"。有的评论者为了区别之前的时代,将这个时期称为"长篇黄金时代"。
(P60)

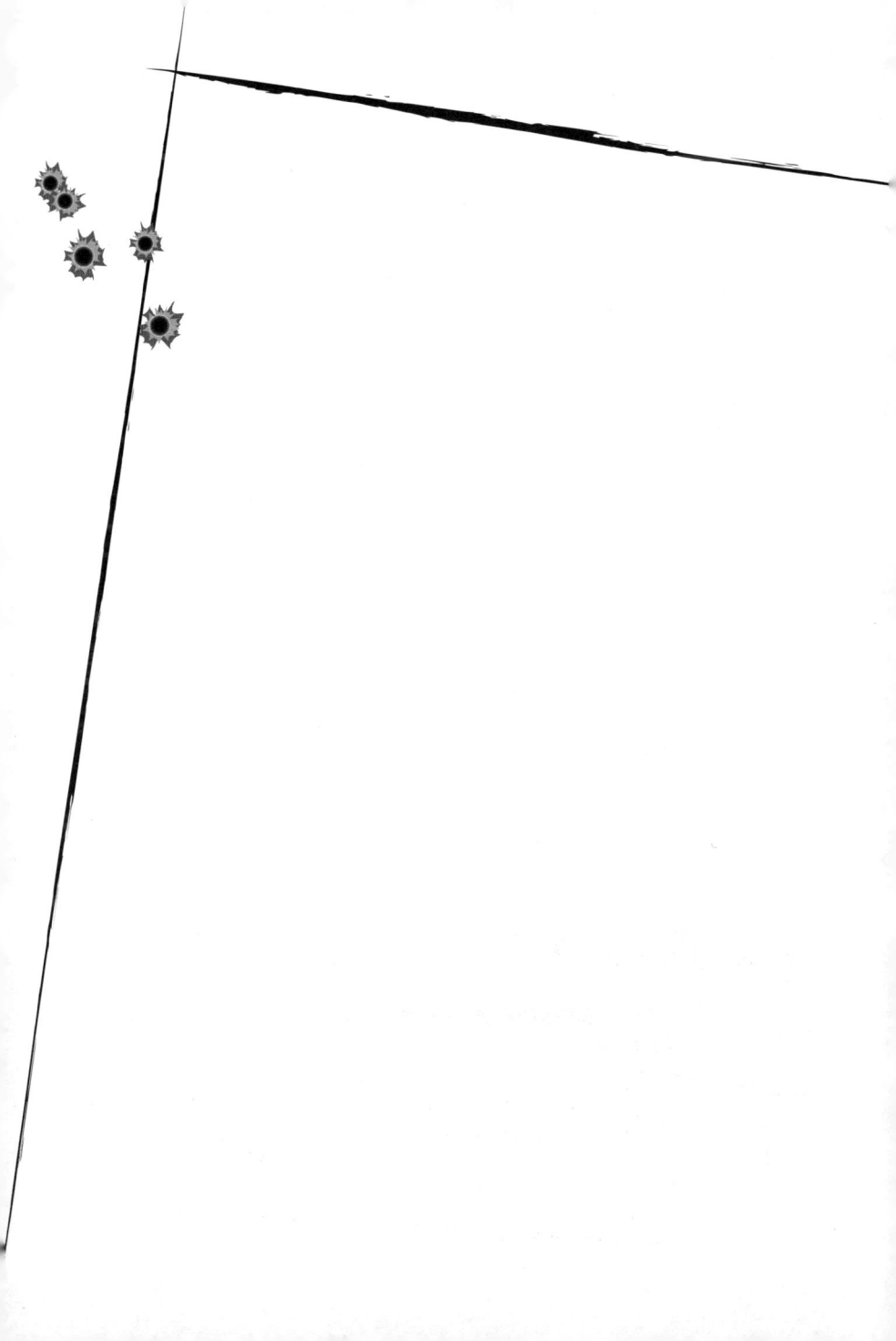

古典与本格

这个时代（黄金时代）的推理小说，被西方评论者称为"古典主义推理"，日本评论者则将其称为"本格推理"。所谓"本格"，是正统的意思，指这个时代的推理小说是以解谜为最高原则的传统推理小说。（P105）

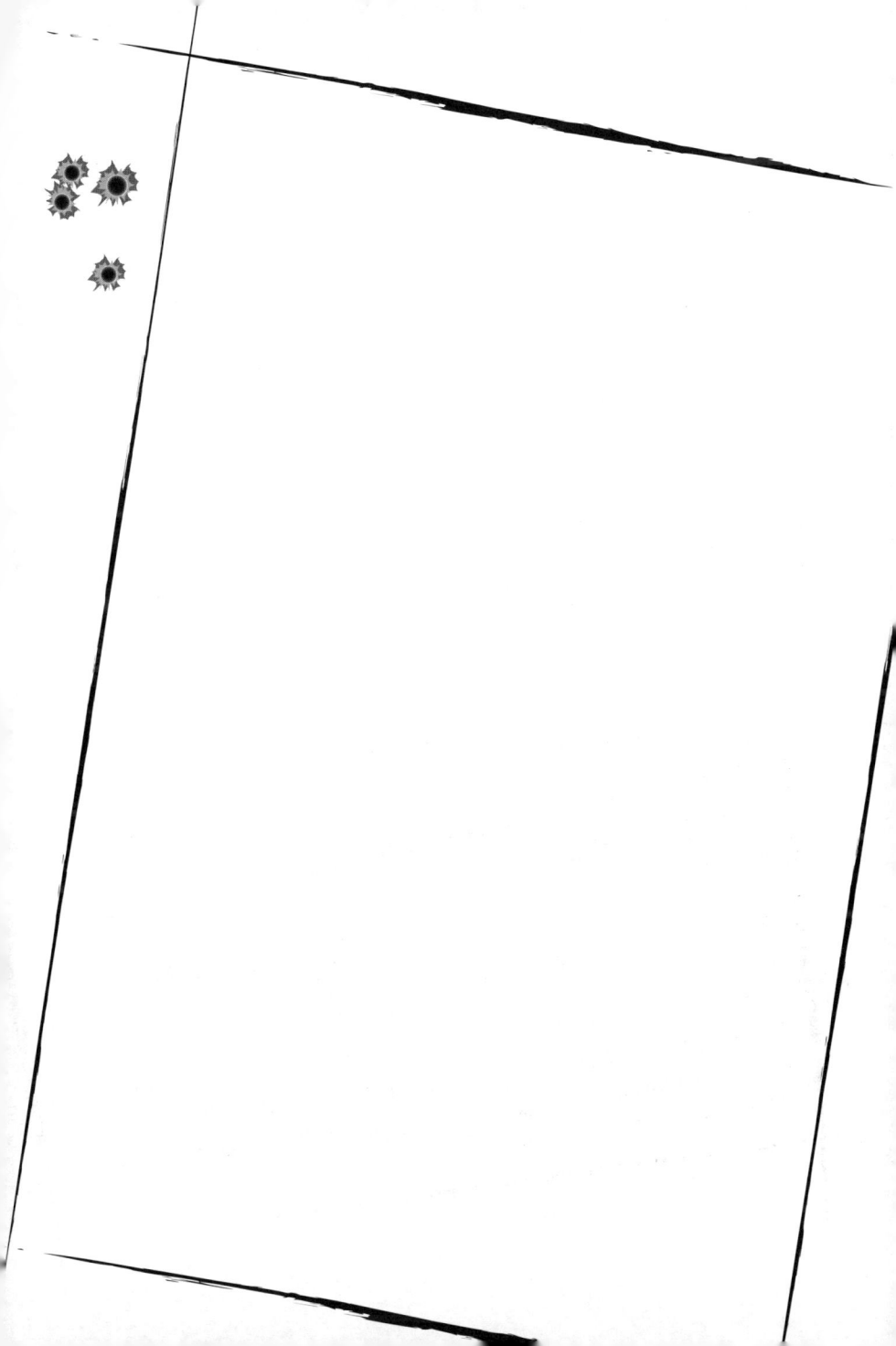

硬汉推理与黑色革命

当时人们习惯把这个庞大的老兵群体（还包括因为经济危机而没落的一部分人）称为"Hard-Boiled"，因此，以这些人为灵感创造出的新派推理，被命名为"硬汉推理"。（P112）

由于与当时的大环境高度吻合，硬汉推理迅速得到了读者认可，几乎以风卷残云之势推翻了本格推理的垄断，在20世纪40年代到50年代确立了其统治地位。由于硬汉推理风格鲜明，暴露了社会和人性最阴暗的一面，评论者通常把这个取而代之的过程称为推理文学史上的"黑色革命"。（P113）

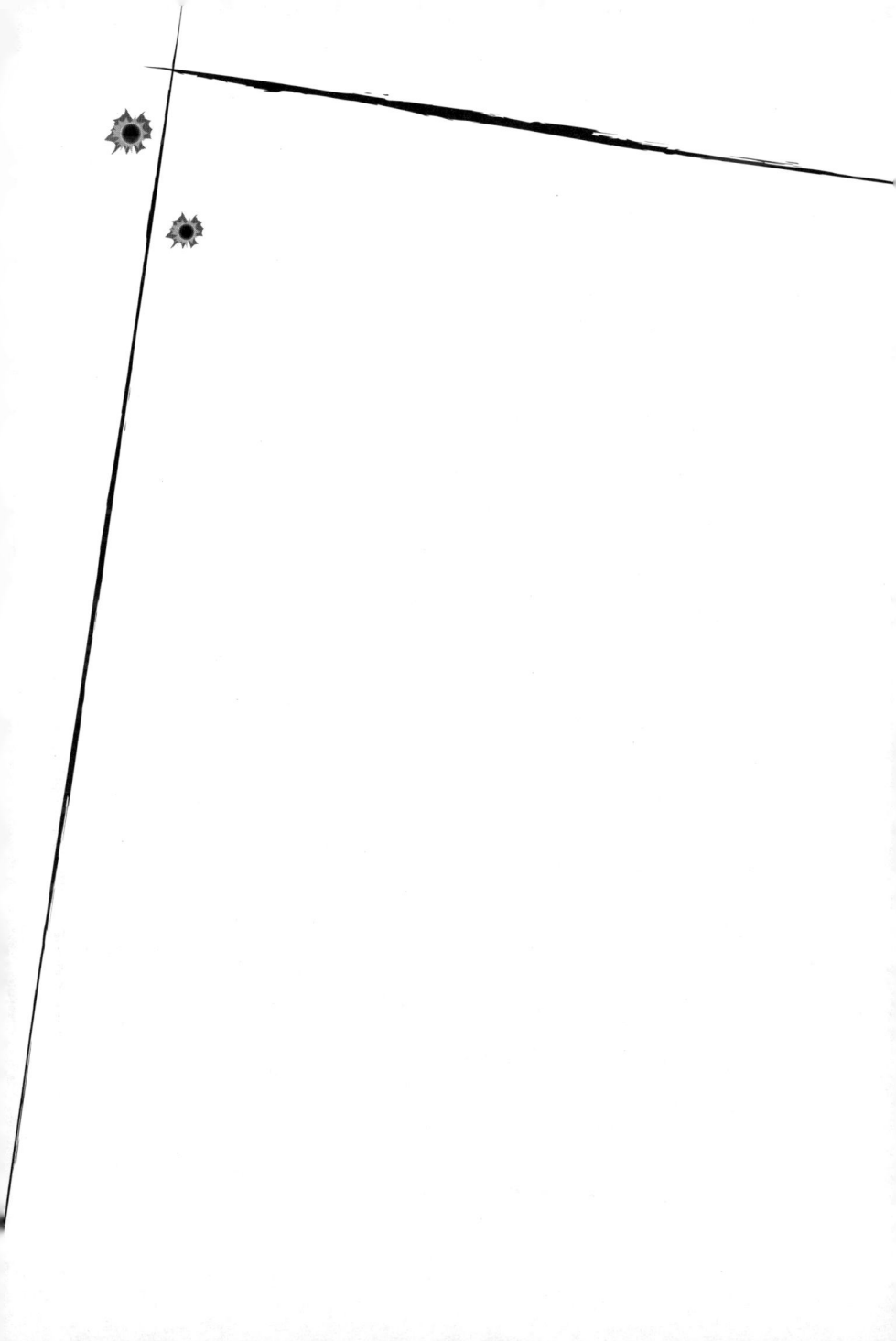

社会推理与清张革命

当西方本格推理小说遭遇瓶颈之后,达希尔·哈米特和雷蒙德·钱德勒掀起了"黑色革命",创造出了硬汉推理小说取而代之。历史往往会惊人地相似,在本格时代落幕后,同样的一幕也发生在20世纪50年代末的日本。一类名为"社会推理"的作品登上了舞台,而这个过程也被评论者称为"革命"——这就是轰轰烈烈的"清张革命"。(P217)

相较之前的本格推理,松本清张的作品有三个明显的不同。其一,一改脱离现实的浪漫主义风格,崇尚写实,文笔厚重,具有明显的纯文学特征;其二,轻诡计,重动机,注重发掘诱发犯罪的社会原因,对于揭露社会的不合理及人性的阴暗面不惜笔墨;其三,对于人物的刻画呈现出新的方向,不再塑造高不可攀的名侦探,而是着力刻画平凡的小人物……由于松本清张创造的这种写实主义推理反映的是日本自己的问题,塑造的人物又都是平实的小人物,因此,他的作品完全走出了西方推理小说的"阴影",是属于日本人自己的推理小说。这种类型的推理小说被称为"社会推理",其兴起标志着日本正式成为世界推理文化的中心。(P221-222)

变格

"本格"推理指代正统的、以解谜为最高目标的传统推理小说;而"变格"推理则指代强调"有奇异味道"、不把解谜看作终极目标的广义推理作品。(P176)

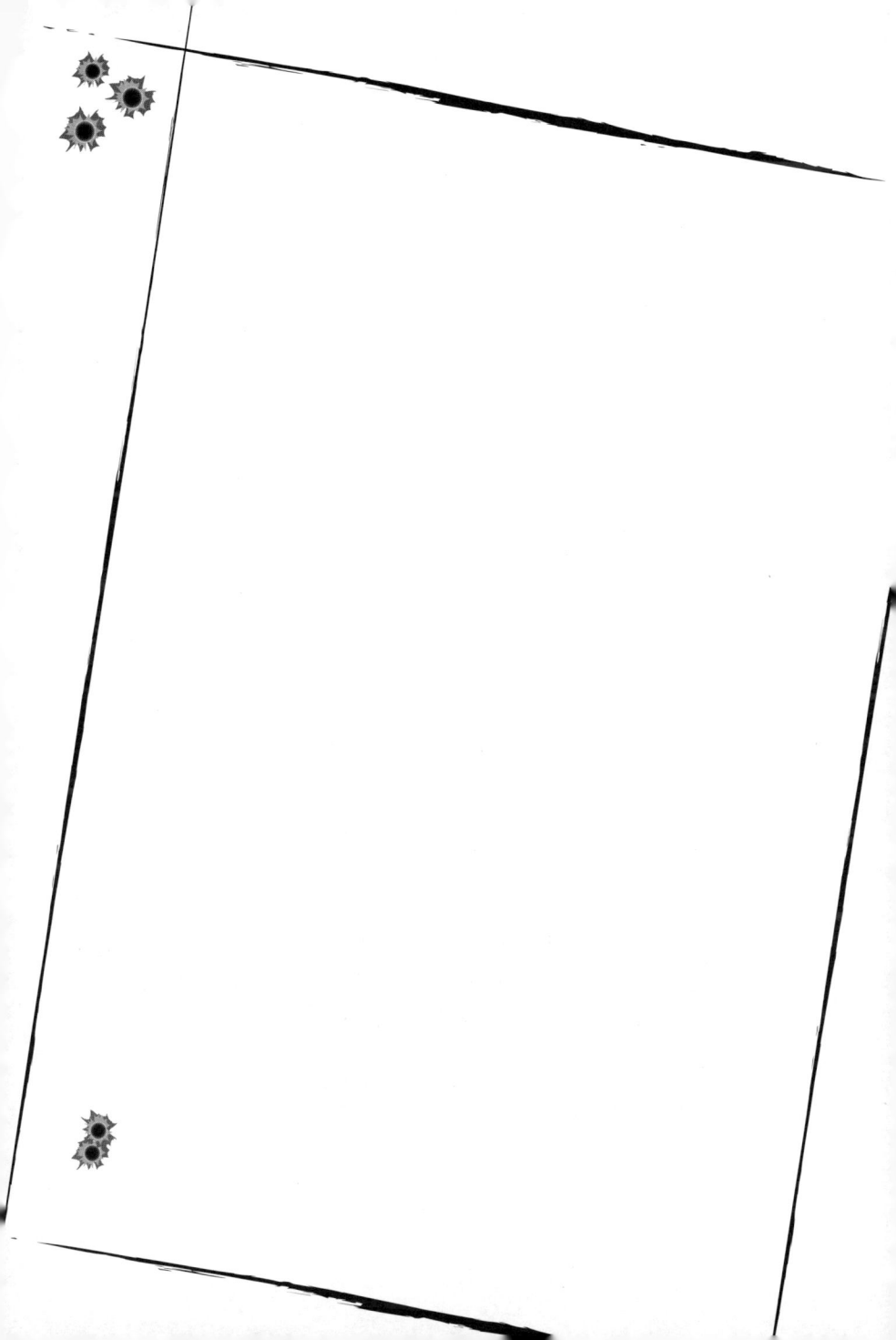

推理小说发展轨迹

欧美：启蒙—本格—硬汉—多元

日本：启蒙—本格—社会—新本格—多元

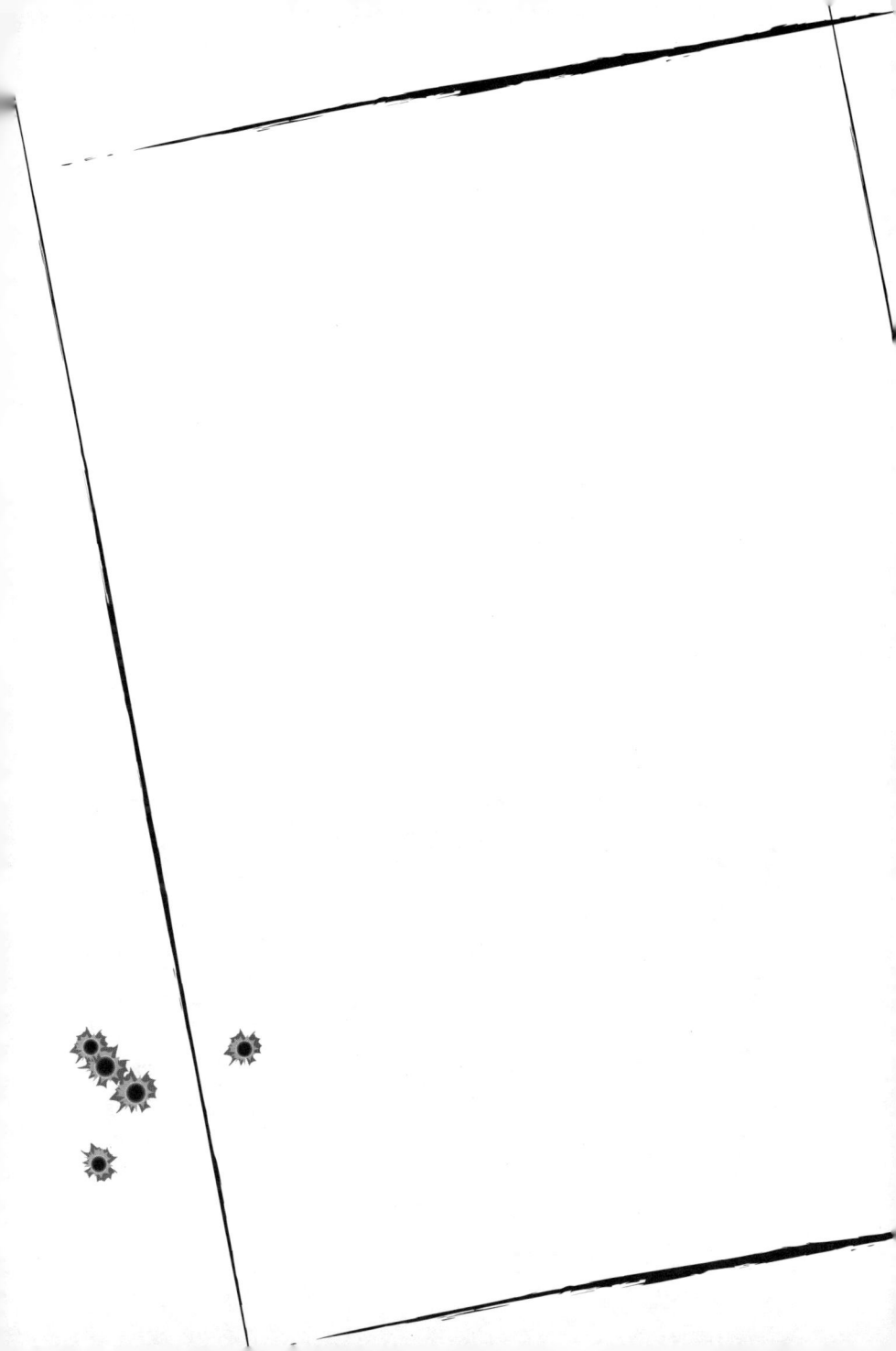

名侦探

奥古斯特·杜宾 文学史上第一位侦探

创造者：[美]埃德加·爱伦·坡　登场：1841《莫格街凶杀案》

杜宾生于一个没落的贵族之家，和朋友租住在阴暗的别墅里，过着与世隔绝的生活。这个怪异的贵族昼伏夜出，除了怪异的谜题和书籍，没有什么事情可以引起他的关注。杜宾头脑敏捷，学识渊博，没有任何情感，冷酷得犹如一架推理机器。即便在说出真相的一刻，凶手的穷途末路、警方的无地自容、被害者的悲惨命运，都不能令这位侦探的内心荡起一丝波澜。他只在乎逻辑是否严谨，因为只有这样，"游戏"才显得公平而有趣。后来的侦探都有或多或少的"冷血"基因，这完全是拜祖师爷杜宾所赐。　　（P13）

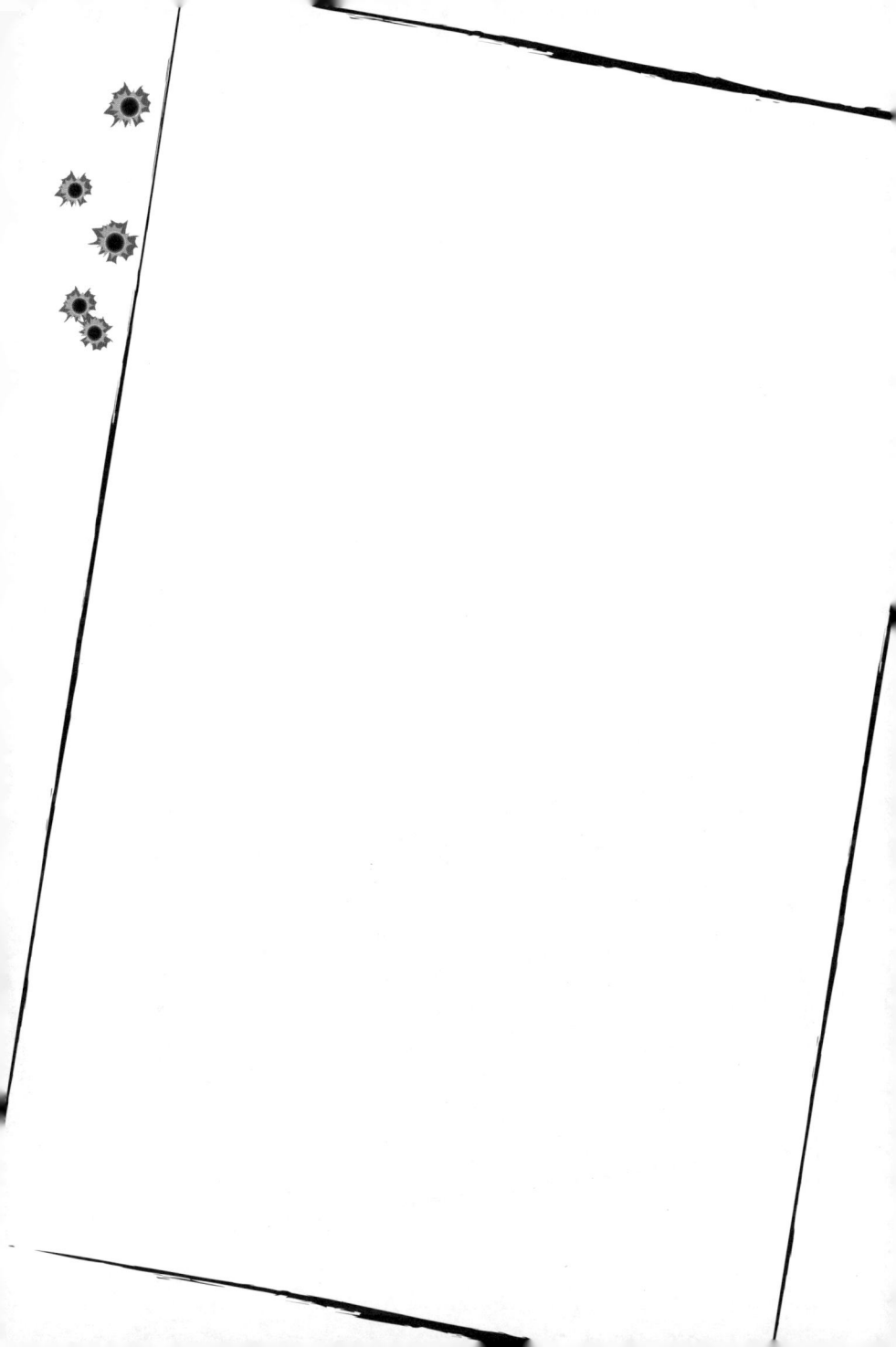

名侦探

卡夫探长 推理文学史上第一位现实主义侦探

创造者：［英］威尔基·柯林斯　　**登场：**1868《月亮宝石》

车里走出一位头发花白的老头，骨瘦如柴，好像身上哪一个地方都割不下二两肉来。他全身穿着古板的黑衣服，脖子上扎着一条白领带，一张瘦削的脸，皮肤又黄又干，就像秋天枯萎的树叶。可他那银灰色的眼睛，要是抓住了你的目光，就会让你张皇失措，好像能把你肚子里的事儿全都看透似的。他步子轻快，声音却令人伤感。他那过于瘦长的手指，弯曲起来就像鸡爪子。他本该是位牧师或是殡仪馆老板，或者是其他什么人，而不是像他真正的身份那样。（P23-24）

名侦探

勒考克 第一位掌握了科学侦查方法的侦探

创造者：[法]埃米尔·加博里奥　登场：1868《勒考克先生》

勒考克是第一位掌握了科学侦查方法的侦探。他擅长观察，擅长易容，对于追踪术也有着独特的理解，获取指纹、脚印等蛛丝马迹更是手到擒来。不可否认，这个人有些自大，但他的确有这样做的理由——其高超的侦查技巧屡屡令罪犯无所遁形。（P24-25）

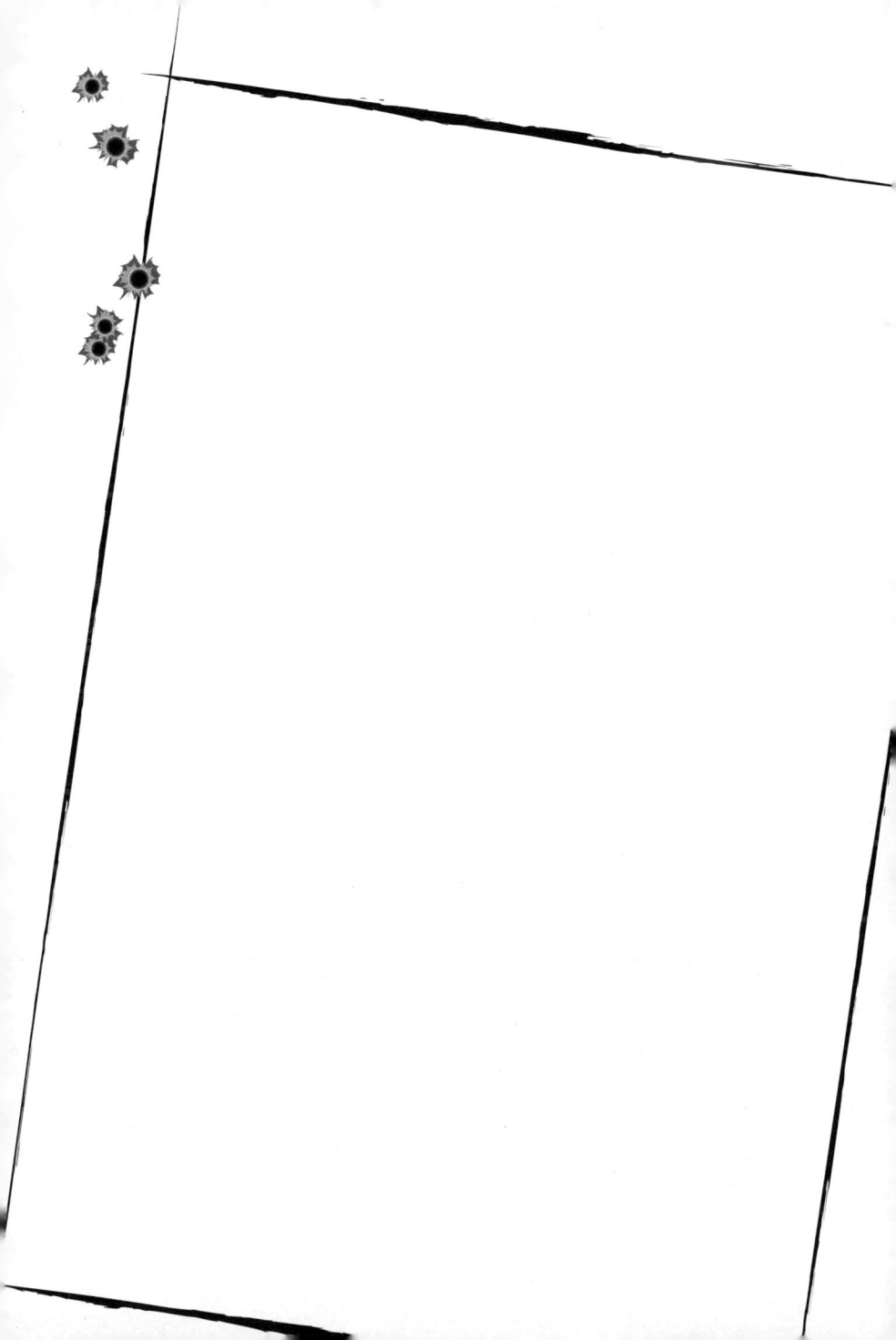

夏洛克·福尔摩斯 世界上最伟大的侦探

创造者：[英]阿瑟·柯南·道尔 登场：1887《绯红色的习作》

这位侦探身高六英尺，异常瘦削，鹰钩鼻子，下巴方正而突出，目光锐利。他头戴猎鹿帽，身披宽松外套，手持烟斗，喜欢乘坐马车和火车，喜欢阅读报纸和电报。他穿梭于伦敦的浓浓大雾中，奔走在英国乡下的田野间，纵横驰骋在读者的脑海里。（P37）

名侦探

凡杜森 "思考机器"

创造者：[美]杰克·福翠尔 **登场：**1905《逃出 13 号牢房》

这位教授身材矮小，目光犀利，一头乱发从不打理。教授的智商深不可测，以至于他根本不考虑别人的感受。他不懂任何礼数，经常粗暴地打断别人。"你不要告诉我你的判断，只把事实讲给我听，然后按照我说的去做"——这是凡杜森最常见的口头禅。（P53）

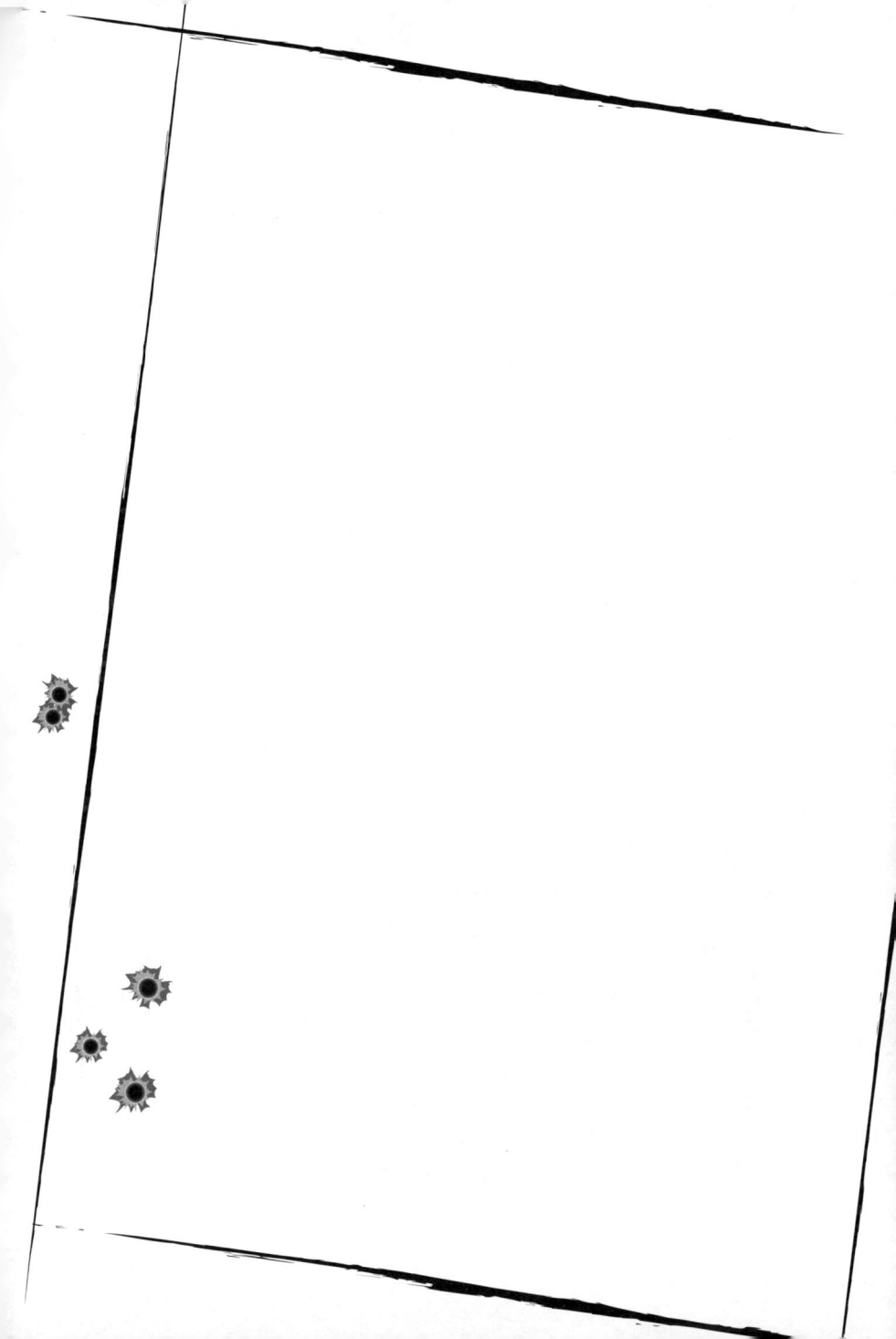

名侦探

桑戴克 推理小说史上第一位科学侦探

创造者：[英]理查德·奥斯汀·弗里曼　登场：1907《红拇指印》

这位医生风度翩翩，学识渊博，经常被警方找去处理一些棘手的案件。他拥有一座实验室，里面满是最先进的化验设备和试剂；他有一支团队，个个都是信奉科学的精英，依靠科学和团队的力量为桑戴克提供必要的帮助。　(P43)

名侦探

角落里的老人 安乐椅神探

创造者：[英]奥希兹女男爵 **登场：**1909《角落里的老人》

角落里的老人无名无姓，终日坐在ABC咖啡馆里，喝喝牛奶，吃吃糕点，看看报纸，手里总是摆弄着一根红色的小细绳。　(P52)

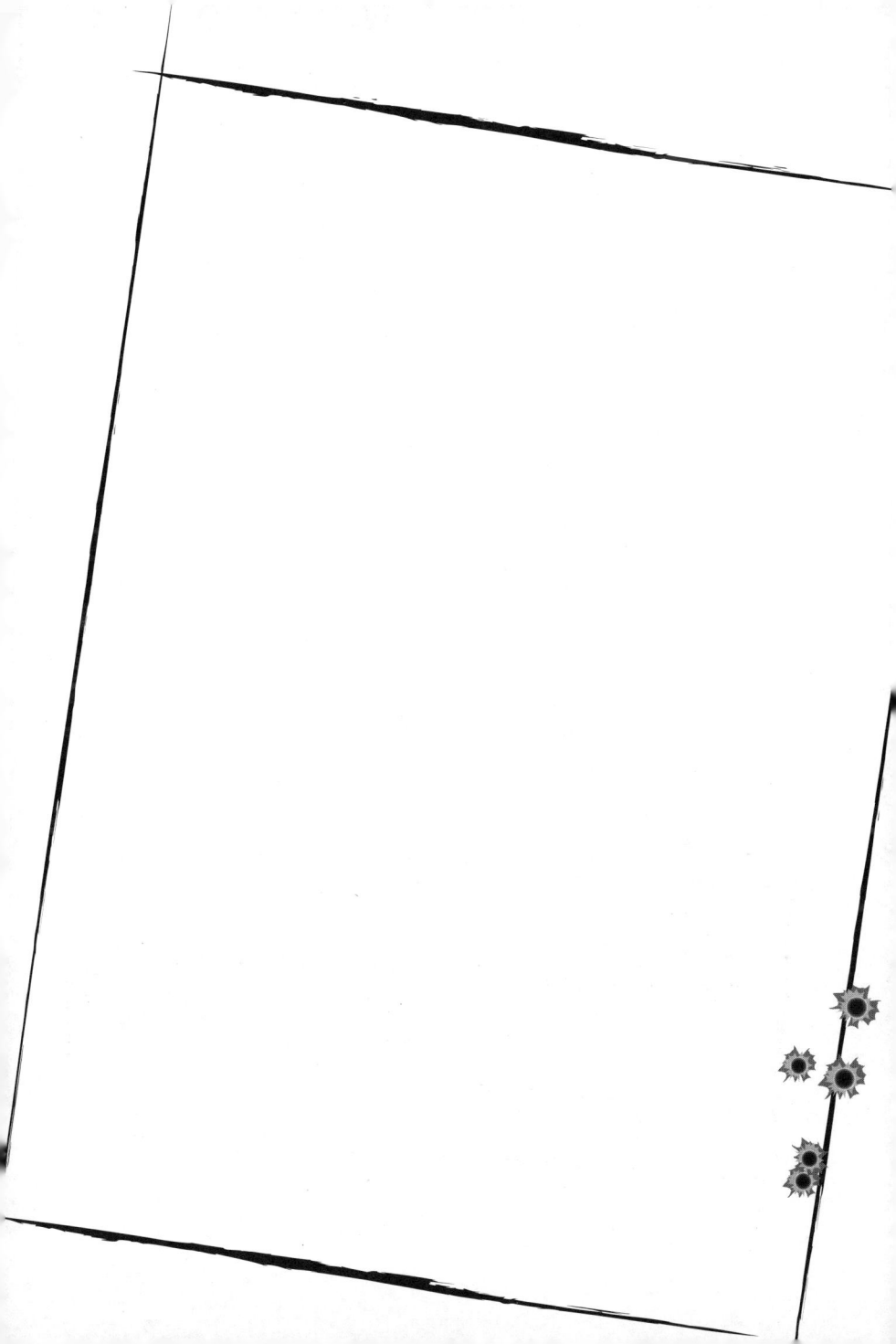

名侦探

布朗神父

创造者:[英]吉尔伯特·基斯·切斯特顿 **登场:** 1910《蓝宝石十字架》

布朗神父身材矮小,长着一颗土豆脑袋,身穿一件黑色神衣,手持一把大伞,穿梭于伦敦茫茫的大雾之中。他通常沉默不语,但一旦打开话匣子,便妙语连珠,句句都指向迷雾背后的真相。(P45)

卡拉多斯 史上第一位残障侦探

创造者：[英]欧内斯特·布拉玛　**登场：**1914《盲侦探卡拉多斯》

他是一位双目失明的盲人！……他可以用触觉破案——"这枚银币是赝品，因为我摸到它的表面有蜡模的痕迹"；可以用嗅觉破案——"迎面走来的人做了伪装，我闻到了他贴假胡须用的胶水的味道"；可以用听觉破案——"对不起，先生。您说了谎，因为您的呼吸突然变快了很多"……(P51)

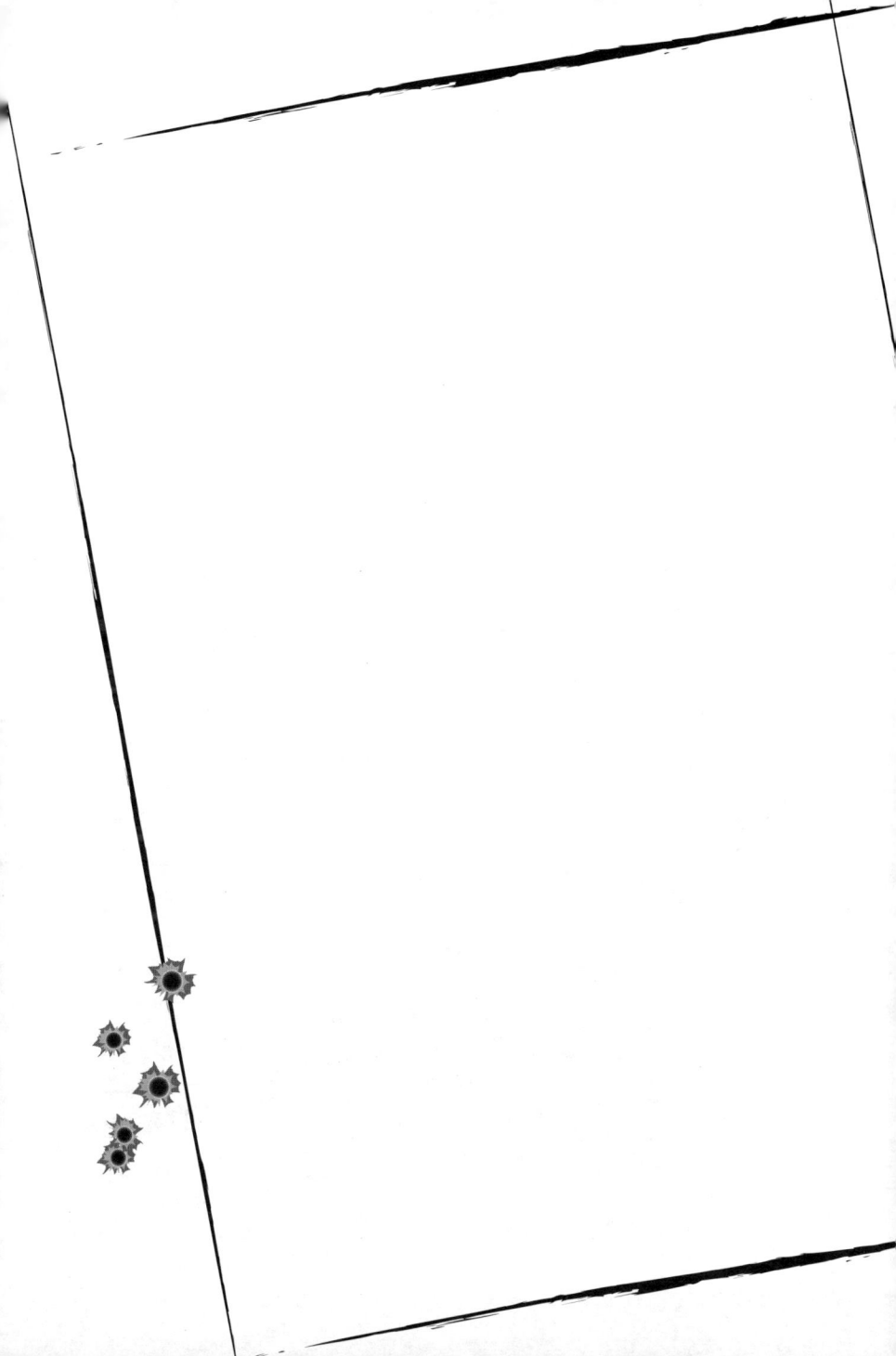

名侦探

赫尔克里·波洛

创造者: [英]阿加莎·克里斯蒂 **登场:** 1920《斯泰尔斯庄园奇案》

阿加莎深受福尔摩斯的影响,是大侦探最忠诚的粉丝。不过,正因为这样,女王反而下定决心:"一定要塑造一个外形和风格完全不同的侦探,因为我无法超过福尔摩斯,就要让他们看上去差个十万八千里。"因此,一个长着土豆脑袋、留着八字胡、身材矮小、说话絮絮叨叨的侦探登场了。 (P68)

马普尔小姐 安乐椅神探

创造者: [英]阿加莎·克里斯蒂 **登场:** 1930《寓所谜案》

马普尔小姐是一位住在乡村的老处女,每天只是坐在那里打毛线,和来来往往的人聊着家长里短。不过,她拥有与生俱来的敏锐直觉,在洞悉人性方面可以说无人能及。 (P72)

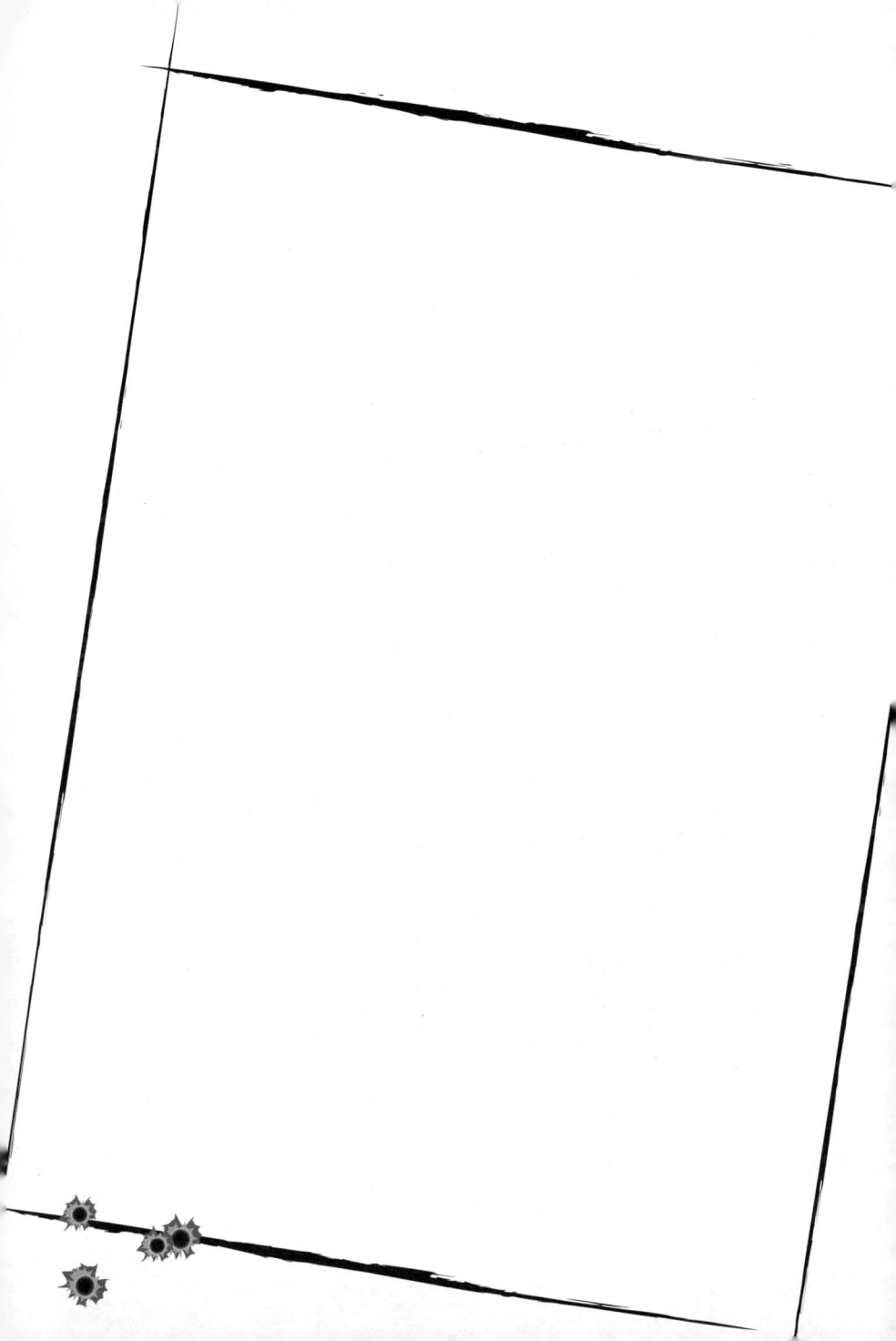

埃勒里·奎因 推理文学史上第一位和创作者同名的侦探

创造者：[美]埃勒里·奎因 登场：1929《罗马帽子之谜》

埃勒里·奎因是一位美国青年，英俊帅气，是一位推理小说作家。奎因之所以有机会接触到形形色色的案件，主要是因为他的父亲理查德·奎因。老奎因的职务是纽约市警察局警探处探长，带着一群忠诚的手下每日奔波，处理着一桩桩匪夷所思的案件。老奎因沉稳老练，遇到问题时总能精准地理出头绪，有的放矢。不过，每每到了关键时刻，老人严谨的推理链条往往会卡壳。这个时候，埃勒里·奎因总能站出来，为父亲送上最重要的点睛之笔，让案件真相水落石出。 (P78)

哲瑞·雷恩

创造者：[美]埃勒里·奎因 登场：1932《X的悲剧》

他年轻的时候是全世界最知名的莎士比亚戏剧演员，后来因为失聪不得不隐居在自己的哈姆雷特庄园里。老人不甘寂寞，学习了唇语，把与生俱来的推理天赋和对人性的深刻理解（他出演过莎士比亚笔下所有经典人物）贡献给了当局——纽约市警察局的萨姆警官是他最好的朋友，经常找他解决疑难问题。 (P78-79)

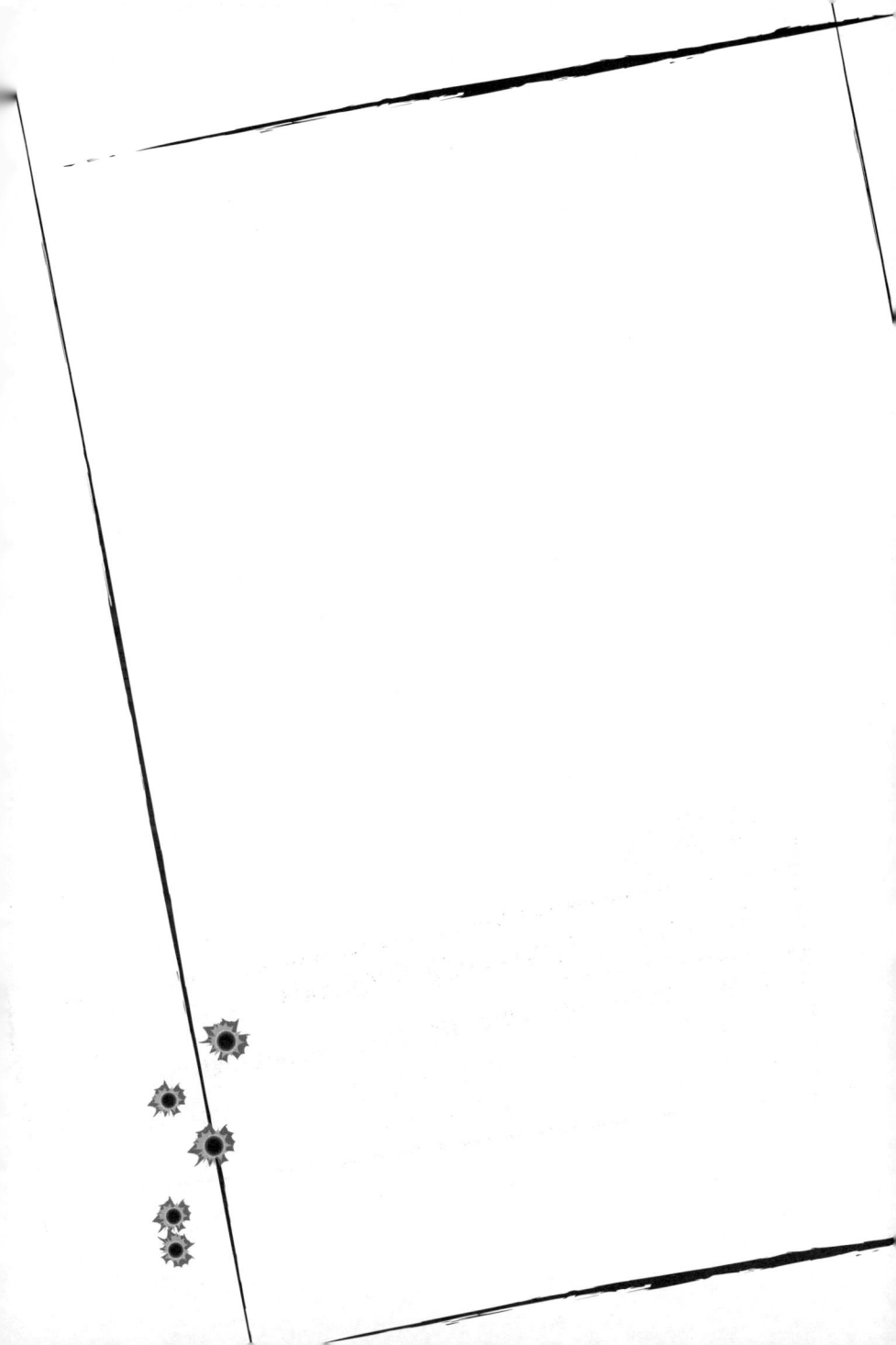

梅格雷探长 非英语世界里最重要的侦探

创造者：[比利时]乔治·西默农 **登场：** 1930《拉脱维亚人皮埃尔》

梅格雷是一位经验丰富、老于世故的警官，他手持烟斗，在大多数时间里沉默不语，却总能在最后找出案件的真相。（P124）

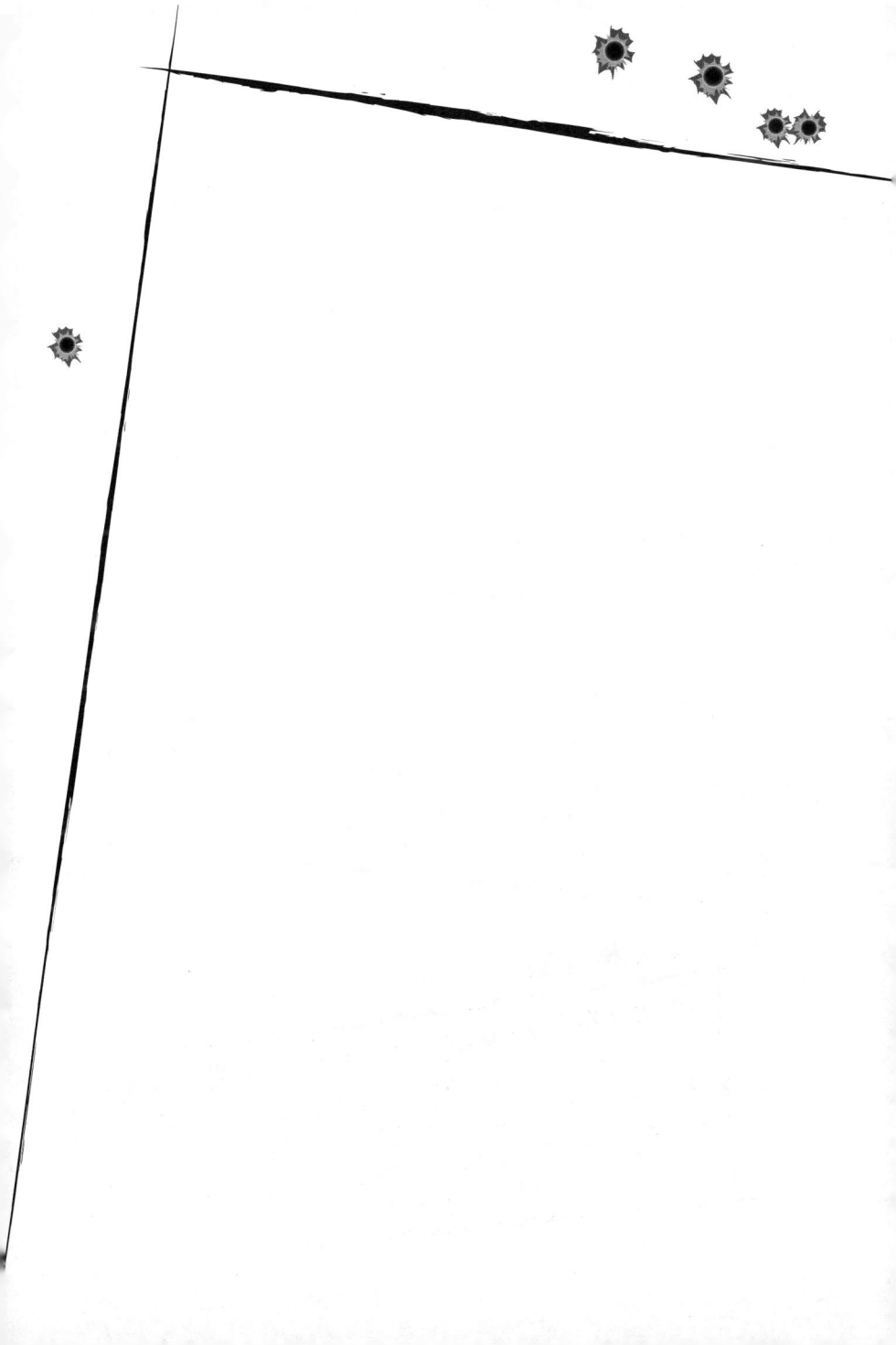

基甸·菲尔

创造者: [美]约翰·迪克森·卡尔　**登场:** 1933《女巫角》

菲尔是一名高级知识分子,拥有好几所大学的博士学位,曾经是一名校长,退休之后出于兴趣从事词典编撰工作。这位博士身体肥胖,戴着船形帽和夹鼻眼镜,总是拿着烟斗,挂着一根藤条手杖,走起来一摇三晃,永远是慢吞吞的。　(P86)

亨利·梅里维尔

创造者: [美]约翰·迪克森·卡尔　**登场:** 1934《瘟疫庄谋杀案》

梅里维尔也是一名壮汉,但性格却与温和的菲尔博士大相径庭。这个人拥有准男爵头衔,曾经是英国情报部门的员工,还是王室的法律顾问和医师。这个家伙性格暴躁,动不动就大发雷霆,不考虑别人的感受,发起火来更是口无遮拦。　(P86-87)

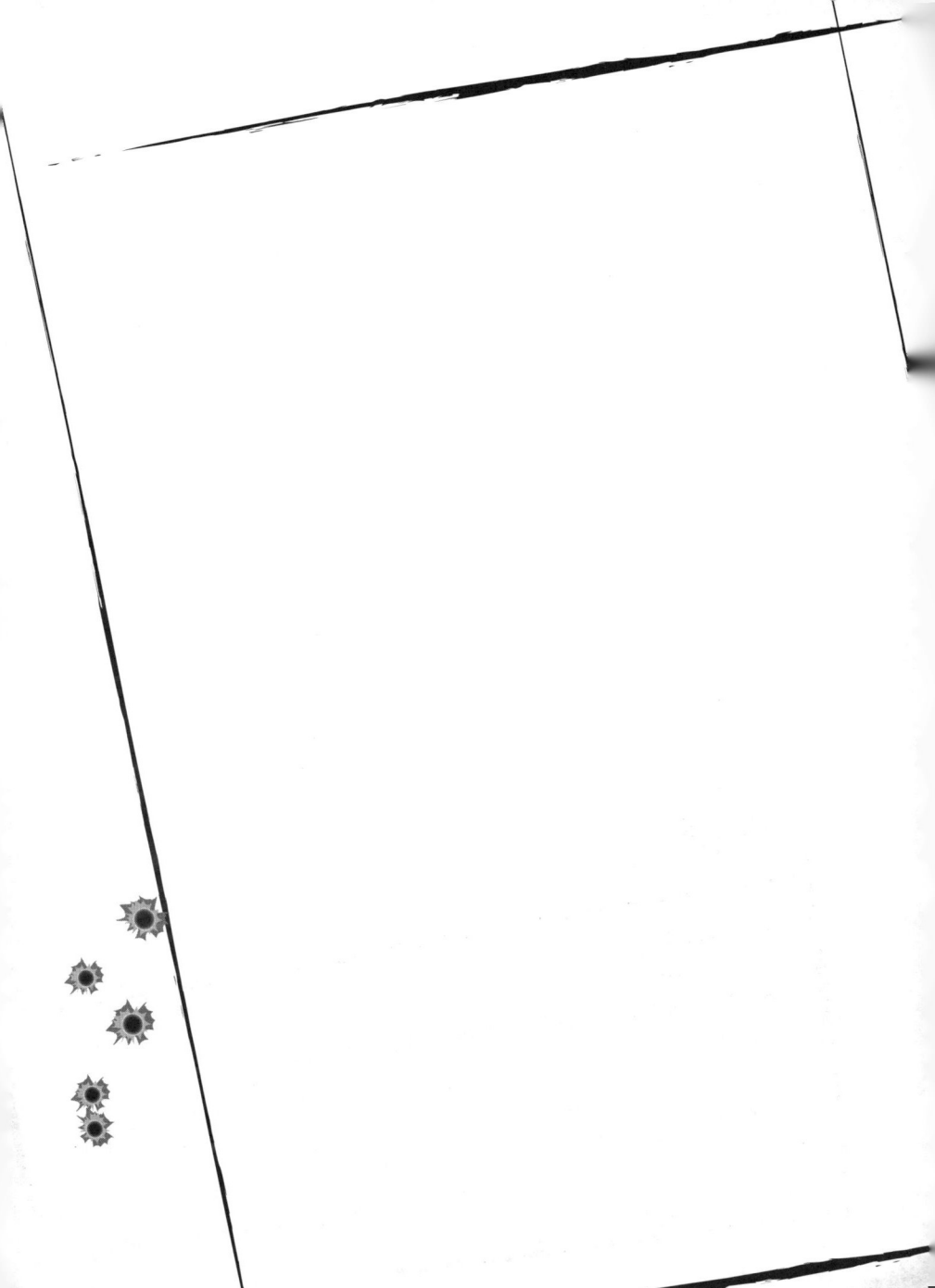

尼禄·沃尔夫

创造者：[美]雷克斯·斯托特　**登场：1934《矛头蛇》**

尼禄·沃尔夫——这个名字来源于古罗马的暴君。他身高180厘米，体重高达123千克，头部占全身的五分之一，是史上最胖侦探；他每天要喝七升啤酒，吃掉的美味佳肴难以计数；他的双手难以环抱自己的肚子，很难连续走上十步，因此所有的案子都是在办公室里解决的；他脾气暴躁，喜怒无常，从来不会低声说话……（P93）

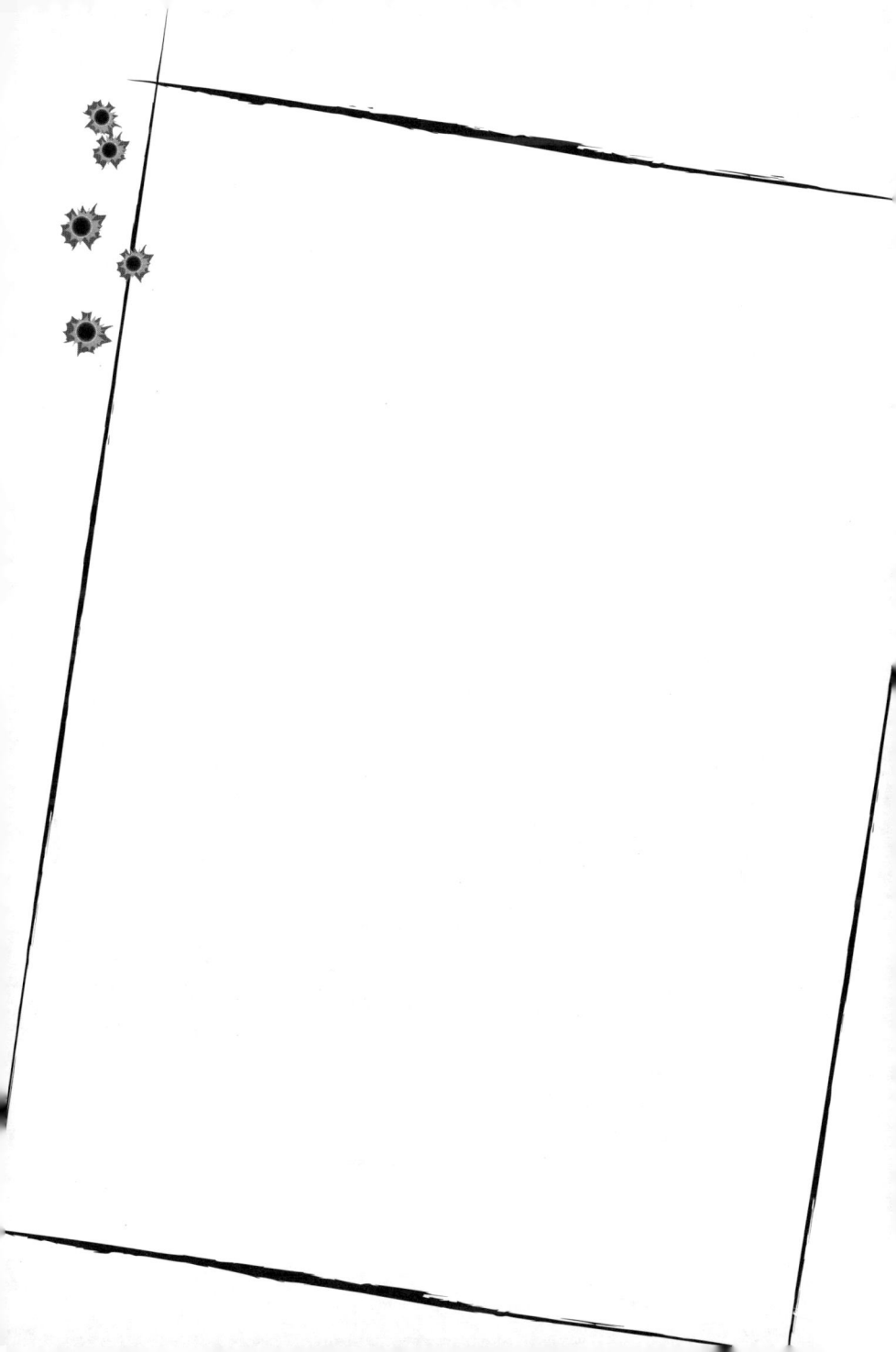

名侦探

马修·斯卡德

创造者：[美]劳伦斯·布洛克 登场：1976《父之罪》

马修曾经是一名警察，有着美满的家庭，和妻子、女儿生活在纽约。某次执行任务时，马修开枪误伤了一名小女孩。从此，他无法从自责中解脱，辞去了警察的工作，还染上了酒瘾。妻子和女儿离他而去，只在每个月支付抚养费的时候，才和他通个电话。马修卖掉了房子，住在廉价旅馆里，每天和毒贩、妓女、黑社会混在一起。由于他在黑白两道都有人脉，一些惹了麻烦又不能寻求正规渠道协助的三教九流，纷纷找到马修，提出委托。就这样，马修成了一名没有执照的私家侦探，处理的大多是不能见光的事件——比如代替某个妓女出面，要求皮条客还自己自由。（P139-140）

名 侦 探

明智小五郎 "日本三大神探"之一

创造者：[日]江户川乱步 登场：1925《D坂杀人事件》

明智小五郎是一个没有固定职业的上等游民，和整天窝在贝克街的福尔摩斯非常相似。小五郎拥有精明的头脑和旺盛的好奇心，擅于捕捉微妙的"人性起伏"，驾驭起推理和调查来游刃有余。同时，和许多标新立异的神探不同，明智小五郎是一个颇令异性着迷的好男人。 (P171)

名侦探

金田一耕助 "日本三大神探"之一

创造者：[日]横沟正史 登场：1946《本阵杀人事件》

这位侦探30多岁，瘦小枯干，身上的衣服永远又旧又脏、皱皱巴巴。因为长期吸烟，金田一耕助的手指和牙齿格外焦黄。他不太擅长和陌生人打交道，经常脸红，总是不自觉地抓挠自己本来就乱如鸟窝的头发，说话颠三倒四——只有一种情况例外，那就是在他揭穿凶手的诡计，令其无所遁形的时候。（P200）

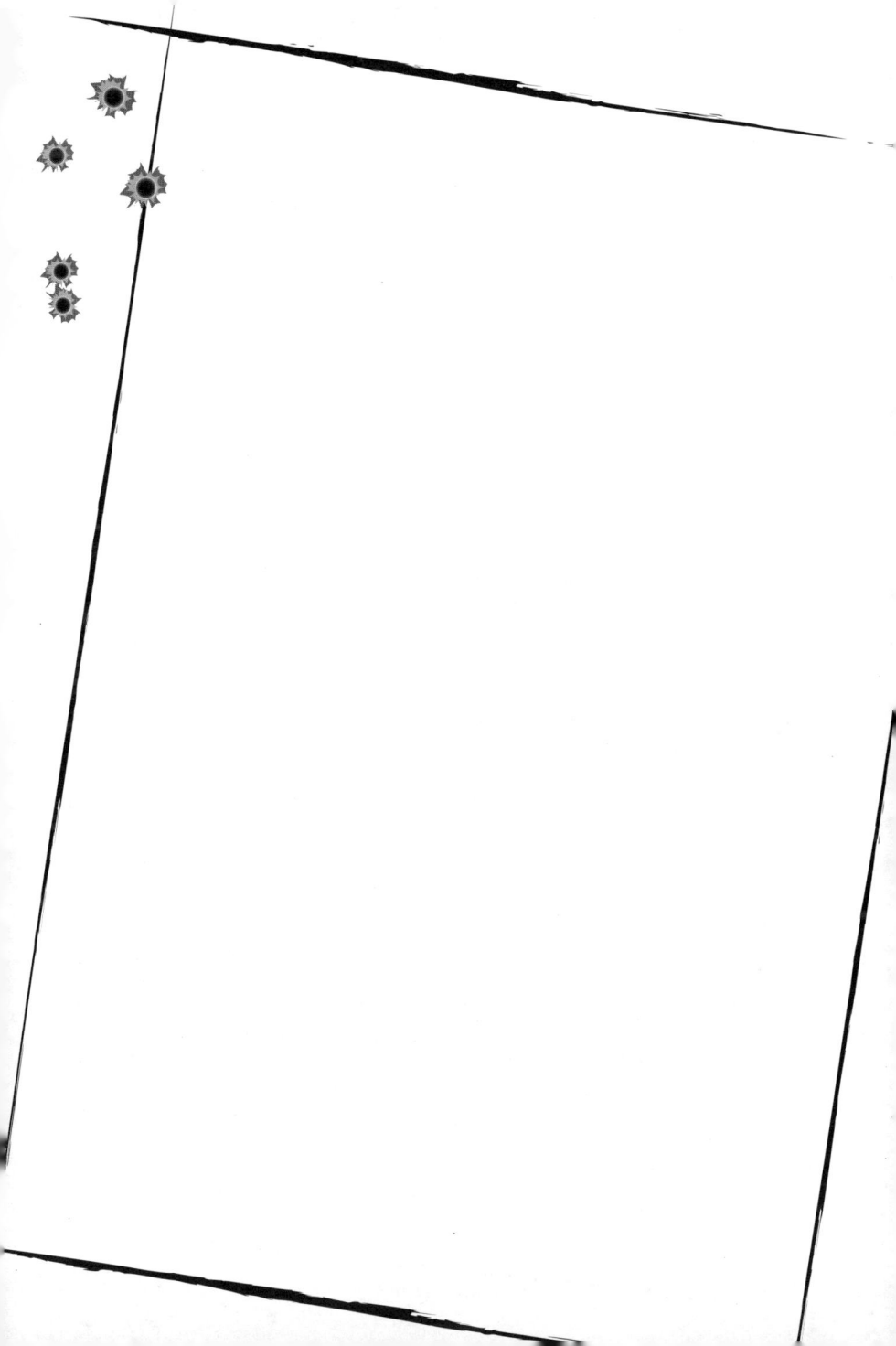

神津恭介 "日本三大神探"之一

创造者: [日] 高木彬光　**登场:** 1948《刺青杀人事件》

神津恭介是一位天才型侦探,他相貌英俊,年轻有为。在他出场的时候,高木这样描述道:"他的额头非常宽阔,眼睛像黑曜石般澄澈闪亮,漆黑的眉毛不是那么刚健有力,显示出类似女性那种感受力极强的特点,在男人群里可以说是一个极为少见的美男子。他的脸上没有一般美男子常见的那种令人讨厌的肤浅造作,而是充满了文雅与睿智。"神津恭介和故事的叙述者一起考入了东京大学医学系。他的才华在学校里无人不晓,在19岁时就掌握了至少六种语言,还发表过一篇关于整数的著名论文。这篇论文发表在德国的学术杂志上,被学界尊为"神津定理"。在医学系里,有着"神津之前无神津,神津之后亦不会有神津"的说法。这样一位天才本应该在学界取得辉煌成就,但战争却改变了他的命运。神津恭介和很多日本青年一样应征入伍,成为军医,先后转战中国和东南亚。他本来是抱着必死的决心参军的,却不想最后竟然平安回到日本。神津在大学里碰到了昔日的同学、案件的参与者松下研三,于是,一段属于名侦探的传奇开始了。 (P206-207)

御手洗洁 日本推理文学史上最为另类的侦探

创造者：[日]岛田庄司　登场：1981《占星术杀人魔法》

御手洗洁1948年11月27日上午8点28分出生于横滨，射手座，是京都大学的肄业生。他的智商在300以上；他的相貌是个永远的秘密，因为岛田庄司不允许任何人为其画像；他的职业是占星师，但没人能说清他究竟依靠什么来养活自己；他拥有非凡的贝斯技巧，却从来不屑于以此为生。

御手洗洁是个彻头彻尾的怪人。他平时颓废不堪，遇到奇案时却活力无限；他常常一言不发，却有着无法克制的演说癖，他曾经高谈阔论几十分钟，为的就是向别人解释自己为何从来不戴手表；他极端鄙视自己的同胞，肆无忌惮地咒骂同胞的劣根性；他非常崇拜福尔摩斯，却宣称福尔摩斯不过是个既爱吹牛又有毒瘾的骗子；他热衷于模仿狗叫，看着别人惊异的目光乐不可支……他认为地球是圆的，所以地球就是圆的；他认为天空是蓝的，所以天空就是蓝的；他认为自己是世界上最有个性、最优秀的侦探，所以，世界上最有个性、最优秀的侦探就叫御手洗洁！　（P253-254）

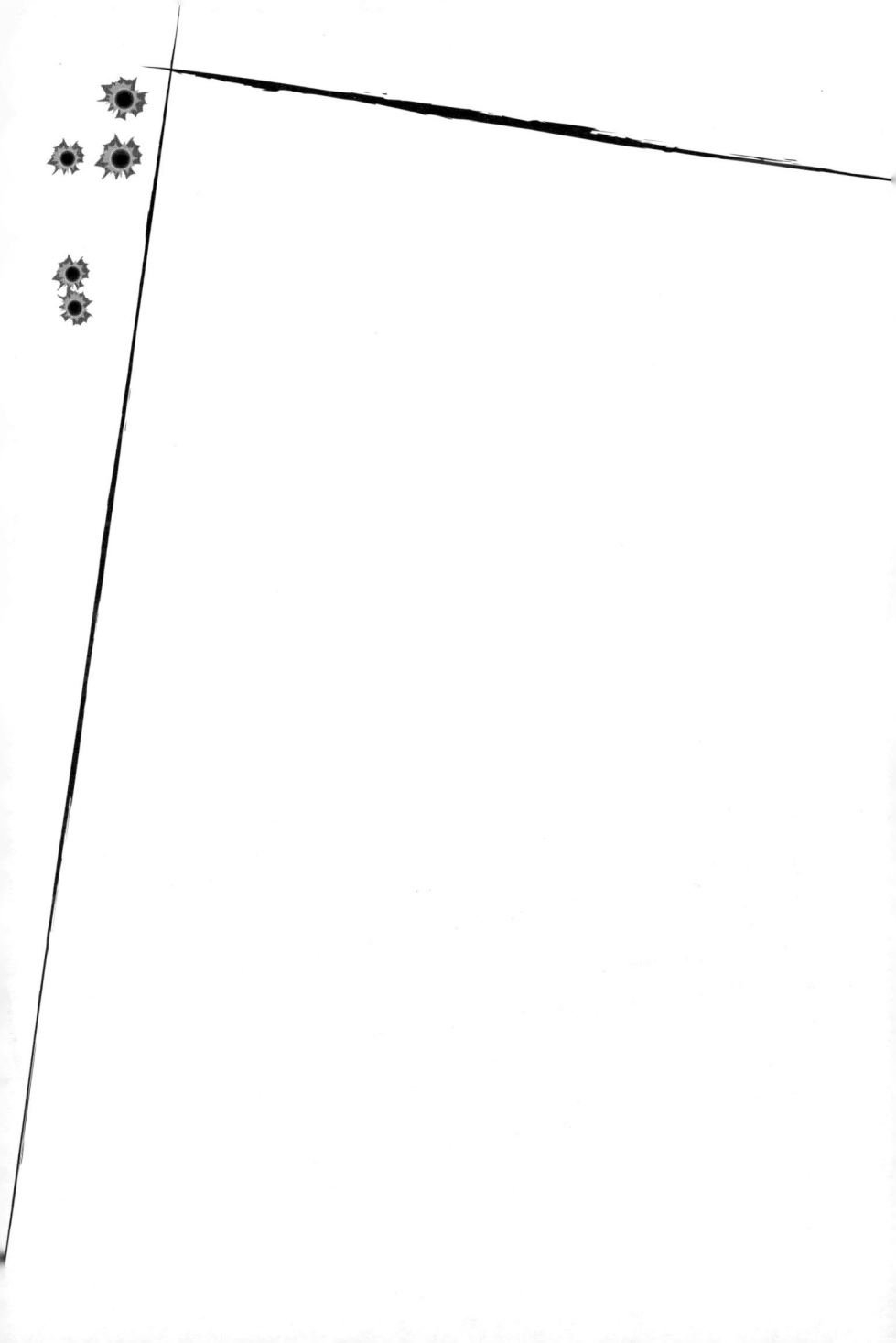

岛田洁

创造者:[日]绫辻行人 **登场:** 1987《**十角馆事件**》

岛田洁是九州大分县某市某寺院住持第三个儿子,终日无所事事,以"闲逛"和"解谜"为乐。他很喜欢折纸游戏,常常一边折纸一面娓娓道出真相。 (P262)

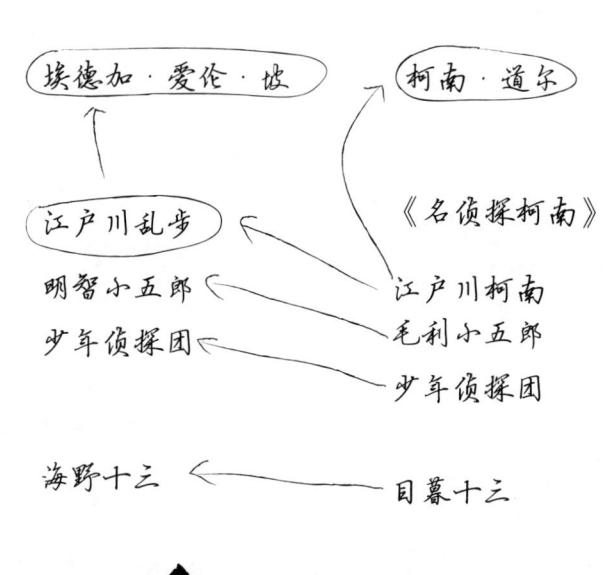

致敬

他为自己想出了"江户川乱步"这个笔名,因为这个名字的日语发音(Edogawa Ranpo)和推理小说的鼻祖埃德加·爱伦·坡(Edgar Allan Poe)非常接近。(P169)

为什么这个天才少年想也不想就给自己起了"江户川柯南"这个假名?为什么那个挨了几百剂麻醉针却依然生龙活虎的名侦探名叫"毛利小五郎"……这一切都是在向大宗师江户川乱步致以最崇高的敬意。(P174)

在《名侦探柯南》中,目暮警部(目暮十三)的名字正是来自海野十三。(P180)

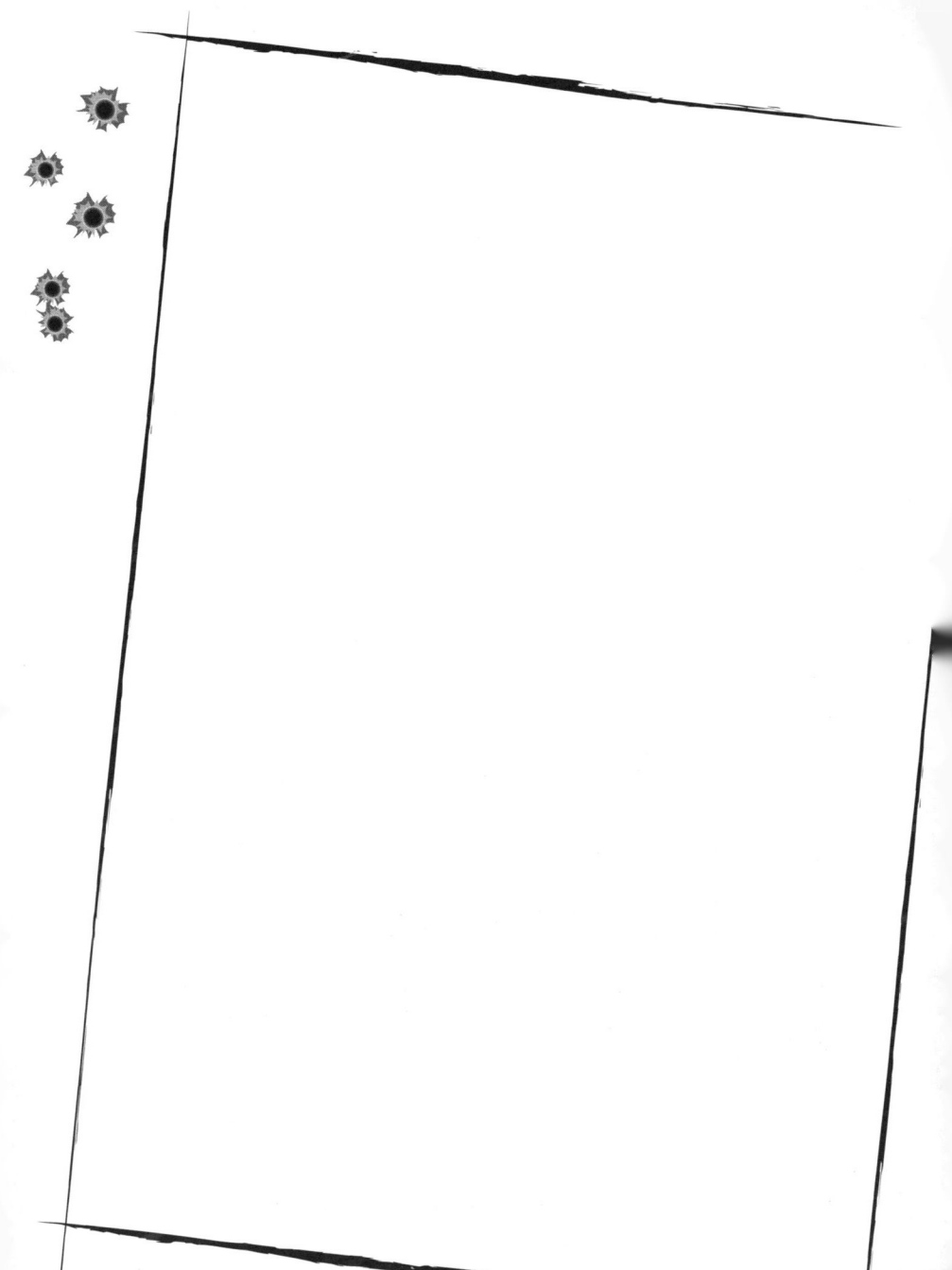

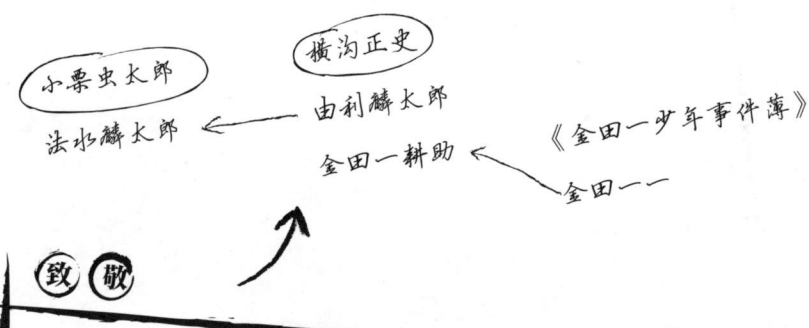

致 敬

在这部长篇和小栗虫太郎许多短篇作品中出现的侦探法水麟太郎也备受推崇,横沟正史笔下的侦探由利麟太郎正是在向其致敬。(P186)

每每遇到困难,或是面对罪犯嚣张的挑衅,这位平时非常不靠谱的高中生总会一脸严肃地说:"绝不能辱没了爷爷的威名!"谁是他的爷爷?他的爷爷有何威名?坦白地说,金田——的爷爷不过是一个一口黄板牙的瘦小老头,那就是金田一耕助。(P199)

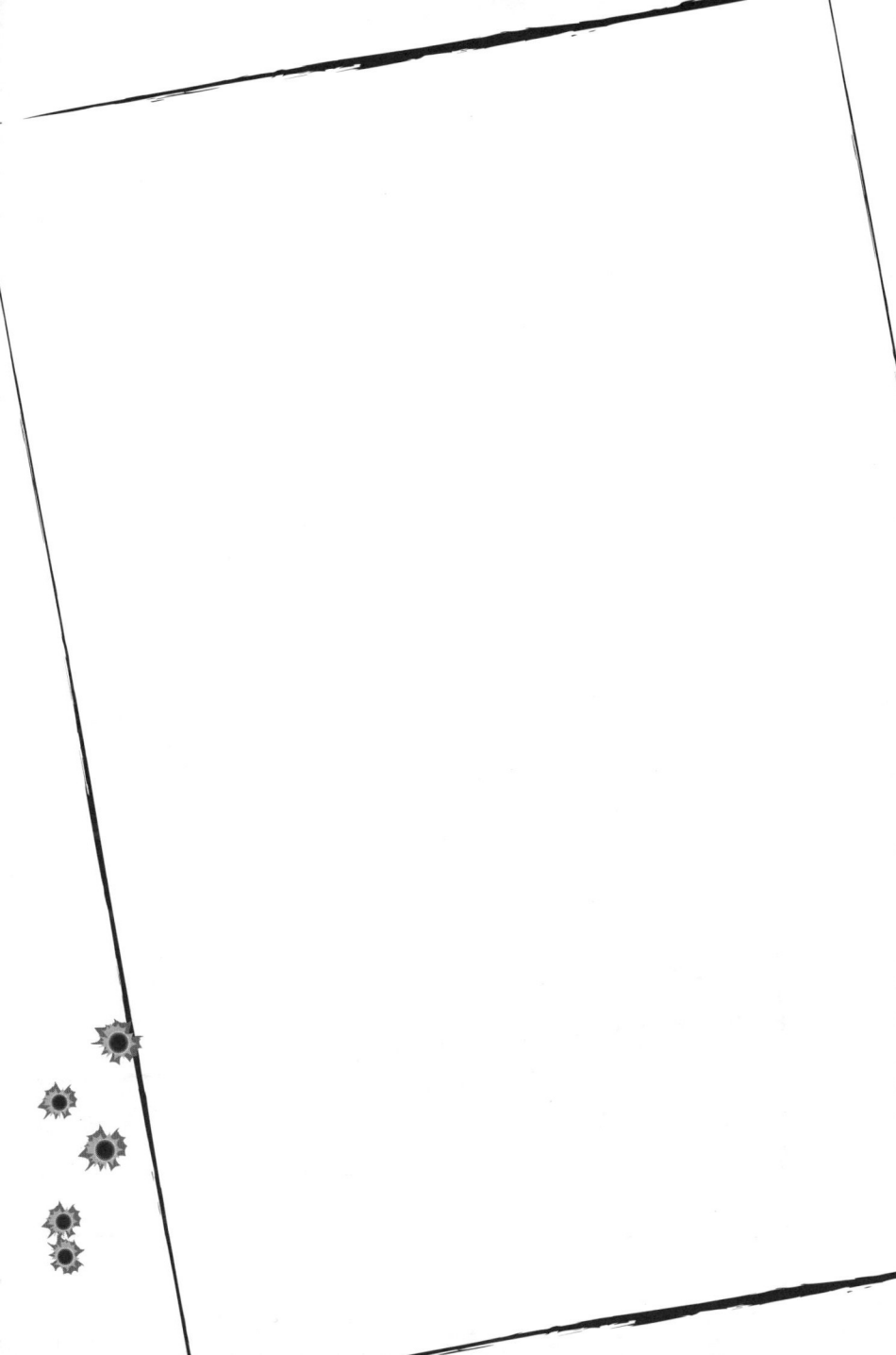

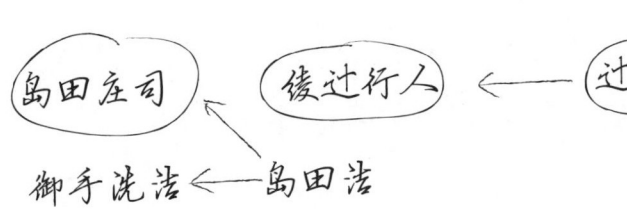

"岛田洁"即"岛田庄司 + 御手洗洁"——绫辻行人以此向导师岛田庄司致敬。（P262-263）

她的笔名"辻村深月"，正是在向偶像绫辻行人致敬。（P309）

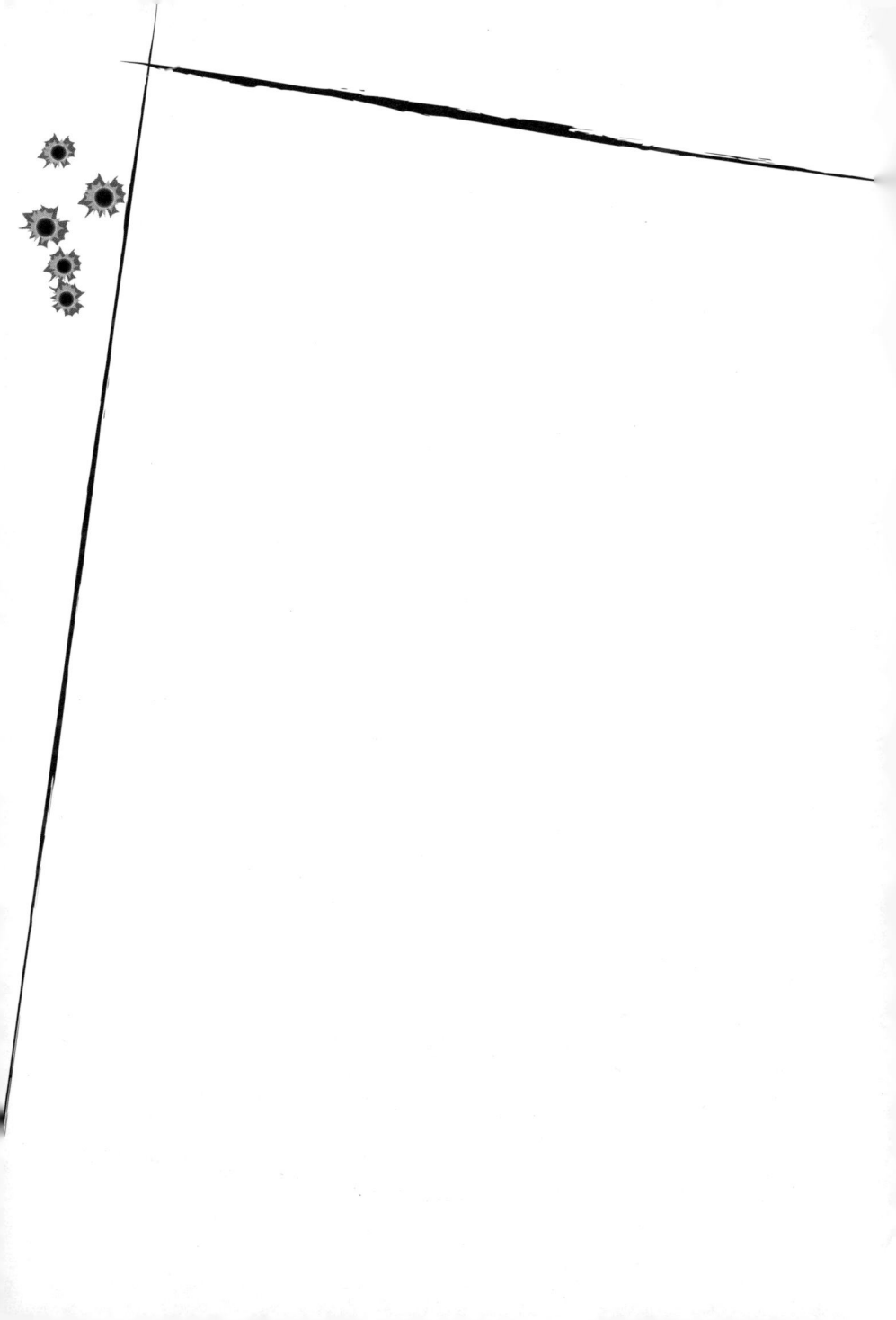

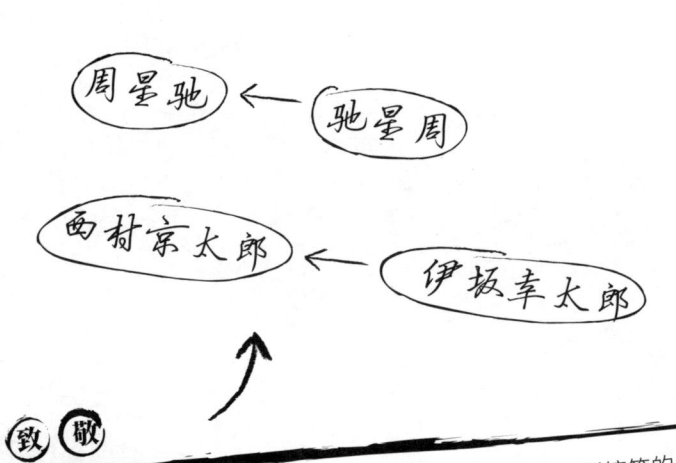

致敬

驰星周有一个目标,那就是写一部能像周星驰的电影一样搞笑的作品……最后,他干脆把偶像的名字倒过来,以"驰星周"作为笔名。(P240)

伊坂幸太郎,原名宫坂航也,因为仰慕推理大师西村京太郎,便将笔名定为和其相似的"伊坂幸太郎"——结构一样,笔画数量也相同。(P302)

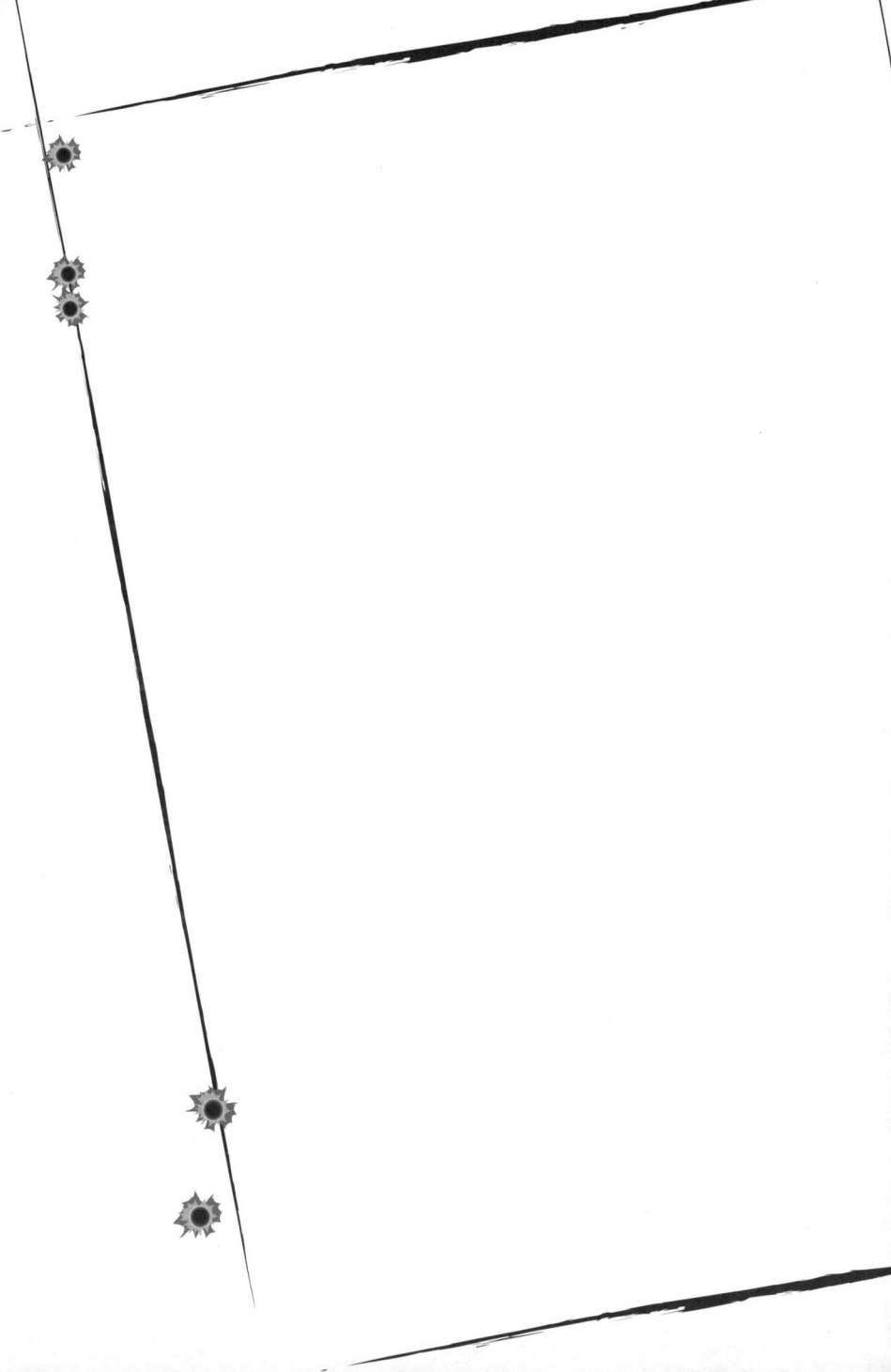